杨庆祥 著

分裂的想象

北京大学出版社
PEKING UNIVERSITY PRESS

图书在版编目（CIP）数据

分裂的想象 / 杨庆祥著 . —北京：北京大学出版社，2013.6
（中国现代文学馆青年批评家丛书）
ISBN 978-7-301-22594-3

I.①分… II.①杨… III.①中国文学－当代文学－文学评论 IV.① I206.7

中国版本图书馆 CIP 数据核字（2013）第 115201 号

书　　　名：分裂的想象
著作责任者：杨庆祥 著
责 任 编 辑：黄敏劼
标 准 书 号：ISBN 978-7-301-22594-3/I·2631
出 版 发 行：北京大学出版社
地　　　址：北京市海淀区成府路 205 号　100871
网　　　址：http://www.pup.cn　新浪官方微博:@北京大学出版社 @培文图书
电 子 信 箱：pw@pup.pku.edu.cn
电　　　话：邮购部 62752015　发行部 62750672　编辑部 62750112
　　　　　　出版部 62754962
印　刷　者：三河市腾飞印务有限公司
经　销　者：新华书店
　　　　　　650 毫米×980 毫米　16 开本　20 印张　260 千字
　　　　　　2013 年 6 月第 1 版　2013 年 6 月第 1 次印刷
定　　　价：42.00 元

未经许可，不得以任何方式复制或抄袭本书之部分或全部内容。
版权所有，侵权必究
举报电话：010-62752024　电子信箱：fd@pup.pku.edu.cn

目 录

丛书总序　　　　　　吴义勤　3
代序　局势中的文学与批评
　　——杨庆祥访谈　5

上　编

在"大历史"中建构"文学史"
　　——关于"重返八十年代文学"　3
如何理解"重写文学史"的"历史性"　12
审美原则、叙事体式和文学史的"权力"
　　——再谈"重写文学史"　27
如何理解"1980年代文学"　46
"主体论"与"新时期文学"的建构
　　——以刘再复《论文学的主体性》为中心　57
"读者"与"新小说"之发生
　　——以《上海文学》(1985年)为中心　78
《新小说在1985年》中的小说观念　95
"选本"与"第三代诗歌"的"经典化"　110
"潘晓讨论"：社会问题与文学叙事
　　——兼及"文学"与"社会"的历史性勾连　123
80年代："历史化"视野中的文学史问题　136

下 编

路遥的自我意识和写作姿态
　　——兼及1985前后"文学场"的历史分析　161

妥协的结局和解放的难度
　　——重读《人生》　180

《新星》与"体制内"改革叙事
　　——兼及对"改革文学"的反思　195

小屋的恐惧和救赎
　　——《山上的小屋》中的历史讲述　213

韩少功的文化焦虑和文化宿命
　　——以《山南水北》为讨论起点　224

"孤独"的社会学和病理学
　　——张悦然的《好事近》及"80后"的美学取向　242

抵抗的"假面"
　　——关于"韩寒"的一些思考　256

新世纪诗歌写作的几个问题　268

为了一种更有效的写作
　　——2011年短篇小说概述　274

重返小说写作的"历史现场"　284

分裂的想象和建构的可能
　　——当下中国的文化主体和文化症候　292

丛书总序

中国现代文学馆是在巴金先生倡议和一大批著名作家的响应下，于1985年正式成立的国家级文学馆，也是目前世界上规模最大的文学博物馆。中国现代文学馆的主要任务是收集、保管、整理、研究中国现当代文学书籍、期刊以及中国现当代作家的著作、手稿、译本、书信、日记、录音、录像、照片、文物等文学档案资料，为文化的薪传和文学史的建构与研究提供服务。建馆二十多年以来，经过一代代文学馆人的共同努力，中国现代文学馆的事业不断发展壮大，现已成为集文学展览馆、文学图书馆、文学档案馆以及文学理论研究、文学交流功能于一身的综合性文学博物馆，并正朝着建成具有国际影响的中国现当代文学资料中心、展览中心、交流中心和研究中心的目标迈进。

为了加快中国现代文学馆学术中心建设的步伐，中国作家协会党组决定从2011年起在中国现代文学馆设立客座研究员制度，并希望把客座研究员制度与对青年批评家的培养结合起来。因为，青年批评家的成长问题不仅是批评界内部的问题，而且是一个对于整个青年作家队伍乃至整个文学的未来都具有方向性的问题。青年评论家成长滞后，特别是代际层面上70后、80后批评家成长的滞后，曾经引起了文学界乃至全社会的普遍担忧甚至焦虑。因此，首批客座研究员的招聘主要面向70后、80后批评家，我们希望通过中国现代文学馆这个学术平台为青年评论家的成长创造条件。经过自主申报、专家推荐和中国现代文学馆学术委员会的严格评审，杨庆祥、霍俊明、梁鸿、李云雷、张莉、周立民、房伟等7位优秀青年评论家成为首批客座研究员。

　　一年来的实践表明，客座研究员制度行之有效，令人满意。正如中国作协党组书记李冰同志在中国现代文学馆第二批客座研究员聘任仪式上的讲话中所指出的那样，第一批7位青年评论家在学术上、思想上的成长和进步非常迅速。借助客座研究员这个平台，通过参加高水平的学术例会和学术会议，他们以鲜明的学术风格和学术姿态快速进入中国当代文学批评现场，关注最新的文学现象、重视同代际作家的创作，对于网络文学、类型小说、青春文学等最有活力的文学创作进行即时研究，有力地介入和参与着中国当代文学的创作实践，在对青年作家的研究及引领方面发挥了不可替代的作用。作为70后、80后批评家的代表，他们的"集体亮相"，改变了中国当代文学批评的格局和结构，带动了一批同代际优秀青年批评家的成长，标志着70后、80后青年批评家群体的崛起。

　　为了更好地展示这7位青年批评家的成就与风采，中国作家协会和中国现代文学馆决定推出这套"中国现代文学馆青年评论家丛书"，希望这套书既能成为中国当代文学批评的重要收获，又能够成为青年批评家们个人成长道路的见证。

　　是为序。

吴义勤
2012年金秋于文学馆

代序　局势中的文学与批评
——杨庆祥访谈

一　80年代：历史的重建

杨晓帆：你曾在文章中回忆，严格意义上的学术训练是从考入程光炜老师门下读研究生后开始的，参与80年代文学研究，使你获得了一个契机，自我经验被激活，纸上谈兵的阅读被转化为实实在在的实践行为。正是在大量阅读文学理论、社会学、历史学研究著作的过程中，你亲历了从一个"文学青年"向专业研究者身份的转换。你能不能再从研究方法和问题意识方面，谈一谈作为学术入门，80年代文学研究对于你的意义？当最初的文学趣味与个人感悟，遭遇学术研究的体制规训时，你如何平衡两者之间可能发生的冲突？

杨庆祥：我是2004年考入程光炜先生门下的，说起来这里还有一个小掌故，我在安徽读本科的时候，有一次读到程光炜先生的诗歌随笔集《雨中听枫》，很是喜欢。其时年少轻狂，很冒失地就给程老师写了一封信，具体内容我已经全然不记得，大概就是文学青年的种种怀才不遇、希望得到指点之类的东西。后来果真成了程门弟子，这大概也是一种机缘。

另外一个重要的机缘就是，从2005年开始，程老师在人大开设"重返80年代研究"的课程，形式是学期初分配好研究任务，然后在课堂上宣读研究论文,再进行集中讨论。当时我还没有"资格"承担相关选题,仅仅是随堂参与讨论。不过当时我的热情很高,每次讨论都喜欢"大放厥词",甚至对程老师和博士师兄们的论文吹毛求疵。我还记得有一次讨论选题,程老师列出一些题目后征求大家的意见,我鸡蛋里挑骨头,说选题里面没有农村题材的小说,是因为程老师趣味太"知识分子化"了,程老师听后立即加上《陈奂生上城》。现在想来,正是这种宽容、平等,甚至有些呵护的学术氛围激发了我最初的学术热情。

  学术入门的方式方法大概会因人而异,各个不同。但是会有一些最基本的法则在那里。在我看来,这些基本的法则首先是对材料的收集、整理、甄别、归纳,其次是借助一定的理论把这些材料重新装置,分配,知识化;最后是在材料和理论的合理配置中提出自己的一些观点和看法。而这一切都必须有一个前提,那就是有一个比较合适的、明确的、边界清晰的研究对象。对于初学者来说尤其如此,我们知道,就文科研究而言,海量的文献和理论往往让人如泥牛入海,有力无处使,最后筋疲力尽而一无所获。80年代文学研究正好给我提供了这样一个"实验品",程老师已经为这个"样品"划出了初步的雏形,我的任务就是通过这个"样品",把自己占有的资料和理论进行激活和对接。那个时候我经常做的事情就是就某一个选题进行大量的资料查找和阅读,并不断搜索重组自己以前的阅读库存,最后形成一些看法在课堂上与同门们进行讨论甚至辩论。这种方式从2005年开始,到我2009年博士毕业,前后长达五年时间,我正是在这个过程中慢慢有了一些学术上的自觉意识。

  作为一个热爱诗歌写作的文学青年,在此过程中还面临一个问题,那就是你所言的学术研究对于个人趣味和情感的规训。我记得程老师在介绍我的一篇文章中也提到这一点,他其时很担心我不能从一个诗人的身份转换为研究者。这一点我倒是没有特别觉得有冲突,好像是很自然就发生了。现在回想一下，其实我是有些准备的，其一是我在本科阶段就对理论知识非常着迷，半懂不懂地看了很多理论书籍；其二是我一直对历史有高度的敏感。这两者奠定了我的理性基础。在最初的研究和论文写作中，我把这种理性发挥到了苛刻的地步，用我的博士论文后记中的一句话来说就是，"完全把自我排斥在写作之外"。我以为对于初学者而言，这是必要的，只有把"自我"排斥出去，用史料、逻辑、问题来说话，才能真正进入研究的状态。当然学术研究还有更高的状态——比如在研究中放置自我，凸显个人主体意识——但如果没有前面的一步，就不可能达到后面的一步。这是一个不断循环并提高的过程。

杨晓帆：你很强调理论，这一点很有趣。在你关于80年代文学的一系列论文中，似乎可以区分出两种研究路数：一是借助知识考古学、社会学等理论，考察80年代文学思潮、批评等文学史现象的发生语境、生成机制与话语构成，实际是要重新清理构成现当代文学学科基础的一系列固化了的知识，以"去魅"的方式重新激活"文学"的边界与历史功能。你的博士论文《重写的限度——重写文学史的想象和实践》集中体现了这方面的研究成果。而关于主体论，读者与新潮文学、新潮批评等的研究，更明确了你对80年代以来形成的以个人性、审美主义、现代化等观念为核心的"纯文学"体制的反思。但另一方面，我觉得你的研究中又一直流露出一种"回到作品"的渴望。柯云路的《新星》，遇罗锦的《一个冬天的童话》，它们的经典化程度都不高，你为什么要选择这些作品来分析呢？这些作家作品论，与你前一方面的文学史研究构成了怎样的关系？

杨庆祥：晓帆的这个提问非常有意思。对于一个成熟的学科来说，其研究对象往往是比较稳定的——也就是那些经典的作家作品，这一点在古代文学和现代文学学科里是共识。但是对于中国当代文学来说，情况就比较复杂，什么是经典？什么是非经典？我记得王晓明教授曾经说过，再过一百年，也许中国现代文学就只能留下一个鲁迅了。这种说法固然有些极端，但从侧面可以看出一种"经典焦虑症"。我个人没有那么强烈的经典情结，"经典"对我来说，往往更意味着是一种"先见"、"规训"和"制度"。从这个意义上讲，"经典"具有负面的意义，它的意义生产是"自动"、"封闭"的，因此，我的研究更青睐那些被边缘的、在文学史书写之外的，或者遭到冷落的作家作品。

这么说并非就是毫无标准，没有界限，比如现代文学界曾经流行研究一些非常冷僻的作家，并将其文学史意义夸大，我觉得这是有问题的。在我的研究中，受关注程度较高的基本上是那些"社会化程度"很高的作家作品，也就是说，这些作品曾经被深深地卷入到历史的建构中去，又因为某些原因遭到历史的排斥和拒绝。柯云路的《新星》、遇罗锦的《一个冬天的童话》都属于此类作品，这些作品见证了中国当代史的复杂和诡异，对于它们的阅读、接受和传播构成了中国人日常生活的一部分。这种具有症候性的作家作品，正好符合了我对于文学史的期待：一部文学史，并非简单的作家作品史，它必须同时也是一部社会史、思想史，也是特定族群的精神史。

其实说到这里我才意识到，"作品"这个概念，需要进行历史化的区隔，它不能仅仅是一个新批评意义上的概念：即单个作家独创性的劳动成果。它应该包含它的背景、传统、社会面向和认识论框架——进一步说，它应该指称生产了其结构的所有社会历史。

杨晓帆：我很赞同你所说的，要重新理解"作品"的概念。这也意味着要在常识之外，重新打开关于"何谓文学，文学何为"的意义空间。鲁迅之于竹内好，村上春树之于小森阳一，一个好的批评家似乎总会发现一个他一生中都难以绕开的作家，这些文字扣住了他血肉中最敏感的神经，又向外迸发出绝不专属个人的理论思考。我想，在你的研究中，路遥及其写作是不是也构成了这样一个存在。《路遥的自我意识和写作姿态——兼及1985前后文学场的历史分析》《妥协的结局和解放的难度——重读〈人生〉》，除了这些专论，你在许多甚至与80年代文学研究并无直接关系的思考中也曾多次返回路遥。这些文章读来很感动，在冷静的历史剖析背后，浸润了批评者对当下局势及身居其中的自我的反省。我的问题是，路遥之于你意味着什么？记得你曾经评价程光炜教授以"历史的同情"来"体验"文学史，成功地把知识的客观性与研究的生命实感结合起来。那么，作为80后学人，缺乏历史亲历者的在场性，你又如何把自己的生命体验与精神焦虑带入到80年代的文学史研究中去？

杨庆祥：最近我刚刚应日本学者加藤三由纪教授之邀，写了一篇《如何阅读路遥》的小文章，发表在日本的《日本中国当代文学研究会会报》上面，这一期还同时刊载了加藤教授撰写的专门介绍我的"路遥研究"的文章。如果从学术研究的自觉性来说，路遥确实构成了我的一个"起点"。不过有意思的是，我对于路遥的阅读相对来说是很晚的，在本科阶段，我阅读的当代作家作品主要集中在80年代的新潮作家。当时长江文艺出版社出版了一套"跨世纪文丛"，包括莫言、余华、王安忆等作家都收录其中，大概有20多本，我都兴趣盎然地读完了。其中余华给我的印象最为深刻，我觉得他的作品非常机智，举重若轻，有一段时间我成了"余华迷"，把能找到的他的全部作品（包括散文随笔）都看完了。

回到路遥上来，大概是博一的时候，一个很偶然的机会，我看到了吴天明导演、周里京主演的电影《人生》，我被感动得热泪盈眶。这么说或许显得有些矫情，但却是事实，也许是我"文学青年"的敏感被电影的气氛所触动，但是作为一个"80后"，为一部早已经"过时"，只能在老电影网站上下载得到的影片感动，怎么说都有点让人奇怪。一方面出于这种"感动",另外一方面又对这种"感动"深表怀疑,于是我对路遥产生了兴趣。正好当时程老师问我有何研究计划,我于是说我要重新解读路遥的《人生》,程老师立即表示非常有意义,我记得他说了一句话:高加林可是我们那个时代的"偶像"。

从余华到路遥,就我个人而言,是一次美学上的"逆转",我在某种新潮的,往往是以西方现代经典作品为标准的美学谱系之外发现了另外一种可能,他修正了我单一的文学想象。也许你会觉得我会对路遥持毫无保留的同情和赞美,但事实却并非如此,我研究路遥的动机——确实是想把我的"感动"和"赞美"表达出来——但实际上,在我的第一篇文章《路遥的自我意识和写作姿态》中,我试图用一种更加客观、谨慎和历史化的方式来处理这个作家,我甚至站在了我个人情感的对立面,认为路遥秉持的写作伦理和美学原则已经缺乏"生产性"。从这一点来看,路遥之于我是否是一个一生都难以绕开的作家,还不能下定论。当然我一直期待有这么一位作家,可以将我的研究甚至命运得以展开。

这看来有些矛盾。但可能恰好与你的第二个问题有关。所谓"历史的同情"究竟可以到何种程度呢?一个事实是,对于更多的研究者来说,历史都是"非亲历"的,那么如何构建这种研究的历史感呢?我对路遥的阅读和研究可能具有某种症候性:我可以理解路遥的历史和写作,他的观念和逻辑,但是,这种理解并不能代表完全的认同(实际上有很多的路遥研究者都在这里混淆了),更不能将这种理解放大为一种道德的热情。也就是说,对历史的同情和理解有一个边界,这个边界在我这里,就是知识和逻辑,这种知识和逻辑形成了一个结构性的存在,它把我个人的情感和经验进行有效地处理,然后与我无法"亲历"的历史进行对话。

二 "大历史"与文学史

杨晓帆：你在一篇论文中提到要"在'大历史'中建构文学史"。按照中国现当代文学学科规划，我们的文学史可以被切分成"五四新文学"、"延安文学"、"十七年文学"、"新时期文学"、"新世纪文学"等时期，虽然近年来学术界越来越意识到这样一些命名背后的意识形态内涵，并逐渐倾向于使用年代命名，但所谓三个"三十年"（1917—1949，1949—1979，1979—2009）的关系，仍然决定着年代学研究的坐落方位。在你的研究中也有很强的年代学意识，比如1985年、1992年，都是你理解80年代文学、90年代文学的时间上的重要切入点。能不能再展开谈谈你对"大历史"的理解？

杨庆祥：这几年，"大历史"是被经常提及的一个词，我觉得这里面有两点值得注意，第一，"大历史"指的是一种宏观的历史研究方式，比如黄仁宇的《中国大历史》、唐德刚的《晚清七十年》等；第二，在"新左派"的语义谱系中，"大历史"更指的是一种意识形态的、有点卢卡奇的"总体性"之类的内涵，也就是要求从政治经济学的视野去理解全部的社会结构和精神生产，并把这些置于一种"关系"中。我觉得无论是宏观的研究方式还是意识形态的总体性观瞻，这其中都暗含了一种"共时性"的视角，不仅仅把历史理解为一种"历时性"的时间连续体——这是现代时间观对历史研究的本质性影响——而是把历史理解为一个"共时性"的原点，并释放这一"原点"所容纳、凝聚的内容。也正是在这一点上，"大历史"研究往往会借助年代学的形式，比如《万历十五年》、比如霍布斯鲍姆的《极端的年代》系列。年代实际上就是大历史的一个横断面，年代学研究的好处是，历史的遗址往往在此非常集中、富有张力和戏剧性，而这些，都是建构历史的必要元素。

杨晓帆：法国年鉴学派的重要史学家布罗代尔曾提出分析历史的三种社会时段概念：结构（structure）、局势（conjoncture）和事件（event）。"结构"即年鉴学派所强调的"长时段"研究，就像你所说的"总体性"视野，历史研究不能仅仅局限于一时的政治表象、事件或片面的个体经验。有趣的是，布罗代尔同样关注对应于"中时段"的局势性的历史、周期性的历史。但历史研究的难度在于，我们总是着迷于那些发生爆炸性事件的瞬间，而忽略了它们背后与结构、局势间的联系，有点"当局者迷"的意思。那么，在文学史研究中如何把握结构与局势？

杨庆祥：我们目前的很多历史研究，也包括文学史研究，往往只是有一个表面的宏观理论框架，而缺乏更富有肌理的内容把这个框架支撑起来，所以对于"大历史"研究，必须警惕以下倾向，第一是把"大历史"理解为一种简单的"时段"延长，比如把"五四文学"向前推进到晚清，把"文革文学"的起源追溯到30年代的左翼文学等等；第二是把"大历史"研究理解为一种泛政治化的理论印证，通过对历史细节的拼接重构政治美学的地图。当然这本来是"大历史"研究的题中之意，但是我坚持认为有一种更为谨慎的处理方式，这关涉到我对大历史的理解：大历史是一部芜杂的精神生产史，尊重这种芜杂，与剔除这种芜杂同样重要。

杨晓帆：你提到"政治美学"的问题，这一点在当代文学研究中尤其关键。"重返八十年代"研究的一个重要成果，是在反思所谓"新时期"意识的基础上重新评价"十七年文学"，以及与之相关的中国革命与社会主义实践。目前学术界有一种抬高"十七年"历史位置的倾向，虽然你比较少直接针对"十七年文学"发表专论（我读到过你对赵树理的精彩解读），但左翼文学应该说一直是你从事批评和历史研究的一个重要资源。不知道我的观察是否正确？在这方面我常常困惑的是，在个人经验和知识构成上我们都会亲近于左翼思想，并从中汲取到了认识中国当代史的重要角度与结构，但我又担心，透过当下"想象"革命，自己的思考会不会成为一种新的套话，一种重复性的知识生产。这个问题你怎么看？

杨庆祥：晓帆的观察非常正确。虽然"左派"（无论是新左派还是老左派）是一个让人有点不舒服的标签，我也从来不愿意被贴上这样的标签，但是，左翼文学或者说左翼文化确实构成了我一种比较重要的资源。我对左翼的情感比较复杂，作为一个出身于中国社会底层的人，我对左翼文化中的公平、正义抱有朴素的认同和期望；而另外一方面，作为一个接受过高等教育并以理性自居的大学教师，我对左翼文化中极端的、宗教激进主义的东西又抱有很大的警惕和排斥。也许这就是左翼所批评的小资产阶级的软弱性吧。

我在最近一期的"80后学人三人谈"中谈到了我对社会主义文学的"风景化"的阅读：其一，我所接受的文学训练基本上来自两个系统，一是80年代末的新潮作家作品，二是西方20世纪现代派作家作品，这两者如果概而述之则是西方现代主义文学传统；其二，80年代以来，由于"去政治化"思潮的影响，"回到文学本身"成为一种认识"时尚"，社会主义文学被认定为是具有"强意识形态的文学"而被整体"降格化"。也就说是，我在阅读此一时期的作品的时候，不自觉地就有了这两个认识上"范式"，从现代主义的角度去看，社会主义文学缺少"内面"，没有资本主义意义上的"主体"；而从"文学性"的角度来看，社会主义文学的语言和结构过于单一甚至粗鄙。我承认，在很长的一段时间里，这种"风景化"的认识模式一直主导着我对社会主义文学的"先见"。而我对社会主义文学的征用，也正是从对这种"先见"的怀疑开始的，没有内面的主体就不是现代的主体吗？社会主义文学难道不是同样在追求一种深刻的、内在的人物形象吗？比如社会主义新人、典型环境中的典型人物。这个怀疑的过程同时也是与自己身处时代的美学风尚进行较量的过程，在这种过程中，意识到自我的局限，开辟新的想象的可能性，是我对自己的要求。不可避免的，这种征用会带有强烈的追求"异端"的成分，并会夸大一些本来微弱的理论火焰，但对于我来说，这是必要的，对历史和自我的更新必须建立在一定程度上的夸张想象中，只要这种夸张不是出于肤浅的意识形态目的，而是为了精神切实的生长。

三 "80后"：经验的考掘

杨晓帆：同样身为"80后"，我非常喜欢你近来关于"80后写作"的一些思考。虽然关于"80后写作"现象的研究不胜枚举，但大多流于时评，或者专走文化研究的路子。"80后"如今已不是"早晨八九点钟的太阳"，但这一代人的文学生活并未得到足够的历史清理，相应的，"80后写作"似乎也没有做到名副其实的立此存照。是什么想法让你选择要碰这个"烫手的山芋"？能不能把你对"80后写作"的批评，概括为一种"总体史视野中的症候式阅读"？张悦然的"孤独"，韩寒的"抵抗"，这些病症不仅是对创作者主体意识的概括，也是对其文学风格与语言形式的细读，而你对病原的追问，则特别强调历史化，力图把"80后写作"放到一个更大的历史视野中去。我注意到，即使在你关于"80后写作"的思考中，80年代的历史幽灵也始终游荡着。那么在你看来，"80后写作"所处的历史坐标是什么？

杨庆祥：我对自己身属的代际其实并不是那么自觉。最早被人称为"80后"大概是在2002年，当时我在《诗歌月刊》上发表了一组诗，一位诗人编辑大加赞赏，说："看看，这就是80后的诗歌"，言下之意就是有些与众不同之处。至于究竟如何，他没有细说，我也没有深究。

同样，我对"80后写作"关注得比较晚，一直到2004年我才开始陆续读一些"80后"作家的作品。这里面有几个动因，第一是，作为一个读者，我对我的同龄人的写作有那么一点好奇，尤其是当这种写作被媒体包装得非常光鲜动人的时候；第二，作为一个研究者，我觉得我需要了解文学在当下的迁延，我其时以为能从"80后写作"中看出一些端倪；第三，我和一些"80后"的作家、诗人有一些交往和交流，他们以真诚的友谊鼓励我对他们的写作进行观察。

说起来很惭愧，到目前为止，我关于"80后写作"的研究只有不多的几篇论文和一些零散的讨论、对话。对研究来说，这些东西分量太轻了。你提到的"总体史视野中的症候式阅读"是一个非常迷人的研究方式，我在解读张悦然的文章《孤独的社会学和病理学》中，试图从社会学的视野去探究作品中孤独的根源，并引入台湾作家胡淑雯、日本作家青山七惠的作品予以互文呈现，其目的也是为了规避"时评式"的和"文化研究式"的方法，试图呈现一个更复杂和更有历史感的"80后写作"现象。不过遗憾的是，由于对象和我自身的局限，这一点并没有落实得很好。

无论是"80年代文学"还是"80后写作"，都是历史生成自我的一种形式，因此，它们之间并非是一个简单的"新旧"、"断裂"的关系，恰好是，任何一种写作都包含了它的"前史"。因此，如果说我关于"80后写作"的思考中有80年代的历史幽灵，那也是因为它本身就已经内含了这些。至于"80后写作"所处的历史坐标，我和金理、黄平曾经做过一个《"80后写作"与"中国梦"》的三人谈，这个标题让人看起来好像"80后写作"承担了一个"承前启后"的功能，正处在历史坐标的重要位置。实际上我觉得我们不应该夸大这种位置，相对于前面几代人，"80后"并无任何"优先权"，它所处的历史坐标不应该被预设，恰好是，它必须通过有效的写作为自己构建确实的历史坐标，否则它将会像历史上曾经出现过的众多的"流行文学"一样，消失在历史的深渊无声无息。

杨晓帆:"消失在历史的深渊中",这句话听起来有些酸楚呢。其实不仅仅是"80后文学",能否构建一个确实的历史坐标,似乎也是"80后"一代人的精神焦虑。"我与历史的关系如何"——突然成了一个我们想要遮遮掩掩却又无法回避的问题。"青年主体及其与历史之关系"也是你非常关注的一个主题。我尝试从你的文章中概括出了这样的历史叙述:当代文学的"强历史写作传统"在1985年后逐渐中断了,新潮小说的兴起带来了"去历史化"的倾向,不仅仅是文学叙事,1980年代以来的历史叙事同样以拒绝承认自我与历史之血肉关系的方式,召唤出一个虚假的主体。这个主体以意志强劲的自由姿态登场,却最终沦为一个孤独的、虚弱的个人。在这样的历史延长线上,文学是否可能创造出一种新的主体形式?仍以"80后写作"为例,一代人如何通过文学来想象自我?我觉得你一直在思考着这些问题,那么它们是否也暗示出你的批评标准——文学在它与历史书写、主体建构的关系上必须是生产性的。你觉得文学最不可缺少的"硬核"是什么?

杨庆祥:为什么要关注所谓的历史主体问题,这与我个人经验密切相关。就我个人而言,我一直觉得我们这一代最大的问题在于历史感的阙失。我经常在我的同龄人以及更年轻的(比如"90后"的大学生)青年人言行中发现那种轻佻的、貌似机智但实际极其无知的思考方式和行为方式,而且我注意到,这些言行看起来好像是必然如此的一种表达,这说明历史虚无主义和某种浅薄的存在主义已经在这一代人身上内在化了。

出现这种情况的原因大概有很多,作为一个文学研究者,我把这种焦虑投射到文学叙事和主体重构的思考之中,于是就出现了你所归纳的那样一条"强历史——去历史——虚假主体"的线索。但是我觉得需要警惕的是,不能夸大文学叙事的功能,如果我们把历史虚无主义完全归结于一种"叙事学"上的"建构",可能犯了某种"新左派"的幼稚病——历史并非是完全依靠叙述来推进的。也就是说,如果要考究历史虚无主义在我们身上的病源,可能更要从社会的结构、资本的迁徙和增殖,甚至更现实的经济和阶层的分化等角度进入,它要求的是一种真正总体意义上的政治经济学视野。

从这个意义上说,把主体重构的任务交付于文学,实际上可能是另外的一种"虚无主义"或者说历史的妄想症。如果真实可信的"主体"没有通过"抵抗"完成对政治经济结构的重整,这种"主体"就不可能在文学中被"呈现"。柄谷行人曾经提到现代公民社会的建构,认为如果不冲破"资本制——民族——国家"三位一体的圆环,就无法完成,这一描述同样适合于现代主体的生成。

但是文学书写依然是重要的,其重要性在于通过不断的、持续的书写把支离破碎的历史缝合为一个"想象的共同体",在这个"共同体"中,个人与历史能够发生有效的关系,或者说,个人通过阅读加入到历史中去,然后完成现实性的(而非想象性的)成长。在这个意义上,文学与历史、主体是互为生产性的,这种生产性,是一切优秀文学的"硬核","80后写作"也只有通过这种方式,才能在"成长小说"的意义上完成对"历史虚无主义"的扬弃。

杨晓帆:最近我读到你和金理、黄平在《南方文坛》上的"80后学人三人谈",非常精彩,这个专栏会一直继续下去吧,还会涉及哪些主题?我特别佩服你们的勇气,因为特别强调"80后学人"的身份,其实是一种冒险。在发言前不得不面对这代人在历史意识上的局限性,一旦发言,又不能以小卖小、以特殊性为借口逃避对普遍性问题的关怀。究竟是什么动力,让你们觉得必须突出这种身份意识?在发刊词中,你用"历史中间物"一词形容"80后"——我们处于改革实绩与阵痛的夹缝中,文学成为我们这代人理解时代、历史与自我的支点。

基于这样的判断,"80后学人"这一身份可能为你们的研究带来怎样特殊的效果?

杨庆祥:谢谢晓帆的表扬,这样我们更有信心了。这个专栏大概会做六期,基本的思路是从自己的经验谈起,由近及远,对一些重要的文学史话题和文学现象展开讨论。这些话题主要是:新世纪的历史写作;80年代的改革文学;社会主义文学的遗产;现代文学研究面临的困境;未来中国文学展望等。这些话题有的比较当下,比如新世纪的历史写作,谈的是最近出版的几部长篇小说,如《天香》、《四书》、《蛙》等;还有未来中国文学展望,其实是受到卡尔维诺的《未来千年文学备忘录》的启发,主要谈谈一些我们觉得可能会在未来对中国文学起到推动作用的一些作家。而另外一些话题,比如社会主义文学问题,现代文学研究问题,算是学术界的"老话题"了,但是我们也想碰一碰,看看能否激发出一些新的东西。

至于突出"80后学人"这个身份标签,也是为了凸显我们的一种主体性吧,也就是说在"作者是谁"这个问题上,我们不想太含糊,我们知道学术的更新有时候是很残酷的,也许我们还没来得及发言,就被后面的一代人跨越过去了,因此,这里面有些现代性的时间紧迫感在里面起作用。当然,一种更理想的解释是,我们希望能够通过这种方式,集中展现我们的思考和问题应对。

我一直以为学术研究不仅仅是孤独的个人手工作业,尤其在今天知识更新如此迅疾的时代。对于这个"三人谈",我个人其实更看重这种形式,我们平时写的文章,大多是四平八稳的学术论文、高头讲章,尤其是为了应付所谓的考评、职称、人情,要写很多正确的"废话"的东西,很多有意思的、源自内心的思考可能反而被"屏蔽"了。我希望能够在对话和讨论中找到自己的问题理路,反思自己的思考方式,同时,作为三个"80后"的同龄人,我们也通过这种方式做一个有些姿态性的宣示：我们可以严肃、深入、理智地讨论问题。这是我们最希望达到的效果，当然结果如何，还有待观察。

杨晓帆：除了"80后学人"，你还有"80后诗人"这个身份。从作者角度换位思考的可能性，是否会影响到你对文学批评的认识？你觉得文学创作与文学批评的理想关系是什么？

杨庆祥：我记得昆德拉的一部作品《生活在别处》以反讽的形式写了一个诗人的遭遇，并指出了"虚伪的热情"的可怕性。我非常坦然的是，对于学术的热情和对于诗歌的热情在我这里都是真实的。我从11岁即开始诗歌习作，并一直延续至今，诗歌写作对于我来说是一种特别的表达方式，这种表达非常私我，它并不寻求发表、出版和所谓的诗歌声名，虽然我也在一些场合被人目为"80后诗人"，但实际上我和诗歌圈一直保持着非常疏远的关系，我像看护自己的后花园一样把这个领地牢牢地守卫着。

我想这种对于诗歌的态度也同样影响到我对文学批评的认识，我觉得真正优秀的文学批评，一定是源自内心的热情，一定是因为在作品中找到了某种亲密的东西，并试图通过"语言化"的方式把这种亲密的东西呈现为一种有效的对话。文学创作与文学批评是天然的情人关系，罗兰·巴尔特所谓的"恋人絮语"至少在表层上认可这种关系。今天更多的情况是文学创作和文学批评互相瞧不起，或者内心极度渴望对方的肯定，但表面上又装着满不在乎，这也是一种很有意思的现象。这说明中国当下的文学批评还很不成熟吗？不管如何，任何依附性的关系或者表达都会损害文学创作和文学批评自身，就好像那些初次闯入情爱禁区的懵懂少年，以粗暴的方式来展示自己的力量，如果文学批评和文学创作有一天意识到真正的力量来自于彼此的信任、理解甚至是同情，那么，理想的状态也许就不远了。

最后要特别感谢晓帆准确而开阔的提问。入春以来，风云变幻，身处巨大而隐晦的历史局势，穿梭于谣言、谶语、密算遍布的当下，让我时时想起帕斯捷尔纳克那首著名的《哈姆雷特》——"倚门倾听远方袅袅余音，从中捕捉这一代的安排"。企图通过文学这一充满命运感的形式去安排展开个人的命运，可能最后也只能流于彷徨和反讽吧。

杨庆祥　杨晓帆

2012 年 3 月 25 日　北京 - 纽约

上 编

在"大历史"中建构"文学史"

——关于"重返八十年代文学"

张旭东在近来的一篇文章中提出了一种"长时段的共和国历史分期论"[①],主要内容如下:

> 事实上,理解改革开放以后30年和前30年的关系,必然要借助第一个30年(1919—1949)的中介,必然要把1949年以前的现代史纳入一种新的历史叙述和未来想象。换句话说,关于后30年(改革开放时代)历史定位的争论,必然要借助1949年前的30年作为一种历史与合法性参照,从而决定"新时期"同毛泽东时代的关系。……在20世纪中国的整体框架里看,两个30年的关系,实际上是两个60年的关系,即1919—1979阶段和1949—2009阶段的交叠关系。重叠部分是中间的30年(1949—1979),而这正是人民共和国的奠基时代。这30年承前启后,继往开来,把20世纪乃至近代以来所有的可能性融为一体,放置在一个强大的国家体制之下,从而为后30年开辟可能性。

张旭东的这个提法看起来似乎有点"饶舌",但恰好说明了这一

---

① 张旭东:《试论人民共和国的根基——写在国庆60周年前夕》,《21世纪经济报道》11月24日。我阅读到的是由上海的学者转发过来的电子稿,所引文也出于此。

"分期论"的困难之处，实际上，张旭东所切切强调的除了一种历史观的整体论以外，明显把重心放在了1949—1979这30年，以张旭东的话来说，这就是一个"重叠的30年"，这种论述与目前学术界不断抬高"十七年"历史位置的倾向一致。张旭东的这种论述是否一定合理这里暂且不论，但是他给我们提供了一种认识的视角，那就是，必须寻找到一个具有"原点"意义的文化时段来为历史阐释提供足够开放的空间。在这个意义上，我觉得80年代显然更具有讨论的意义（很有意思的是，恰好也是张旭东在很多年前就从文化思想史的角度提出了"重返80年代"的说法①）。在我看来，1919—1979以及1949—2009这两个60年如果存在某种结构性的关联，这一关联在很大程度上是通过80年代这样一个历史时期作为"中介"产生意义的。80年代不仅是前此60年（1949—1979）的终结，同时也是一种"重启"，比如"启蒙主义"和"人道主义"是80年代两个最重要的思想动向，而这两者，也正是"五四"的思想资源和理论导向，正如很多学者所指出的，80年代实际上是借助"回到五四"的思想资源来终结1949—1979年的政治文化实践的。但是在另外一方面，这种"重启"已经不是简单"回归"到纯粹意义上的"五四"，而是一个经过社会主义革命思想渗透、改造、形塑过的"五四"。也就是说，80年代已经天然地包括了"五四"的传统和社会主义革命的传统，也正是在这两个传统的张力之中，80年代占主导思想倾向的"改革"就是一个包含有复杂维度的"意识形态"：这一形态不仅包括有对"五四"以来民主、自由、科学、理性的想象，对社会主义公平、平等、激情的渴求，同时也有对资本主义个人主义的崇拜以及与此相关的对身体、情欲、消费、财富、城市化的向往。从这个意义上说，80年代就不仅仅是一个关涉到"起源"的时代，它既是"起源"也是"终结"，既是"原点"也是"终点"，或者说，它是一段

---

① 张旭东：《重返80年代》，收入《批评的踪迹》，生活·读书·新知三联书店，2003年。

真正叠加的"历史",这一叠加,不是简单的时间段落上的重合,而是一种"质"的意义上的"生成",80年代就是一个浓缩的取景器,在这里,蕴含了一切"大历史"所具备的要素:"时间"和"空间"互相指涉,清晰的历史界限被抹平,断裂性和连续性互相纠缠,主体被多种意识形态裹挟,并最终形成一种如安德森所言的空洞的时间观念和幻想的共同体意识形态。实际上,很多学者已经意识到了80年代这一特殊的历史时段之于文学史的意义:"今天可以看到,关于'新时期文学'的文学观念、思潮和知识立场,基本是在八十年代形成的。目前站在中国现当代文学专业课堂讲授和研究第一线的老师,也多在这十年建立起了自己的知识观念、知识感觉和知识系统。正是在这种意义上,'80年代'无可置疑地成为观察整个新时期文学的一个'高地',一个瞭望塔。由此,也许还能够更为深刻地理解什么是'当代'文学。"[①]"'80年代文学'是一个与'改革开放'的国家方案紧密配合并形成的文学时期和文学形态。在'改革开放'这个认识装置里,'十七年文学'、'文革文学'变成被怀疑、被否定的对象,由此影响到对过去作家作品、文学思潮和现象的重评……与此同时,被看做'十七年非主流文学'的作品和现象,则被'回收'到80年代……在这个意义上,'80年代文学'被看做对'十七年文学'和'文革文学'的'历史性超越',是一种'断裂',它意味着中国当代文学的又一次意义深远的'转型'。"[②]"当人们越来越多地把'60年'作为当代文学讨论的基本范畴时,首先需要意识到的是,这并不是一个自明的时间单位。在如何理解当代文学60年历史的整体上,事实上一直存在着一个'原点'式的阐释框架,这就是在80年代形成的'新时期'文学意识。在这种意识支配下,当代文学的历史被理解为两个30年、两种对立的文学规范乃至两种知识

---

① 程光炜:《历史对话的可能性——人大课堂与八十年代文学·前言》,未刊。
② 程光炜:《文学讲稿:"八十年代"作为方法·前面的话》,第1页,北京大学出版社,2009年。

范式之间断裂和冲突的历史。新世纪的语境中'60年'作为当代文学时间单位的提出,由此并不仅仅是一个空洞的时间纪元,而意味着一种新的历史意识的出现。这为人们去探讨、反省80年代的'新时期'意识与新启蒙思路提供了新的历史可能性。"[1] 但需要指出的是,这种把"80年代"指认为"认识的装置"和"历史的原点"的看法固然已经是一种认识上的推进,但依然拘囿于80年代文学(史)本身,而没有把80年代文学(史)纳入到一个历史哲学的高度上来谈论,正如我在上文中所提到的,80年代既包括"起源"、"终结"、"原点"、"装置"等一切东西,但又远远多于这些东西,从这个意义上说,今天来讨论80年代文学(史),一方面要借助这些"知识化"的认识概念来激活已经被固化的"知识",但更重要的是,我觉得应该寻求的是一个"根本性"的东西,也就是说,重返80年代或者说重返80年代文学(史)一定要意识到这样一个问题,那就是,作为80年代历史的一部分,文学史如何在80年代的历史叙述中确定自己的位置并找到一个"根本性"的东西。我觉得这是目前重返80年代文学(史)需要首先回答的问题,这个问题如果没有回答好,重返80年代文学(史)就可能面临某种"学科化"的危险(一如"现代文学"学科在今天的境况一样),成为一种纯学科内的知识和智力的实验,这应该不是重返80年代文学(史)的初衷和目的。

那么,这里的问题是,80年代文学(史)与80年代历史的关系是如何被结构起来的?或者说,在这种结构中,什么才是80年代文学(史)的根本性的东西呢?如何才能找到这一根本性的东西呢?我想通过一个个案来回答这个问题。今年七月份我准备写一篇关于路遥的《人生》的文章,在搜集相关资料的过程中发现一个很让我惊讶的事实,那就是,近二十年来关于这部小说的评论和研究都在一个低水平线上重

---

[1] 贺桂梅:《打开60年的"原点":重返80年代文学》,《文艺研究》,2010年第1期。

复。在一部前几年出版的《路遥评论集》中，收录了自 1983 年到 2007 年发表的三十多篇研究文章，但就我的研究需要而言，仅仅只有两篇文章给我提供了有限的利用价值，一篇是蔡翔的《高加林和刘巧珍——〈人生〉人物谈》，一篇是李劼的《高加林论》，在我看来，这两篇文章的价值就在于不是简单地复述文本已经预设的故事、人物和意图，而是试图在一个"大历史"的视野中把人物、故事从文本里面剥离出来，"缝合"到当时的历史语境而不是文本语境中去。比如蔡翔认为刘巧珍"她不是通过他人来体现自己的价值，而只是希望由他人来实现自己的价值。这种褊狭的认识取代了她的全部的自我意识"。由此他指出："社会主义运动的目的正是努力提高每个人的社会价值，每个人就应该珍惜和提高自己的价值……一场个人命运的悲剧却推演出一个社会变革的主题。"[1] 李劼在文章中通过文学人物谱系的方式分析了"从阿Q到高加林人物形象的变迁，向我们提示了'五四'以来六十多年的时代变换，美学观念的演进以及文学思潮的更迭"。[2] 但让我不满足的是，这种分析论述依然还是在文学史的框架里面来展开的，并没有完全意识到这一文本与其所根植的"大历史"之间复杂的纠缠关系。在我看来，今天如果来重读《人生》，就不能仅仅把它看做一个文学史问题，或者说，文学史问题不是《人生》的根本性的问题。我们知道，在 80 年代，类似"进城"经验的书写是很多的（如《鲁班的子孙》、《陈奂生上城》等），但为什么是高加林成为一个经典的文学形象并得到广泛的阅读和转喻呢？在我看来，这里面文学性的东西所起到的作用其实是很有限的，真正的问题在于它是一个"参与性"的文本，它因此更典型地回答了一个关键性的社会问题和精神问题，那就是在 80 年代"改革开放"的历史背景下，一代青年人如何改变自己的历史位置并参与

---

[1] 蔡翔：《高加林和刘巧珍——〈人生〉人物谈》，《上海文学》，1983 年第 1 期。
[2] 李劼：《高加林论》，《当代作家评论》，1985 年第 1 期。

到历史实践中去,并在这种参与中如何协调自我与他者、自我与社会之间的关系。如果没有意识并分析到这个层次,那么对于《人生》的历史阐释和文学史定位就应该是缺乏深度的。通过这样一个案例我其实说想说两个问题,第一,80年代文学(史)的根基在今天看来是参与性的,而不是修辞性的,即使是在极端的"先锋文学"文本中我们也能看出这种特点,比如程光炜就曾在"先锋小说"和80年代的城市改革之间建立起了有效的历史联系。①也就是说,作为文本的文学史并不能解释80年代文学(史)的多种维度(历史的、社会的、哲学的),因此,重返80年代文学(史),就必须具备"大历史"的视野,从思想史、政治史、文化史等等不同的角度进入,这样才能见诸全面,首先要不"文学",才能更加"文学"。第二个问题正是我在重新研究《人生》的过程中所碰到的难题,当学科的历史并没有给我们提供足够多的材料、论据、观点和理论的时候,我们怎样建立起研究的"历史感"?这个问题其实一直是"重返80年代文学(史)"研究中面临的一个方法性的难题。程光炜在一次访谈中专门论及该问题:"首先把它'历史化',建立一种知识谱系和系统,然后再通过它重新去整理别的文学年代。如果不这样做,那么这个学科就会永远陷入一种相对主义的混乱之中。现代文学不就是首先建立起关于'五四'、'鲁迅'的'历史意识'和'理论意识',才逐步成为一个相对成熟的学科的吗?所以,如果我们花上几年甚至更长一点时间集中精力去面对一个文学年代的问题,对很多沉埋在批评状态、历史尘埃中的作家作品、现象和问题开展非常耐心的大规模的发掘工作,深入细致地研究具体问题,一步一个脚印地走下去,'当代文学'的历史意识和理论意识,我想自然就会慢慢出来了。"②也就是说,只有把80年代这一个历史时期不断"历史

---

① 程光炜:《如何理解先锋小说》,《当代作家评论》,2009年第2期。
② 程光炜、杨庆祥:《文本、历史和方法》,未刊。

化"、"问题化",只有将这种作为文学史哲学的"大历史"观念和作为方法论意义上的"学科历史感"的确立有效结合起来,重返80年代文学(史)才可能具有真正的生产性。

需要进一步追问的是,确定了80年代文学史的"根基",寻找到相关有效的文学史哲学和方法论,是否就一定能够建构起一个有效的"文学史"。我觉得并不一定,这里面必须同时考虑另外一个问题,那就是,如何把大历史"文本化"?詹姆逊在《60年代断代》这篇文章中曾经说过,"所谓的'时期'无论如何不可解作某种无处不在且统一的共同思想和行为方式,而是指共有一个相同的客观环境,因此也才有林林总总、各式各样的反应和创新"①。文本正是对共同的"历史时期"的各式各样的反应,或者说,历史总是通过文本来建构起自身,没有文本,也就谈不上历史。我依然想通过一个个案来论述这个问题。我们知道,在80年初有一场著名的人生观大讨论——"潘晓讨论",从更世俗的意义上说,这一场讨论开启了整个80年代青年人的思想启蒙,因为更日常化和更平民化,这场讨论的意义可能比"人道主义大讨论"等更具有普遍意义。回顾这场讨论不是本文的目的,我的问题是,这次讨论是一个社会问题还是一个文学问题?或者说,这是一个历史的问题还是一个文本的问题?我这么设问是有原因的,实际上目前对于这次讨论的研究基本上都是在社会学的视野中来展开的,却没有意识到这一"讨论"背后所蕴含的文学问题。贺照田比较敏感地意识到了这一点,在近来的一篇文章中,他很有洞见地指出:"在相当意义上,'潘晓讨论'可说集中表露了当代中国大陆精神伦理所以演变至今天这样一种状况的历史和观念背景。……因此,当时不论是阮铭的文章《历史的灾难要以历史的进步来补偿》,还是经过中宣部组织修改

---

① 弗雷德里克·詹姆逊:《60年代断代》,张振成译,收入王逢振主编,《先锋译丛·六十年代》,第2页,天津社会科学院出版社,2000年。

审定的署名本刊编辑部的文章《献给人生意义的思考者》,其核心都在呼吁青年投身他们认为正确的历史进程中。这样呼吁当然没有错,但却不能真正深入进此讨论精神、主体方面的深层含蕴,当然也就不能准确理解'潘晓'所以从她的经历中引出如下结论——'任何人,不管是生存还是创造,都是主观为自我,客观为别人……只要每一个人都尽量去提高自我存在的价值,那么整个人类向前发展也就成为必然的了'——背后真正的历史与观念机制。当然也不可能真正贴近、解决潘晓的问题。因为潘晓的问题不可能仅仅通过政治、经济路线的调整加以解决。"①请注意贺照田的表述,首先他是把"潘晓讨论"纳入到了80年代政治、经济的语境中来讨论的,但是他又明显地意识到了,仅仅从政治、经济等角度并不能回应并解决"潘晓讨论"。治思想史出身的贺照田肯定会试图从思想史、文化史等角度去理解这个问题,这是某种学科惯性使然,但是对于治文学史的人来说,对"潘晓讨论"的理解却不能简单落实到问题之解决的层面上,在我看来,要把"潘晓讨论"放置于"大历史"的语境中,就不能忽视这一讨论的所具有的"文学史维度"。这一维度是,正是通过"文学修辞"和"文学青年"这两个至关重要的"文学方式","潘晓讨论"才能成为一个话题和事件,并被阅读、传播和想象。文学修辞是指潘晓讨论中的"信件"实际上不是"普通"的信件,而是经过了"文学修辞化"后的"文学作品","文学青年"是指参与该讨论的主体(信件的作者和读者)都具有文学青年的身份意识和精神自觉,正是在这两重机制的作用下,社会问题被文学化了,而历史同时也被文本化了。进一步说,如果追问80年代文学(史)的原点(起源),"潘晓讨论"和《人生》可以说是互为历史并互为文本的,"潘晓讨论"提供了大历史的框架,但同时把大历史文本化了,而《人生》则提供了文学史的框架,但同时内涵了大历史所具备

---

① 贺照田:《当代中国精神的深层构造》,《南风窗》,2007年第18期。

的复杂要素。

上述两个个案从某种意义上说内涵了今天重返80年代文学（史）需要面对的问题，这一问题是，一方面不能离开"大历史"来谈论所谓文学本身的历史，文学本身是没有历史的，它只有把它的根基建立在"大历史"上，不回避大历史，理解并参与大历史，才能找到自己的真正的历史位置，文学史不是故事，也不是叙事之一种，它是与大历史血肉关联的整体中的一部分。另一方面是不能离开文学史来讨论空泛的历史形而上学，因为历史的问题历史本身并不能予以解决，而是必须通过思想史、政治史、文学史等等来予以问题化和"历史化"，文学史是"历史"具体化和问题化的一种有效的方式，必须借助这样的历史化，真正的历史感才能够建构起来，而同时，文学（史）才是活的，而不是死的。对于80年代这样一个意义重重"叠加"的历史时期和"文学年代"而言，文学史研究怎样不"文学"，又怎样回到"文学"，是一个充满了张力感和紧张感的问题。因此，对于今天的文学史研究而言，平衡大历史和文学史的结构性的矛盾不仅是一个方法论的问题，同时也是一个认识论的问题，是一个如何把我们的思考能力切入历史和文学深处，发现、挖掘经验和回收、重组知识的搏斗过程。如果今天重返80年代文学（史）研究能够在这些方面予以创制性的思考，而不是仅仅局限于建构一个80年代文学（史）本身，我想，这会为当代历史提供更多的启示。

2009年11月29日

如何理解"重写文学史"的"历史性"

一

让我们从一个文化事件谈起。2000年,《收获》第2期"走近鲁迅"专栏刊发了三篇文章,分别是冯骥才的《鲁迅的功与过》、王朔的《我看鲁迅》、林语堂写于1937年的旧文《悼鲁迅》。这三篇文章虽然风格各异,重点不一,但都有一致之处,那就是对鲁迅"经典形象"进行一种解构式的"重写"。冯骥才开篇就点出鲁迅的"成功"之处在于"独特的文化的视角,即国民性批判",但是随即笔锋一转,认为:"然而,我们必须看到,他的国民性批判源自一八四零年以来西方传教士那里。……可是,鲁迅在他那个时代,并没有看到西方人的国民性的分析里所埋伏的西方霸权的话语。……由于鲁迅所要解决的是中国自己的问题,不是西方的问题;他需要借助这种视角以反观自己,需要这种批判性,故而没有对西方的东方观做立体的思辨。……可是他那些非常出色的小说,却不自觉地把国民性话语中所包藏的西方中心主义严严实实地遮盖了。"[①] 王朔则直言:"鲁迅的小说确实写得不错,但不是都好,没有一个作家的全部作品都好。""鲁迅写小说有时是非常概念的,这在他那部备受推崇的《阿Q正传》中尤为明显。""我认为鲁迅光靠一堆杂文几个短篇是立不住的,没听说有世界文豪只写过这点

---

① 冯骥才:《鲁迅的功与过》,《收获》,2000年第2期。

东西的。"① 林语堂以同代人的身份对鲁迅的定位是："鲁迅与其称为文人，无如号战士。战士者何？……不交锋则不乐，不披甲则不乐，即使无锋可交，无矛可持，拾一石子投狗，偶中，亦快然于胸中。此鲁迅之一副活形也。"② 这三篇文章一俟发表，立即在文化界引起很大反响，反对者有之，赞成者亦有之，③ 但大多秉持某种道德化立场，真正有价值的观点并不多，所以有人指出："从1999年底刮起的一股'批鲁风'，实际上是1998年文坛'断裂'事件的延伸和继续。如果不认真研究导致产生这种现象的深层原因并加以妥善解决，而单就鲁迅论鲁迅，那就会纠缠不清，也不可能从根本上解决问题。"④ 那么，这一深层的原因

---

① 王朔：《我看鲁迅》，《收获》，2000年第2期。
② 林语堂：《悼鲁迅》，《收获》，2000年第2期。
③ 2000年5月22日，浙江绍兴市政协委员、绍兴市作家协会主席朱振国以会员身份致函中国作家协会，对三篇文章表示不满。朱振国认为："概括《收获》上的三文，可以说冯骥才的开篇是'点穴'，王朔卖点是'抹粪'，林语堂压卷是'漫画像'。"他进一步指出："对待历史人物，尤其是文化伟人，我们需要保持明智的心态，宗师、奠基人、开先河者，有其不完美是难免的，但他们的历史地位永远是不可动摇的。想以对巨人的轻侮衬托自己的高明，或以为巨人已长眠地下不可能辩护和抗争而显得猖狂，只能证明自己的愚蠢、浅薄和卑劣。《收获》杂志封面上赫然打着'巴金主编'，我们知道巴老是崇敬鲁迅的，他在1983年来绍参观鲁迅纪念馆时，留下了'鲁迅先生永远活在人民的心中'的题词。读者迷惘的是：这次《收获》讨伐鲁迅，到底是出于怎样的考虑？作为我们协会主席和刊物主编的巴金知不知道这事？如果不知道，那么，这次'倒鲁'是谁策划又代表了谁的旨意？用意何在？"文章结尾，朱振国要求中国作协机关报《文艺报》刊出这封公开信并作出复示。朱振国的文章首先发表在《绍兴日报》，一些媒体对此进行了报道，比如新华社发表了题为《贬损鲁迅引起作家朱振国质疑》的消息，《中国青年报》发表了标题为："绍兴作协主席质问《收获》：贬损鲁迅，意欲何为"的消息。6月1日，绍兴市鲁迅研究会、绍兴市作协、绍兴市文联、绍兴市社科联的有关人士还召开了"反对贬损鲁迅座谈会"。《收获》杂志的副主编肖元敏、程永新对朱的质疑作出了强烈反映，分别发表了《走近鲁迅，用心良苦》、《走近鲁迅，何错之有》的相关文章。中国作家协会并没有对朱振国的公开信公开表态，但是在6月10日出版的《文艺报》"作家论坛周刊"开辟了相关专栏，一是在"鲁迅是中国现代进步文化的代表"的大标题下发表了北京召开"鲁迅研究热点问题讨论会"的消息，题为《鲁迅的革命精神不容亵渎》。另外刊发了陈漱渝的访谈录，题为《要想跨越他，首先要继承他》。
④ 陈漱渝：《要想跨越他，首先要继承他》，《文艺报》，2000年6月10日。

究竟是什么呢？

如果我们联系到冯骥才的另外一篇文章，或许能看得更清楚一些。1993 年，在一部分学者提出"后新时期文学"①这一概念之际，冯骥才发表了《一个时代结束了》②一文，提出"新时期文学"已经成为一种"历史"，是到了"应该自我保存"的时候了。冯骥才列举的理由有四：第一，"新时期文学"已经完成了挣脱"文学为政治服务"的使命。第二，"新时期文学"已经完成了"文学回归自身"的使命；第三，"新时期文学"的读者群已经涣散；第四，在市场经济的冲击下，文学的使命、功能、方式，都需要重新思考和确立。由此可以看出，从"走出 80 年代文学"、"新时期文学终结"到"批鲁风"，这些文化事件背后的深层原因是 90 年代以来中国社会的转型而要求对 80 年代建构起来的文学史观念和文学经典进行再一次的重写。很明显，在冯骥才、王朔等人看来，要走出 80 年代文学（新时期文学）就必须走出鲁迅的神话，只有解构了鲁迅的神话才有可能解构 80 年代文学的神话。这里一个很有意思的问题是，作为 80 年代文学的亲历者和参与者，冯骥才和王朔都非常敏锐地意识到了一个事实，那就是，80 年文学话语是一种建立在对以鲁迅为代表的"五四启蒙文学"的激活和建构的基础之上，并最终确立了以启蒙为主导的现代化文学话语叙事。正如贺桂梅在其博士论文中所论述的："80 年代前中期，对五四传统的理解在思想文化界大体是一致的。批判传统的封建主义文化因素、倡导世界性文化眼光

---

① 1992 年秋，北京大学中国语言文学研究所和《作家报》联合召开了"后新时期：走出 80 年代的中国文学"研讨会。这次会议将 90 年代文学命名为"后新时期文学"。与会者的文章分别发表在《当代作家评论》1992 年第 5 期和《文艺争鸣》1992 年第 6 期上。正如有的研究者所言："尽管对'后新时期文学'的时间划分以及具体的内涵、特征有着不同的见解，但他们大多以'市场化'、商品经济的消费性对文学的影响作为区分两个不同文学时期的前提"。（洪子诚主编：《中国当代文学研究》，第 119 页，北京出版社，2001 年。）

② 冯骥才：《一个时代结束了》，《文学自由谈》，1993 年第 3 期。

和肯定普遍意义上的'人性',都被看做五四时代没有完成的现代文化建构工程,而在 80 年代得到继续。正是在这个意义上,80 年代被看做是直接继承了五四传统,以推进中国文化的'现代化'的历史时期。"① 因此也可以这么说,冯骥才、王朔等人对鲁迅的批评,绝不仅仅是对作为单个作家的鲁迅的批评,而是对 80 年代以来所建构起来的以鲁迅为代表的现代化文学话语的批评。在此我无意辩驳这一文化事件的是是非非②,只是想指出一个问题,当"冯骥才们"试图通过"重写"以鲁迅为代表的中国现当代文学(史)的时候,与其说他们面对的是中国现当代文学(史)这一历史的存在,不如说他们面对的是经过 80 年代的"重写文学史"思潮建构起来的中国现当代文学(史)这一话语的存在。实际上,90 年代以来的一系列文化事件,如"人文精神"大讨论、"断裂问卷事件"③、经典大师排位④、《收获》事件,等等,他们的诸多话语方式、知识资源和行为逻辑都与 80 年代的"重写文学史"思潮

---

① 贺桂梅:《80 年代文学与五四传统》,北京大学博士学位论文,2000 年,未出版。
② 在我看来,第一,冯、王虽然站在 90 年代的立场上对 80 年代的文学话语进行批评,但所使用的知识资源在很大程度上还是来自于 80 年代,比如王朔对小说的非概念化、虚构本质的强调,实际上来自于 80 年代"新潮小说"的评价标准。第二,冯、王等在对 80 年代所建构起来的中国现当代文学史话语进行批评的同时,一方面暴露了其中的一些问题,另外一方面也同时遮蔽了中国现当代文学(史)的历史性。
③ 1998 年,作家韩东、朱文等人发起一份旨在挑战现有文学秩序的"断裂"问卷,后来问卷和 56 位青年作家、评论家的答卷一起刊登在当年的《北京文学》第 10 期上。这份问卷由于问题设计很有针对性、倾向性和引导性,在当时的文坛引起很大的反响。参与者宣称要跟长期信守的道德观、价值观以及信仰、趣味断裂。题目包括"你认为中国作家协会这样的组织和机构对你的写作有切实帮助吗?你怎样评价它?""你认为作为思想权威的鲁迅对当代中国文学有无指导意义?""你对《读书》和《收获》杂志所代表的趣味和标榜的立场如何评价?"等。回收的问卷中,出现了这样的回答,"公共浴室(问题一)"、"让鲁迅歇一歇吧。(问题二)"、"《读书》是特辟的一小块供知识分子集中手淫的地方,《收获》的平庸是典型的,一望而知的。(问题三)"
④ 1994 年,北京师范大学教授王一川主编《20 世纪中国文学大师文库》,文库在小说卷"排行榜"中选入金庸,而茅盾则落选。

密切相关,"从某种角度看,这可以看做'重写文学史'历史逻辑的延续"①。它们一方面沿袭了"重写文学史"思潮的某些知识资源和行为方式,另一方面,又通过一种断裂的方式证明了80年代(包括"重写文学史"思潮)不仅是一种历史的存在,更内在于我们当下的文化构成之中。这些当下的话语事件以后发的方式进一步凸显了80年代"重写文学史"思潮在应对、推动、型构中国现当代文学(史)话语时的重要意义和作用,它使我们意识到,在一个更开阔的历史视野和知识语境中回过头来重新审视80年代的"重写文学史"思潮,以及与此相关的文学(史)叙事,不仅是历史研究的需要,同时也是回答当下困扰我们诸多文化问题的现实需要。

二

毋庸置疑,80年代关于中国现当代文学的叙事与"重写文学史"思潮密切相关。首先,"重写文学史"思潮建构起了一种新的中国现当代文学史的学科形态,正是在80年代"重写文学史"思潮的发生和展开过程中,一种完全不同于前此的中国现当代文学史被叙述和确立起来。经典作家谱系的更替大概最能见出这种变化的幅度,1951年,由陈涌为首的北大文学研究所主要从事现代重要作家的研究,他们首选的八位作家是:鲁迅、瞿秋白、郭沫若、茅盾、丁玲、巴金、老舍、赵树理。② 到了唐弢、严家炎主编的《中国现代文学史》中,鲁迅、郭沫若、

---

① 温儒敏、李宪瑜、贺桂梅、姜涛等:《中国现当代文学学科概要》,第129页,北京大学出版社,2005年。
② 王瑶1951年5月8日致叔度的书信,《王瑶全集》,卷八,河北教育出版社,2000年。1951年出版的王瑶的《中国新文学史稿》是以文学体裁来进行章节划分,只有鲁迅的小说《呐喊》和《彷徨》、曹禺的《雷雨》被单列一节。见王瑶:《中国新文学史稿》,新文艺出版社,1954年。1956年出版的刘绶松的《中国新文学史初稿》是以文学斗争为主要叙述对象,单列一章的作家只有鲁迅一人,单列一节的作家有瞿秋白、柔石、胡也频、殷夫四人。

茅盾各单列一章，巴金、老舍、曹禺三人合为一章；①到了1987年出版的《中国现代文学三十年》中，单列一章的经典作家是鲁迅、郭沫若、茅盾、老舍、巴金、沈从文、曹禺、赵树理。②进入90年代以后，这种变化的幅度更大，樊骏根据《中国现代文学研究丛刊》上发表的文章作了专门的统计，以1989年为界，前十年关于鲁、郭、茅、巴、老、曹的文章占了作家作品研究的半数以上，而近十年则缩减为四分之一；张爱玲、沈从文、萧红、林语堂、徐訏、冯至、穆旦的研究文章明显增多，有关闻一多、赵树理、夏衍等人的文章显著减少。③而且，不仅是经典的秩序被重写，即使是地位没有变化的经典作家，研究的角度也明显不同，以鲁迅为例，在80年代的"重写文学史"思潮中，鲁迅从前此的革命的、无产阶级战士的、现实主义的鲁迅变成了一个启蒙的、现代主义的鲁迅，与此相关的是，以前遭到忽略的《野草》等作品获得高度的肯定和评价。再比如对沈从文和张爱玲的发现和肯定，也决然不仅仅意味着发掘或者"平反"一些被掩埋的作家作品，而是在这种经典谱系的更新中，蕴含着一种新的文学史的评价标准和准入原则。正如王瑶所总结的：

> 针对长期以来存在的"以社会主义文学的标准衡量现代文学"的"左"的倾向，强调了现代文学的新民主主义性质，提出要以是否具有"反帝反封建"的倾向，以及这种倾向表现的是否深刻、鲜明作为衡量和评价现代文学作家作品的基本标准。……随着研究工作的深入，人们逐渐发现"反帝反封

---

① 唐弢主编：《中国现代文学史》，第1卷、第2卷，人民文学出版社，1979年。唐弢、严家炎主编：《中国现代文学史》，第3卷，人民文学出版社，1980年。
② 钱理群、温儒敏、吴福辉、王超冰：《中国现代文学三十年》，上海文艺出版社，1987年。
③ 樊骏：《〈丛刊〉：又一个十年（1989—1999）——兼及现代文学学科在此期间的若干变化（上）》，《中国现代文学研究丛刊》，2000年第2期。

建"的标准本身仍然存在着一定的局限性……正是在这样的情况下,有人提出了"文学现代化"的概念。它包含了文学观念的现代化,作品思想内容的现代化,作家艺术思维、艺术感受方式的现代化,作品表现形式、手段的现代化,以及文学语言的现代化等多方面的意义,并且把作家作品的思想内容、倾向和艺术表现、形式统一为一个有机整体;应该说,它是把现代文学"反帝反封建"的思想特质包括在内,具有更大的包容性,揭示中国现代文学本质的一个概念。……这个概念的提出,是现代文学研究工作的又一次思想解放,它使我们研究工作的重点由注重现代文学与新民主主义革命时期其他意识形态的共性转向了现代文学自身的个性。[①]

在"重写文学史"思潮的推动下,区别于"政治标准"的"文学性标准"、"审美标准"逐步得到确立,并在一定程度上恢复并重建了中国现代文学的学科性质,"我们首先在理论上明确了现代文学史作为一门学科,它既属于文艺科学,又属于历史科学,它兼有文艺学和历史学两个方面的性质"[②]。这种对中国现代文学学科性质的确认,直接影响到对中国当代文学学科的认识和研究:

> 现代文学、当代文学的学科建制或创建……包含了对"文学"基本观念的重新理解,以及新时期文学实践的性质等更为核心的问题。关键问题之一,是"当代文学"性质的变更。……其中发生的微妙变化,则是"十七年时期"处于"边缘"或"非主流"位置的文艺观点和作品,渐次地转为"主流"。……新的"主流"文学指示的方向,不仅扭转了"文革"

[①] 王瑶:《关于现代文学研究工作的回顾和现状》,收入《王瑶全集》,卷五,河北教育出版社,2000年。
[②] 同上。

时期趋于极端激进的革命文艺实践的路径,而且在《讲话》和"五四"的承接关系上也更接近后者。①

也就是说,对当代文学学科性质的重建,是建立在对现代文学学科性质重建的基础之上的,这两者基本上是一种同构的关系。没有对现代文学学科的"五四性质"和"启蒙意义"的重新确认,就不可能把当代文学从"社会主义性质"中"抽离"出来,而这两个学科的重建则统一于80年代"重新文学史"思潮的实践中。

80年代"重写文学史"思潮不仅深刻改变了中国现当代文学史的面目,同时也直接影响到80年代的文学批评和文学创作。对于严家炎来说,对"新感觉派"的发现和重评与80年代初对"现代派文学"的讨论密切相关;在"20世纪中国文学"中,"寻根文学"的兴起实际上为"20世纪中国文学"所谓的"文化角度"提供了创作上的支持,而反过来,"文化角度"作为一个区别于"政治角度"的文学史评价标准也为"寻根文学"的勃兴提供了合法性的话语资源。在上海的"重写文学史"中,对"审美原则"和"文学形式"的强调进一步挣脱了"重大题材"、"重大主题"的限制,把作家作品的主体地位凸显,并在一定程度上与当时的"新潮批评"和"新潮文学"形成互动,以至于王晓明在本世纪初反思文学丧失社会性的时候认为"'重写文学史'应该负有一定的责任"②。

实际上,在80年代的语境中,文学史研究、文学批评和文学创作是紧密联系在一起的,它们都有一个共同的指向,那就是,如何在一个意识形态发生重大"分裂"而政权又保持着连续性的环境中开辟尽可能广阔的言说空间。在这个意义上,80年代的"重写文学史"思潮

---

① 温儒敏、李宪瑜、贺桂梅、姜涛等:《中国现当代文学学科概要》,第155页,北京大学出版社,2005年。
② 王晓明、杨庆祥:《历史视野中的"重写文学史"》,《南方文坛》,2009年第3期。

更是一个系统的社会文化工程的一部分,它是80年代众多的应对"文革"后严重的文化危机的社会话语之一种,与同时期的政治学话语、美学话语、哲学话语等人文社科话语一起,构成重建文化主体和意识形态正当性的力量之一。因此不可避免地,"重写文学史"思潮必然和80年代的各种社会文化思潮(话语)纠缠在一起,无论是80年代初的重评与"拨乱反正"、"平反冤假错案"的密切关系,"20世纪中国文学"与"文化热"、"现代化话语"之间的纠缠,还是上海的"重写文学史"与城市改革以及80年代末激进的解构思潮之间的隐秘关联,我们都可以看出,"重写文学史"思潮既是80年代社会历史语境的具体产物,受到各种力量的制约和改写,另外一方面,它又作为这些力量的重要组成部分,以特殊的话语方式和实践方式参与并改写着80年代的文化面貌,并在此过程中凸显一类文学知识分子的历史主体意识。因此,综合上述的各种情况,可以将80年代"重写文学史"思潮界定如下:在80年代"思想解放"和"新启蒙"的历史语境中,一类知识分子借助现当代文学学科话语,重建文学史的主体性,参与80年代现代化文学叙事和现代化意识形态建构的社会文化思潮。这一界定主要出于以下考虑:第一,"重写文学史"思潮的整体性。它在纵向上由80年代初的重评、80年代中期的"20世纪中国文学"和"整体观"、80年代末上海的"重写文学史"等事件组成,横向上与当时各种社会文化思潮如"拨乱反正"、"文化热"、"美学热"等发生紧密联系,是一种多面向、立体交叉的社会文化思潮;第二,"重写文学史"的主体性。"重写文学史"是一个拥有特殊主体的话语事件,它虽然借助了80年代普遍的大写的"人"的主体性话语,实际上却是一类知识分子参与历史的一种实践行为;第三,最重要的是,这一切界定都指向一点,那就是"重写文学史"的历史性,它只可能是在具体的历史时空中应对具体的历史问题而发生的文化实践行为,而不是一个普遍性、知识性的理论话语的演绎。

三

目前学术界对于80年代"重写文学史"的研究绝大部分集中在学科史的梳理层面。其中比较有代表性的是温儒敏、李宪瑜、贺桂梅、姜涛主编的《中国现当代文学学科概要》一书,这本书的定位是"从学科评论的高度,回顾现当代文学作为一个专门的研究领域,其发生发展的历史、现状、热点、难点以及前沿性的课题"[①]。在该著作的第九章"现代文学作为80年代的'显学'"和第十章"'重写文学史'和90年代的学术进展"中分别研究了80年代初的"重评"、"20世纪中国文学"、新文学的"整体观"以及上海的"重写文学史"事件。对这些事件的梳理被始终置于学科的发展框架中,并被划分为四个阶段:"80年代初的拨乱反正,学科复元;1983年学科重建;80年代中期学科进一步超越意识形态的制约;80年代后期进入自觉调整时期,自主性进一步增强。"[②] 最近出版的《文学史话语权威的确立与发展——"中国当代文学史"史学研究》[③] 基本上沿袭了这种思路,不过是把在《中国现当代文学学科概论》中篇幅较少的"当代文学学科"部分进一步放大和加强了,在该著作的第三章"中国当代文学史史学观念的建构"中,"20世纪中国文学"和上海的"重写文学史"事件被论述为当代文学学科内建构新的文学史观念的重要阶段。

需要指出的是,这种学科史的研究方式并不是天然的,它是80年代末社会政治动荡和90年代以来学科话语勃兴的后果之一。把"重写文学史"思潮纳入学科框架内讨论,一方面是学科话语发展的需要,另

---

① 温儒敏、李宪瑜、贺桂梅、姜涛等:《中国现当代文学学科概要》,第1页,北京大学出版社,2005年。
② 同上,第108页。
③ 王春荣、吴玉杰主编:《文学史话语权威的确立与发展——"中国当代文学史"史学研究》,辽宁人民出版社,2007年。

外一方面也是进一步"去政治化"和"意识形态化"的需要。这种研究方式进一步强化了"重写文学史"思潮的学科话语的属性,从学科史的角度来说固然是一种有效的梳理,但是却同时遮蔽了"重写文学史"思潮作为社会文化思潮之一部分的历史属性和意识形态性,忽略了"重写文学史"思潮在80年代所具有的开放性和文化实践性。另外,虽然这种研究试图借助学科史框架把80年代的诸多"重写"实践贯穿起来,但是却没有达到"整体性"研究的效果,因为这种贯穿仅仅是按照时间上的先后进行一种简单排列,而忽视了"重写文学史"思潮并不是一个线性矢量运行的过程,而是充满着差异和变化的动态发展。更重要的是,这种学科史的研究最终造成的后果是把80年代"重写文学史思潮"中确立的一系列观念如"文学性"、"审美性"、"文学自主"等理解为一种普遍的知识形态,而忽视了作为一个拥有主体的"重写"思潮所具有的历史建构性和各自所针对的问题意识。

很明显,仅仅从学科史的角度去研究"重写文学史"思潮是不够的,比如旷新年《"重写文学史"的终结与中国现代文学研究的转型》[①]一文,就试图从"左翼"立场对"重写文学史"的"资产阶级叙事"的"本质"予以拆解和质疑。虽然这种否定式的进入问题的方式带有更多批评的色彩,但对于拓宽"重写文学史"的研究思路仍有一定的启发性。台湾学者龚鹏程的《"二十世纪中国文学"概念之解析》一文亦是从文学政治学的角度梳理"重写文学史"的政治指向。[②] 即使在《中国现当代文学学科概要》中,也有不同的研究视野在试图冲破统一的学科话语的束缚,由贺桂梅执笔撰写的第十一章《当代文学的历史叙述和学科发展》虽然以"当代文学学科"为讨论对象,但却以很大的篇幅

---

① 旷新年:《"重写文学史"的终结与中国现代文学研究的转型》,《南方文坛》,2003年第1期。
② 龚鹏程:《"二十世纪中国文学"概念之解析》,收入陈国球编,《中国文学史的省思》,三联书店(香港),1993年。

讨论了"80年代重写文学史"思潮与当代文学学科建制之间的复杂关系，更重要的是，贺桂梅试图历史地演绎"重写文学史思潮"与80年代的文化语境之间的复杂话语关系。实际上，贺桂梅近年来就"重写文学史"发表了一系列论述，主要有专著《人文学的想象力》①中的第三章《"重写文学史思潮"与新文学史范式的变迁》，专著《在历史与现实之间》②中的《"现代""当代"与"五四"——新文学史写作范式的变迁》，以及《重读"二十世纪中国文学"》③等。在这些文章中，贺桂梅沿袭了她的博士论文中的某种整体性的视野，一方面考察80年代"重写文学史"思潮与80年代中国现当代文学学科的建构之间的关系，另外一方面试图把这种考察放置在80年代至90年代的历史文化语境中，辩驳"重写文学史"思潮本身的话语构成方式。"80年代中期，'二十世纪中国文学'、'新文学整体观'和80年代后期的'重写文学史'活动，则将这一趋势中蕴含的因素凝结为文学史的具体理论形态。这是80年代的文学观念、历史态度和文化取向的一次系统的呈现。"④并追问："在'二十世纪'作为一种物理时间已经终结的今天，在'中国'已然置身于'世界市场'和世界格局当中，并且由于世纪末发生的全球/中国诸多历史事件而被称为'历史终结'的今天，同时也是在中国按照现代化理论被认为进入了'起飞'/'崛起'阶段、而'文学'逐渐丧失其在民族—国家机器中的特权地位并被'边缘化'的今天，我们在如何理解'二十世纪'、'中国'和'文学'？"⑤贺桂梅的研究具有很强的后发的知识优势和理论穿透力，尤其是《重读"20世纪中国文

---

① 贺桂梅：《人文学的想象力——当代中国思想文化与文学问题》，河南大学出版社，2005年。出自此书的引文不再注明版本。
② 贺桂梅：《在历史与现实之间》，山东文艺出版社，2008年。
③ 贺桂梅：《重读"20世纪中国文学"》，《当代作家评论》，2008年第4期。
④ 贺桂梅：《人文学的想象力——当代中国思想文化与文学问题》，第54页。
⑤ 贺桂梅：《重读"20世纪中国文学"》，《当代作家评论》，2008年第4期。

学"》显示了大文化研究的学术视野,可以说是目前对"重写文学史"思潮最有推进力的研究成果之一。但是需要指出的,就历史研究来说,贺桂梅的研究理论建构和辩驳的色彩过浓,缺乏对历史细部的辨析,也就是说对于"重写文学史思潮"的生成过程实际上只是止于粗线条的梳理,这导致她的很多判断虽然犀利干脆,但过于"知识化",似乎缺少必要的"现场感"和历史的"同情的理解"。而且,在学科话语和社会思潮之间,贺桂梅的研究似乎还缺少一个对话的框架和通道,因此也一定程度上遮蔽了"重写文学史"思潮由于参与主体、发生时空的不同而导致的差异和分歧。

四

在我看来,要想重新激活并拓展80年代"重写文学史"思潮的研究空间,就必须突破"学科话语"的局限,把"重新文学史"纳入"历史化"的考察视野,并深入辨析"重写文学史"的"历史性"的发生、发展和建构。以下几个途径或许能为这种研究提供一定的思路:

一、从整体性的角度考察80年代"重写文学史"思潮与80年代的历史语境之间的多重关系。正如我在第三节中所言,我把80年代的"重写文学史"思潮理解为一种应对文化危机的历史事件,这一历史事件只有在具体的"时间"和"空间"里才具有历史意义,比如"重写文学史"为什么从北京转移到了上海?这种空间转换意味着什么?城市改革、新潮文学话语与"重写文学史"有何关联?历史性"不只是指过往经验、意识的积累,也指时间和场域、记忆和遗忘、官能和知识、权力和叙述种种资源的排比可能性"。[①]只有回到历史的现场,把"重写

---

① 王德威:《"海外中国现代文学研究译丛"总序》,王斑:《历史的崇高形象——二十世纪中国的美学与政治》,孟祥春译,第7页,上海三联书店,2008年。

文学史思潮"放到当时的历史中考察它的运行的方式和轨迹,发现话语的变迁史和具体的行为实践之间的关联,"不要急于探求普遍性的东西,而应以更客观化、相对化的方式,在与具体时代和状况的关联中加以思考,普遍性的东西自然会在其中清楚地现形的"①。

二、考察不同的社会文化话语与"重写文学史"话语之间的复杂关系。正如福柯所言:"我在《词与物》中从不言而喻的非连续性出发,试图问自己这样一个问题:这种非连续性是一种真正的非连续性吗?或者,说得更确切一点,需要经历怎样的转型,才能使一种类型的知识发展为另一种类型的知识?就我而言,这根本不是在强调历史的非连续性。恰恰相反,这是把历史的非连续性作为一个疑问提出来,并力图解决这个问题。"②因此,考察其他的社会文化话语(政治话语、美学话语等等)如何进入"重写文学史"话语并最终成为"重写文学史"话语的一分子,这之间发生了何种转换和位移将深化"重写文学史"思潮的历史属性。尤其是对"现代化"、"审美原则"、"主体性"等"重写文学史"思潮的"关键词"在"话语旅行"中的连续性和非连续性的考量将是有趣且有难度的问题。

三、还可以分析"重写文学史"思潮参与主体的知识构成、行为实践和美学旨趣。在既往的研究中,对"重写文学史"思潮参与主体的考察相对而言是比较模糊的,这种模糊性来自于80年代对"大写主体"的一种盲目的信任,而忽视了主体作为一种历史建构物的特殊性,"主体是在被奴役和支配中建立起来的;……建立在一系列的特定文化氛围中的规则、样式和虚构的基础之上"③。虽然我并不认为"重写文学史"思潮的参与主体完全没有独立性和自主性,但是,这种"自主性"

---

① 丸山昇:《回想——中国,鲁迅五十年》,王俊文译,《鲁迅研究月刊》,2007年第2期。
② 福柯等:《权力的眼睛——福柯访谈录》,严锋译,第26页,上海人民出版社,1997年。
③ 同上,第19页。

自何而来？与何种文化"成规"和话语规范发生了何种关系，对"重写文学史"的状貌施加了何种影响？对参与主体的细部考量，或许能够见出"重写文学史"思潮内部的差异和分离，并将进一步折射出80年代"主体"建构的多重性。

总之，在一种综合的、整体的方法和视野中对"重写文学史"思潮进行"历史化"的研究势在必行，惟其如此，才能驱除附着在"重写文学史"思潮上面的强大的"学科意识"和"专业主义"倾向，从而把"重写文学史"思潮重新置于80年代中国的社会文化思潮、意识形态和知识分子话语之间的复杂互动关系格局中，进而对现有的中国现当代文学史学科话语和文学史叙事观念进行有力量的反省。

2009 年 3 月 3 日

审美原则、叙事体式和文学史的"权力"
——再谈"重写文学史"

一 从北京到上海:"重写"重心的转移

虽然"重写文学史"的正式提出是在1988年的上海,但是无论是当时的倡导者还是后来的研究者都认为"重写"的开端实际上是在更早些时候的北京。"今年8月,我和陈思和一起去镜泊湖参加一个中国文学史的讨论会,不少同行一见面就说,'你们那个专栏开了个好头,可一定要坚持下去啊',听着朋友们的热情鼓励,我不由得想起了3年前的暮春季节,在北京万寿寺召开的中国现代文学创新座谈会。倘说在今天'重写文学史'的努力已经汇成了一股相当有力的潮流,这股潮流的源头,却是在那个座谈会上初步形成的。正是在那个会议上,我们第一次看清了打破文学史研究的既成格局的重要意义,也正是在那个充当会场的大殿里,陈平原第一次宣读了他和钱理群、黄子平酝酿已久的关于'20世纪中国文学'的基本设想。"① 根据另外一位批评家的回忆文章:"当时,又正值北大的几个年轻同行,在《读书》杂志上发表了有关20世纪文学史的一些看法。王晓明认为我们上海也可以做个相应的表示。"② 在这里,1985年"20世纪文学"的提出被视为"重

---

① 陈思和、王晓明:《"重写文学史"专栏之"主持人的话"》,《上海文论》,1988年第6期。
② 李劼:《上海八十年代文化风景》之《有关人文精神讨论及其它"合作"旧事》,这是李劼2003年写于美国纽约的长篇回忆文章,转载于国内各大网站。来自"左安会馆"http://www.eduww.com/bbs/。

写文学史"的一个重要源头。而在另外的研究者看来,这一源头实际上可以被追溯得更远一些:"也可以这么说,整个80年代的新文学研究都构成一种重写文学史的思潮。""这种重写历史的思潮不仅仅局限于文学界,在整个思想界都同样发生了。"[①]无论是从大的"重写语境"还是从文学界"20世纪文学"设想的提出,我们似乎可以得出一个判断,上海的"重写文学史"似乎是对发端于北京的"重写"思潮的应和和延续。那么,这里一个很有意思的问题是,为什么北京的"重写"思潮没有继续深入讨论下去,而是转移到上海形成了一个小小的高潮?而且我们可以进一步追问,从北京到上海的这种空间上的位移是否意味着"重写"的重心、内涵发生了一些微妙的变化?

首先来讨论第一个问题,"重写文学史"为何从北京转移到了上海。这个问题让我想起了一个类似的问题,那就是,"现代派文学"的讨论和发展也经历了同样的过程,在程光炜和李陀2007年的一次对话中就提到[②],80年代初北京关于"现代派文学"的讨论是非常热烈的,但是1985年以后"现代派文学"的重要作品、作家、批评家没有在北京出现,而是集中出现在上海了。这种空间位置上的转移是一种巧合吗?虽然这其中存在着一些很偶然的不可考查的因素,但也同样有一些历史"痕迹"可以解释这种现象。我们知道,1985年以后,上海的文化氛围实际上比北京要宽松一些,这一方面是因为上海作为一个开埠比较早的现代都市,它本身就比作为政治中心的北京更具有开放性;另外一方面,根据李陀的观点,当时上海的一批文化人如巴金、茹志鹃、王西彦、李子云等观念比较新,对于新的文化现象都持一种开明保护的态度。我们会发现一个有趣的现象,就是提倡"重写文学史"的《上

[①] 贺桂梅:《人文学的想象力——当代中国思想文化与文学问题》,第三章《"重写文学史"思潮与新文学史范式的变迁》,第59页。

[②] 李陀和程光炜于2007年8月在北京万圣书园的一次谈话,笔者在场。谈话内容部分可见于笔者与李陀的对话录,暂未刊发。

海文论》和"先锋文学"的重镇《上海文学》之间的关系非常密切,从某种意义上讲它们是当时上海文坛重要的两翼(作品和理论),这两家杂志的编辑人员和作者群体也有着惊人的重复。从这些方面来看,"现代派文学"和"重写文学史"的空间转移就具有某种历史的必然性,这是从文化政治方面来考虑的。如果从当时文学的"内部发展"来看,就会发现这两个文学"运动"之间有着更为内在的联系,我们知道,"先锋小说"当时一个重要的特征就是强调文学本身的"独立性"和"自足性",强调批评观念上的"审美"原则和"文本主义",陈思和、王晓明虽然比吴亮、程德培等人对"先锋小说"的态度更加谨慎,但同属于上海"先锋批评"的圈内人①,不可能不受到影响,而且,在"重写文学史"中起到不可或缺作用的李劼是当时最活跃的先锋批评家之一。因此,"先锋小说"的写作观念和批评方法实际上对"重写文学史"影响甚大,这正是我们要讨论的第二个问题,从北京到上海的位移不仅仅是一种空间上的转换,而且在这种转换中"重写文学史"的重心和内涵都发生了一些微妙的变化。

具体来说,"重写文学史"经历了从"材料的收集整理"到寻找"重写"的理论框架和方法论问题。在陈思和看来:"重写文学史的提出,并不是随意想象的结果,近十年中国现代文学的研究确实走到了这一步。我们不妨回顾一下这门学科的发展轨迹。'文革'前的17年且不去谈,自1978年到1985年,这门学科的主要工作是资料的发现、整理以及重新评价。"在陈看来,资料的发现、整理方面所做的工作比较成功:"一批现代文学研究工作者在理论整合和材料整理上都做了大量工

---

① 根据李劼的描述:"作为《上海文学》的主持者,周介人周围正在聚集起一大批青年评论家,从而成了后来所谓的上海青年评论群体的核心人物。周介人周围这些人,一一说来可是张很长的名单。择要而言,大概有这么些人物:吴亮、程德培、蔡翔、许子东、王晓明、陈思和、毛时安。"见李劼:《上海八十年代文化风景》(2003年)第四章"成也介人,败也介人"。来自"左岸会馆"http://www.eduww.com/bbs/。

作。……有了《中国现代文学史资料汇编》和《中国当代文学研究资料》两种大型丛书。"[1] 在贺桂梅看来:"这种侧重于拾遗补阙的现代文学观,成为80年代突破既有文学史模式以重写文学史的先声。"[2] 但是,与这些"奠基性工作"同时进行的"重新评价"却不尽如人意,主要问题是"局部研究大于整体研究,说好话,谈积极性的方面多,谈局限性的方面少","这也导致文学批评中感情因素超越于审美因素"。[3] 也就是说,在1978年到1985年,虽然对于"现代文学史"应该研究"什么"(写什么)已经比较明确了,但是,在具体的研究方法上,也就是"怎么写"的问题上还没有取得让人满意的突破,这成了当时文学研究者主要面临的一个难题。北京的学者显然已经意识到了这个问题,在黄子平看来:"用材料的丰富能不能补救理论的困乏呢?如果涉及的是换剧本的问题,那么只是换演员、描布景、加音乐,恐怕都无济于事。"[4] 正是因为要从整体上"换掉"现代文学史研究的旧框架这个"老剧本",所以,在钱理群等人的"20世纪文学"的提法里面,一个核心问题就是"涉及建立新的理论模式的问题"。在陈平原看来,"我们所要强调的是文学史研究上的一个方法问题,即从宏观角度去研究微观作品。……很多重要的作品,需要放到新的概念中去细细地重新读几遍,一定能有一些新的'发现'"[5]。可能是出于这方面的考虑,他们提出了"20世纪文学"这一理论框架,并试图从"文化角度"去重新整合20世纪文学史。但是,正如当时的研究者所指出的,"文化的角度"

---

[1] 陈思和:《关于"重写文学史"》,收入《笔走龙蛇》,第110—111页,山东友谊出版社,1997年。出自此书的引文不再注明版本。

[2] 贺桂梅:《人文学的想象力——中国当代思想文化与文学问题》,第65页。

[3] 陈思和:《关于"重写文学史"》,收入《笔走龙蛇》。

[4] 陈平原、黄子平、钱理群:《关于"二十世纪中国文学"的对话》,原载《读书》,1986年第6期。收入《二十世纪中国文学三人谈·漫说文化》,第31页,北京大学出版社,2004年。出自此书的引文不再注明版本。

[5] 同上,第88页。

固然可以从一定程度上矫正前此文学史的"政治性",但是因为过于宽泛而显得不易操作。① 相对而言,陈思和等人提出的一系列原则如"审美性"、"个性化的研究"等则显得比较清晰和有"颠覆性",相对而言也更具有实际操作性。从这个意义上说,从北京到上海的位移同时也意味着"文学史"的"重写"在理论模式和研究方法上的"突破"。当然,我并不是在"进化论"的意义上来谈论从北京到上海的转移,恰恰是,上海的"重写文学史"与北京的"重写/重评"之间有着非常复杂的内在联系,可以说是处于一系列的连续和非连续的纠缠之中,这是我们下面要重点讨论的问题。

二 "审美原则"与文学史学科的"专业化"

贺桂梅曾经在一篇文章中把李泽厚的《启蒙与救亡的双重变奏》视为新时期历史"重评"的先声和纲领性文献②。她的这一判断是否准确我们暂且不去管它,不过她提醒了我们:"文革结束后现、当代文学的学科建制和文学史叙述,并非简单地延续了50—60年代的模式,而是试图以类似于启蒙/救亡论的方式,完成新一轮的改写。"③ 有意思的是,具体到"重写文学史"方面,李泽厚也不甘落人之后,在1986年写出了长文《二十世纪中国(大陆)文艺一瞥》,在这篇文章中,他以启蒙主义的立场,从"思想史的角度而并非从文艺史或美学角度来看中国现代文艺……便只是通过文艺创作者的心态,以观察所展现的近现代中国所经历的思想的逻辑"④。毋庸置疑,这种"写作"的出发点只

---

① 见《关于"二十世纪中国文学"的两次座谈》,收入《二十世纪中国文学三人谈·漫说文化》,第96页。
② 贺桂梅:《人文学的想象力——中国当代思想文化与文学问题》,第59页。
③ 同上,第61页。
④ 李泽厚:《二十世纪中国(大陆)文艺一瞥》,收入《中国思想史论》(下),第1033页,安徽文艺出版社,1999年。

能是把"文学史"作为"思想史"的"注脚",成为知识分子"心态史"的一个简单比附。正是在这个意义上,这篇文章遭到了李劼的强烈批评,认为"他把文学史硬塞进思想史的框架从而在搅混了思想史的同时也消灭了文学史"①。这种指责今天看来有些夸大其词,但是,李劼在当时确实一针见血地指出了李泽厚的"文学态度":"从文学的角度说,他认同了传统的文以载道;从哲学的角度说,他依然是一个黑格尔主义者。"对于李劼咄咄逼人的指责,李泽厚没有作出正面回应,我想他可能是有些不以为然吧。在他的文章的结尾,他已经有了非常鲜明的态度:

> 从文艺史看,则经常有这样一种现象:一些作品是以其艺术性审美性,装修人类心灵千百年;另一些则以其思想性鼓动性,在当代及后世起重要的社会作用。那么,怎么办?追求审美流传因而追求创作永垂不朽的"小"作品呢?还是面对现实写写尽管粗拙却当下能震撼人心的现实作品呢?……如果不能两全,如何选择呢?……选择审美并不劣于或低于选择其它,"为艺术而艺术"不劣于或低于"为人生而艺术",但是,反之亦然。世界、人生、文艺的去向本来就应该是多元的。
>
> 如果是我。大概会选择后者。这大概因为我从来不想当不朽的人,写不朽的作品,不想去拿奖金、金牌,只要我的作品有益于当下的人们,那就足够使我欢喜了。所以在文学(不是文艺)爱好上,我也更喜欢现实主义,容易看,又并不失其深刻。

李泽厚的这一段话是作为"展望未来中国文学"的意思来说的,但是在我看来,他在历数中国现代文艺的种种"功过"之后说出这么

---

① 李劼、黄子平:《文学史框架及其他》,《北京文学》,1988年第7期。

一段坦诚之言，却带有更多的总结的意思，他认识到了评价、研究、书写中国现代文学史的两难困境，究竟是用审美性的原则呢？还是思想性的原则？他可能意识到了一点，任何一个原则都可能会带来一段不完整和不真实的历史叙述。

　　同样的困惑也存在于"20世纪文学"的倡导者身上，虽然他们一再强调："二十世纪中国文学这一概念首先意味着文学史从社会政治史的简单比附中独立出来，意味着把文学自身发生发展的阶段完整性作为独立的研究对象。"① 但是，在随后的讨论中，立即就有学者非常敏锐地指出了其中的"含糊"之处："把研究的立足点从'政治'深入到'文化'，过去争论不休的一些问题变得不甚重要了。但在具体论述中，可能会碰到不少困难。强调文学的独立性，努力把文学史从政治史的附庸中解放出来，这一点文章贯彻得很好。关于现、当代文学要不要分家可以讨论。1949年以后文学基本上是30年代革命文学的发展，可是1949年这条线仍然很重要，起码文学的领导方式变了，这一点对'十七年'文学影响很大。'文化大革命'文学则是1949年以后主流文学的极端发展。""当然，舍弃了一些不该舍弃的东西，比如，30年代左翼文学就没有很好地概括进去。"② "另外，你们很少讲文学与时代的关系，连一战二战这样的大事似乎都跟文学毫无关系。"③ 如何把"革命文学"、"十七年文学"、"文革文学"整合进"20世纪文学"，如何处理文学与时代，文学与意识形态的关系，这成为当时"重写文学史"的一个学术"瓶颈"，正如黄子平所矛盾的："我们怎样才能又保持住'作

---

① 陈平原、黄子平、钱理群：《论"二十世纪中国文学"》，原载《文学评论》，1985年第5期，收入《二十世纪中国文学三人谈·漫说文化》。
② 洪子诚在《关于"二十世纪中国文学"的两次座谈》上的发言，时间是1986年7月，收入《二十世纪中国文学三人谈·漫说文化》，第96页。
③ 孙玉石在《关于"二十世纪中国文学"的两次座谈》上的发言，同上，第98页。

品'（审美与语言）又不丧失'世界'与'历史'呢？"①

从这些学者的思考和困惑中，我们可以看出 1980 年代知识范型的一个本质特点，这就是汪晖指出的："中国现代性话语的主要特征之一，就是诉诸'中国／西方'、'传统／现代'的二元对立的语式来对中国问题进行分析。"②具体到我们所讨论的文学史问题，则二元对立的语式就变成了"审美性／历史性"、"艺术性／思想性"、"形式语言／思想内容"等问题上。在 1980 年代的学者看来，这两者基本上是不可以并存的，只能是"二者取其一"，正是从这样一种非此即彼的问题意识和知识理念出发，"重写"就只可能采用如程光炜所言的"概念分离"③的方法来确认文学的"自主性"。这种"分离"在上海学者对"20 世纪文学"这一概念的辩驳和最终的舍弃中可以清楚地看出来。

在 1988 年，李劼和黄子平就当时的文学史研究现状有一个对话，正是在这个对话中，李劼质疑了北京学者"20 世纪文学"这一提法。在他看来，"20 世纪文学"这一概念至少有两个方面的含义。第一是特殊性含义，"20 世纪文学"是指世界范围内的一种文化主潮，这一文化主潮就是"现代主义文学"。第二是普遍性含义，那就是发生在这一时段的整个世界文学的总和。在特殊性含义上，李劼认为："中国现代文学在一个很长的时间内，是不属于二十世纪文学意义上的世界文学的。"因此，"凡是不具备二十世纪文学特征的文学现象，都是被省略的，诸如'两结合'、'三突出'之类"④。在普遍性意义上，"假如我们以二十世纪文学作为背景性的参照来描述中国现代文学史，那么，情形就完全不同了，因此，在这里，'两结合'、'三突出'之类不仅不能省

---

① 李劼、黄子平：《文学史框架及其他》，《北京文学》，1988 年第 7 期。
② 汪晖：《当代中国的思想状况与现代性问题》，原载《天涯》，1997 年第 5 期。收入许纪霖编，《二十世纪中国思想史论》，第 617 页，东方出版中心，2000 年。
③ 程光炜：《历史重释与"当代"文学》，《文艺争鸣》，2007 年第 7 期。
④ 李劼、黄子平：《文学史框架及其他》，《北京文学》，1988 年第 7 期。

略,而且还构成了一段文学主潮。不管这种主潮的文学性有多少,但遗憾的是,它们就是历史"①。很明显,李劼在这里同样陷入了二元对立、非此即彼的思维模式中,但是他很快就从操作的意义上进行了"剥离","我认为,不要企图建立包罗万象的文学史,选取一个维度就能获得一部历史。……可是既然诉诸行动,就应该摆脱无休止的深思熟虑。哈姆雷特什么都不缺,就缺把利剑刺向国王的力量"②。李劼的这番话其实回答了上文中提到的黄子平的疑问,在"审美"和"历史"之间,他选择了"审美"这个维度,同时也放弃了"20世纪文学"这个概念。几乎同时,在"重写文学史"专栏的发刊词中,陈思和和王晓明开篇声明的就是"审美原则":"重写文学史……它决非仅仅是单纯编年史式的材料罗列,也包含了审美层次上的对文学作品的阐发批评。"③后来又不断强调:"本专栏反思的对象,是长期以来支配我们文学史研究的一种流行观点,即那种仅仅以庸俗社会学和狭隘的而非广义的政治标准来衡量一切文学现象,并以此来代替或排斥艺术审美评论的史论观。"④虽然他们也同样提到了"历史的审美的"研究方式,但是,"历史"在此不过是"虚晃一枪",其重心还是落在"审美"上面,正如贺桂梅所言:"在历史的和美学的标准之间,重写文学史的倡导者似乎更倾向于美学标准并对历史主义的提法表示了怀疑",并进而认为"这一观点,也正是文学界倡导的'文学自觉'、'回到文学自身'等文学本体论观念在文学史研究中的反应"⑤。

  我在此用如此长的篇幅来论述从李泽厚到陈思和等人对现当代文学史研究理论模式的探索过程,是为了说明一个事实,那就是,"重写

---

① 李劼、黄子平:《文学史框架及其他》,《北京文学》,1988年第7期。
② 同上。
③ 陈思和、王晓明:《主持人的话》,《上海文论》,1988年第4期。
④ 同上,1989年第5期。
⑤ 贺桂梅:《人文学的想象力——当代中国思想文化与文学问题》,第66页。

文学史"最终以"审美原则"作为它的标准和方法论，并不是一个"偶然"的选择，而是带有某种"历史的必然性"。一方面，它是"当代文学"全部历史生成的结果，如李杨所言，没有"十七年文学"与"文革文学"，何来 1980 年代文学？① 也就是说，没有"十七年文学"、"文革文学"对"语言"、"形式"的过度"排斥"，也就没有 1980 年代文学对"纯文学"，对"审美主义"的极端追捧；另一方面，它是 1980 年代话语方式生成的产物，可以说，只有在 1980 年代那种二元对立的话语模式中，"审美原则"才会成为一种"片面"但是又"深刻"的理论方法得到研究者的青睐，当然，这种选择中不可避免地带有"文学策略"的意味。作为现代化话语的内在要求之一，"审美性"原则对于现当代文学史研究的专业化起到了一定的积极作用，正是在"审美原则"下，现当代文学史才在一定程度上摆脱"革命史"、"思想史"、"社会史"的模式，重塑了一个新的"现当代文学"。因此选择"审美原则"作为文学史研究的理论模式在一定的时段内有它的合理性和进步意义。

不可否认，"审美原则"其实是另一种意义上的文学政治学，在 2003 年，有一位学者因此对"重写文学史"进行了猛烈的抨击："'20 世纪中国文学'的提出是要把一个资产阶级现代性的叙事硬套在中国现代的历史发展上，用资产阶级现代性来驯服中国现代历史，这种文学史的故事具有明显的意识形态的预设和虚构性。"②，这种观点确实指出了"重写文学史"在意识形态和方法论上的"偏颇"，但是这种情绪化的颠覆并不有助于问题的深入，在我看来，对这一问题进行反思是必要的，但不能再次采用简单的二元对立的思维方法，用资产阶级美学/社会主义美学等很宏观的概念来进行区分，这样可能会把问题再

---

① 李杨：《没有"十七年文学"与"文革文学"，何来"新时期文学"？》，《文学评论》，2001 年第 2 期。
② 旷新年：《"重写文学史"的终结和中国现代文学研究转型》，《南方文坛》，2003 年第 1 期。

度简单化。在我看来,"重写文学史"毫无疑问有其意识形态性,关键是,它是如何通过一种"去意识形态"的姿态来重构新的意识形态的。无疑,"审美原则"是其重要的一个手段。因此,对于"重写文学史"来说,更需要反思的问题可能是"审美性"这一概念在理论上的"偏移"。

我们知道,在李泽厚的美学谱系中,"美的本质是和人的本质密不可分的","美的本质被界定为真与善、感性与理性、合规律与合目的性……的统一"①,"美"不可能独立于历史、社会和意识形态而存在。但是,在"重写文学史"倡导者的知识谱系中,"审美性"的历史和社会内涵在很大程度上被抽空,被完全等同于"新批评"所谓的"文学性"(形式和语言),"审美"被大大简化为一个技术性的问题(具体到作品分析中就是"怎么写"的问题),比如王晓明对发表在《上海文论》"重写文学史"专栏中的《一份高级形式的社会文件》就评价很高:"《一份高级形式的社会文件》自有突出之处……而是运用现代文学批评理论重新整合出它的意义和局限,并提出一系列启人深思的问题,如:如何把素材转化为结构(即内容)的有机部分?有没有脱离文本结构的技巧?……"②陈思和也持有相同的观点:"因此,对于一个优秀的作家来说,他在文学上所构成的成就,不在于他写什么,更要紧的是他怎么写的,也就是他怎么运用他特殊的艺术感觉和语言能力来表述。"③"如果仅就思想性而言,现代人远比曹雪芹、托尔斯泰、陀思妥耶夫斯基先进许多,但至今仍无一个作家、一部作品称得上比他们更加伟大,其中原因也就在这里。"④这种把"审美性"仅仅简化为"语言能力"、"写作技巧"的技术主义倾向在很大程度上损害了"重写文学

---

① 祝东力:《精神之旅》,第88页,中国广播电视出版社,1998年。
② 陈思和、王晓明:《主持人的话》,《上海文论》,1989年第3期。
③ 陈思和:《关于"重写文学史"》,收入《笔走龙蛇》,第117页。
④ 同上,第117—118页。

史"的"史"的面向,实际上是把文学史仅仅理解为"好"作品和"好"作家的历史,今天看来这是有问题的,正如程光炜所质疑的:"如果说'文学作品'比'文学知识'更能够培养学生的'艺术感受',那么'文学史知识'作为一种历史经验的总结和反省,是否就因此而毫无存在的价值?"① 在 2007 年的一篇文章中,陈思和已经清楚地表达了自己对这一问题的反思,他认为他主编的《中国当代文学史教程》只能属于第一种形态的文学史,即优秀文学作品研究,离他认可的"理想的文学史研究"还有相当的距离。②

三 "叙事体式"和历史(文学史)阐释的"尺度"

在《文学史的探索——〈中国文学史的省思〉导言》③ 这篇文章中,陈国球区分了文学史的两种含义以及由此而产生的两种存在模式:"文学史既指文学在历史轨迹上的发展过程,也指把这个过程记录下来的文学史著作。就第一个意义来说,文学史存在于过去的时空之中;就第二个意义而言,文学史以叙事体(narratives)形式具体呈现于我们眼底。"在他看来,文学史的第一个意义只能通过文学史的第二个意义呈现出来:"文学史的常识的传递、扩散都根源于口传或成文的叙事体。"正是在这个意义上,对于各种文学史的"叙事体式"的考察就变成了一个非常重要的问题,因为这种"叙事体式"直接影响到"我们对

---

① 程光炜:《历史重释与"当代"文学》,《文艺争鸣》,2007 年第 7 期。
② 陈思和:《漫谈文学史理论的探索和创新》,注释 4,《文艺争鸣》,2007 年第 9 期。陈思和曾在其主编的《中国当代文学史教程》(复旦大学出版社,1999 年)的"前言"中谈到文学史的三个理论层次,分别为:优秀文学作品研究、文学史知识考辨、文学精神的探索与表达,并认为最后一个层次是"文学史理想的写作"。
③ 陈国球:《文学史的探索——〈中国文学史的省思〉导言》,收入《文学史的书写形态与文化政治》,第 317 页,北京大学出版社,2004 年。

文学史本体的认识，以及对文学史过程的理解"。

具体到中国当代大陆的历史语境中，占主要地位的"叙事体式"无疑就是教科书式的文学史著作。"当时的情况可能是这样：一个新的国家刚刚诞生，上层建筑及其意识形态都在为巩固政权而展开工作，政治、教育、历史、哲学、法律、文学等社会科学领域都参与了这项工作，即通过各种途径向人们描绘中国革命是怎么走向胜利的，人民共和国是经过了怎样艰苦的斗争建立起来的。现代文学史从这个意义上讲具有教科书的性质，是有鲜明的目的与严格的内容规定的。"① 除了这个大的"历史语境"之外，还可能有另外两个原因，第一，从学科建制来看，现代文学史从 1950 年代起就成为大学中文系的基础课程之一，第一批现代文学史的著作就是第一批中文系的教材。第二，在当代资源控制高度一体化的情况下，教科书式的文学史著作无论是从科研立项、经费保证、出版发行以及"经典化"上面都占有巨大的优势，所以即使不是身在学院的研究者，也愿意把自己的著作写成教科书式的"叙事体式"。在王晓明看来，"这种教科书式的文学史阐述，本身并无可厚非"，但是，在当代语境中，由于官方意识形态强大的控制力量，这种教科书式的文学史阐述逐渐畸形发展为以"政治"为第一标准的排斥性"叙事"，完全控制了对"文学"（具体来说是现当代文学）进行历史"阐释"的权力。因此，对于"重写文学史"而言，除了要借助一个"审美"的标准来代替"政治"的标准之外，选择一个更有效的区别于教科书式的"叙事体式"也成了一个需要着力解决的问题。

在《上海文论》1988 年第 4 期的"重写文学史"专栏中刊发了王雪瑛的《论丁玲的小说创作》一文，这篇文章得到了王晓明的极力赞赏：

> 这一期发表的《论丁玲的小说创作》，也许会有这样那样的不足，但它有一点却值得肯定，那就是它的论述和分析当

---

① 陈思和、王晓明：《主持人的话》，《上海文论》，1989 年第 6 期。

中，你几乎感觉不到过去丁玲研究中的那些"公论"的牵制，作者只是一心一意地在那里诉说自己的感受和理解，她甚至都不想去反驳那些"公论"。我很欣赏这种态度……①

王晓明所欣赏的态度正是一种新的叙事体式，与教科书式的叙事体式相比，这种叙事体式的一个突出特点是，它不再标榜自己是一个"全知全能"的叙事者，也不"力图公正地解释各种历史现象，并负有意识形态指导者的责任"②。它是一种完全"个性化"的叙事，是在诉说"我"的而不是"我们"的"感受和理解"。如此强调"个性化"的叙事体式和"非个性化"的叙事体式，并因此从文学史的功能上把文学史区分为"专家的文学史"、"教科书式的文学史"、"普及的文学史"③，其首要目的当然是为了把文学史研究和写作从一种单一的"霸权话语"中解放出来，它的远景指向的是文学史研究的多元化态势。

"个性化叙事体式"在"重写文学史"中至少与两个问题联系在一起的，首先是叙事者（文学史家）的"主体意识"问题，第二是"历史阐释"的"尺度"问题。在"重写文学史"的倡导者看来，"个性化"的叙事体式与研究者的"主体意识"密切相关："文学史家面对的是人类精神的符号——语言艺术的成品……因此它不能不是研究者主体精神的渗入和再创造。"④他们甚至提倡写出一部"有偏见的、个人的文学史"。对个人主体精神如此彻底的信任和崇拜再次证明了"重写文学史"所具有的1980年代"气质"，"重写文学史"的叙事主角似乎已经不是"文学"了，而是一个大写的"人"，这个"人"试图通过"审

---

① 陈思和、王晓明：《主持人的话》，《上海文论》，1988年第4期。
② 陈思和：《一本文学史的构想——插图本20世纪中国文学史总序》，收入《中国文学史的省思》，三联书店（香港），1993年。
③ 陈平原：《二十世纪中国小说史·卷后语》，第1卷，第300页，北京大学出版社，1989年。
④ 陈思和：《关于"重写文学史"》，收入《笔走龙蛇》，第107页。

美"构建一个完整的"主体","从而试图更为干净地撇清其与国家／社会等社会组织形态之间的关系"①。从本质上讲,"个性化叙事体式"是1980年代"人学话语"极度膨胀的结果之一,因此,它能否使文学史研究走上"学术化"和"多元化"是值得怀疑的。

实际上,因为对"个人主体意识"的过分强调,"重写文学史"并没有处理好历史阐释的"尺度"问题。以"重写文学史"所极力反对的"文学史公论"问题为例,虽然他们也意识到了仅仅凭借"个人判断"并不能驳倒那些"公论",但另外一方面又强调对这些"公论""的确是忘记得越干净越好"。②且不说学术研究根本不可能在完全断裂的基础上进行,退一步说,难道那些"公论"就完全没有价值吗?"重写文学史"专栏第一次刊发的两篇文章《关于"赵树理方向"的再认识》和《"柳青现象"的启示》就明显有把历史"简单化"的趋向,"赵树理方向"和"柳青现象"中的一些丰富的历史内容,如民间文学与现代文学的关系、问题小说的社会意义、四五十年代作家的身份意识及其与意识形态的复杂纠缠都没有得到很好的清理,作者只是先入为主地以一个想象中的"自由主义"的立场对之进行颠覆式的"批判"。在另外一篇讨论《子夜》的文章里面,相似的处理方式也同样存在:"其实,《子夜》的创作一开始就出了毛病,如茅盾所说的,他写《子夜》就是为了回答托派……可是我们不禁要问,托派争论的是一个社会政治经济发展的问题,本应通过理论争辩去解决,何尝需要一个小说家来凑热闹?再则,《子夜》作为一本现代都市小说,它的对象是市民,这些读者看看老板舞女觉得蛮新鲜,又何尝有兴趣来听你解答社会经济学甚至中国有没有资本主义的大问题?"③毫无疑问,这种思考方式过于情绪化,

---

① 贺桂梅:《人文学的想象力——中国当代思想文化与文学问题》,第98页。
② 陈思和、王晓明:《主持人的话》,《上海文论》,1988年第5期。
③ 同上,1989年第3期。

为什么小说家不可以通过作品来回答重大的社会问题呢？难道市民读者就只喜欢看"老板舞女"吗？蒋光慈的小说在当时的"热销"不正好证明了市民读者的趣味实际上也是很"多元的"吗[①]？我提出这些质疑并不是为了指责"重写文学史"的"失误"，而是怀疑1980年代这种比较"粗暴"的进入历史的方式，它带来的可能不是历史的"丰富"和"多元"，而是"单一"和"遗忘"。

对于"重写文学史"而言，它对历史的这种"叙述"可能是刻意的，当时的研究者们已经意识到了历史阐释中"当代性"和"历史性"的问题，在面对很多批评意见认为"重写文学史"太过于强调"当代性"的时候，他们是这么回答的："因为人们对历史的认识，总是在发展变化的，人们总是用批判的眼光去看待历史，这本来就符合历史主义。""人处于当代历史环境下的时候，不能不受到此时此地气氛的感染，主观因素可能更强烈一些……在这个意义上，当代性与历史性是不矛盾的。"[②]从普遍的意义上来看，这么解释也是合理的，但是，他们立即强调了"历史主义"所蕴含的"叙事性质"，"那些我们以为是客观历史的东西，实际上都只是前人对历史的主观理解，那些我们以为是与这'客观历史'相符合的'历史主义意识'，实际上也只是前人的'当代意识'而已。""现在强调历史主义的人们，多半是把从50年代的当代性整合出来的历史认定为'客观历史'，认定是不朽的，不允许任何变更，这倒是真正离开历史主义了。"[③]这种完全把"当代性"和"历史性"

[①] 对于读者的趣味问题，普鲁斯特的一段话将有助于我们对问题的理解，"为什么认为要一个电气工人理解你，你就必须写的很坏，还要谈法国大革命？情况恰恰相反。巴黎人喜欢阅读大洋洲游记，有钱的人也喜欢阅读描写俄国矿工生活的书，人民大众同样喜欢阅读书写与他们生活无关的事情的书。再说，为什么要设置这种障碍呢？一个工人很可能喜爱波德莱尔的作品"。见马赛尔·普鲁斯特：《驳圣伯夫》，王道乾译，第227页，百花洲文艺出版社，1992年。

[②] 陈思和、王晓明：《主持人的话》，《上海文论》，1989年第6期。

[③] 同上。

等同起来的做法当然是为了强调研究者在面对"历史"时所具有的"自由度",从而为重新"叙述"出一个"现当代文学史"提供合法性支持。但是,让人产生疑惑的是,历史仅仅是一种"叙述"吗?"文学史运行的轨迹"是完全"建构"起来的吗?洪子诚在1990年代的一段话就代表了不同的声音:"强调文学史写作的'叙事性',在文学史研究中还能不能提出'真实性'这样的概念,这一类的问题?这个问题虽然会感到困惑,但是它是没有办法回避的。……我们不能够因为强调历史的'叙事性',而否认文本之外的现实的存在,认为'文本'就是一切,'话语'就是一切,文本之外的现实是我们虚构、想象出来的。即使我们承认'历史'具有'修辞'的性质,我们仍然有必要知道,'哪些事是历史上实际发生过的,它们具有何种程度上的历史确定性'。……在中国的近现代史中,也有一系列的经典事件,一系列的重要历史事件。它们不是文本所构造出来的,不是只存在于文本之中。'这些事实要求我们做出道义上的反应,因为把它们作为事实来陈述,本身就是一种处在道德责任中的行动'(《诠释学、宗教、希望》,第65—66页)。跟外在世界断绝关系的那种'解构式'的理论游戏,有时确实很有趣,很有'穿透力'很犀利;但有时又可能是'道德上无责任感的表现'。对于后面这种情况,是需要我们警惕的。"①

四 结语:文学史"情结"和文学史"权力"

"审美原则"的确立和"叙事体式"的转变,都指向"重写文学史"一个重要的目的,那就是追求文学场域的"自主性"。我们知道,近一百年来,文学与政治的关系是中国(文学)知识分子一直深陷其中而难以解决的难题,在1980年代末,文学开始以"学术"(文学史)的

---

① 洪子诚:《问题与方法》,第43、44页,生活·读书·新知三联书店,2002年。

态度来"拒绝"政治对它的干扰,这不仅促进了文学自身的转变,如纯文学的提出、现代派文学"压倒"现实主义文学,而且,它有意识地调整了(文学)知识分子与现实的有效关系,从某种意义上讲,这意味着在"政统"之外的一次"学统"重建。只是在1980年代"高昂"的情绪中,后者的意识被有意无意地忽略了,到了1990年代,所谓的"岗位意识"和"回到书斋"才开始成为一个主导的话语,实际上它的发生学却可以追溯到1980年代①。

在"自主性"这个问题上,布迪厄不同意阿尔都塞把文化领域完全归结为"意识形态国家机器"(ideological state apparatus)以及福柯把所有知识都只看成"社会规训"(discipline)的外部决定论,而是强调知识文化活动有其自身的"场域",即内部过程,从而对其他"场域"特别是政治和经济场域保持相对的自主性。②但是,在布迪厄看来,这种"自主性"并不是不与政治和经济发生关系,恰恰相反的是,必须是在对这两者的"双重拒绝"中才可能有"自主性"的生成,"拒绝"是一种更深层的内在联系。我正是在这个意义上来理解1980年代整个中国人文社科领域的"去政治化"趋向,"去政治化"并不是要完全"无政治化",而是要调整和理顺文学与政治、学术与政治之间的关系,因此,我们不能简单地理解1980年代"重写文学史"对"自主性"追求,正如布迪厄所指出的:"知识分子是双维的人……他们远非人们通常想象的那样,处于寻求自主(表现了所谓'纯粹的'科学或文学的特点)和寻求政治效用的矛盾之中,而是通过增加他们的自主性(并由此特别增加他们对权力的批评自由),增加他们政治行动的效用……"③

---

① 陈平原在90年代初提出了"学者回到书斋",陈思和提出了"岗位意识",固然是对1989年事件的一种回应,但未尝不可以视作1980年代学术发展的结果。
② 甘阳:《十年来的中国知识场域》,引自"当代文化研究网"(http://www.cul-studies.com),原载《二十一世纪》。
③ 皮埃尔·布迪厄:《艺术的法则》,刘晖译,第396页,中央编译出版社,2001年。

在 2005 年的一次演讲中,陈平原引用王瑶当年的文章说:"几乎每一位研究中国文学的学者的最后志愿,都是写一部满意的中国文学史。"① 陈平原从文学史的发生学的角度解释了产生这种"文学史情结"的原因:"这里涉及晚清以来关于现代民族国家的想象,'五四'文学革命提倡者的自我确证,以及百年中国知识体系的转化。"② 陈思和则从知识分子的身份意识角度对此进行了解释:"文学史研究……它体现了研究者对历史的积极参与,要求重新叙述历史的意义。"③ 这些都说明了所谓的"文学史情结"实际上与现代以来中国的社会发展、政治演变、意识形态的变迁有着密切的关系,"文学史情结"实际上是对文学史书写历史、阐释历史、参与历史的"权力"的一种"确认"。从这个角度来看,1980 年代的"重写"运动不过是漫长的文学史的编撰、书写中的一个阶段,正是通过对文学史/历史的持续的"书写"或者"重写",知识分子以一种独特的方式参与到了中国变革的历史进程中去。

2007 年 10 月 17 日
改于 2008 年 1 月 18 日

---

① 陈平原:《重建"现代文学"——在学科建制与民间视野之间》,收入《人文中国学报》(香港浸会大学主办)第 12 期,上海古籍出版社,2006 年。
② 陈平原:《"文学史"作为一门学科的建立》,收入《文学史的形成与建构》,第 3、4 页,广西教育出版社,1999 年。
③ 陈思和:《漫谈文学史理论的探索和创新》,《文艺争鸣》,2007 年第 9 期。

如何理解"1980年代文学"

一 "新时期文学"和"80年代文学"

学术界对于1980年代发生在中国大陆地区的文学一般用两个概念来指称,一个是所谓的"新时期文学",一个是"80年代文学"。在很多的对于这一段文学史进行描述的著作中,这两个概念基本上是可以完全置换的,这在一定程度上忽略了这两个概念之间非常细微但是具有本质意义的区别。如果我们考察这两个概念的使用频率,就会发现一个有趣的现象,那就是,在1980年代,"新时期文学"是占主导性的具有范式意义的概念,当时比较出色的文学史著作大多使用了这一概念,如《新时期文学六年》(1985)、《当代中国文学概观》(1986)、《中国当代文学思潮史》(1987),等等。虽然在1986年有学者对新时期文学提出了质疑,但是,这种质疑的对象是新时期文学的"成就"和"方向",而不是这一概念本身的合法性。到了1990年代,一部分学者提出了"后新时期"的概念,同时关于"新时期文学终结"的观点也开始出现,在一些学者看来,"新时期文学已经到了该保存自己"[①]的时候了。虽然"终结"的说法并没有得到一致的认同,但是"新时期文学"这一概念的使用频率自此以后却大大降低,比如在1990年代末以来出版的几部比较有影响的文学史著作中,如洪子诚的《中国当代文学史》,孟繁华、程光炜的《中国当代文学发展史》,"新时期文学"的概念已经

---

① 冯骥才:《一个时代结束了》,《文学自由谈》,1993年第3期。

完全遭到了摒弃，而代之以"80年代文学"。又比如近年来学界比较热闹的"重返"研究中，使用的基本上是"重返80年代文学"的说法，而很少或者基本上没有使用"重返新时期文学"的说法。从这两个概念使用的位移之中，我们可以看出随着历史语境的变化和1980年代文学"历史化"沉淀的加深，对于这一段文学的认识和界定也在发生微妙的变化。但是由于当代文学史比较复杂的建构和生成，目前对这种变化的认识还是不清晰的，甚至有比较大的分歧和争论，比如南京的一些学者和北京的一些学者对此问题的看法就非常不一致。但是不管这些问题背后涉及何种意识形态纠纷和学术利益的分割，作为一种越来越"历史化"的1980年代文学研究，对这两个概念进行有效的甄别就是非常必要的。

"新时期"本来是一个社会政治学意义上的概念。1978年5月11日发表在《光明日报》上的《实践是检验真理的唯一标准》一文第一次提出了这一个说法，因为这一"命名"非常鲜明地表达出了与"旧"的政治秩序和社会阶段（严格来说是"文革时期"）的断裂，所以很快成为一个普及性的名词，被转喻为各种意义上的与新的意识形态相关的概念。"新时期文学"正是在这种历史语境中提出来的，周扬在1979年第四次文代会上作了《继往开来，繁荣社会主义新时期的文艺》的主题报告，"至此，周扬以官方权威发言人的身份，正式确认了新时期的提法，新时期成为一个崭新的文学史分期概念"①。不仅如此，周扬还对"新时期文学"进行了六大方面的阐释和规定，而在邓小平的祝辞中，也对新时期文学的评价标准和写作任务作出了方方面面的"规定"②。

---

① 丁帆、朱丽丽：《新时期文学》，收入洪子诚主编，《中国当代文学关键词》，第152页，广西师范大学出版社，2002年。
② 邓小平：《在中国文学艺术工作者第四次代表大会的祝辞》，《文学评论》，1979年第6期；周扬：《继往开来，繁荣社会主义新时期的文艺——在中国文学艺术工作者第四次代表大会上的报告》，《文艺报》，1979年第11、12期。

从这些方面看来,我们基本上可以认为"新时期文学"是一个"预设"的概念,这是一种非常有意思的文学史认定方式,因为一般来说,一种有意义的文学史的叙述,应该是经过一段时间以后才能得到的。而在该时期的文学发生之始就对其作出种种的"预设",可能正是出于主流意识形态意欲对文学进行"规划"和"领导"的原因。如果套用哲学上的术语,我们可以认为"新时期文学"是一个"演绎性"的概念,即根据意识形态的预设对文学的发展生成进行一种话语上的演绎,从这个意义上讲,"新时期文学"这一概念是外在于"新时期文学"的实际历史的。事实确实如此,如果说"伤痕文学"、"反思文学"、"改革文学"等还在"新时期文学"演绎的范围之内,那么,以"寻根文学"和"先锋文学"为代表的文学现象和思潮就彻底突破了"新时期文学"的概念预设,甚至是走到了它的反面,而大众文学和通俗文学在1985年后的兴起更是严重偏离了"新时期文学"的预定轨道。因此,"新时期文学"的概念和内涵与这一段文学的实际历史之间存在着名不副实的情况,我们充其量只能将"新时期文学"理解为对这一段文学的一种话语叙述类型,这种话语叙述作为文学史叙述之一种是没有问题的,但是因为它实际上成为一种占主导地位的、排他性的叙述方式,结果就删减了历史本身的丰富性。

相对于"新时期文学"这一概念,"80年代文学"可以说是一个"后设的"、"归纳性"的概念。它在表述上的"中性"使它能够摆脱"新时期文学"这一概念强烈的意识形态色彩和官方意味,从这个意义上讲它本来应该具有更大的包容性。但事实却并非如此,实际上从1990年代开始,"80年代文学"就成了一个带有强烈的"趣味性"和"精英意识"的文学史表述,通过这个概念,"80年代文学"被描述为"纯文学"生成和展开的过程,在此过程中,关于"知识分子和文人"的"精英意识"和"高尚趣味"也被确立起来。一个非常典型的例证就是发生在2001年左右的关于"纯文学"的论争,吴亮对于"纯文学"偏执性的理解就有把"纯文学"本质化的倾向,产生这种认识的主要原因在于他把"80年代文学"看成一个"整体",而忽略了其内部的张力和复杂性。另外一个更加严重的倾向是,进入本世纪以来,在一些著作和媒体的推动下,"80年代"包括"80年代文学"越来越成为一种带有"怀旧"气息的"大众消费品"。其中最有代表的就是查建英的《八十年代访谈录》和网络媒体搜狐的"搜狐读书:重访80年代"。从某种意义上讲,吴亮、查建英等人所谈论的"80年代"是"成功者"对于自我经历的一段历史的"归纳总结",因此它总是竭力维护着对于自我叙述有利的"历史和经验"。虽然在这种讲述中,也可以看到一些历史的"面貌",比如查建英的访谈就给我们提供了不少的历史细节。但是对于作为历史研究的一种的"文学史研究"来说,这种"怀旧"和"消费"式的处理历史的方式却是远远不够的,正如汤因比所指出的:"胜利者确实具有一种巨大的优越感;而历史学家必须提防的事情之一,就是听任胜利者垄断对后人叙述故事的权力。"[①] 历史固然是一个个个体搏斗挣扎的过程,但是如果不能把这些个体的经验放置到一个更复杂的历史语境中去观察、思考,这种历史研究可能就是失败的。因此对于1980年代文学而言,仅仅是去"认同式地"重新温习那些已经"经典化"的作品、人物、事件是没有多少生产性的,最好的方式可能是去重新讨论这些已经成为"定论"的事物,发掘它们内蕴的还没有充分展开的"历史可能性",比如对余华小说的研究,虽然一些文学史都提到了他的小说受到了侦探小说的影响,但是却没有更细致深入的研究。侦探小说的各种因素是如何进入了先锋小说的文本,并如何改写了先锋小说的文本特征和阅读效果,进而,在1980年代,先锋小说究竟整合了多少文学资源来为其"先锋性"和"实验性"服务?又比如,王安忆的"三恋"中的"性描写"与当时的出版业、读者群体、社

[①] 汤因比、厄本:《汤因比论汤因比》,王少如、沈晓红译,第10页,上海三联书店,1989年。

会的"性观念"之间有何种隐秘关联?等等。通过对这些问题的深入研究,或许可以重新认识各种文学类型,如通俗文学、严肃文学、纯文学,各种文学思潮,如"伤痕"、"寻根"、"先锋"以及各种文学事件之间的复杂历史联系。

或许,究竟使用"新时期文学"还是"80年代文学"的概念并不是很重要的,重要的是如何拥有一种自觉的历史观念和问题意识,在这种意识中,我们把"当下"和"80年代"对接起来,重新激活研究的活力。

二 "去政治化"和"文学的自主性"

如果把1980年代文学理解为一个文学不断与政治松绑,最后回到所谓的"文学自身"的过程,我想大多数人都不会有疑义。这一"去政治化"的过程与前此的"政治化"过程("十七年文学"、"文革文学")形成的鲜明对比强化了"文学自主"的观念,并形成了影响深远的文学史叙述。无论是把1980年代的文学理解为"一体化走向解体的过程",还是"文学去政治化从而回到自身"的过程都容易造成一种单一的理解,即,1980年代文学是在拒绝"政治"的前提下生成的。这种文学史的"预设"恰好是另外一些学者"解构"的起点,在李杨看来:"如果政治对文学的'规训与惩罚'指的是主流意识形态对文学的要求,规定作家如何写和写什么,那么,80年代针对文学的规训同样无所不在。"[①] 在李杨看来,因为"文学制度"和"政治无意识"的存在,即使是号称"纯文学"的"寻根小说"和"先锋小说"也无处不有政治的影子。这是两种完全不同的对于1980年代文学与政治关系的理解和叙述,对这两种"观点"进行甄别,将有助于我们对此时期文学与政治关系复杂性的理解。

---

① 李杨:《重返80年代:为何重返以及如何重返》,《当代作家评论》,2007年第1期。

为了理解上的方便，我们可以把"政治化"作一个简单的界定，"政治化"可以从两个意义上来解释，一个是作为"特殊历史建构物"的制度和意识形态，二是作为"普遍的意识观念"，也就是詹姆逊所谓的"政治无意识"。实际上，说1980年代文学的"去政治化"是就"政治化"的第一个意义而言的，在1980年代，"政治"直接指向的是从1949年以来所形成的由党制定和推行的领导文艺的文化方针和文艺生产体制，它的极端形态是"文革文学"体制。它涉及的是一些非常具体同时又很特殊的历史范畴，比如"两结合"、"社会主义现实主义"、"三突出"、"工农兵创作"、"高大全"、"文艺样板"等等。在对"去政治化"的理解上面，虽然1980年代初官方意识形态和文学界都在"改革"意识形态之下取得了"共谋"，但是实际上两者的侧重点是非常不同的，官方意识形态更加强调的是"去文革化"，并把"文革"叙述为外在于"社会主义"的一个历史畸形物，而文学界在1985年之后的发展却不仅仅是要"去文革化"，而是进一步深入到"去社会主义经验"了，不仅"文革"需要被反思和批判，1949年以来的文艺方向和文艺机制都受到了"驱除"的命运，这样，两者之间的分裂就在所难免。

另外，我们应该把1980年代的去政治化理解为一种"意图"和"趋向"，而不能理解为一种"结果"。实际上，即使是在具体的文学运行机制的层面上，1980年代的"去政治化"也是不彻底的，包括文学组织、文学出版、文学评奖、文学批评、文学史写作等都在一定程度上沿袭着毛泽东时代的"成规"，以路遥的写作为例[1]，他在1985年以后的写作就一直得到了这种文学体制的大力配合。

很明显，李杨虽然也谈到了"文学制度"，但是，他更多的是从"政治化"的第二个意义，也就是"普遍的观念"来理解"政治化"的，在

---

[1] 可参见拙文《路遥的自我意识和写作姿态——兼及1985年前后文学场的历史分析》，《南方文坛》，2007年第6期。

此前提下,任何一种文学都会与一种"政治"联系在一起,因此,1980年代的"去政治化"当然只能是从"一些人的政治"走向"另外一些人的政治",从一种"意识形态"过渡到"另外一种意识形态",这其中甚至作出"新"与"旧"的区分都是很困难的,更谈不上"文学自主性"的确立。

非常遗憾的是,因为立论前提的不同,"去政治化"和"重新政治化"的观点并没有形成有效的对话。就我个人而言,觉得要非常清楚地在文学和政治之间划出一道界限是非常困难的,至于如何理解1980年代文学与政治的复杂关系,究竟是"去政治化",还是"去社会主义化",或者是"重新政治化"也谈不上有一个很明确的区别,或许这种区别本身就是模糊的。如果以不损害1980年代文学的问题意识和复杂性为前提,我倒是愿意保持这种"暧昧"的态度。只是在近几年的一些文学论争中,对于文学的"泛政治化"又开始有抬头的趋向,比如关于"底层文学"的论争,就有一种再次把"社会主义经验"神圣化的姿态,这不仅不利于我们对当下文学的建设,也不利于我们对1980年代文学乃至整个当代文学和当代历史的思考,因此在这个意义上,我倒是更愿意强调1980年代文学"去政治化"乃至"去社会主义化"的积极意义,正如日本学者竹内好所言:"与政治游离的不是文学。由于在政治中看到自己的影子,而去破除那个影子……文学才成为文学。"[①]

三 反思"进化论"

对1980年代文学的历史叙述从一开始到这段文学时期的结束都带有浓厚的"进化论"意识,"'文革'后的文学风貌与'文革'前比较,变化是很大的,具有历史阶段性的意义,也是文学自身发展的突破"[②]。

---

① 竹内好:《鲁迅》,李心峰译,第139页,浙江文艺出版社,1986年。
② 张钟、洪子诚、佘树森等:《当代中国文学概观》,第479页,北京大学出版社,1986年。

"我们完全可以说,新时期六年的文学,不仅是我国社会主义文学最繁荣的时期,也是六十年来我国新文学发展最为波澜壮阔的时期。"[①]虽然在1985、1993年左右对这段时期的文学史发生了较大的争议,但是却没有动摇其进化论的根基。从一种时间意识来看,我们没有办法回避这种进化的东西,因为只有在进化的链条之中,我们才能为"当下"找到存在的"合法性"。而从现实的语境来看更是如此,在中国新文学的发展历史中,"进化论"基本上是一个"共享的"文学史理念,它支撑了自"五四文学革命"以来大规模的文学实验和文学运动,可以毫不夸张地说,"进化论"实际上是现代以来中国人想象世界同时也是想象文学的一种最基本的思维模式。

话虽如此,却并不妨碍我们对这种"历史叙述"进行反思。大致来说,对1980年代文学的进化论叙述有两个倾向值得我们警惕。第一,它是以"否定论"为前提的。"文革文学"被叙述为"非人的文学"、"黑帮文学"、"阴谋文学"被剔除在当代文学史的叙述之外,"经过拨乱反正的新时期文学,出现了崭新的面貌,而这新貌无不与纠正过去的错误相联系"。"在举国欢呼粉碎江青反革命集团的胜利,欢庆'第二次解放'的日子里,人民的文艺也从长期的窒息禁锢中解放出来。"[②]在这种叙述中,1980年代文学的"正当性"被构建起来。第二,它是以"目点论"为旨归的。1980年代的文学在否定"文革文学"的前提下指向一个鲜明的"以人为中心"的现代化文学远景,并依次以一种极差顺序衍生出"伤痕"、"反思"、"改革"、"寻根"、"先锋"等等文学现象。从这一点看来,"进化论"的叙述同样是一种"预设"的叙事,它与"新时期文学"这种命名一起,在话语上演绎着本时期的文学

[①] 中国社会科学院文学研究所当代文学研究室:《新时期文学六年》,第7页,中国社会科学出版社,1985年。

[②] 朱寨主编:《中国当代文学思潮史》,第575、522页,人民文学出版社,1987年。

史叙事。这种"进化论"的文学史叙述不仅大大删减了当代文学史的"历史内容",也直接导致了对1980年代文学研究的"表面化",即使在1990年代末洪子诚等人已经通过对"文革文学"的创造性研究推动了对"当代文学史"的再叙述,但是,即使是在洪子诚的研究中,对所谓"文学性(审美性)"的强调让他的"叙述"依然带有进化论和本质论的倾向,1980年代的文学依然被置于一个较高级别的文学史叙事之中,从而影响了他对1980年代文学复杂性的处理。

需要特别指出的是,这种"进化论"的历史叙述背后有一种强烈的一元化价值标准,不管这种价值标准是"必须有一个基本的价值判断标准,这就是人、社会和文学的现代化"[①]。还是"'审美尺度',即对作品的'独特经验'和表达上的'独创性'的衡量,仍首先应被考虑"[②]。这种强烈的美学或者社会学意义上的价值判断"引导我们的注意力从历史事实中脱离出来,而转向一种人们面向这些事实的态度。它们暗示进步与衰退根本不是事实的问题,而是思想的习惯,是看待事物的方式,是性情问题"[③]。

正是从这些问题出发,程光炜的尖锐质疑才是有启发性的:"也许我们更应该关心的不是'新时期文学'排斥、替代'当代文学'的历史性的'丰功伟绩'和某种'进化论'的因素,而是1976年以前的'当代文学'何以被统统抽象为'非人化'的文学历史?……那么究竟该如何重新识别被80年代所否定、简化的50年代至70年代的历史/文学?它们本来有着怎样而不是被80年代意识形态所改写的历史面貌?另外,哪些因素被前者抛弃而实际上被悄悄回收?哪些因素因为'新时期文学'转型而受到压抑,但它却是通过对历史的'遗忘'的方式来

---

① 董健、丁帆、王彬彬:《中国当代文学史新稿·绪论》,人民文学出版社,2005年。
② 洪子诚:《中国当代文学史·前言》,北京大学出版社,1999年。
③ 柯林伍德:《进步哲学》,收入陈恒等主编,《新史学》第3辑,第64页,"柯林伍德的历史思想",大象出版社,2004年。

进行的？"① 也就是说，对1980年代文学的反思研究必须建立在对"文革文学"、"十七年文学"反思研究的前提下进行，只有重新"发现""文革文学"、"十七年文学"的复杂建构才能"理解"1980年代文学的复杂建构，这之间是一种同构关系。而程光炜的这种思考实际上指向的是一种"整体研究"的远景，也就是通过一种"回溯"的方式，从1980年代文学的再研究出发，重新思考整个"当代文学史"。

四　结语：作为方法的"1980年代文学"②

那么，一个非常难以处理的问题就是，如何在这众多的概念、叙述、故事中确定1980年代文学。虽然程光炜在最近的一系列文章中都力图辨清这些叙述背后的历史观念和意识形态，但是，他也不得不感到困惑："为什么洪（子诚）、董（健）同为'文革'年代的'亲历者'，但是所持的却是两种截然不同的'当代观'？……那么是不是已经不再存在着一个我们可以在活着的时候谨慎接近的'当代'？"③ 程光炜的疑问实际上暗示了"历史研究"的局限性，一个人终究不能离开他的个体经验完全客观地面对和进入"历史"，正如汤因比所承认的："我完全同意这样一种说法，即我的历史观被染上了我个人经验的色彩，它一直受到我本人毕生的公共事务中所发生的各种好事和坏事的经验的刺激，而我则无法摆脱它。我总是参与撰写近来的，亦即所谓的当代的历史。"④

也就是说，作为一个"实体"的1980年代文学或者"当代"文学

---

① 程光炜：《历史重释与"当代"文学》，《文艺争鸣》，2007年第7期。
② 该说法直接受到竹内好《作为方法的亚洲》一文的影响。竹内好：《作为方法的亚洲》，胡冬竹译，《台湾社会研究季刊》，2007年第66期。
③ 程光炜：《历史重释与"当代"文学》，《文艺争鸣》，2007年第7期。
④ 汤因比、厄本：《汤因比论汤因比》，王少如、沈晓红译，第20页，上海三联书店，1989年。

是不存在的,我们总是只能通过不同的"方法"抵达各自的"1980年代文学",这正是作为方法的1980年代文学的意义。在程光炜看来,董健等人的《当代文学史新稿》的历史观念和历史态度并不是需要臧否的对象,只是因为它的方法论是陈旧的,因此很难说对当代文学史的研究起到了推动作用①。对于目前学界很热闹的"重返1980年代文学"来说,发掘多样的史料,开辟更多的研究空间固然重要,但是更重要的却是能够摸索出一种新的方法论,在这种方法论的更新和变迁中,一个多样的"1980年代文学"甚至是"当代文学"才可能浮出历史地表。只是目前这种方法论究竟是什么却不明确,它期待着更多优秀学者的思考和探索。②

2007年12月10日

---

① 程光炜:《历史重释与"当代"文学》,《文艺争鸣》,2007年第7期。
② 我认为目前对这个问题进行深入思考和系统研究的文章主要有以下几篇:程光炜:《历史重释与"当代"文学》,《文艺争鸣》,2007年第7期;程光炜:《当代文学学科的"历史化"——在北京师范大学的演讲》,未刊;李杨:《重返80年代:为何重返以及如何重返》,《当代作家评论》,2007年第1期。另外程光炜在中国人民大学主持的"80年代文学史问题"的博士生研讨课上,对这一方法论的探索是主要的内容之一。

"主体论"与"新时期文学"的建构

——以刘再复《论文学的主体性》为中心

2007年伊始,一家当代文学批评杂志又再次以"隆重"的篇幅推出了"新世纪文学研究"的专栏①。从1990年代一些批评家提出"后新时期"②到因千禧年而诞生的"新世纪文学",一种欲终结"新时期"于一宿的姿态呼之欲出。这是"进步"与"发展"的魅影如魂附体,还是一个世纪以来"革命"与"造反"的宝贵遗产?但这些急欲在"新世纪"文学的一亩三分地上祭起大旗的人们可能没有意识到,对所谓"后新时期"和"新世纪文学"的切切强调不仅没有让一个时代的背影渐行渐远,反而是招魂引魄,让行将过去20多年的"新时期文学"以更加峻急的态度向我们逼仄过来。

正如程光炜在文章中坦言,对于"新世纪文学"的建构没有必要遮遮掩掩,因为正是通过一系列有意识的"建构",历史才得以敷衍生成③。这倒是深切提醒了我们,"新时期文学"同样是通过某种历史之手

---

① 见《文艺争鸣》,2007年第2期。该期"新世纪文学研究"刊发了包括程光炜、雷达、孟繁华等人在内的文章共7篇。
② 1992年,北京大学和《作家报》联合举办"后新时期:走出80年代的中国文学"研讨会。这次会议将90年代文学命名为"后新时期文学"。与会者的部分文章发表在《当代作家评论》,1992年第5期和《文艺争鸣》,1992年第6期上,主要倡导者有陈晓明、张颐武等人。
③ 程光炜:《新世纪文学建构的几个问题》,《文艺争鸣》,2007年第1期。

"建构"形成的,更重要的是,它的"建构"只有在"后新时期文学"的建构、"新世纪文学"的建构中才得以更充分地凸显出来。从另一个角度讲,如果"新时期文学"可以理解为一种话语类型,它只有在与其他的话语类型的联系、区别、继承和断裂中才能更丰富它自己的言说与所指。

诚如斯言,这正是我们今天讨论"新时期文学"的一个角度或者说"位置"。这并非是后来者对历史的"误读"或"改写",而是在历史发生的原点就包含的歧义和复杂。如果我们翻开1976年以来的中国"新时期"文学史,我们就能清楚地看到这一点。"伤痕文学论争"、"第四次作代会"、"朦胧诗论争"、《新时期文学六年》、《新时期十年文学主潮》、"现代派讨论"、"清除精神污染运动"、"批判《苦恋》"、《论文学的主体性》……这种种会议、论争、著述、文章犹如一支支神来之笔,在书写、总结、传播、界定着一段"新时期"史,但与此同时,这些历史的"填充物"又如一个个不死的"老灵魂",总在不断地改写、反诘甚至破坏着已有的历史之"实"。这一过程固然有黑格尔所谓的"正"、"反"二律结构,但其中的"真"与"假"、"实"与"虚"、"正"与"误"又岂能一言以蔽之?

把"主体论"以及与此相关的一些论述,如《论文学的主体性》、《新时期文学十年主潮》、《新时期文学的突破和深化》、《刘再复现象批判》、《审美与自由》等放入这样一种历史视野中予以考量,首先意味着我们承认这些"言说"都真实地"建构"了历史,并已经成为一种无法回避的物质和精神事实,而在另外一方面,我们又强调这种"建构"并没有"终结",而是在"开放性地"接纳来自各个方面的加入,即使这种"延续"有时候必须以"断裂"的姿态出现。因此,我工作的重心不是为了去检讨"主体论"的成败得失(或者我可以反问一句,历史之建构有成败得失吗?),我要追问的是,"主体论"是如何又是以怎样的方式参与"新时期文学"的"建构"或者说"历史化"? 这种参与对新时期文学的历史格局起到了什么作用?最后,关键是,这种参与的背后隐藏着何种知识运行机制,它与整个80年代的历史语境、知识立场构成何种内在的关联?

一 对"新时期文学"的不同"认知"、"规划"

"新时期文学"的干将之一李陀在2006年的一个访谈里回顾了80年代两个重要的思想运动,他说:"要做历史分析,我以为首先要做的,是回顾80年代'思想解放'和'新启蒙'这两个思想运动,回顾它们之间那些纠缠不清的纠葛和缠绕,它们之间那种相互对立又相互限制的复杂关系。"在李陀看来,"思想解放"和"新启蒙"两者之间有着本质上的不同,前者是要"在对'文革'批判的基础上建立以'四个现代化'为中心的政治、经济以及文化思想上的新秩序"。后者则是"想凭借援西入中,也就是要凭借从'西方''拿过来'的'西学'话语来重新解释人,开辟一个新的论说人的语言空间,建立一套关于人的新的知识"[①]。

李陀以作家的身份和意识去讨论"新启蒙"与"思想解放"之间的复杂关系,无疑给治"新时期文学"史的人提供了一条重要的路径。我们知道,在80年代,无论是"新启蒙"还是"思想解放"运动,文学都在其中扮演了极其重要的角色,文学不仅是这两个运动的重要参与者,甚至一度占据"急先锋"的地位。因此,"思想解放"和"新启蒙"的区别和纠缠,也暗示着这一时期的文学的区别和纠缠。实际上,正如李陀所言,因为"思想解放运动"和"新启蒙运动"的发起者的文化身份、意识形态目的、知识文化谱系的不同,他们对新时期的文学的认

[①] 查建英主编:《八十年代访谈录》之《李陀访谈录》,第274页,生活·读书·新知三联书店,2006年。出自此书的引文不再注明版本。

知、期待、规划也有着相当大的不同。

虽然自"真理检验标准"讨论以来,思想解放的气氛已经开始在全国蔓延,但从当时的有关讨论来看(比如关于"伤痕文学"的讨论,关于"歌德与缺德"问题的讨论),作为"文革""重灾区"之一的文学艺术界解放的脚步还举步维艰,在这种情况下,1979年在北京召开的第四次文代会就显得尤为重要,因为它肩负着"确立新时期文艺工作的方针,调整文艺政策,同各种错误倾向和思潮进行有力斗争,完成新时期革命现实主义文学思潮发展的重要历史转折"①。这次大会最重要的成果是邓小平在开幕式上的发言——《在中国文学艺术工作者第四次代表大会上的祝辞》,它被认为是"具有纲领性质,是这次大会具有里程碑意义的主要标志"②。对于1979年代的中国的文学艺术界而言,完全可以理解他们对"四大"和《祝辞》所抱有的热切期望和高度评价,因为邓小平在《祝辞》中对"文艺黑线"的否定,对"十七年文学"成就的肯定,对1976年以来文学新变动的支持不仅为主流文学界肃清长期"左倾"余毒提供了政治支持,也对刚刚过去的三年文学成就给予了认可。

但是,如果我们回过头把它放在历史的"上下文"中来审视,就会发现问题并非这么简单。实际上,邓的《祝辞》重点是放在"拨乱"上面,而且,它在给"新时期文学"予以"准入"的同时也设置了一些限定词,也就是说,它同时也对"新时期"文学进行了有利于"自身利益"的"规划"。这种规划涉及方方面面,具体体现在两点,首先是检验文学的标准,其次是文学的内容和功能,请看《祝辞》中的这两段话③:

---

① 朱寨主编:《中国当代文学思潮史》,第562页,人民文学出版社,1987年。
② 同上,第563页。
③ 邓小平:《在中国文学艺术工作者第四次代表大会上的祝辞》,见《邓小平论文艺》,第5、6页,人民文学出版社,1989年。

> 对实现四个现代化是有利还是有害，应当成为衡量一切工作的最根本的是非标准。文艺工作者，要同教育工作者、理论工作者……相互合作，在意识形态领域，同各种妨害四个现代化的思想习惯进行长期的、有效的斗争。
>
> 我们的文艺，应当在描写和培养社会主义新人方面付出更大的努力，取得更丰硕的成果。……要通过这些新人形象，来激发广大群众的社会主义积极性，推动他们从事四个现代化建设的历史性创造活动。

如果我们把这两段话和毛泽东的《讲话》比较来看，就会发现其中的微妙关系。虽然用"四个现代化"标准替换了"政治标准"，用"社会主义新人"替换了"工人、农民、战士"，用"为现代化建设服务"替换了"为工农兵服务"，但在内在的文学理念和文化思路上两者如出一辙。这种理念就是要打造或者说设计一个"国家文学"或者说"新社会主义文学"（与毛泽东时代的社会主义文学相区别），这种"国家文学"的中心不在于"文学"，而在于"国家"和"社会主义"，只有与"社会主义国家"的思想、政治、禁忌保持一致，才可能得到其最终的认可。

由此出发我们可以洞察到1980年代中国文学/文化的复杂性。"四大"以后，"写社会主义新人"成为"主流文学"实现其自我调整的原则和方向。[①] 从表面上看，邓的文学"规划"似乎取得了某种共识。但是在1983年左右，随着"人道主义与异化"和"现代派文学"讨论

---

① 如1981年《人民文学》在其第4、5、6、8期上刊发了一组"创作谈"，其中包括王润滋的《愿生活美好》、雷达的《在探索的道路上》、廖俊杰的《着力刻画农村社会主义新人的形象》、陈骏涛的《新人形象塑造谈片》、刘心武的《写在水仙花旁》、蒋子龙的《回顾》、阎纲的《写"新"乱弹》、马畏安的《家好赖自个儿当了》等。这些文章都围绕一个中心展开，那就是"写新人"问题。

的深入，这种共识出现了分裂。毋庸置疑，"现代派文学"的讨论对新时期文学的重构产生了很大的冲击，但是，如果从构建"新人"话语这个角度看，"人道主义讨论"似乎更具有阐发的价值。程光炜在《"人道主义"讨论：一个未完成的文学预案》里面已经充分讨论了人道主义话语对于建构"新时期文学"的作用和遗憾。①我感兴趣的倒不是"人道主义"究竟有没有"完成"，我想追问的是，作为与邓小平"社会主义新人"不同的一种"文学规划"，这两者究竟在什么程度上构成各自的"特征"？在我看来，抽除掉它们内容上的区别，最重要分歧在于他们提出问题的"空间视野"相去甚远。

程农在《重构空间：1919年前后中国激进思想里的世界概念》②一文中认为，在1919年前后，因为马克思主义的传播，国人重新构造了一个"世界"概念，激进势力利用这种思想资源消解了"民族国家"的合理性，从而成功地把"启蒙"问题转化为"救亡"问题，因为在激进势力看来，中国的问题并不能在一个民族国家内部可以解决，而是要放在整个世界资本主义体系中才能解决。程文给我们的启发是，空间观念的转移和重构实际上深刻影响着国人认知问题的方式和方法。这同样体现在1980年代的文学（文化）规划之中。从1979年邓小平提出"社会主义新人"到1983年周扬提出"马克思主义的异化"问题，一个空间视野的转换清晰可见。在邓小平的视野里面，"社会主义"实际上是民族主义中国的另一别称，这不仅是为了强调"中国"的党性，而且是企图通过"社会主义"对"新人"的限定，把"新时期文学"严格限定在"纵向"的历史之轴上，在这样一个"空间"位置里面，"新时期文学"就被顺理成章地理解为是对"十七年文学"、"社会主义现

---

① 程光炜：《"人道主义"讨论：一个未完成的文学预案》，《南方文坛》，2005年第5期。
② 程农：《重构空间：1919年前后中国激进思想里的世界概念》，收入许纪霖编，《二十世纪中国思想史论》，第253页，东方出版中心，2000年。

实主义文学"、"革命现实主义文学"的继承和延续,即使上溯得再远一点,也不过是"五四"革命文学的后裔而已。在此,作为"普遍"意义上的"人的文学"是被排斥在外的,他所关切的,依然是通过强调"中国"这一空间位置的"特殊性"而试图延续甚至强化"新时期"文学的"特殊性",这一特殊性,也就是上文所提到的一种新的"国家文学"。

其实在1979年,这种分歧基本上没有显露出来,在"四大"上周扬做的长篇报告《三次伟大的思想解放运动》①同样是用一种"纵向"的视野把"五四运动"、"延安整风"和"思想解放运动"贯穿起来,这与邓小平的眼光没有什么不同。但是在接下来兴起的"人道主义与异化"问题的讨论里面②,周扬恢复了作为一个理论家的敏感,他从"异化"的角度讨论马克思主义中的"人道主义",其视野已经由"纵向"转为"横向",从"中国"转向"世界",他不再把"人"的问题仅仅理解为是中国语境中的"特殊性问题",而是通过对马克思"异化"观念的阐释将其"普遍化",如此一来,"社会主义新人"就被一个更本质化,更具有普遍世界意义上的"人"所代替,在这种"方案"里面,新时期文学面临的诸多问题(文艺与政治、文艺与生活等等)已经不能"内部消化"了,而是需要在"世界文学"的发展格局中予以"解决"。在这个意义上,我认为后起的"新启蒙"者们可能都低估了周扬的"先行"意义,如果没有这样一个"视野"的转换和"空间"概念的重构,后来的"走向世界"以及"援西入中"可能就没有那么理所当然。③

---

① 周扬:《三次伟大的思想解放运动》,收入洪子诚编《中国当代文学史·史料选》,第584页,长江文艺出版社,2002年。
② 参见周扬:《马克思主义与人道主义的关系》,收入洪子诚编,《中国当代文学史·史料选》,第721页,长江文艺出版社,2002年。
③ 虽然甘阳等人夫子自道地认为1985年左右的美学热纯粹出于学术上的冲动,而且一开始就立足高远,但他也不得不承认,没有整个1980年代的"人文氛围",他们至多不过是自赏于书斋而已。而这一人文氛围,与"人道主义的大讨论"密切相关。见查建英主编:《八十年代访谈录》之《甘阳访谈录》,第166—245页。

这种空间概念的转换实际上暗示了1980年代不同势力对文学的理解和期待。在此历史进程中，1983年是一个值得讨论的关节点。"人道主义与异化"的讨论以及同时期关于"现代派文学"的讨论很明显地偏离了邓小平在"四大"上所设定的"文学地图"，"清除精神污染运动"和对周扬的批判①由此而展开，早在1981年邓小平就指出："特别是文艺问题……我认为是存在着涣散软弱的状态，对错误倾向不敢批评，而一批评就有人说是打棍子。""一句话，就是要脱离社会主义轨道，脱离党的领导，搞资产阶级自由化。""这样的作品（指《苦恋》）和那些所谓'民主派'的言论，实际上是起了近似的作用。"这些论述和批评所传达的信息是，文艺固然要思想解放，但必须是有限度的。虽然这种限度在当时有些模糊和含混，但有一点是不容置疑的，那就是，文艺如果要发展，要解决自己的问题，仅仅在"社会主义"和"中国"的意识形态之内来讨论不仅禁忌重重，而且很容易跌到一些非常低水平的话题中去（如文艺与政治，文艺的功能和目的，等等）。因此，如何在规避这些问题的同时把文艺引向一个更高更全面的层次在当时成为一个迫切的问题。也正是在这样的历史的谱系中，"本体论"、"主体论"等等粉墨登场，成为"反思"或者"应对"新时期文学各种"问题"的"妙药良方"。

从1983年起，刘再复开始致力于构建一个以"人"为思考中心的文学批评和理论体系，这些文章包括《性格组合论》、《文艺研究应该以人为中心》、《文学的主体性》以及《新时期文学十年主潮》。刘再复在这些文章中继承了周扬的视野和眼光，以"世界"的而非"中国"的空间概念来重新放置"人"，建立一套"文学"的同时也是"人学"的

---

① 胡乔木对周扬的批判主要就集中在周扬将"人道主义"世界观化这一点上。胡乔木强调的依然是人道主义（人的话语）的特殊性，即所谓的社会主义人道主义，反对周扬把"人"普遍化。参见胡乔木：《关于人道主义和异化问题》，收入洪子诚编，《中国当代文学史·史料选》，第738—776页，长江文艺出版社，2002年。

观念。正如伊格尔顿在论述新批评在英国的兴起时所评价的那样:"认为存在着一种名叫艺术的不变事物,存在着一种名叫美或者美感的可以孤立存在的经验,这一看法在很大程度上是我们已经提到过的艺术脱离社会生活这一现象的产物。""美学的作用在于消除这种历史差异。艺术已从总是蕴含着艺术的物质活动、社会关系和思想意义中提取出来,然后被提升到一种孤立的偶像地位。"① 我们当然不能说刘再复的所建构的"主体论"体系因为对"政治压力"的规避就脱离了当时的社会生活,但是它的出场也的确是某种美学上的"分身术",唯其如此,一种不同于"新社会主义文学"的"规划"才能在与政治的松绑中(虽然是表面上的)获得生存的间隙,并在适当的时机遵循"输者为赢"的原则,获得广泛的共识和认可。② 至于刘再复的理论究竟与新时期文学/文化构成何种复杂纠缠,是我们在下文需要深入讨论的问题。

二 "主体论"与"新时期文学"的"传统"

正如上文所叙述的,自"新时期文学"发生以来,各种力量就参与着对它的"规划"和"建构",这一过程也是一个不断将自我"历史化"的过程。这种"历史化"不仅肩负着为"新时期文学"命名、定位的重任,同时也通过这种"命名"为"新时期文学"构建自己的"传统"。大致来说,这种"历史化"过程有三个关节点,一是1979年"第四次文代会"的召开,一是1985年左右的《新时期文学六年》的成书并

---

① 特里·伊格尔顿:《文学原理引论》,刘峰译,第25页,文化艺术出版社,1987年。
② 贺桂梅在《人道主义思潮及其话语变奏》里对此有深入的讨论,她认为:"如果说在马克思主义话语内部,关于人的观念的讨论由于与作为国家意识形态的正统马克思主义发生了冲突而被强行压制下去,那么新启蒙主义思潮则避开了与国家意识形态的正面冲突而成功转换为80年代的新主流意识形态和常识"。见贺桂梅:《人文学的想象力——当代中国思想文化与文学问题》,第80页。

出版,一是1984到1986年刘再复的《文学的主体性》等论著的发表。

在"新时期文学"展开三年后的1979年,邓小平就在"第四次文代会"的《祝辞》中这样评价前此三年的文学:"短短几年里,……已经出现了许多优秀的作品,这些作品对于解放思想,振奋精神,鼓舞人民同心同德,向四个现代化进军,起到了积极的作用。回顾三年来的工作,我认为,文艺界是很有成绩的部门之一。"① 这一段话虽然"表态"的意思比较突出,实际上也是给这三年的文学予以"定性",这一性质在朱寨的《中国当代文学思潮史》里面有非常清晰的表述,即"革命现实主义文学传统的复苏"②。紧接着这种思路对"新时期文学"进行"历史化"的是另外一本著述,那就是社科院主编的《新时期文学六年》,在这本著作里面,对"新时期文学"是如此定位的:"新时期文学六年作为新中国文学的继续,作为社会主义文学在七十年代和八十年代之交的复兴,……不仅是我们社会主义文学最繁荣的时期,也是六十年来我国新文学发展最为波澜壮阔的时期。"③ 在这里,"新时期文学"不仅被"放置"于社会主义文学的"传统"里面,而且被想当然地上溯到"新文学"的传统里。

从1979年的"革命现实主义传统"到1983年的"社会主义文学传统"以及"新文学"传统,对"新时期文学"的这种"历史定位"固然昭示了主流文学在当时的主流倾向,但是,它实际上是建立在对一些"异端"声音的排斥之上的,比如,在这样一个传统里面,包括《晚霞消失的时候》、《波动》、《苦恋》、《在社会档案里》等一部分作品就

---

① 邓小平:《在中国文学艺术工作者第四次代表大会上的祝辞》,收入《邓小平论文艺》,第4页,人民文学出版社,1989年。
② 参见朱寨主编:《中国当代文学思潮史》,第十一章第一节"文学的解放和革命现实主义传统的复苏",第522页,人民文学出版社,1987年。
③ 中国社会科学院文学研究所编:《新时期文学六年》,第7页,中国社会科学出版社,1985年。

无法被涵括进去。这种对"新时期文学"的"历史化"和1983年左右开展的"清除精神污染运动"以及对"人道主义讨论"的批判等文化思想运动相互应和,构成了主流意识形态对文学施加"管理"和"规训"的重要力量。

与前面两次不同,刘再复从1983年开始所构建的"主体论"和"主潮论"显示了一个非常开放的视野。在1985初版的《性格组合论》的导论①里面,刘再复构建了一个庞大的理论坐标,这一坐标以"文学即人学"这一观念为横轴,以从古希腊到中国现代文学乃至新时期文学的"世界文学"为纵轴,以"文学／人学"为讨论的"原点"。通过这样一个坐标体系,刘再复把"新时期文学"纳入"世界文学"这一空间里面予以讨论和定位,并利用一组二元对立的概念(个人／集体、内宇宙／外宇宙、精神性／实践性)成功地把中国"新时期文学"从"社会主义文学传统"里面置换出来,命名为"艺术本性的失落与复归激烈斗争的历史"②。"(新时期的作家)是一些具有历史使命感的新人,他们通过对自我的肯定,不仅赢得了个人心灵的安宁和尊严,赢得自我的实现,而且赢得人的本质的实现,即通过对自我的肯定达到对人的本质的占有。"③刘再复的这种"世界视野"和"问题观念"在当时迅速就引起了注意,在一篇文章中,有人敏锐地指出:"如果仅仅从一种文学的定义角度来理解这个问题,就会显得过于褊狭了。在一种新的美学层次上,'文学是人学'所体现出的实践意义,更引人注目的是它在思考方式和方法论上的整体性含义。人,不仅作为文学表现的对象,而且是作为熔铸了各种生活内容的整体性概念的观照物,必然凝结着整个生活的丰富含义。"④刘再复对此更是有自知之明:"不仅一般地承

---

① 刘再复:《性格组合论·导论》,第3—29页,安徽文艺出版社,1999年。
② 同上,第4页。
③ 同上,第28页。
④ 殷国明:《应该冲破僵化的、封闭的文学批评方法模式》,《文学评论》,1985年第3期。

认文学是人学，而且要承认文学是人的灵魂学，人的性格学，人的精神主体学。"①

刘再复如此苦心孤诣地经营的"主体论"体系自有其复杂的面向，它既可以被纳入 1983 年开始的"新启蒙"运动之中，并与随后的"文化热"一脉相连；另一方面，它所构建的"个人"观念祛除了毛泽东时代的人的"阶级属性"和"党性"，并在 80 年代强大的"现代化话语"的庇护下获得了其合法性。这种种复杂纠缠，已经有学者作了充分的讨论。②在这里我们依然回到文学史的场域里来继续追问，刘再复的"主体论"究竟与"新时期文学"构成何种关系？"主体论"与重构"新时期文学"的传统有何内在关联？

要回答上述问题需要对"主体论"的理论资源进行一次简单的梳理。如果仅仅从《论文学的主体性》这篇文章来看，刘再复知识谱系上的"19 世纪"立场似乎一目了然，这从该文的注释③可以看出来，在不到 50 个注释里面，席勒、黑格尔、卢梭、狄更斯、车尔尼雪夫斯基的著作以及对他们著作阐释的著述占了绝大部分④。这一知识立场不仅在当时即遭到"批判"⑤，即使在今天都成为研究者"诟病"的理由。但问题绝非如此简单，如果我们放宽理论的视界，把刘再复的整个学术活动纳入考量的范围，就会发现一个更内在的也是更具有本质意义的理论资源，那就是鲁迅。也就是说，要理解刘再复的"主体性"，就必须讨论鲁迅对于新时期文学传统重构的意义。

一个不容忽视的现象是，包括刘再复在内，80 年代最有成就的一批学者里面，以研究鲁迅成名的占了一个非常大的比例，这固然是

---

① 刘再复：《论文学的主体性》，《文学评论》，1985 年第 6 期。
② 贺桂梅在《人道主义思潮及其话语变奏》一文里对此有深入的讨论。
③ 刘再复：《论文学的主体性》，《文学评论》，1985 年第 6 期，1986 年第 1 期。
④ 如席勒的《审美教育书简》、卢梭的《忏悔录》、黑格尔的《逻辑学》、勃兰兑斯的《十九世纪文学主流》，等等。
⑤ 陈燕谷、靳大成：《刘再复现象批判》，《文学评论》，1988 年第 2 期。

1949年以来鲁迅作为现代文学学科研究中的"显学"传统有关，但从另一个角度来看，实际上也暗示了鲁迅在"新时期文学"建构中具有无可替代的重要地位，只有通过鲁迅，"新时期文学"的传统才能获得最大的"合法性"。但是，鲁迅作为中国新文学最"神圣"的起源包涵复杂，究竟在何种程度上"想象"鲁迅是"新时期文学"自我定位、命名的重要前提。日本学者竹内好在其《鲁迅》以及《何为近代》等著作里面提出了这样一种观点，他认为近代以来，在西方现代化强势话语影响下，亚洲国家主动或者被迫卷入现代化的进程中。但是，一种现代的"主体性"却并不会自动生成，只有在"抵抗"中才会产生真正的"主体"，而鲁迅则是这种抵抗的代表，竹内好将之称为"鲁迅式"的抵抗或者说"亚洲"的抵抗。[①] 80年中国的鲁迅研究与竹内好的这种思路非常相似[②]，这从几本当时"流传甚广"的著作就可以看出，比如汪晖的《反抗绝望》、钱理群的《心灵的探寻》，他们都不约而同地把鲁迅重新塑造为一个"掊物质而张灵明，任个人而排众数"的"反抗者"形象。刘再复同样如此，他在1980年左右完成《鲁迅美学思想论集》一书，此书虽然以探讨鲁迅的"美学"思想为主，但实际行文中却着力塑造鲁迅"斗士"的形象，不过是把毛泽东时代的"为革命而斗争"变成了为"真善美"而斗争。[③] 重要的是，刘再复不是把鲁迅仅仅

---

① 竹内好：《近代的超克》，参见孙歌的《代译序：在零和一百之间》，生活·读书·新知三联书店，2005年。需要特别指出的是，竹内好是在一个全球化的视野中提出这一观点的，在这里笔者只是把他的观点作为思考的一个方向，并不代表刘再复的主体论已经达到了竹内好所思考的高度。

② 这里需要特别指出的是，竹内好的《鲁迅》在中国最早的译本应该是李心峰1986年浙江文艺出版社版本，按照这样的时间来看，刘再复在写《鲁迅美学思想论集》时应该没有受到竹内好的"影响"。

③ 参见刘再复：《鲁迅美学思想论集——关于真善美的思考和探索》，可举一例：30年代鲁迅曾对朱光潜所倡导的"静穆"的美学观颇有微词，但实际情况是鲁迅不过是在几篇杂文里面稍微提到了他的反对意见，而在刘再复的研究中，这种"反对"被无限放大了，参见该书第382—401页，中国社会科学出版社，1981年。

作为一个"研究对象",而是当作精神和灵魂上的"导师",在这本书的"跋"里,他说:"在整个生活的领域,我又把鲁迅作为自己的导师,作为启迪我灵魂的智慧之星。……我思考社会人生的一切,常常想起鲁迅对这一切的见解,本能地想到了他的支持。"① 实际上,刘再复甚至认为自己思考建构"主体论"体系也来自于这位先行者的"启发"和"驱使"。② 无论这些"自我述说"带有多么不可知的"个人体验",鲁迅作为一个巨大的"影响源"实际上构成了刘再复理论的一个潜在文本,如果我们把《论文学的主体性》与鲁迅的《文化偏执论》和《摩罗诗力说》对比来看,就会发现两者在知识立场、文化思路甚至行文风格上惊人的"相似"。

因此,如果把"主体论"归入一个宽泛的"五四"的"启蒙主义文学"传统可能过于轻率,刘再复的"主体论"当然与"五四"有着割不断的联系,但是,有两点值得注意,首先,五四的启蒙文学并不是一个统一的整体,而是有着各种复杂的构成;其次,经过近六十年的历史流变,尤其是经过了毛泽东时代全方面的"革命"规训,一个原生态意义上的"启蒙文学"还存在吗?对于前者而言,"人的文学"作为"五四启蒙文学"的核心命题,它本身就是多元分裂的,既存在着一种"鲁迅式"的作为"反抗者"的"人的文学",另一方面还存在着一种周作人或者沈从文式的"人的文学",这种文学并不诉诸于与历史的"摩擦",而更倾向于"调和",在这种"摩擦"不可避免的时候,他们甚至选择极端的方式来回避"摩擦"和"反抗"。③ 因此,在严格的意义上

---

① 刘再复:《鲁迅美学思想论集——关于真善美的思考和探索·跋》,中国社会科学出版社,1981年。
② 在《性格组合论》的"自序"里面,刘再复这么说:"面对辉煌的夜天,想起了鲁迅,想起了这位伟大而深邃的求索者的许多像星光闪烁的思想,顿时,有一种奇异的东西在我身上颤动,奔突,呼唤,我意识到这是一种继续创造的欲求在我胸中燃烧。"
③ 参见王德威:《世俗的技艺》,收入《当代小说二十家》,第311页,生活·读书·新知三联书店,2006年。

来说，刘再复通过"主体论"所构建的新时期文学传统，是以鲁迅为代表的"五四"文学中激进主义的传统，在这一点上，刘再复回到了他所想象或者构建的"鲁迅"和"五四"，同时，也为"新时期文学"的"历史化"提供了最强大的"意识形态"支持。但更吊诡的是，当刘再复在《新时期文学十年主潮》里面宣布"整个新时期文学都围绕着人的重新发现这个轴心而展开。""社会主义人道主义的观念与'阶级斗争为纲'的观念的冲突将是本世纪文学领域中最基本的文化撞击。"①的时候，我们似乎隐隐约约看到了某种毛泽东的文艺思想隐含其中，实际上，从鲁迅到毛泽东到80年代的"主体论"，虽然"主体"的内涵分歧巨大，但就以"反抗"和"斗争"作为其实现的方法论而言，实在是有极大的历史相似性。

三 "主体论"批判与"新时期文化（文学）"的等级划分

"主体论理论"一俟发表，立即在圈里圈外产生了某种轰动效应。正如一篇文章用略带夸张的语气所说："主体论理论这样一种重要的文化现象的产生，如果无声无息毫无影响，那就说明我们这个民族已经无药可救了。事实上，它所提出的问题逼迫每一个人从各自的立场出发对它作出反应：赞成、否定、支持、反对。"②在面对这样一种被誉为"我们时代的文学理论"的"庞然大物"的时候，对它的否定和批判似乎更能展现80年代文化（文学）的复杂性，因此，本节将重点讨论对"主体论"的批判，并希望由此能够管窥这些批判背后的知识立场、美学趣味以及"西学话语"在80年代中国知识界所构建的知识"等级体系"。

---

① 刘再复：《新时期文学的突破和深化》，《人民日报》，1986年9月8日。
② 陈燕谷、靳大成：《刘再复现象批判》，《文学评论》，1988年第2期。

大致来说,对"主体论"的批判主要来自两个方面,一方面来自正统马克思主义意识形态阵营,主要有陈涌和敏泽[1],一方面来自"新启蒙知识分子"内部,主要是陈燕谷的《刘再复现象批判》以及一些更年轻的学者的有关言论。因为80年代"新启蒙"已经借助反主流意识形态的"姿态"成为最强大的"意识形态",所以,来自正统马克思主义阵营的批判并没有引起多少"反响",而是遭到了知识界"理所当然"的鄙夷,甚至陈燕谷在批判"刘再复现象"的时候只是以不点名的方式"稍带攻击"了一下陈涌的观点。

我更感兴趣的是来自"新启蒙"阵营内部的不同声音。陈燕谷的长文《刘再复现象批判》主要分为两大部分,一是现代文化性格批判,二是主体性理论批判。从陈燕谷的文章逻辑来看,上述两个问题实际上是"一体两面",虽然刘再复拥有现代性格的某些方面如怀疑精神、批判精神、积极参与的文化意识,但是"作为现代文化性格的核心部分,即文化观念的哲学基础——新的世界观、新的历史观等,却还没有与那些宝贵的素质共同诞生"。正是因为缺少这种"属于二十世纪的感觉、情绪和理想人格",所以在陈燕谷看来,刘再复所秉持的古典人道主义立场并没有完成真正意义上的"个人"解放的问题,而是回到了"杜甫的载道传统"里面去了。正是在这个意义上,陈燕谷批判刘再复把"主体性"预设为一个先验的形式,并警告这种预设只会带来一种新的"统治关系"。从某种意义上讲,陈燕谷的批判非常中肯和到位。在上文我们已经分析过,刘再复的"主体论"实际上把"新时期文学"纳入了一个激进主义的文学传统中,这种文学的"载道"性质显而易见,实际上,刘再复虽然有一个"世界"的视野,但这种视野却始终没有超出"古典世界"的范围,这也正是陈燕谷认为他没有任何"20

---

[1] 陈涌:《文艺学方法论问题》,《红旗》,1986年第6期;敏泽:《文学主体性论纲》,《文论报》,1986年10月11日。

世纪情绪"的重要原因。陈燕谷正是在此意义上指出了刘再复主体论的"过渡性质"和"危险性"。说"过渡性质"是因为刘再复的主体论理论虽然把"人"从毛泽东时代的阶级属性里面解放了出来，却依然停留在抽象的"集体"人格之中。说"危险性"的原因在于，刘再复的"主体理论"可能会成为一种新的威权话语，并对80年代文学的多种可能性形成某种限制。

其实，作为李泽厚"主体论"美学的通俗版本，刘再复"主体论"的所谓"局限"在当时已经非常明显。一个青年学者在对李泽厚的批判中指出："我与李泽厚的分歧可以归纳如下：在哲学上、美学上，李泽厚皆以社会、理性、本质为本位，我皆以个人、感性、现象为本位；他强调和突出整体主体性，我强调和突出个体主体性。"① 该青年学者在这里强调的所谓"个体主体性"，正是陈燕谷等人一再强调的"20世纪的情绪"。正是因为基于这种立场，他根本就不认同刘再复在《新时期文学主潮》里面对新时期文学作的判断，在他看来，只有通过一种新的审美才能使个人获得真正的主体性自我（个性和自由）。②

讨论这些批判并不是为了得出一个谁更"正确"的结论，正如有的学者所担心的，从结果方向上溯历史，进而裁决当年是容易的，但是这样做并不具有研究上的生产性，有可能使刚刚开始呈现的问题被消解掉。③因此，对于"主体性"理论及其批判这些同样都投身于80年代历史进程的选择，继续追问它们背后所隐藏的问题就显得尤为重要，这其中最重要的一个问题是，刘再复所使用的那一套"知识体系"与

---

① 刘晓波：《与李泽厚对话——感性·个人·我的选择》，《中国》，1986年第10期。
② 参见刘晓波：《一种新的审美思潮》，《文学评论》，1986年第3期；《冲突与和谐》，《北京师范大学学报》，1986年第4期；《审美与超越》，《文学评论》，1988年第6期。
③ 这是孙歌在讨论竹内好的思想意义时所表达的意思，原文是："在今天这个时刻，从结果反向上溯历史，进而裁决竹内好当年的失败是容易的，但是这样做并不具有思想史的生产性——把一切都归结为竹内好的错误，有可能使刚刚开始呈现的问题被消解掉。"见孙歌编：《近代的超克》，第13页，生活·读书·新知三联书店，2005年。

陈燕谷等人所使用的"知识体系"构成何种历史关系?

实际上,虽然刘再复和他的批判者所使用的都是来自"西方"的知识,但是,这些"知识"之间的地位却并不是平等的。这不是说这些"知识"在西方是不平等的,而是说他们经由"西方"向"中国"这一层位移以后变得不平等了。80年代"知识"的这种等级体系体现在两个方面,首先是"人文知识"和"非人文知识"之间,在这一点上,"新启蒙"的干将甘阳认识最为深刻,甘阳曾经说过,在80年代中期,许多治经济、法律等方面的专家都已经取得了很大的成果,但是他们的成果在当时并没有受到重视,而是一直到90年代才得以浮出水面。更有意思的是,包括《人论》在内的因为内容涉及科学分析哲学的"人文知识"也同样遭到冷落和误读,至于它在80年代的畅销,不过是因为沾了"人道主义"的光罢了①。"人文知识"内部的等级性也非常明显,李泽厚、刘再复所代表的理性的、社会的人道主义话语和陈燕谷、甘阳等人所代表的非理性的、高度个人化的话语之间的地位也是不平等的。在后者看来,传统的"人道主义"话语不仅是过时的,而且只是一种"自我欺骗"的幻觉,即使在稍微理性一些的甘阳看来,刘再复的理论也不过是在一个很低的层面上讨论问题②。在这里,普遍的"知识"被转换为一种权力关系,谁掌握了更先进的"知识",谁就可以对(中国)现实发言,同时指责对方的"知识"或理论已经"失效"。西方知识的内部发展脉络和谱系并没有得到有效的清理,而是想当然地用一种简单的"时间先后"作为"进化"的依据,在这种理念中,"存在主义"肯定比"浪漫主义"先进,"垮掉的一代"肯定比"现实主义"更"高级",自然而然,"现代派"和"先锋文学"就是一种比"伤痕文学"、"反思文学"、"改革文学"更高层次的文学。陈燕谷非常惊讶的是,当一匹

---

① 见查建英主编:《八十年代访谈录》之《甘阳访谈录》,第166—245页。
② 同上。

"黑马"向刘再复的理论开火的时候,他竟然不知所措,似乎没有反击的能力①,其实原因就在于刘再复的"主体论"本身就建构在一种知识等级链条之中,他自然无法反抗这种"进化"的宿命。

从这里可以看出,"主体论"的提出者和批判者的目的并不仅仅是为了新时期文学的"主体"建构,它同时回答并试图解决的另一个问题是,"谁"通过掌握"何种话语(知识)"来领导社会主义中国的文化和意识形态?刘再复试图通过文学这一媒介重新确立"知识精英"("知识"的掌握者、传播者)的领导权地位,虽然他的批判者们所秉持的知识立场并不相同,但是,在精英知识分子凭借知识权力领导社会主义文学(文化)这一点上他们却并无二致。所谓"新时期文化/文学"的等级体系不过是知识权力在文化上的镜像罢了。

四 结语:"主体论"的"历史宿命"

文化/文学的等级体系因为有"西学"的支撑在 80 年代显得不言自明。但是也恰好是在这里暴露了 80 年代知识分子的"精神内伤"。对于他们而言,"西方"始终是一个不用怀疑的真理体系,是一个外在于历史的"本质化"的实体概念,在处理"中国"和"世界"(西方)的关系上,他们天然设定了一种"附着"和"追随"的关系。

对"世界"(西方)的这样一种认知使 80 年代的中国知识分子不仅始终外在于"世界"(西方),也始终外在于中国(自我),更严重的是,知识分子除了不断地以更加激进的方式"反抗"和"断裂"之外,并没有建立一套真正可以解释自我、言说自我的知识伦理体系。正如一个学者所指出的:"80 年代我们开始绕不过尼采,后来绕不过康德,再后来绕不过海德格尔,再后来施密特绕不过,施特劳斯也绕不过。

---

① 陈燕谷、靳大成:《刘再复现象批判》,《文学评论》,1988 年第 2 期。

每一个人我们都绕不过，到后来我们自己的经验就完全被放逐了。我们没有自己的这样一种讲述自己故事的语言。"①

在2007年的一篇文章里面，甘阳重新梳理了新时期以来中国的知识场域，他说："直截了当地说，在改革已经成为社会主流意识形态以后，中国知识文化场域相对自主性的首要问题就在于，必须避免使知识文化场域完全服从于改革的需要，防止知识文化场域成为单纯为改革服务的工具，尤其必须避免以是否有利于改革作为衡量知识文化场域的根本甚至唯一标准和尺度。不然的话，知识文化场域就会纯粹成为改革意识形态的喉舌和工具，失去其自主性。"②正如甘阳所担心的，在"知识文化场域完全服从于改革的意识形态"的情况下，一旦改革的意识形态以强硬的态度"反对"知识分子关于社会主义中国改革的"规划"的时候，历史的"终结"在瞬间"生成"。所以，当80年代那场"非如此不可"的"伟大进军"（昆德拉语）受挫以后，人文知识分子要么哑然失语，要么立即摇身一变，成为新的意识形态（市场经济和强权政治）的忠实信徒。事实是，在1989年的政治风波和1992年以来更大规模的"改革开放"步伐的启动以后，知识分子已经被抛入一个异常尴尬的地位，不仅社会主义中国的文化不需要其来领导，甚至社会主义中国的文学也不需要其来规划。市场经济和大众文化给了80年代知识分子的"知识"和"想象"一记响亮的耳光，从"主体论"到"人文精神讨论"，一个不争的事实是，我们关于"人"的言说越来越软弱和无力，一个"新人"和"新的文学"图景也显得遥遥无期，从这个意义上讲，无论是"主体论"还是对它的批判都是一次不太彻底的与历史的"摩擦"和"互动"。

---

① 见王鸿生在"《全球化时代的文化认同》讨论会"上的发言。见罗岗等：《普遍性、文化政治与"中国人"的焦虑》，当代文化研究网（http://www.cul-studies.com）。
② 甘阳：《十年来的中国知识场域》，原载《二十一世纪》，转引自当代文化研究网。

作出这样的判断并非为了昭示"主体论"以及它的参与者的"失败",这种"不彻底性"也可能恰好是它吸引人的地方,因为"历史并非空虚的时间形式,如果没有无数的为了自我的确立而进行的殊死搏斗的瞬间,不仅会失掉自我,而且也将失掉历史"①。实际上,"主体论"的历史命运不仅是中国的"宿命",可能也是在整个现代化进程中东亚甚至亚洲的"宿命"。②"只有在这种不断的自我更新和替代的紧张中,它顽强地保存着自我。"这正好呼应了我在文章开头所提出的问题,可能"新世纪(文学)"对"新时期(文学)"的终结正是历史"保存"自我的一种方式,在这种逻辑中,包括"主体性理论"在内的新时期文学(文化)才会成为一个永不衰竭的"生产性"话题。

---

① 竹内好:《何谓近代》,收入孙歌编,《近代的超克》,第183页,生活·读书·新知三联书店,2005年。
② 竹内好在《何谓近代》一文中曾经以中国和日本为例讨论日本的"近代化"过程,原文如下"在欧洲,当观念和现实不调和(矛盾)的时候(这种矛盾是必然要发生的),便会发生一种倾向,在试图超越这一矛盾的方向上,也就是通过张力场的发展求得调和的。于是,观念本身亦将发展。但是在日本,当观念和现实不调和的时候(这种调和因为不产生于运动,故不具有矛盾性格),便舍弃从前的原理去寻找别的原理以做调整,观念被放置,原理遭到抛弃。文学家将舍弃现有的语言去寻找别的语言。他们越是忠实于所谓学问所谓文学,便越热衷于舍旧求新。"通过这段论述我们发现"日本"的情况与中国的情况有着惊人的相似性。同上,第198页。

"读者"与"新小说"之发生

——以《上海文学》(1985年)为中心

中国当代小说在1985年的变化是相当引人瞩目的,正如当时一位批评家所言:"1985年的小说创作以它的非凡实迹中断了我的理论梦想,它向我预告了一种文学的现代运动正悄悄地来到。"[①] 这位批评家的表述虽然带有80年代特有的"浪漫气质"而略显夸张,但他至少揭示了部分"真实",那就是,这种"变化"并非一夜之间完成,而是在多种力量作用下"悄悄"地发生。1985年代众多的杂志、选本显然构成这多种力量中重要的一翼,而《上海文学》在其中又扮演了一个重要的角色,一个数据很能为《上海文学》的这种重要地位作确证:在一本由19位当时著名的作家组成的编委会所编选的小说选本——《1985年小说在中国》[②]中,《上海文学》一家杂志的入选篇目高达6篇之多,占短篇小说入选篇目的37.5%。因此,以1985年的《上海文学》作为考察"新小说"之发生的"有效载体"自有其合理性。

将1985年中国当代带有"实验"性质的小说命名为"新小说"可能始自于吴亮那本影响较大的选本《新小说在1985年》,这种命名一方面带有策略意义,它规避了1982年以来因为"现代派"文学论争可

[①] 吴亮:《新小说在1985年·前言》,上海社会科学院出版社,1986年。
[②] 见《1985年小说在中国》,中国文联出版公司,1986年。这是一本集体编选的小说选本,编委会成员有:王安忆、扎西达娃、史铁生、冯骥才、李陀、陈村、何立伟、莫言、韩少功等19人。

能带来的负面效应①；另一方面，它显示了一种更宽泛、包容的眼光，至少，在1985年，"新小说"的涵盖面远远不止于后来文学史所指称的"寻根小说"以及"先锋小说"。

二十年来，批评和文学史都致力于构建一个狭义的关于"新小说"的"神圣"叙述，这些叙述包括：一场伟大的文学现代运动，一次向诺贝尔奖为代表的世界文学水平的接轨，一场通过语言和形式确立"个人"意识的实验，一次寻找民族文化和寓言的艰难探险……这种"神圣"叙事为"新小说"在1980年代的实验提供了强大的意识形态支持，但与此同时，"新小说"也日益变成一个"面目模糊"的"本质化"存在，它在其起源时所拥有的鲜活的历史内容和问题意识倒是被慢慢简化。柄谷行人在一次访谈中说：在1970年代末，随着村上春树的出现，我感觉日本现代文学终结了，而同时，对日本现代文学起源的研究成为一种可能。②时至今日，"新小说"尤其是它的极端形态"先锋小说"在中国即使谈不上终结，也已经是"风流散尽"了，当年围绕它所进行的"激动人心"的宣言、口号、争论也已经一去不返，这使我们获得了一种有效的距离来重新"打量""新小说"，并思考一些与其发生相关的基本问题，其中之一是，作为一种文学样式，"新小说"无论具有多么"宏大"的抱负，它都建立在"交流"或者说"阅读"的基础之上，那么，"阅读"或者说"读者"问题在1985年代"新小说"的发生

---

① 关于"现代派"文学的讨论在1978年就开始了，在1981到1982年围绕高行键的《现代小说技巧初探》的通讯讨论中达到高潮，在1983—1984年的"清污运动"的批判中中断了一段时间，在1988年左右又开始了新一轮讨论。

② 关井光男：《柄谷行人访谈：向着批判哲学的转变——〈日本现代文学的起源〉》，柄谷行人的原话是这样的："'起源'这个东西，一定与某一'终结'相伴。如果没有某种'终结'的实感的话，就不会有'起源'这个想法了。实际上，这本书写于1970年代的后半期，正是村上龙和村上春树出现的时候……因此，我常思考的是，那个时期在某种意义上，是日本现代文学终结的开始。"收入陈飞、张宁主编，《新文学》第5辑，大象出版社，2006年。

中占据了什么位置？"新小说"观念之阐释和读者有何关系？"新小说"规划了何种读者群，他们的阅读趣味有何差别？以这些问题为纲，以1985年的《上海文学》为点，我们或许可以为1985年代的"新小说"提供一副更具有活力的"日常图景"。

一 "新"编辑标准背后的"读者压力"

作为一个"老牌"的严肃文艺杂志，《上海文学》和当代中国其他影响较大的文学（文艺）杂志一样，对于自己的编辑标准很少作特别的阐释和说明。这是因为在当代中国的出版体制中，期刊作为党的意识形态工程的一部分，其编辑、出版、征订等所有的工作基本上都是按照"计划"来实施的，文学期刊作为动员、教育广大"人民"（读者）的"有力工具"之一，其编辑标准似乎不言自明，而且"读者"也在长期的"阅读"中与这些标准建立了相当的认同。从一定程度上说，中国当代的"读者"是一群"沉默的大多数"，基本上对期刊的生存发展没有任何关系，虽然在某些特殊情况下也有"读者"参与到一系列的文学（文艺）事件中去。①

正是在这样的历史背景下，《上海文学》在1985年的一些变化就值得我们去注意。在本年度的第5、6两期中重复出现了一则大号字体排印的启事——《本刊将刷新面貌》，虽然整个启事的篇幅不大，但如果仔细阅读还是能发现一些有价值的信息。整个启事的内容实际上有两个方面，一方面是宣布"本刊将从七月号起革新版面，增加篇幅，同时每页扩大字数，使刊物的容量更为充盈"；更主要的是第二个方面，也就是编辑方针的改变，为了叙述方便，将这段话抄录如下：

---

① 如50到70年代的一系列文艺界的批判运动，"读者"在一定情况下也可以作为一种被"利用"的力量。

从七月号起,本刊将每期推出反映当代文学新潮流的中篇小说一至二篇。

为了让广大读者及时了解作家对生活与艺术的新探求,本刊从七月号起将坚持组发作家作品小辑。……

本刊将集中精力从来稿中发现新人新作。……

本刊的理论将继续探索新时期文学创作与文学理论中一系列已知与未知的问题。……

欢迎广大读者订阅。

由这段话可以看出,整个编辑方针围绕着一个"新"字,有"新"潮流的小说、"新"探求的作品小辑、"新人新作"、"新"文学理论,至于何者为新?"新"的具体标准到底是什么?很明显,并非这则短小启事的重心所在,它的重心主要是一种广告学上的效果:一方面宣传其形式上的扩大篇幅,增加字数。另一方面宣传其内容上的"革新",这两者最终都指向了那个大多数的"阅读群体"——"欢迎广大读者订阅"。

很多人认为1985年对"新"的追求是一种文学"内部"的"应时而动",它和1985年代大规模的文学"实验"联系在一起,是社会主义文学在耗尽其能量后的一种求新求变,作为一本反映当代文学进程的期刊,《上海文学》当然有提出"新"的编辑方针的需要。我承认这种说法在一定范围内有其合理性,但它仍然说明不了全部问题。实际情况是,《上海文学》确实是相当敏锐地感觉到了当代文学中的一些变化,但却仅仅将这种变化限定在"小说"范围内,通过1985、1986两年《上海文学》的全部目录来看,我们会发现即使在1986年第三代诗歌已经成为一个普遍的事实的情况下,《上海文学》每期的诗歌栏目依然在维持着非常"陈旧"的趣味[①],而另一方面,《上海文学》在"启事"

[①] 从1986年《上海文学》全年发表的诗歌看,就没有一个"第三代诗人"。

中承诺每期推出中篇小说一至二篇也根本没有做到，反而从1985年第七期削减了中篇小说的篇幅①，代以大量的更容易阅读的短篇小说。这些迹象都在表面，"新"的编辑方针背后实际上隐藏着另一种诉求，"读者"至少作为一个问题进入了《上海文学》的编辑视野。

如果我们对1985年代中国社会的一系列变化作一个简单的了解就可以增加我们对上述观点的信心。1984年左右中国政府在农村改革的基础上进一步加大了改革的力度，城市渐渐成为整个社会改革的中心，以"放权让利"为核心的"分配制度"的改革在很快的时间内收到了一定的成效，与此相伴随的是大众文化消费市场出现了某种程度上的"繁荣"。②很多人敏锐地感觉到了这种变化，吴亮在《文学与消费》这篇文章中说："消费浪潮的兴起，不仅拓展了人们多种选择的范围，而且也大大拓展了人们活动的范围。"更重要的是，"消费浪潮对文学的渗透，一个明显的征候就是通俗文学的勃兴"③。而在《上海文学》的另一篇文章④中，对"通俗文学的勃兴和纯文学的关系"的讨论成为一个重要的话题。⑤1985年代的消费环境和通俗文学的勃兴使"读者"从一个隐蔽的角落走上了前台，正如吴亮所言："通俗文学的共创性结束了文学生产者和文学消费者的分离态度，在一个为大家共享的文化市场上协调起来。当前的文化消费者已从被动的文化受赐者渐次变为文化

---

① 以前每期大约安排两篇中篇小说，自1985年七月号以后的具体情况是：第7期1篇，第8期没有，第9期2篇，第10、11、12期都没有。
② 1985年西方流行乐队首次在中国演出轰动一时，中国的模特儿首次登上法国的T形台，周润发和赵雅芝主演的《上海滩》"倾倒了无数少男少女"，见《1980年代文化流水帐》，《海上文坛》，2006年7月。
③ 吴亮：《文学与消费》，《上海文学》，1985年第2期。
④ 吴若增：《当代文学分类ABC》，《上海文学》，1985年第2期。
⑤ 虽然在1985年代我们有足够的证据证明包括张贤亮在内的"严肃文学"还是"读者"追捧的一个热点，但是，"读者"究竟是在何种程度上"阅读"或"消费"这些"文学"却是值得怀疑的。

的主顾,变为有选择的服务对象。"① 多种选择的出现使读者至少在"消费"的层次上拥有了一定的主动地位,"读者"这种地位的变化不能不对一个期刊产生影响,《上海文学》地处最早开阜的国际化大都市,固有的消费传统一旦被激活,它势必会考虑如何通过更"新"的、或者更"好"的方式来吸引"读者"这一消费群体。

如果说上述几百言为《上海文学》编辑方针的变"新"提供了一个大的"语境",那么,更实际的"压力"可能来自国家对出版的直接的改革。1984 年在哈尔滨召开的地方出版工作会议上明确提出:"我国的出版单位要由单纯的生产型逐步转变为生产经营型,要适当扩大出版单位的自主权,出版单位实行岗位责任制。"② 与出版单位改革同步的是期刊的改革,同年 12 月,国务院发布《关于对期刊出版发行实行自负盈亏的通知》③,其中明确规定除少数必须补贴的期刊外,其余期刊都要独立核算,自负盈亏。很显然,《上海文学》并不在这个所谓的"少数期刊"范围内,这是一个比"通俗文学的勃兴"更为"迫近"的现实,因为"自负盈亏"意味着没有"读者"的购买、订阅,这个刊物将无法维持下去,实际上,《上海文学》从 1985 年第 7 期开始确实增加了内容,页码由前此的 80 个页码增加到 96 个页码,增加率为 20%,但伴随而来的是售价的惊人提高,由前此的 0.35 元增加到 0.72 元,增幅高达 106%。由此看来,即使是出于最基本的"利益"考虑,"读者"也应该成为如吴亮所说的"主顾"和"服务的对象"。

1985 年代中国社会现实的变化使我们对《上海文学》"新"的编辑标准的讨论不能只停留在"文学"的"内部",通俗文学的勃兴和出版机制的改革在非常现实的意义上改变了文学在 1985 年之前一直维持

---

① 吴亮:《文学与消费》,《上海文学》,1985 年第 2 期。
② 参见邵燕君:《倾斜的文学场》,第 4 页,江苏人民出版社,2003 年。
③ 同上。

未变的平衡,读者作为被动的"接受者"的地位有了一定程度的改变,① 正是在这种问题意识下,"新小说"作为一种编辑方向的提出就不仅是对一种纯粹的小说美学的呼应,也是对 1985 年代消费语境的一种回应。

二 作家创作谈:"经验读者"与"新小说"观念的"阐释"

我们在上面的内容里花费了很大的篇幅来说明"读者"是如何成为"新"的动力的,但是,尤其需要注意的是,我们不能过于抽象、笼统地来理解"读者"。大致来说,我们所谈论的"读者"可以分为两大类,一类是具有较高的阅读能力,能运用一定的专业知识对文本进行理解、阐释甚至构建的读者,我们可以称之为"经验读者",而另一类是指一般来说匿名的,不具备专业知识,也无法进行具体有效的"言说"的读者,我们可以称之为"一般读者"。② 这两类读者在一定的条件下可以相互转化,但就一般情况而言,这种划分可以说大致有效并有利于我们对问题的讨论。

对于 1985 年的《上海文学》而言,"启事"中的一系列模糊的"新"的"口号"显然只能起到一般的"广告"效果,在具体执行的时候,它必然面对这些问题:何谓"新小说"?"新小说"的特质是什么?甚至,如何去阅读一篇"新小说"?这些关涉"新小说"观念的问题"一般读者"是无法回答的,甚至是需要被引导的,而这个"任务",只能由"经验读者"包括作家和批评家来完成。

对于批评家在"新小说"观念的构建中所起的作用基本上大家都

---

① 这一时期刘再复的文学主体性理论把"读者"的主体性也纳入了研究的范围,同时接受美学成为文艺理论界的一门"显学",这些能更好地证明"读者"是如何有力地构成了 80 年代文学"新变"的"动力"或"压力"。
② 该观点吸取了姜涛的有关研究成果。见姜涛:《"新诗集"与中国新诗的发生》第四章第一节,北京大学出版社,2005 年。

是承认的,李陀在一篇访谈中就曾经认为标志着先锋小说成功的是两个文学群体的出现,一个是"新潮作家"群体,一个是"新潮批评家"群体。①。但是,在"新小说"发轫之初,可能是太过于关注作家的具体作品创作问题,对于作家这一群体在"新小说"观念阐释方面所起的作用反而认识的不够。而实际情况是,在1985年,由于自身身处创作的第一线,"新小说"作家们对于"新小说"观念的阐释更敏感、更急迫、更有说服力。《上海文学》充分认识到了这样一个问题,因此,作家的"理论"文章在期刊中占了很大的篇幅。1985年全年在"作家创作谈"栏目中共发表郑万隆、陈村、何立伟的文章6篇,另外"理论"栏目中可以归入"创作谈"的有张炜、李杭育、陈村、王安忆等的文章计4篇,占全年理论文章近26%。对这些关于"新小说"的"自我言说"进行一番分析,将有助于我们对这一问题的更深理解。

李杭育发表在本年第五期上面的《小说自白》②可以说是一个具有"纲领性"的文章。在这篇不是很长的小文章中,李杭育从小说创作中的一个"技术"性问题——剪裁和结构谈起,提出了自己的"新"小说和"好"小说的标准。在李杭育看来:"依我看,现代小说的剪裁、结构是最容易,最犯不着费神的,这是一个个性的时代,这个时代的小说最藐视章法,而最尚写意。"虽然李杭育并没有在文章中对"章法"和"写意"作出更全面的阐释,但从文学史的角度来看,他的这一概念并不模糊,对于当代小说来说,"章法"其实就意味着一种"标准",这种标准被严格限制在"现实主义"或者其"更高发展形态"的"社会主义现实主义"的范围之内,并构成一个庞大的概念体系,包括:典型(典型环境和典型人物)、真实(内容真实和感情真实),阶级性(无产阶级立场),人民性(感情上倾向于人民以及形式上的大众化),等等。符

---

① 李陀、李静:《漫说"纯文学"——李陀访谈录》,《上海文学》,2001年第3期。
② 李杭育:《小说自白》,《上海文学》,1985年第5期。

合这些"标准"的小说就被认为是"身材匀称"的"好"小说,而不符合的,则就是"特异",很有可能不被认可并遭到严厉的批评。虽然在1985年由于意识形态对文艺管理上已经渐渐采取"松绑"的态度,因为"特异"遭到政治方面的压力基本上已经不可能了,但是,长期形成的"审美习惯"和"阅读趣味"却有可能成为"新"小说发展的阻力。因此,在李杭育看来,颠覆这种评价标准就成为必须,所以他断言:

> 我认为,真正好的小说都应该是"特异身材"。真正好的小说,不仅是"神","形"也有个性。

从创作过程中的一个"技巧"性问题出发,从而颠覆或者"解构"当代小说一些本质化的概念,是这些"创作谈"一个普遍的"策略"。在陈村的一篇文章《赘语》①中,有一段非常有意思的表白:

> 本期发表的拙作《一天》及二月号上的《一个人死了》,是一种"假"。那个叫张三的人,我写了多少次,或老或少,或城或乡……假到张三是何等模样都交代不清楚。然而,读了《一天》的读者,更觉得这"一天"也是假的,明明写了一辈子,却说是一天,……一样的有悖事理。
>
> 那三篇小品全是虚构的故事,真是假得无以复加。六月在昆山一共写了十多篇小品(其余将发在《作家》上),几乎全是假人假事。
>
> 当真无以说明真时,假就出来了。
>
> 当真到令人觉得假时,假就出来了。
>
> 假不假?

我之所以不惜用如此多的篇幅来引述陈村这一段带有"游戏"笔

---

① 陈村:《赘语》,《上海文学》,1985年第11期。

墨的文字,是因为这一段看似漫不经心的自言自语实际上提出了当代文学中一个非常关键的问题,这就是如何认识"真实"和"虚构"之间的复杂关系。泛泛地来讨论这对"概念"之间的区别和联系或者意义并不是很大,因此我愿意再引用一段文字来予以说明,在1980年高晓声曾经围绕"陈奂生"系列小说连续写了几篇"创作谈",其中有几段是这么说的:

> 其实,我写这样的小说是很自然的。眼睛一眨,我在农村中不知不觉过了二十二年,别无所得,交了几个患难朋友。我同造屋的李顺大,"漏斗户"陈奂生,命运相同,呼吸与共。我写他们,是写我的心,与其说我为他俩讲话,倒不如说我在表现自己。①

> 《陈奂生上城》就是《"漏斗户"主》的续篇。是同一性格在两种不同境况下的统一表演。在《"漏斗户"主》里,陈奂生是那个样子,那么,到了"上城"的境况里,就一定会那样表演。②

将这两段"创作谈"进行对比分析,就能发现从1980年到1985年这短短的五年之间,小说的观念发生了让人惊讶的变化。在高晓声的表述中,"真实"是衡量小说的最高"标准",不仅创作者必须和他要表现的对象有相同的生活经历、共同的思想感情,而且作为小说中的人物,他的一言一行都必须和"现实"有着严格的对应,他的性格的发展变化也一定有一个相当严密的逻辑,这样的小说,才"会让读者相信,才让人觉得符合情理",这样才能称得上是"小说"。但是在陈村这里,"真实"被彻底抽空了。陈村告诉你一切都是"假"的,他

---

① 高晓声:《也算"经验"》,收入《创作谈》,第4页,花城出版社,1981年。
② 高晓声:《且说陈奂生》,《人民文学》,1980年第5期。

不可能和他笔下"张三"有共同的生活经验或者相同的思想感情，因为张三甚至不是一个固定的"人物"，他以各种面目出现，既无逻辑可寻，亦无规则可找。陈村承认这样写作"有悖事理"，但关键问题是，小说就必须要"符合事理"吗？这种长期形成的以"真实"作为作品与"读者"之间的契约不可以改变吗？很明显，陈村觉得这种替换是非常有必要的，"当真无以说明真时，假就出来了"，这句话的潜台词就是：当"真实"已经耗尽了它在"小说"中提供叙述动力和阅读标准的能量的时候，只有"假"或者说"虚构"可以完成一次"新"变。在这个意义上，陈村可以理直气壮地反问"读者"：这难道是假的吗？（假不假？）

这些创作谈对1985年代的《上海文学》或者更大范围内的中国当代小说有何意义？本来，作家之间各种形式的对话、交流是文学创作中一件再平常不过的事情。但是，以如此密集的程度、如此确定的栏目将这些内容"公布于众"，它就已经超越了简单的唱和、切磋的范畴。实际上，《上海文学》在1985年的这一举止饶有"意味"。对于《上海文学》而言，不仅通过这种"栏目"为自己树立了一个"新"的形象，为刊物的发展开辟了新的"市场"。更重要的是，这些信件、对话、创作谈和同时发表的大量"新小说"作品、"新"理论文章一起为"新"小说构建了一个"公共空间"，在这一"公共空间"里，它们互相阐释、互相生发，对新小说的种种探索、困惑得到了有效传播，并逐渐形成一个有利于其发展的"小圈子"。没有这些创作谈的奠基性工作，"一般读者"对于"新小说"的阅读可能会有更多的"阻力"，而另一类"经验读者"——批评家们也不可能如此顺利地进入"新小说"，并发展出一套完整的叙述。在这一点上，作为"经验读者"之一类的作家功不可没。

但是需要警惕的是，我们也不可过分夸大这些创作谈在观念"构建"上的作用，实际上，与高晓声们的创作谈最根本的区别不仅体现在"言说"的内容上,更重要的是"言说"最终的指向截然不同,对于高晓声而言,"真实"是一个不言自明的"逻格斯",是一个只需要加入、应和的真理体系,因此高晓声只需要把自己的作品稍加解释就可以获得其"合法性"。而对于李杭育和陈村而言,创作谈的"言说"其目的不仅要改变既定的标准,还需要重新构建一套能确切阐释自身创作的"理论话语"。很明显,这可能不是这些作家所能解决得了的。也正因为如此,这种缺少理论支持的"探索"和"实验"使新小说作者们有时候显得力不从心,从而表现出很多的犹豫和困惑。在王安忆写给陈村的信中,她这样描述了她的困境:"我很是寂寞了一阵子。……我从来没有这样不自信过,我体会到,不自信是很苦的。"这种"不自信"主要就是因为:"我们既不会质朴地叙述故事了,却又没有找到新的,适合于我们自己的叙述故事的方式,这真是十分糟糕的事。"① 虽然在说这样一番话的时候她已经写出了《小鲍庄》,并赢得了朋友的"赞赏",但是,这些"新"的作品能否在更大的范围内获得接受和肯定却是前景不明的。与这种不自信相似的是,李杭育在提出了"好小说就是新小说"的观点的时候,也禁不住抱怨起"读者"来:"读小说,人们往往仅就作者写成的样子而论,这样写好不好,那一段糟不糟,而很少有人深究一下:倘使作者不这样写,他又能怎样写?"② 对创作本身的困惑,对于读者阅读趣味的质疑和抱怨,充分说明 1985 年新小说面临的机会和困境。

---

① 王安忆:《王安忆致陈村》,《上海文学》,1985 年第 9 期。
② 李杭育:《小说自白》,《上海文学》,1985 年第 5 期。

三 "第二届《上海文学》奖"和读者"趣味"的差异

毋庸置疑,《上海文学》在一定的范围内确实为"新"的阅读趣味和"新"的读者的培养和划定作出了较多努力。这种努力的效果如何？虽然由于大多数的"一般读者"是以匿名的方式存在,无法进行严格的统计,但从"第二届《上海文学》奖"的获奖名单中我们可以对此稍作揣测。

"第二届《上海文学》奖"于1986年产生,它的评选对象是1984和1985年两年发表在《上海文学》上的全部作品。评选方式是"采用群众推荐、专家评议相结合的评选方法,在充分尊重群众推荐意见的基础上进行评议"①。如果说《上海文学》确实严格遵守了这一评选方法,我们基本上可以认为,在1985年,《上海文学》对于"新"的阅读趣味和新的"读者"群的"规划"是取得了一定程度上的成功的,群众（一般读者）和专家（经验读者）都把更多的目光投向了新小说：在获奖的全部13篇小说中,1985年发表的小说占了10篇,约占全部的77%。其中几乎全部是当时被认定的"新小说",如《北京人》、《兰天绿海》、《归去来》、《黑颜色》、《苍穹下》、《一天》等。

这种结果或许令人兴奋,它意味着一个围绕着"新小说"的稳定的读者群体已经产生,而这对于1985年"新小说"的初创期是非常重要的,因为"不管人数的多寡,一个稳定的、忠诚的读者群体是一个新的文学场域获得自足性的关键"②。但这种结果有其被遮蔽的一面,它很容易让人误会在1985年代对"新小说"的阅读和接受是相当"一致"的。实际上,如果我们将研究的视野稍微拓宽一点,把1985年的另外两个重要的选本引进来进行一种对比分析就会发现,在这种表面看来

---

① 《上海文学》奖评奖方法。
② 姜涛：《新诗集与新诗的发生》,第52页,北京大学出版社,2005年。

比较"一致"的阅读和接受的背后其实隐藏着一些细微的"差异",而这种"差异"可能会给我们提供更多有价值的信息。

在由19位作家编选的《1985年小说在中国》和由批评家吴亮、程德培编选的《新小说在1985年》中,都入选了一定数量的1985年发表在《上海文学》上的小说,具体情况如下表:

选本名称	数量	篇　　目	附录篇目
第二届《上海文学》奖	10篇	《北京人》、《兰天绿海》、《执火者》、《归去来》、《一天》、《苍穹下》、《黑颜色》等	
《新小说在1985》	4篇	《归去来》、《蓝盖子》、《兰天绿海》、《冈底斯的诱惑》	
《1985年小说在中国》	6篇	《北京人》、《遍地风流》、《黄烟》、《归去来》、《水塔》、《一天》	《冈底斯的诱惑》、《兰天绿海》等

虽然只是一个比较直观的统计,这个表也给我们呈现了一个非常复杂的1985年的小说"图景":在"上海文学奖"中获奖的作品在《新小说在1985年》中有些没有出现,如《北京人》、《执火者》;而在《新小说在1985年》中非常"重要"的作品在《1985年小说在中国》中可能只是处于"次要"的地位,如《冈底斯的诱惑》、《兰天绿海》。考虑到这些编选者/评选者在编选/评选宣言中一再强调编选标准是"好"小说的标准或者是"小说"本身的标准[①],可以认为这些编选者/评选

---

① 在《1985小说在中国》的"编委的话"中有这么两条:"一、编选中,必要多方了解,自然读到许许多多好的小说;二、编委们互相推荐,大部分不谋而合;三、确认历史,方法极多,这一次是用小说。"在《新小说在1985年》的"后记"中,程德培谦虚地表示"我们不敢说收在这本集子里的小说都是好小说,更不敢说1985年所有的好小说在这里囊括无遗了",其言下之意也就是说这本集子的标准是好小说的标准,虽然这一标准"众说纷纭"。

者都认为自己的选本都在一定程度上代表了1985年的小说"实绩"。因此,关键问题是,为何会有差异?① 这种"选择/评选/推荐"的背后隐藏着何种"读者"眼光或"阅读趣味"?由于篇目的复杂予以全部分析显然不太可能,我将挑选其中一篇小说——马原的《冈底斯的诱惑》作为讨论个案。

一般来说,马原的《冈底斯的诱惑》无论是在当时还是在二十年后的今天来看,都是1985年最"新"的小说之一,《冈底斯的诱惑》和马原的其他几篇小说不是在内容上,而是在形式上为中国当代小说找到一种崭新的叙述方式②。但这样一篇"新小说",在上述的三个选本中的位置却非常的不同。在"《上海文学》奖"中,根本就没有这篇小说,而在吴亮的选本中,它是置于显要位置的"重要小说",在《1985年小说在中国》中,它被放在作为附录存目的"编委推选篇目"③中,不是那么"重要"但又不可或缺。

如果我们将上述三个"选本"理解为一个结构简单的1985年代的"文学场",那么,《冈底斯的诱惑》这篇小说在这个场中不同的"位置"实际上是读者的不同阅读趣味所产生的差异。这种差异不仅体现在"经验读者"(作家和批评家)和"一般读者"之间,也体现在"此一类"经验读者(作家)和"彼一类"经验读者(批评家)之间。

具体而言,在"《上海文学》奖"中,《冈底斯的诱惑》是一个缺席的存在,因为"《上海文学》奖"的评选标准是"群众(一般读者)推荐,专家(经验读者)评议",而且必须充分尊重"群众"(一般读者)

---

① 在此一些技术性的因素我们不予考虑,比如《新小说在1985年》主要是以中篇小说为主,所以短篇小说基本上没有考虑。而《1985年小说在中国》主要以短篇小说为主,中篇相对比较少(整个选本有4个中篇,没有《上海文学》的入选)。
② 这也是我为什么以马原作为个案的主要原因。
③ 这一"编委推选篇目"以"存目"的形式放在《1985年小说在中国》的最后,其中包括《孩子王》在内的短篇小说26篇,《透明的红萝卜》在内的中篇小说16篇。

的意见,对于1985年的"一般读者"而言,由于长期以来现实主义/社会主义现实主义作品对他们阅读的培养,他们的阅读兴奋点可能还是在于小说的故事是否有趣/传奇,情节是否曲折/合理,人物是否典型/形象,情感是否真实/热烈,等等。"新小说"因为新的历史观念、新的叙述方式的引入在一定程度上提供了这些元素,从而吸引了一些"一般读者"的眼球,但是当"新小说"主要指向新历史观念、新叙述方式本身的时候,这就难以为这些读者的阅读经验所接受,就算有"经验作者"的努力阐释,但是,对于《冈底斯的诱惑》这样一个连批评家都难以进入的文本[①],受到他们的"冷淡"是可想而知的。这也说明了在1985年代对"一般读者"阅读趣味的培养还有待时日。

最有意味的是作为"经验读者"之一类的作家对《冈底斯的诱惑》的保留态度。作为"新小说"的实践者和最早的阐释者,我们丝毫都不能怀疑这些作者的"阅读能力",实际上,陈村在给王安忆的信中就曾提及莫言的《透明的红萝卜》[②]是一个非常出色的作品,但是在《1985年小说在中国》中,《透明的红萝卜》和《冈底斯的诱惑》命运相同,同样被放入"编委推荐篇目"置于选本的末页。这里给我们的印象是,1985年的作家虽然一直在努力实践一种"新"的小说方向,但实际上,他们对于"新"是保持着相当的警惕态度的,这19位小说家基本上代表了80年代最有"实力"的创作群体,可能是身处于"创作"这一实践活动中,他们比批评家更深刻地体会到过分强调"新"和"变"可能会带来的负面影响。就即使从两个选本的题名也可以看出彼此的态度不同:批评家的选本直接冠以"新小说在1985年",而作家选本谨慎地使用了"中性"的"1985年小说在中国"。对于在1985年刚刚进入

[①] 吴亮在《新小说在1985年》的"前言"中说:"往年,几乎没有无法评论的小说,但这种情况在一九八五年不存在了,评论感到了无法言说的困难——他们触及了新的精神层次,提供了新的经验,展示了新的叙述形式。"

[②] 陈村:《关于〈小鲍庄〉的对话》,《上海文学》,1985年第9期。

文学批评领域的"新潮批评家"[①]而言，他们显然要比作家们少一些"因袭"的负担，不管是出于对一种小说观念的倡导还是急于改变自己在场域中的地位的考虑，事实是，新潮批评家以一种相对"先锋/新"的眼光和姿态对新小说观念的建构、确立以至最后的经典化发挥了举足轻重的作用。

对于"读者"的"眼光"或者"趣味"的差异这个问题，我上面的分析显然是不够的，因为阅读不仅关涉着个人的知识背景、审美趣味，还关涉着整个社会的意识形态氛围、读者在文学场中所处的位置等问题。我在这里提出这个问题是为了说明以下观点：在1985年代，各类"读者"实际上对于"新"是有不同的期待和规划的，一般读者和经验读者不同，作家和批评家也不同，也就是说，在"新小说"的发生阶段，由于这各种期待和规划的不同，构成了一个复杂多样的"新小说"的缘起。与随后以"先锋小说"为准绳的大大被简化了的"新"相比，1985年代"新小说""众声喧哗"的局面似乎更值得我们怀念。

[①] 这些批评家的代表主要有：吴亮、程德培、黄子平、陈思和等人。

《新小说在1985年》中的小说观念

《新小说在1985年》[①](以下简称为《新》)是由吴亮、程德培选编的一个小说选本,其入选对象为1985年在公开的期刊上发表的中篇小说,整个选本一共收入20个中篇小说,每篇小说前面附有由吴亮、程德培(其中七篇由李劼持笔)撰写的带有"导读"性质的千字短文。虽然编者在"前言"和"后记"里面毫不隐瞒这一选本编选的"个人趣味"甚或"个人偏好",但二十年来的文学史/小说史证明,这一带有"个人性质"的文学行为,因为置身于中国80年代特有的文学历史语境和中国当代小说特殊的"变迁发展史"中,而具有了其非同一般的历史意义。这或许也是我们今天来讨论这一选本的起点,我们不再以一种"纯小说/纯文学"的眼光来打量这一标榜"小说本体美学"的选本,而是试图将其置于"历史的现场",去探究这一选本所透露出来的意识形态、美学趣味、小说观念,以及它们之间的相互纠缠、互为抵牾。

一 从"现代派"到"新小说"

从1978年开始,关于"现代派文学"的讨论逐渐越出"外国文学研究"的学术范围,成为一个被广泛关注和讨论的话题。本来,在一种文化和文学交流的意义上说,对"现代派文学"的引进和讨论并不构

[①] 吴亮、程德培编:《新小说在1985年》,上海社会科学院出版社,1986年。出自此书的引文不再注明版本。

成一个问题。但关键在于，80年代初关于"现代派"文学的讨论远非是单纯的"知识"介绍和普及，而是关涉民族国家的文化认同、意识形态的价值趋向，甚至是微观层面上的社会主义文化制度建设等一系列敏感话题。徐迟1982年发表的《现代化与现代派》一文集中反映了当时的一种文化/文学思路。在这篇文章里，徐迟运用马克思主义经济基础决定上层建筑的原理，把西方现代派文学看做与西方现代生产关系相对应的"意识形态"，"西方现代派，作为西方物质生活的反映，不管你如何骂它，看来并没有阻碍西方经济的发展，确乎倒是相当地适应了它的"①。他的讨论集中在两点，其一是把文学艺术看做经济关系的集中体现，把"现代派文学"等同于资本主义意识形态之一种；其二是强调一种进化的"文学史观"，"现代派"是比"过去派"、"近代派"更高的社会、意识、文学发展环节。这种将文学与意识形态紧密无间地"捆绑"起来讨论的文化/文学思路实际上和50年代茅盾《夜读偶记》中的思路没有本质的区别，只不过在茅盾那里的负面评价在徐迟这里被完全颠倒过来了，"现代派"不再是"颓废的""堕落的"艺术形式，而是"适应西方经济发展"的一种文学艺术。因此，徐迟才热切地盼望："但是不管怎么样，我们将实现社会主义的四个现代化，并且到时候将出现我们现代派思想感情的文学艺术。"②

非常有意思的是，徐迟把"我们现代派"定义为"建立在革命的现实主义和革命的浪漫主义两结合的基础上"，这种把"现代派"与"十七年"时期的文学理论资源嫁接在一起的做法一方面固然是为了使"现代派"的"出场"有一个合理的历史文化逻辑，另一方面也暗示了在1980年代初如何理解"社会主义文学"的问题，徐迟的这样一种思

---

① 徐迟：《现代化与现代派》，收入洪子诚编，《中国当代文学史·史料选》，第654页，长江文艺出版社，2002年。
② 同上。

路实际上在当时有一定的代表性,在他们的理解中,以"十七年文学"为代表的"社会主义文学"并不是天然"排斥""现代派/现代性"的,恰好相反,以"革命的浪漫主义和革命的现实主义"为基础的"社会主义文学"最终指向的也是一个"现代派"的远景,这种"文学现代化"的远景和经济政治上的"社会主义现代化"的远景是一致的。

徐迟为代表的这种思路其实是相当谨慎和节制的,它小心地回避了"社会主义文学/文化"在当时遭遇的"尴尬"处境,把"文革文学/文化"看做一段"不正常"的历史和文化资源从叙述中"删除",重新把"现代化"和"社会主义文学"嫁接起来,既维护了作为主导意识形态的"社会主义文学/文化"的合法地位,又给"现代派"的讨论开辟了比较有利的空间。

与徐迟这种温和的试图与主流意识形态保持一致的"姿态"不同,在80年代一些更具有"激进"姿态的人看来,"现代派"所代表的不仅是一种"技巧"和"知识",更是具有"启蒙"色彩的思想资源和批判武器,它一方面是文学的发展的"方向"和"世界潮流",另一方面,它也是表现自我、解放思想的有效形式。徐敬亚1983年发表的长篇论文《崛起的诗群》[①]就集中表现了这些观念。在他看来,当时具有现代趋向的"现代诗歌"不仅是"新诗自身的否定",更是"一次伴随着社会否定而出现的文学上的必然否定"。这种强调断裂的"姿态"在1983年左右并不显得突兀,它是整个80年代初越来越趋向"激烈"的"思想解放"的产物,与美学思潮上以"康德"代替马克思、哲学思潮上以青年马克思代替老马克思的潮流以及关于人道主义与异化的争论密切相关[②]。在这种文化/文学思路中,1949年以来的文化/文学实践

[①] 徐敬亚:《崛起的诗群》,收入洪子诚编,《中国当代文学史·史料选》,第692页,长江文艺出版社,2002年。

[②] 1983年周扬发表长篇文章《马克思主义与人道主义的关系》;见洪子诚编:《中国当代文学史·史料选》,第721页,长江文艺出版社,2002年。

即使不是被全盘否定,也是乏善可陈的。因此在徐敬亚的"诗歌谱系"中,中国新诗的现代倾向是"五四新诗的一个分支的复活;是三十年代新诗探索的继续;也是五十年代民歌道路失败后的再次尝试"。徐敬亚等人所关切的,不仅是中国"现代派文学"的发展,最终也指向以何种文化来重新建构个人意识和国家身份,以何种更具活力的意识形态来消解统一僵硬的主流意识形态,因此他特别强调"独特的社会观点,甚至是与统一的社会主调不谐和的观点"。

"现代派"话语作为 80 年代的诸多新话语之一种,它所蕴含的"新意识形态"实际上是一柄双刃剑,它为 80 年代初的"改革"提供了强大的理论支持,并在一定程度上直接参与到微观层面的制度建设中去,但是它在另一方面也对主流的"社会主义话语"的合法性构成"威胁"。正如有的学者所指出的:"作为一种危险的有影响的社会思潮,讨论的焦点就成为两种不同的意识形态之间的论争。"[1] 安德森曾经指出:一种神圣语言的解体会带来文化上巨大的真空。虽然在 1980 年代,作为"神圣语言"之一种的"社会主义话语"在中国谈不上是解体,但也是相当脆弱、敏感的,它对当时出现的各种新的"思想动向"采取了非常犹豫的态度,一方面在第四次文代会后,重申了"百花齐放"和"创作自由"的不可动摇性,而另一方面,对于"威胁"到"社会主义"合法性的思想又采取了"批评教育"的方针,试图在一个"适度"的范围内调和、引导各种新思潮,以确定社会主义话语的权威地位。因此,越来越"意识形态化"的"现代派"讨论,在 1983 年开始的"清除精神污染运动"中遭到批判,在主流意识形态看来:"主张在社会主义中国建立现代主义文艺;就是反对文艺为人民服务、为社会主义服务的正确方针,强大表现自我,主张诗人应有独特的社会观点,甚至与统一的社会主调不谐和的观点。凡此种种,连同出版界的商品化现象、创作表

---

[1] 洪子诚主编:《当代文学研究》,第 94 页,北京出版社,2001 年。

演方面的低级趣味等等,直接危害着以共产主义思想为核心的社会主义精神文明的建设。"①

由于主流意识形态的压力以及"清污运动"的展开,关于"现代派文学"的讨论至少从表面上看在1983年左右"结束"了。但80年代的复杂性就在于此,这种"结束"其实并不是完全意义上的"终结",而是"重心"发生了转移,不过是将对"现代派文学"讨论所具有的"启蒙"色彩进行了"抑制",而它作为一种文学创作的"资源"和"方向"反而是得到了加强。事实是,在1985年前后,如洪子诚所言:"现代派文学作品至少在表面上是取得了巨大的成功。"②因此,在1985年代,批评界所面对的一个很急迫的问题是,如何在一个不能谈论"现代派"的语境中去界定、评价这些"现代派"作品?③

我想吴亮在使用"新小说"这样一个概念来描述1985年中国当代小说的"非凡实迹"并不是一次任意命名,吴亮清楚地意识到1985的当代小说实际上就是"一种文学的现代运动",④但继续使用"现代派"来命名这样一种文学现象明显已经不太合适,"现代派"所具有的强烈的"意识形态"含义不仅会带来政治上的直接压力,而且,它很容易遮蔽当代小说在1985年所表露出来的"新的精神层次、新的经验、新的叙述形式",从而不利于"文学自觉"观念的确立。在另一个向度上,1985年开始的一场关于"现代派"与"伪现代派"的争论也可能使当代小说的讨论陷入简单的"价值判断",而忽略了1985年当代小说的复杂内涵。我们可以认为,"新小说"这一命名的提出,实际上是在这一系列问题的纠缠、辩驳后的谨慎选择,它一方面是对当时出现的一种文学现象的描述,另一方面也暗示了批评者在面对这些"现象和事

---

① 《西方现代派文学论争集》,出版说明,人民文学出版社,1984年。
② 洪子诚:《当代文学研究》,第101页,北京出版社,2001年。
③ 这些作品包括《无主题变奏》、《兰天绿海》等。
④ 吴亮:《新小说在1985年·前言》。

实"时候的姿态和观点。

我在这里用如此长的篇幅来描述从"现代派"到"新小说"的位移过程,其目的一方面固然是为"新小说"的命名提供一段"前史",另一方面也是为了一种谨慎地提醒:一部文学史实际上也是一部问题史,正是在对各种问题的回答、解释、规避、区别之中,文学史才得以生成建构。如此看来,即使今天我们站在后现代主义的立场上不断重申 80 年代文学的"建构性",但也不能一味地"颠覆"、"解构",而忽略了历史本身具有的问题意识和逻辑关系。

二 新的小说"阅读"观

在《新》的前言中,编选者之一的吴亮有一段非常有意思的自我检讨,在他看来,1985 年的小说不仅以其"实绩"宣告了一种文学的现代运动正悄悄到来,更关键的是,这些小说创作对既往的批评和理论构成了巨大的挑战:"往年,几乎没有无法评论的小说,但这种情况在一九八五年不存在了,评论感到了无法言说的困难。"正是在这种几乎"失语"的状态下,吴亮以一个批评家的身份来不断检讨理论/批评的有效性,把批评家和小说家,理论文本和小说文本,评小说和读小说进行一种二元对立的叙述,并以不断的贬抑前者来强调后者。最后,吴亮要求自己"以一种陌生无知的态度来进入小说的阅读",并进而认为:"小说第一是供人阅读的"。①

吴亮的这样一段"夫子自道"其实大有分析的余地。虽然 1985 年代批评界在面对当时的新小说时确实有一定程度上的"失语"现象,但也没有严重到吴亮所言的这种程度,再者,"阅读"作为小说的功能之一虽然不可或缺,似乎也无须抬到如此"极端"的地位。因此,吴亮

---

① 吴亮:《新小说在 1985 年·前言》。

对"阅读"的近乎偏执的"强调"就尤其值得我们注意。吴亮的意图何在？吴亮所言的"阅读"在此有何含义？要理解这些，还得回到文学史的场域细细道来。

王德威曾有言："中国现代小说的开始，即与教育与知识的主题息息相关。"①中国现代小说的起点是建立在对晚清以降的"旧小说"批判的基础上的，梁启超首倡"小说界革命"，其立论基础即在于把"小说"与"群治之改良"紧密结合在一起，对于梁启超而言，小说之所以成为改良群治之关键武器正在于其可"阅读性"，这种"阅读"并非指向一种对小说文本的接受和欣赏，而是通过阅读达到改造人心和社会进步的目的。②虽然"小说界革命"并没有遏制住小说在现代中国的多面向发展，但以小说作为"启蒙"载体的传统却一直延续下来，成为中国现代小说发展中的主导潮流。进入当代以后，由于执政党高度关注文学在意识形态领域中的斗争作用，小说作为教育和启蒙的功能被无限地放大，黄子平在研究中国当代最重要的一类小说——革命历史小说——时就发现："这些作品在既定的意识形态的规限内讲述既定的历史题材，以达成既定的意识形态目的……通过全国范围内的讲述与阅读实践，构建国人在这革命所建立的新秩序中的主体意识。"③虽然黄子平把他的论述仅仅限定在"革命历史小说"，实际上根据有的学者研究，基本上所有的当代小说都负载有此类的"教科书"功能。在此，"阅读"作为一种实践活动具有鲜明的意识形态性，读者通过阅读所要获取的并不仅仅是本文意义上的情节、人物，而是此情节、人物所要展示的"主题"、"典型性"等一系列富有意识形态内涵的"知识"。如此一来，"阅读"在当代其实是一种教育、规训和整合，意识形态、作家，以

---

① 王德威：《当代小说二十家》，生活·读书·新知三联书店，2006 年。
② 梁启超：《论小说与群治之关系》，收入郭绍虞编，《中国历代文论选》，第 408 页，上海古籍出版社，1979 年。
③ 黄子平：《"灰阑"中的叙述》，第 2 页，上海文艺出版社，2001 年。

及读者构成这一阅读的层级体系,被整合进关于"革命"和"生活"的统一的叙事之中。但是,由于"阅读"所天然具有的"个体性"和"差异性",如何将"异见分歧"的读者整合进既定的意识形态框架,这就有赖于文学批评的巨大"调节"作用,正是通过文学批评对充满异质性文本的批评、阐释等"再创造",小说(文学)的教育、规训功能才有实现的可能。这也是为什么在当代文学批评的地位一直远远高于文学创作,批评家远远高于作家的重要原因。

吴亮在1985年重新提出"小说是用来阅读"的这一常识性的问题可能正是对于上述问题的深切反思。"阅读"的高度"意识形态化"和"工具化"对中国当代文学带来的"伤害"显然是深刻的,它不仅带来了创作和批评上的概念化、教条化和公式化,使文学创作和文学批评长期处于政治意识形态束缚之中,而且也使文学的接受自动化和程序化,读者长期以来对小说(文学)的阅读和接受似乎和小说的"本体"、和文学的"文学性"无关,正如一个批评者所言:"读者往往只是去抓一个作品的主题"[①]。虽然站在今天的立场上,我们对文学的"文学性"、小说的"本体"等一系列本质化的概念有了新的认识,也能在一定程度上理解当代小说与意识形态的复杂纠缠的"合理性",但是,对于1985年代而言,如何祛除附着在小说(文学)上的庞大意识形态,如何还小说(文学)以"真"面目却是一个非常急迫的问题。正是因为有这种历史的焦虑感,对"阅读"这一小说功能学的强调背后就隐藏着一种对新的文学批评观念和一种新的小说美学观念的诉求。对于前者而言,"小说家们创造了艺术中的新事实,而这些事实以及由此而来的纠纷在旧法则中又无适用的条款"。很明显,对一篇小说进行简单的价值、道德以至政治正确的判断的旧文学批评法则已经不再适合来"进入"这些"新的事实(小说)",而且还有可能导致"纠纷",虽然

---

① 路晓冰编:《莫言研究资料》之《有追求才有特色》,第5页,山东文艺出版社,2006年。

"清污"运动在1984年底由于高层的变故已经宣告结束,但它所造成的"精神氛围"却有可能影响到对"新小说"的正确批评和估量,与新诗潮开始时有的学者呼吁大家看一看,等一等的目的有相似之处,在这里,吴亮"以身作则",要求用一种不带"先见"的态度对小说进行仔细的"阅读",实际上也是在为"新小说"的确立和发展提供足够开放的空间,从某种意义上讲也是为其"合法性"张目。对于后者而言,"小说是用来阅读的"这样一个命题实际上已经包含了一种小说美学的转变,从以往的强调小说的主题、典型等"意识形态命题"回归到小说的语言、结构以及"内在的生命意识",也就是吴亮所谓的"小说的本体价值",这一切,和1985年代所倡导的"主体性"和"向内转"的美学思潮遥相应和,构成当代小说变革的最强音。

由于80年代在中国当代历史中属于一个比较特殊的历史时刻,它一方面高扬理想气质和人文精神,而另一方面又高歌猛进地向世俗世界进军,在相当一段时间内,这两者在中国知识分子的理解中是现代化的一体两面,它所带来的分裂和痛苦只有在以后的历史中才显影出来。正因为这些复杂的历史面向,因此,对"新小说""阅读"的讨论如果仅仅停留在批评观念和美学观念的转变上似乎还不够。实际上,在1985年前后,新小说同时在两条"战线"上作战,一方面求新求变,扭转中国当代小说强大的意识形态甚至是党性方向;另一方面,在这种求变的过程中,还面临着由于市场化和消费化带来的通俗文学对严肃文学的渗透和撞击。消费思潮和通俗文学的勃兴在1985年是一个不争的事实,吴亮在《文学与消费》这篇文章中说:"消费浪潮的兴起,不仅拓展了人们多种选择的范围,而且也大大拓展了人们活动的范围。"更重要的是:"消费浪潮对文学的渗透,一个明显的征候就是通俗文学的勃兴。"[①] 但是很多的研究者要么对这种情况视而不见,一味强

[①] 吴亮:《文学与消费》,《上海文学》,1985年第2期。

调新小说"向内转"的本体特征,要么把"通俗文学"和"新小说"进行一种对立叙述,认为后者在"形式和叙述"上的"实验"是出于对前者的"反对"。① 这种种"追认"的研究可能过滤掉了很多细微的东西,实际上,"新小说"和"通俗文学"在当时的关系远远不是这么泾渭分明,从大的方面来说,1985年代通俗文学的勃兴以及各种通俗期刊的出版发行实际构成一个力量巨大的"解构场",没有这种力量对固有文学场域的冲击和"洗刷",可能仅仅依靠严肃文学的"实验"和"探索"还无法改变主流文学的面貌②。在另一个向度上,吴亮提出"小说是供人阅读"的观念实际上也潜藏着"新小说"的"消费面向",在吴亮看来,无论是严肃文学还是"通俗文学"实际上都有"娱乐群众"这一功能,在这一点上,如何提高新小说的"可读性"就是一个很关键的问题。实质上在1985年代,"新小说"不仅没有拒斥通俗文学,反而是在不同的层面上吸纳了后者的许多因素,正如吴亮所指出的,"从1986年起,马原的小说明显地增强了可读性……马原小说的可读性因素是狡猾地利用(或娴熟地运用)了如下的故事情节核——命案、性爱、珍宝,他还在里面制造出各种悬念,渲染气氛,吊人胃口也是他的惯用伎俩"③,这一段话如果用来描述另一位先锋作家余华的作品也可以说是恰到好处④。不管是"利用"还是"运用"通俗小说的因素,"可读性"的增强都是一个让批评家和作家都感到兴奋的事情,虽然这种"阅读"并不指向与通俗文学同一的目的,但是,对于一定范围内的读者群体的呼应和互动无疑也是"新小说"在1985年代的"动因"之一。

---

① 季红真:《形式的意义——论"寻根后"小说》,《上海文学》,1990年第6期。
② 一个有趣的现象是1984年12月召开中国作家协会第四次全国代表大会时,香港著名武侠小说作家梁羽生也受邀参加了会议。
③ 吴亮:《马原的叙述圈套》,《当代作家评论》,1987年第3期。
④ 余华在80年代的一系列小说如《河边的错误》、《鲜血梅花》都借鉴了通俗小说(如侦探小说、武侠小说)的形式。

总而言之,"阅读"这一小说功能学的概念在 1985 年代具有异常丰富的内涵,它既指向一种去意识形态化的批评观念和阅读观念,又指向关于小说的本体美学,而且还暗含了新小说在 80 年代隐而不现的"消费意识"。诸此种种皆见证了一种新的小说观念建构的复杂,这种复杂性亦同样体现在新小说的多种"样态"之中。

三 "新小说"的多种"样态"

《新》一共收入 20 个中篇小说。虽然程德培在"后记"里谦虚地表示:"我们不敢说收在这本集子里的小说都是好小说,更不敢说 1985 年所有的好小说在这里都囊括无遗了。"①但是,从这 20 个篇目看,《新》确实在最大程度上展示了 1985 年中国当代小说的"新变化"。粗略地统计一下,我们就会发现这 20 个篇目囊括了后来的文学史②指认的全部"新小说",包括:寻根小说,如《爸爸爸》、《归去来》、《天狗》等;先锋小说,如《冈底斯的诱惑》、《一天》;现代派小说,如《你别无选择》、《蓝天绿海》、《公牛》等,其中以寻根小说和现代派小说占的数目最多,这也说明了这两类小说确实是当时最具有"强势"的小说潮流。但最能说明问题的复杂性的,可能还不是这些能被文学史轻易"归类"的小说,而是那些无法被"归类"、"定位",甚至被文学史有意无意"忽视"的作品。在《新》中被选入的刘心武的两篇小说《5·19 长镜头》、《公共汽车咏叹调》就属于这类"无法被归类"的新小说,因此,编者对这两篇小说的意见、态度可能更能凸显"新小说"的丰富所指。

在《5·19 长镜头》和《公共汽车咏叹调》的前面附有表达"编者看法"的短评数百字。分别摘录如下:

---

① 程德培:《新小说在 1985 年·后记》。
② 参见洪子诚:《中国当代文学史》第 22 章"八十年代后期的小说",北京大学出版社,1999 年。

> 这篇纪实性的小说《5·19长镜头》以小滑子为中心,细致入微地描绘了这一事件参与者真实的心理状态和行为动机,它是可信的……看来问题小说并没有过时。只要它体现了一种真实,一种民意,它就是这个社会不可缺少的。①

> 不管《公共汽车咏叹调》算不算严格意义上的小说,这并不影响它拥有的社会内涵。——显然,文学并不是提案,它不能直接起着推动城市现代化改造的作用。不过,《公共汽车咏叹调》仍然可以起到它另一方面的作用:促进人与人的相互理解、同情和原谅。②

从这两段"评语"可以看出,"社会不可缺少的"和"拥有的社会内涵"是编者选入这两篇小说的首要理由。在编者看来,这两篇小说所体现的社会内涵主要在于"体现了一种真实,一种民意"、"促进了人与人的相互理解、同情和原谅"。正是在此意义上,编者断言:"看来问题小说并没有过时。"

在一个标榜小说"本体"观念的选本中选入可能不是"严格意义上的小说"——"纪实性问题小说",这一看来有些自相矛盾的做法并非来自编选者观念上的混乱,而恰恰说明了《新》的编选者在最大程度上尊重了历史的"事实",而不是用自己的"观念"去修正"文学事实"。

实际上,在1985年代,"现代派文学"、"先锋文学"、"寻根文学"虽然生机勃勃,但是,"非现代派的"、"非先锋的"、"非寻根"的文学依然在严肃文学场域中占有举足轻重的地位,一种广泛意义上的"现实主义"依然可以称得上是文学的"主流"。虽然在今天看来,我们可

---

① 《新小说在1985年》,第526页。
② 同上,第549页。

以断言一种严格意义上的"社会主义现实主义"文学在1983年左右已经"终结"①,但在当时却不一定有如此清晰的判断和感觉,至少带有官方性质的杂志、出版社、评奖制度还在继续维护一种"泛现实主义"文学作品的主流地位②。不过有一点是可以确定的,那就是无论是何种力量都意识到了"主流文学"必须进行调整和转向,以适应变化着的现实。其实这种"调整"在1980年"伤痕文学"成为经典以后就已经开始了,伤痕文学的经典作家刘心武在1981年给冯骥才的信中就说:"我这第三步的想法,便是坚持头两步的现实主义的创作态度,逐步地从写'社会问题'转为写人生,写人的灵魂,写人与人的关系,说得高一点,叫做从事人的心灵的建设。"③作家高晓声也在文章中表达了类似的想法:"我希望我的作品,能够面对着人的灵魂,面对着自己的灵魂,我认为我的工作,无论如何只能是人类灵魂的工作。"④这些作家不约而同地意识到了写"社会问题"的现实主义小说面临的局限而要求对之进行"突围",但另一方面,他们又拘囿于现实主义的一些基本准则,只是借助"人情""人性""心理描写"等因素进行小范围内的调整,因此,到了1985年,虽然刘心武的《5·19长镜头》、《公共汽车咏叹调》确实"细致入微地描绘了这一事件参与者真实的心理状态和行为动机",但是,在新的批评家吴亮和程德培眼里,它依然只是属于"问题小说"甚至不是"严格意义上的小说"。如果考虑到刘心武和高晓声

---

① 参见程光炜:《文学的紧张》,《南方文坛》,2006年第6期。
② 以1984年全国短篇小说奖为例,包括李国文《危楼记事》、苏叔阳《生死之间》、张炜《一潭清水》、梁晓声《父亲》、何立伟《白色鸟》、史铁生《奶奶的星星》、铁凝《六月的话题》等在内的18篇作品都是现实主义作品。1985—1986年全国优秀短篇小说评选获奖作品也主要是现实主义作品,只有很少的几篇如《系在皮绳扣上的魂》、《狗日的粮食》属于现代派作品。中国作家协会第二届(1985—1986)全国优秀新诗(诗集)获奖作品中除《北岛诗选》外的其他9部诗集都是属于现实主义作品。
③ 刘心武:《写在水仙花旁》,《人民文学》,1981年第6期。
④ 高晓声:《且说陈奂生》,《人民文学》,1980年第5期。

们的动机,可以说这实际上暗示了"主流文学的调整"在一定范围内并没有获得预想中的"成功"。

但吴亮等把刘心武的这两篇小说选入并非为了"立此存照",来昭告主流文学的"失败"以显示"新小说"的"强盛",实际上,新批评家们对"主流文学"的调整可能同样充满了"期待",在1985年代,新小说的异军突起当然是建立在对旧有的文学成规的规避之上,但并非一定有某种所谓的"排斥"机制,"新小说(现代派小说)"与"旧小说(现实主义小说)"之间也不是你死我亡的"刀锋相见",相反,它们可能对彼此的调整、探索、实验都抱有极大的兴趣,在强调小说的"本体美学"之时,为"社会问题小说"留出一席之地,正显示了新批评家们一种历史眼光,毕竟,现实主义作为一个强大的文学传统,不可能在一夜之间就完全终结。可能正是在这种期待和视野中,有些"不伦不类"的刘心武的两篇小说也被贴上"新"的标签,赫然跻身于1985年的"新小说"之列,并获得了有限度的赞赏和理解。同时,因为这两篇小说的加入,"新小说"的"样态"在1985年代也进一步放大了它的边界:它既指向一种"新"的现代派,也可能指向一种"新"的现实主义。

四 结语:"选本"研究的意义

通过对《新》这一选本的研究,我们越来越认识到,中国当代先锋小说(新小说)的发生史其实是一个复杂纠缠的过程,它既受制于当时的政治经济文化大环境,又受制于一时一地的小圈子,在中国当代文学复杂的生成过程中,小说始终是属于社会文化工程最重要的一部分,是各种力量规划、较量、妥协和重新分配的结果,在这其中,"选本"发挥了不可替代的重要作用。

我们注意到,在1980年代,各种选本是非常之多的,仅仅以1985年为例,影响比较大的选本就有上海文学出版社编辑出版的"探索书系",小说方面的《1985年小说在中国》《新小说在1985年》,诗歌方面的《现代主义诗群大观》、《中国当代实验诗选》,等等①,我们会发现,"选本"在很大程度上蕴涵了文学史生成建构的各种复杂性,选本首先是不同的文学观念和批评力量的对象物,选本一旦形成出版,它又起到了传播文学观念、形塑读者阅读趣味、对作品经典化等一系列的作用。各种文学力量正是通过"选本"来自觉地参与了当代文学史的建构过程。通过对"选本"的仔细甄别、比较、研究,我们可以"揭穿文本的秘密性、私人化的现象,(发现)这些文本与历史场景有着深厚及共谋性的关联"②,从而为1980年代文学史提供一个更具有"物质性"的现场。从这个意义上来说,"选本"的研究可能具有"方法论"上的意义,只是目前这方面的研究还不多见,我对《新》的研究只是一个初步的尝试,它充其量只能起到一个"抛砖引玉"的作用。

初稿于 2007 年 1 月 8 日
再稿于 2008 年 1 月 7 日

---

① 上海文艺出版社编:"探索书系",包括《探索诗集》、《探索小说集》、《探索戏剧集》、《探索电影集》等,上海文艺出版社,1986年。王安忆、扎西达娃等编:《1985年小说在中国》,中国文联出版公司,1986年。唐晓渡、王家新编:《中国当代实验诗选》,春风文艺出版社,1987年。徐敬亚、孟浪等编:《中国现代诗群大观1986—1988》,同济大学出版社,1988年。
② 薇思瓦纳珊编:《权力、政治与文化——萨义德访谈录》,单德兴译,第36页,生活·读书·新知三联书店,2006年。

"选本"与"第三代诗歌"的"经典化"

一　次序和数量：等级划分中的诗歌史分野

"第三代诗歌"已经过去近二十年，在对这样一段诗歌史进行"写作"和"研究"的过程中，有很多文学史家都认识到这样一个问题[①]，那就是，与以往的诗人不同，"第三代诗人们"表现出一种强烈的"诗歌史"意识，以各种方式（批评、选本、论争等等）参与到对当代诗歌史的叙述和构建中去，由此影响了对诗歌史秩序的认定和规划。"第三代诗歌"最早的两个选本，徐敬亚、孟浪编选的《中国现代主义诗群大观1986—1988》（同济大学出版社，1988年）和唐晓渡等编选的《中国当代实验诗选》（春风文艺出版社，1987年）在这方面表现得比较突出和典型，为此，我们将通过对入选诗人（诗群）的排序和入选诗作数量的多少来进入这个话题。

在《大观》（以下简称）洋洋三大编的编目中，最引人注意的可能就是各入选诗群/个人前面所冠的地名了。这样一份"文学地图"的描绘固然是为了展示一种文献学意义上的"现场感"和诗歌运动策略上的"力量感"，但由于各地区入选诗群多少的不同以及排序先后的不同而显示了《大观》编者所划分的一种"诗歌等级"。

[①] 有关这方面的论述参见程光炜的《一个被发掘的诗人》（《新诗评论》，2005年第2辑，北京大学出版社），洪子诚的《当代诗歌史的写作问题》（收入《文学与历史叙述》，河南大学出版社，2005年）。

《大观》第一编所收入的是"14个具有较大影响和创作成绩的群体"①。在这14个群体中,如果从中国的地理区域来划分的话,来自南方的(四川的有非非主义、莽汉主义、整体主义和新传统主义,江苏的有南京的他们文学社,上海的有海上诗群和撒娇派,浙江杭州的有极端主义和地平线诗歌实验小组,福建有福州的星期五诗群)占了10个,而来自北方的仅有很勉强的2个(北京的朦胧诗派和圆明园诗群)②。在第二编的"54个在作品或自释方面有一定代表性的群体(个人)"③中,来自江苏的有8个,四川的7个,北京的6个,上海的3个,贵州的3个。在第三编中,属于北方的东北、西北、华北三地区选入诗人24人,诗作53首,属于南方的华东、西南、中南选入诗人34人,诗作97首。从这样一个简单的统计数据上我们几乎一眼就可以看出,在《大观》编者的"诗歌等级中","南方"无论是在"影响"还是"成绩"上都要优于"北方"。虽然徐敬亚在这里并没有描述出一种"南北"对峙的诗歌格局,但是《大观》选本的这种编排却无可怀疑地参与并强化了"第三代诗歌"的"南方"性质④。"南方"和"北方"在这里并不是一个简单的地域上的区分,要是这样它将毫无意义。"南方诗歌"和"北方诗歌"在"第三代诗人"的知识谱系中被转喻成两种不同的,从某种意义上说既是历时相继的又是共时相存的两种诗歌潮流和诗歌写作观念,即,南方诗歌所指称的"第三代诗歌"和北方诗歌所指称的"朦胧诗歌"。诗人钟鸣在有些时候毫不含糊地认为"南方诗歌"是在写作中自然呈现的一种倾向,但他在另外的地方又仔细区分了"第三

---

① 徐敬亚语,见《中国现代主义诗群大观》编后。
② 我在前面的论述中已经讨论了作为一个诗歌群体的"朦胧诗派"是徐敬亚们"构建"出来的,而"圆明园诗群"也在其"艺术自释"里一再表示"他们从一开始就没有形成流派",这里为了统计的方便不作学理上的区分。
③ 徐敬亚语,见《中国现代主义诗群大观》编后。
④ 值得注意的是《大观》的编者当时都身处南方,徐敬亚、吕贵品在深圳,孟浪在上海,而《大观》的出版社也是在上海的同济大学出版社。

代诗人"和"朦胧诗"的关系,按照他的说法,一部分诗人肯定是受到了朦胧诗的影响,比如王寅、鲁鲁、柏桦、翟永明、欧阳江河等,但另一部分诗人,如陈东东,包括钟鸣自己就从没有受到过影响①。钟鸣的这种前后显得有些不一致的叙述更多地暴露了某种"影响的焦虑",我们可以设想,如果没有所谓的"朦胧诗",可能也不会存在一个所谓的"南方诗歌",因此,"南方诗歌"这一概念的提出不仅仅是对一种创作风格的总结,而是具有了诗学"政治学"的意味。"南方"包含了"边缘"、"反体制"、"非中心"等一系列隐喻,与此相对的就是"北方诗歌/朦胧诗"所代表的"正统"、"体制化"、"中心化"。如果按照布迪厄的场域理论,我们可以说在1985年代的新诗场域中,每个参与者都参与着某种争夺,以期改善自己的场域位置,"强加一种对于他们自身的产物最为有利的等级优化原则"②。那么,南方/北方、边缘/正统、反体制/体制化、非中心/中心等一系列二元对立概念的使用和确立,就为"第三代诗歌"的"边缘"身份赢得了"非边缘"的等级地位,从而使"第三代诗歌"的诗学空间得到扩充,也就是所谓的"诗的重心自北向南转移。"③

诗歌等级优化的原则不仅体现在诗歌的外围,(在这里指"第三代诗歌"与"非第三代诗歌"),也体现在"第三代诗歌"内部。在《大观》的第一编中,排序的先后体现了这一原则。徐敬亚在"前言"里有明确的交代:"85年开始,中国的现代诗分为两大分支:以'整体主义'、'新传统主义'为代表的汉诗倾向和以'非非主义'、'他们'为代表的后现代主义倾向。……后者是比朦胧诗群庞大得多的阵容,他们几年的努力,使人感到中国现代诗的巨大潜在力。他们给世界以一种

---

① 参见钟鸣:《旁观者》,第685—695,879—881页,海南出版社,1998年。
② 皮埃尔·布迪厄、华康德:《实践与反思:反思社会学导论》,李猛、李康译,第133、134页,中央编译出版社,1998年。
③ 徐敬亚:《历史将收割一切》,见《中国现代主义诗群大观》前言。

新鲜口吻与方式。中国现代诗主流仍将以此为标志。"①显然,在徐敬亚看来,在"第三代诗歌"内部,"非非主义"和"他们"的地位要比"整体主义"和"新传统主义"要高,所以在排序时,前者比后者要靠前好几个名次。这里值得注意的倒不是徐敬亚的这种等级区分,而是他赖以区分的标准。在徐敬亚看来,"整体主义"和"新传统主义"之所以没有成为"标志",是因为他们的创作"成功尚小",而"非非主义"和"他们"虽然也存在"不成熟的太多,成熟者又往往太草率"的问题,但毕竟"给了世界一种新鲜口吻与方式"。作品是否成功,是否"新鲜"成为徐敬亚进行等级划分的一个重要标准,在这里我们似乎看到了徐敬亚作为一个"文本主义者"的一面,虽然《大观》并不致力于"优秀"作品的集结,但对"优秀的"作品的渴望却从这种或许并不"客观"的等级排序中得到了体现。

《实验诗选》(以下简称)是一个以展示"个人作品"为主的选本,一般来说,这种"共时性"的作品集结一般会采用按音序或者笔画来排列诗人。但《实验诗选》没有选择这种方式,而是按照作者所处的地域来排序,对不能进行具体地域划分的则是按笔画来排序。按照这种原则,来自北京的8位诗人排在首位,接下来是来自上海的8位诗人,然后是四川的5位诗人,在这三大区域之后的是按笔画排列的各省诗人计10位。至于为什么采用这种排列顺序,唐晓渡有过交代:"主要是按照入选者所属社团或群体的地域来排序的,依次是北京、上海、四川,因为这是当时几个比较大的'诗歌群落'。"②如果仅仅是从这一点出发,会使我们认为唐晓渡在某种程度上也具有一种泛地域式的群体概念,这和徐敬亚们倒有一些相似。但问题的关键不在这里,而是

---

① 徐敬亚:《历史将收割一切》,见《中国现代主义诗群大观》前言。
② 见《唐晓渡谈〈中国当代实验诗选〉》。该访谈录根据笔者2005年12月电话采访唐晓渡先生的内容整理而得,获得唐晓渡先生的许可后作为"附录"附于笔者的硕士学位论文中,未刊,现存档于中国人民大学图书馆学位论文中心。

先北京，后上海，再四川的这种排列顺序，以及北京入选诗人多达8位的数量优势，虽然唐晓渡一再强调《实验诗选》只是为了展示第三代诗歌多元创作的格局，但这种格局并不是"天然的"，它也是有层次的，这种"层次"虽然很难说得上是一种"等级划分"，但将北京诗人群置于榜首却显示了另一种诗歌史眼光，那就是，北京、上海、四川在"第三代诗歌"的多元格局中至少应该是平等的，甚至要比其他两处的地位要更重要一些。显然，这与徐敬亚所极力凸现的"南方诗歌"地图是不同的。

值得注意的是《实验诗选》对于"非非"和"他们"的微妙态度也通过编排的体例表现出来了。在《实验诗选》中，属于"非非"群体的诗人是缺席的，据唐晓渡的访谈显示，《实验诗选》本来有三卷，后来由于各种原因第二、三两卷夭折了[①]，现在看到的仅仅是当初设计的第一卷，这样的话即使我们可以认为在第二卷或者第三卷中可能有"非非"诗人们的作品，但将他们的作品不放入第一卷中，也就很明显地表明《实验诗选》并不认为"非非"具有不可替代的重要性。对于在《大观》中排在较前位置的"他们"，《实验诗选》给了相当的篇幅，虽然于坚和韩东分别排在第22位和第30位（实验诗选一共收入31位诗人），这主要是因为他们不属于前面提到的"北京、四川、上海"三大区域，他们的重要性是通过入选诗作的数量来体现出来的，于坚选了4首，韩东选了7首。整个选本选了7首的诗人只有陈东东、张真、韩东三人。从唐晓渡一贯的"文本主义"诗学态度而言，这种安排是可以理解的，虽然"非非"和"他们"在"第三代诗歌"中都属于影响很大的群体，但就为"第三代诗歌"提供有代表性的诗歌文本这一点而言，"非非"的贡献远远比不过"他们"。

从《实验诗选》的全部编排体例来看，它的"等级划分"的意图要

[①] 见《唐晓渡谈〈中国当代实验诗选〉》。

比《大观》弱得多。虽然入选的诗作数量有所区别,比如最少的诗人是两首,最多的诗人是七首,但是这实际上是受到了出版社印张的限制而不得不进行的压缩,实际上唐晓渡最初的意图并不想将这种数量上的区别凸现出来。虽然唐晓渡认为"每个诗人的重要性是有所不同的"①。但我们基本上可以认为《实验诗选》对诗人诗作的"等级划分"保持了相当谨慎的态度,这种谨慎态度的产生可能来自两个方面的认识。首先是对艺术多元的理解和尊重,试图展示:"第三代诗人在或者继承或者背弃朦胧诗人的创作范式时,呈现了多元化的创作格局,我们力图展示这种格局。"②其次是对诗歌史所需要的"时间考验"的耐心。毕竟,在1987年,第三代诗歌才刚刚浮出历史地表,它是否能在诗歌史中站住脚,它是否能留下"经典的"文本和流派,它最后的艺术归属和发展方向是什么等问题还是模糊不清的,《大观》选本固然用它一贯的"革命"姿态作了一些判断,这种判断在当时固然也产生了一些积极的作用,但它所带了来的消极影响甚至一直延续到了90年代末③。相对而言,《实验诗选》的这种谨慎态度似乎更给我们留下了较多思考的空间。

二 "经典化":选本的某种诗歌史倾向

洪子诚在有关论文中曾经指出:"经典问题涉及的是对文学作品的价值等级的评定。经典是帮助我们形成一个文化序列的那些文

---

① 见《唐晓渡谈〈中国当代实验诗选〉》。
② 同上。
③ 对于发生在1998年末的当代中国诗坛论争,不同的力量对此有不同的评说,在此需要说明的是,在这场论争中,"南方诗歌"是一个被高度"意识形态化"的概念,而实际上,于坚们使用的"南方诗歌"这一概念的一些基本含义在《大观》中已经被"规定"了。这不能不说是《大观》对当代诗坛的重要影响,但说这种影响是消极的,则是我个人所持的观点,可以另作讨论。

本。"① 这种对"经典"的"功能性"的定义显然显得有些抽象,这并不是他在概念上的含混,而是无论从任何一个角度来看,"经典"都是一个难以进行简单定义的概念②。因此,洪子诚在研究中更着眼于对"经典化"这一动态历史过程的考察,用他的话说就是"关注经典评定的不稳定性,它的变动,这种变动所表现的文学变迁"③。他的这种研究思路为我们研究选本和"第三代诗歌"经典化的现象提供了启发。我们当然不能认为《大观》和《实验诗选》就"规划"了"第三代诗歌"的"经典",毕竟,"经典化"是一个历时性的、涉及历史文化变迁方方面面的一个文化形成过程,甚至我们只能在非常有限的范围内提出"第三代诗歌"的"经典"这样一个充满风险的问题。但是,我们至少可以谨慎地思考下列有关问题:选本提供的诗人诗作在多大程度上影响了"第三代诗歌"的"经典"的认定?它们提供的"经典序列"在今天看来哪些是有效的,那些又是已经失效的?

在2005年的一篇文章中④,徐敬亚指出,时至今日,第三代留下的具有当代诗歌意义的大约有八个群体与六位单独诗人:

> 八个群体:1. 口语:"他们"(于坚、韩东、王寅、丁当)"大学生诗派"(尚仲敏);2. 荒诞:"非非主义"(周伦佑、何小竹);3. 黑色幽默:"撒娇派"(默默、京不特)"海上"(孟浪、郁郁);4. 嬉皮:"莽汉主义"(李亚伟、万夏、马松);5. 母语:

---

① 洪子诚:《问题与方法》,第233页,生活·读书·新知三联书店,2002年。
② 根据《文学批评术语词典》(王先霈、王又平主编,上海文艺出版社,1999年),关于"经典"的定义不下十来种,比如福勒认为在现代"经典"一词往往标志着某部作品的地位已获得广泛的承认;史密斯认为经典是指特别出色的、为某一主体群体发挥某些可望和被指望功能的事物或人工制品;马丁认为经典永远通过重新解释而获得更新,这样它们就既能有助于我们与过去保持联系,同时又能调整自己以适应当代关注的问题;等等。
③ 洪子诚:《问题与方法》,第233页,生活·读书·新知三联书店,2002年。
④ 徐敬亚:《原创力量的恢复》,《文艺争鸣》,2005年第5期。

"整体主义"（宋渠、宋炜、石光华）；6. 冷风景：篮马、杨黎；7. 黑色意识：翟永明、唐亚平；8. 东方侠气：邵春光、郭力家、张锋、朱凌波。

六位诗人：欧阳江河、西川、柏桦、吕德安、张枣、蓝蓝。

毋庸置疑，徐敬亚在这里的所谓"八个群体"和"六个单独诗人"的提出实际上是对第三代诗歌的一种"经典"认定。这种"认定"究竟具有多么大的严密性和文学史意义姑且不论，仅仅是将这样一份"经典序列"与二十年前的《大观》进行比较阅读就会发现很多有意思的问题。徐敬亚这里提到的"八个群体"前5个在《大观》中占据了很重要的地位，但后三个在《大观》中并未提及。杨黎和蓝马在《大观》中是放在第一编"非非主义"诗群中，唐亚平是放在第二编"贵州生活方式"诗群中，翟永明是放在第三编"西南"诗群中，而所谓的"东方侠气"中的张锋是放在第一编"地平线诗歌"中。如果考虑到"东方侠气"中的其他三位诗人可能和徐敬亚有着某种隐蔽的个人关系我们可以暂且"搁置"不论[①]，那么可以发现，虽然有翟永明和唐亚平的"加入"，徐敬亚的"经典群体"其实和《大观》保持了相当的一致，在近二十年的变迁中，"他们"、"非非"、"撒娇派"、"大学生诗派"、"海上"、"莽汉主义"、"整体主义"作为第三代诗歌的代表创作群体的"经典"地位并没有发生变化，这不仅仅是徐敬亚的"自言自说"，也得到了90年代以来的成文文学史和诗歌史的认可[②]，从这一点上看，《大观》在"诗歌群体"的经典"认定"上是相当具有文学史眼光的。

[①] 邵春光、郭力家来自吉林，朱凌波来自黑龙江，徐敬亚本科毕业于吉林大学，因此他在此突然将这几位在《大观》中并不重要的诗人加入"经典系列"可能有某种"非学术"的"考虑"。需要指出的是，在新诗史上，这种"考虑"往往对诗歌史产生一定的影响。

[②] 在洪子诚的《中国当代文学史》、《中国当代新诗史》，程光炜的《中国当代诗歌史》、《中国当代文学发展史》中，"他们"、"非非"、"莽汉"、"海上诗派"、"整体主义"等几个主要的"流派"是论述"第三代"诗歌不可或缺的概念和内容。

值得注意的是徐敬亚在"八个群体"之外又提出了六位"单独诗人"的说法，很明显，这里的"单独"是和"群体"相对而言的，在前面的文章中我们已经讨论了《大观》作为"第三代"诗歌选本的最重要的特点就是它并非是一种普遍意义上的诗歌作品和诗人个人的集结，而是带有团体和地域色彩的"群体"划分。在《大观》中，欧阳江河被划入"新传统主义"，西川被命名为"西川体"，柏桦属于"四川七君"，吕德安被纳入"星期五诗群"，张枣成为笼统的"海外青年诗人群体"之一员，蓝蓝则根本没有进入《大观》的视野。在此，具有"个性"的诗人往往被具有"共性"的群体流派所掩盖，整个《大观》给人的印象也是"理论"高于"诗人"，"口号"大于"作品"，具体的诗人诗作反倒显得模糊不清。在《大观》出版近二十年后徐敬亚提出六位"单独诗人"的说法，可以说是对《大观》重"群体"轻"个人"，重"理论"轻"作品"倾向的一种"补充"和"修正"，也可以看出，在徐敬亚的"经典"观念中，"群体"和"流派"固然必不可少，但最终却必须落实到具体的诗人和作品上来。①

不过相对于对"群体"和"流派"经典地位的确信，徐敬亚对"单独诗人"的经典地位却是很犹豫甚至是怀疑的，他说："第三代诗人的水准并不整齐，与朦胧诗的精致相比，第三代显得粗放、随意。整体上他们缺少代表性的经典，诗歌活动大于诗歌修炼，多数作品小于他们的主张和理论。"② 在同一篇文章中，徐敬亚对"朦胧诗"的几位经典作家如北岛、顾城、舒婷等人的创作进行了非常详细的评析③，但对第三

---

① 在《原创力量的恢复》一文中，徐敬亚以"风格+诗人"的方式为"朦胧诗"厘定了8种经典，如意象——北岛，口语——王小妮，怪异——杨炼等。
② 徐敬亚:《原创力量的恢复》,《文艺争鸣》,2005年第5期。
③ 具体是："1. 意象。细节。象征。冷峻——北岛 2. 工对。精致。情感。强烈——舒婷 3. 童话。奇思。单纯。通感——顾城 4. 沉郁。丰富。组合。张力——多多 5. 乖戾。口语。移情。感觉——梁小斌 6. 口语。清淡。陈述。含蓄——王小妮 7. 宏大。跳跃。语感。建筑——江河 8. 怪异。变形。抽象。力度——杨炼。"

代的六位"单独诗人"却只是"一笔带过",这种做法强化了这一印象:他并没有找到充分的诗学或文学史根据来确定这六位诗人的经典地位,好像仅仅是为了与"朦胧诗"的经典"系列"形成一种对称而作出的很勉强的选择。

作为"第一册初步总结第三代诗人的诗选"①,唐晓渡即使今天依然一再强调"经典"需要通过"时间"来考验,而不会在某人的"规划"中生成,但是,通过对《实验诗选》的一些细节的考察我们还是可以发现一些"蛛丝马迹"。我们注意到,在《实验诗选》中,编者为每一位入选的诗人配备了一幅大概三寸左右的黑白照片。按照唐晓渡的说法,这一做法主要是参考了当时某出版社出版的《诺贝尔文学奖获奖诗人选》的编辑方式,唐晓渡承认:"这是一个大手法,因为第三代诗人当时都还籍籍无名。"②用编辑"经典大师"的方式来编辑《实验诗选》的做法固然一方面是出于出版社的"商业行为",另一方面也折射出唐晓渡们意欲"经典化""第三代诗歌"的动机。这种"图像化"的方式后来在"第三代"诗人中得到了普遍的运用。③

唐晓渡在谈到《实验诗选》和《大观》的区别时说:"《大观》更倾向于呈现'气势'、'规模'、'现场感',而《实验诗选》更注重立足诗歌本身去遴选精品。我一直认为,杰出的个体诗人及其作品对诗歌史的作用比宣言、运动更为重要。"④从这段话我们不仅可以看出《实验诗选》的编选标准(正如论文第二章已经讨论过的),而且也可以看出《实验诗选》厘定"经典"的标准。很显然,"个体诗人"和"诗作"的

---

① 洪子诚:《中国当代新诗史》,第234页,注释9,北京大学出版社,2005年。
② 见《唐晓渡谈〈中国当代实验诗选〉》。
③ 荷兰学者柯雷认为"图像化"和"视觉化"在对先锋诗人的形象打造方面发挥了很重要的作用,他在"中国新诗100年国际研讨会"的发言中提出了该观点。其论文可参见《是何种中华性,又发生在谁的边缘?》(《中国新诗100年国际研讨会论文集第一册》,北京,2005年,未正式出版)
④ 见《唐晓渡谈〈中国当代实验诗选〉》。

"杰出"与否成为这一标准的主要方面。

《实验诗选》共选入31位诗人121首诗,其中入选四首的诗人最多,共13位,四首以下的诗人11位,五首的4位,七首的3位。如果以四首作为一个"平均数"来衡量这些诗人的重要性,我们可以认为四首以上(包括四首)的诗人是相对比较"重要的",因此,我们可以将这些诗人和今天的成文文学史①作一个比较,看看经过近二十年的时间,哪些诗人成为了"经典",哪些被"淘汰"了,这其间细微的变化有哪些。为表述的方便,列表如下:

唐晓渡:《实验诗选》	7首	陈东东 张真 韩东
	5首	牛波 宋琳 柏桦 潞潞
	4首	西川 海子 雪迪 陆忆敏 张小波 孟浪 张枣 欧阳江河 翟永明 于坚 车前子 南野 唐亚平
洪子诚:《中国当代新诗史》*	放在80年代中后期叙述的诗人	韩东 于坚 吕德安 王寅 海子 翟永明 王小妮 陆忆敏
	放在90年代叙述的诗人	西川 欧阳江河 陈东东 柏桦 张枣……
程光炜:《中国当代诗歌史》**	放在80年代中后期叙述的诗人	韩东 于坚 杨黎 海子 翟永明 伊蕾
	放在90年代叙述的诗人	欧阳江河 西川 陈东东 柏桦 ……

* 洪子诚:《中国当代新诗史》第十二章"80年代中后期的诗"和第十三章"90年代的诗"。
** 程光炜:《中国当代诗歌史》第十二章"新锐迭出的诗坛"和第十五章"历程:从80年代到90年代"。

---

① 本文以影响较大的两本诗歌史为参照对象,即洪子诚的《中国当代新诗史》和程光炜的《中国当代诗歌史》。另外,这两本诗歌史涉及到的诗人很多,选入本文讨论的诗人以占有300字以上篇幅为基准。

通过对这个表的分析我们可以看到，《实验诗选》和洪子诚的《中国当代新诗史》中完全重复的诗人有这些：陈东东、韩东、柏桦、西川、海子、欧阳江河、翟永明、于坚、陆忆敏、张枣，按百分比计算，可以说《实验诗选》有32%的诗人进入了洪子诚的"经典"诗人序列。如果将《实验诗选》中入选三首的吕德安、王小妮和王寅三位诗人加上去，则百分比达到了近42%，也就是说有近一半的诗人和洪子诚的"经典诗人"是一致的。将《实验诗选》和程光炜的《中国当代诗歌史》作比较，会发现有八位诗人是完全重复的，他们是：韩东、于坚、海子、翟永明、欧阳江河、西川、陈东东、柏桦，百分比为近26%。按照埃斯卡皮在《文学社会学》中的观点："在出版20年后，只有1%的作品变成'经典著作'，被收入构成文学文化的传世之作的不朽书目中。"① 因此，即使按照较苛刻的26%的数字，我们依然可以断言《实验诗选》的编选者是具有相当的文学史眼光的。

如果我们仔细分析上表，还可以发现一些细微的差别，以入选诗作最多的陈东东、韩东为例，很明显，在《实验诗选》的编者看来，他们是属于"重量级"的诗人，在洪子诚和程光炜的文学史中，韩东没有任何分歧地被认为是80年代最重要的诗人，而陈东东却被放到"90年代的诗歌"中去叙述，与之享受相同命运的还有欧阳江河、西川和柏桦。将这些诗人置入"90年代"而不是"80年代"来进行叙述，表明在洪子诚和程光炜看来，这些诗人的创作虽然在80年代已经开始并获得"诗名"，但其在诗歌史上"经典"地位的确立却要依靠90年代的创作来支持②。这一区别一来表明了"经典"确立本身的复杂性，另一方面也证明了《实验诗选》当初对"经典"的期望：入选一批"在我们

---

① 罗·埃斯卡皮：《文学社会学》，于沛选编，第131页，浙江人民出版社，1987年。
② 参见程光炜：《90年代的诗歌：另一意义的命名》，收入《程光炜诗歌时评》，河南大学出版社，2002年。

看来当时已经形成了一定影响且深具创作潜力的诗人"①。

从绝对数来看,被"遗忘"的诗人数目是巨大的,有近23位。这其中有入选七首的张真,入选五首的牛波、宋琳、潞潞,入选四首的雪迪、张小波、孟浪、车前子、南野、唐亚平,等等。这些诗人被"遗忘"的原因是非常复杂的,既有诗艺上的因素,也有许多"非诗"的因素,唐晓渡在谈到当年创作势头非常好的女诗人张真时说:"至于她为什么被文学史冷落,我想现在下结论可能还太早。当然可以考虑一些因素,比如这些年很少见到她的作品,包括她某种程度上的'不在场'。她早在1988年就出国了,后来更多转向了电影研究。"②"不在场"在这里不仅指具体的地理空间上的缺席,也指诗歌写作与"主导"的诗歌写作倾向的背离。对于这些被"冷落"的诗人而言,"不在场"往往是双重的,一方面他们大多在80年代末因为各种原因离开大陆③,另一方面也指他们基本上放弃了通过诗歌建立与汉语语境联系的努力。

在本文的开头我曾经谈到提出"第三代诗歌"的"经典"是一个具有风险的话题,因为无论是《大观》、《实验诗选》的选本"标准",还是洪子诚、程光炜的诗歌史"标准",我们都只能说这仅仅是"他们"的标准,这些"标准"能否经受住漫长的历史和众多的不同时代的读者的考验基本上是一个不能"预言"的问题。近几年关于"经典",尤其是现当代文学"经典"的颠覆、重评、争论至少给我们一个启发:"经典"无论从何种意义上说都不是一个静止封闭的系统,它"期待"并"接受"着各种力量对它的加入、重组甚至改写。也正因为如此,作为这些力量中的一部分,《大观》和《实验诗选》才具有了被讨论的意义。

---

① 见《唐晓渡谈〈中国当代实验诗选〉》。
② 同上。
③ 孟浪、张真、宋琳等人在80年代末先后移居国外。

"潘晓讨论":社会问题与文学叙事
——兼及"文学"与"社会"的历史性勾连

作为80年代初影响最大的"公共事件"之一,"潘晓讨论"所蕴含的复杂的历史意义还远远没有得到应有的释放和解读,就目前的研究来看,对于该事件的讨论主要集中在社会学的层面上,比如贺照田的《当代中国精神的深层构造》一文,就把"潘晓讨论"作为一个重要的参考对象来考察当代中国价值观念的转型,但是他同时敏感地意识到了社会学研究方式的局限性:"因为潘晓的问题不可能仅仅通过政治、经济路线的调整加以解决。"① 在他最近的一篇文章中,他发展了从精神史角度来探讨"潘晓讨论"的思路,把其作为一个具体的社会学案例进行了详尽的读解。② 另外一篇文章试图从文学角度切入"潘晓讨论",但最后却落实到了政治经济学的层面上。③ 这些研究洞开了"潘晓讨论"的丰富内涵,但可能忽视了"潘晓讨论"作为一个特定的"历史事件"所具有的"主体性"和"叙事性"。从某种意义上说,"潘晓讨论"是一个发生于80年代特殊的历史语境并一直指向当下的一个"话语事件",它是一个具有起源性意义的历史议案,"起源"在此指的是,"潘

---

① 贺照田:《当代中国精神的深层构造》,《南风窗》,2007年第18期。
② 贺照田:《从"潘晓讨论"看当代中国大陆虚无主义的历史与观念成因》,《开放时代》,2010年第7期。
③ 王钦:《潘晓来信的叙事与修辞》,这篇文章是华东师范大学的硕士学位论文,其中以"经济人"来解释"潘晓讨论"很有新意。另外据我了解,上海大学有一篇博士学位论文也是处理潘晓讨论的,可惜条件所限,我还没有读到。

晓讨论"以社会问题为出发点,但并没有止于社会问题的解决而终结,而是同时生成了一种历史叙事,在这一历史叙事中,"主体"借助某种"生产机制"对社会问题进行了"再加工",也就是说社会问题被文学化,社会问题在一定程度上变成了一个文学和精神的重构,并直接作用于80年代以来的"自我想象"和"自我重建"。因此,对于"潘晓讨论"的研究不应把它作为一个明确无疑的发生过的事件来讨论,而应该研究它的叙事形态、话语机制,以及这一切作为一个还在继续延续的"叙事"行为对于中国当下的社会和文学所提出的挑战。

一 "社会问题"的"文学叙事"

首先我们来简单回顾一下"潘晓讨论"这一事件的"生产过程":"1978年六七月份,作为《中国青年》复刊领导小组成员的关志豪,和同事一起组织全社的人,分成七路下去调查了整整一个月,深入到农村的生产队,工厂的车间,学校的老师中间去调查。大家带着的问题是,现在的青年在想什么,他们有什么希望,《中国青年》重新与他们见面,主题应该是什么。调查人员回来以后还开了个汇报大会。集中归纳起来,当时的青年集中反映的有两个问题。一个是中央号召进行新的长征,要以经济建设为中心,但青年们的思想离这种观念有很大的距离。不是说以阶级斗争为纲吗?怎么能以经济建设为中心呢?另一个问题是,青年很明显有一种委屈情绪,有些'看破红尘'。我们在农村也好,工厂也好,其他地方也好,都发现了这种情绪比较普遍。十年动乱给青年们造成了深重的心灵创伤,他们的真诚和信仰被雪崩一样冲毁,感觉自己上当受骗了。……在一次座谈会上,《中国青年》的女编辑马笑冬认识了北京第五羊毛衫厂的青年女工黄晓菊。马笑冬觉得黄晓菊的经历和思想很有代表性,便向她约稿。另一名女编辑马丽珍4月7日在北京经济学院找到二年级学生潘祎,潘祎向她说了自己的经历和困惑,并同意了马丽珍的约稿。不久,黄晓菊、潘祎的稿子交到了编辑部。潘祎的一些语言和观点可供参考,黄晓菊的原稿有8000多字,分为'灵魂的鏖战'、'个性的要求'、'眼睛的辨认'和'心灵的惆怅'四部分,之后,编辑部以黄晓菊的稿子为主,融合了潘祎的部分观点,由马笑冬做了最后的修改,文章作者署名为潘晓。"[①] 从这一段资料我们可以看出,"潘晓讨论"最开始是《中国青年》杂志社为了寻找相关的"社会话题"而进行的一次新闻采写,这些话题毫无疑问是"社会学"意义上的问题,当时"文革"刚刚结束,大批知青返城、升学、就业迫在眉睫,因此,如何了解、引导青年的思想成为当时主流意识形态非常重视的一个现实政治问题。在这样的情况下,《中国青年》1980年第5期刊出了《人生的路啊,怎么越走越窄》一文。这里需要注意的是这一"社会问题"提出的方式,我们知道,"潘晓讨论"是以"读者来信"的形式提出的,也就是说,它首先建立在这样一种契约之上,即这是一封非常客观的、真实的"来信",是对当下青年思想问题的真实的反映。但非常有意思的是,这封信同时又非常"主观化"、"情绪化","读者来信"对于媒体来说或许是常有的事情,但是像"潘晓来信"这样一封如此"文学化"的"信"却并不多见。我之所以说它"文学化",是因为这封信通过第一人称的叙述视角,实际上讲述的是一个"自叙传"式的"青年成长故事":一个自小就被家庭抛弃的女孩通过自强不息获得了知识,得以在社会上立足,但是进入社会以后却发现朋友不可信,同事很卑鄙,寄予希望的婚姻也以背叛而告终,在这样的情况下,她陷入了巨大的虚无主义之中,并最终得出了"主观为自我,客观为他人"的人生信条。从这个意义上说,这封"信"具备了一般的小说常有的因素,主体、情节和冲突:"过去,我对人生充满了美好的

[①]《〈中国青年〉:那一场人生观大讨论》,《新京报》,2006年11月23日。这一事件的详细过程可参见:《潘晓讨论:一代中国青年的思想初恋》,南开大学出版社,2000年。

憧憬和幻想……甚至一言一行都模仿着英雄的样子……可是,我也常常感到一种痛苦……那年我初中毕业,外祖父去世了。一个和睦友爱的家庭突然变得冷酷起来,为了钱的问题吵翻了天……我得了一场重病,病好后,借助几个好同学的力量,给街道办事处写信,得到了同情,被分配在一家集体所有制的小厂,开始了自食其力的生活。""我寻找爱情。我认识了一个干部子弟,我把最真挚的爱和最深切的同情都扑倒在他身上。……可没想到,'四人帮'粉碎之后,他翻了身,从此不再理我。""对人生的看透,使我成了一个双重性格的人。一方面我谴责这个庸俗的现实;另外一方面我又随波逐流。"① 从叙事方式来看,这其实就是一个初具雏形的"成长小说"②,而且我们可以非常直接地感受到其与当时盛行的"伤痕文学"非常相似的气息(黄晓菊等人也许就是当时流行的"伤痕文学"的忠实读者),甚至可以说"伤痕文学"的所有组装元素在这里都可以找到:家庭不幸、爱情悲剧、人生迷惘,而这一切又都同样发生在"四人帮"、"十年动乱"的背景之中。

更加值得注意的一点是,这封信并不是"个人经历"的简单复述,而是经过"加工"和"制作"后的"产品"(作品)。根据上面的资料我们知道,"潘晓来信"不仅仅是"潘晓"的真实的生活经历,而是综合了"黄晓菊"、"潘祎"的个人经历,经过《中国青年》杂志社的编辑"修改编撰"后的结果。因此,这封信是一个拥有多个"作者"的"虚构"(虽然不是全部的虚构)文本,在这一文本中,个体青年的个人生活问题被剪辑、改编、放大,从而形成了一个类似于"伤痕文学"的"自我叙事",通过这样的话语组织方式,"社会问题"被编织进了"文学叙述",与此同时,个人问题也就被普遍化,被建构为一个"所有青年"的问题。

---

① 潘晓:《人生的路啊,怎么越走越窄?》,《中国青年》,1980 年第 5 期。
② 按照巴赫金的观点,典型的"成长小说"有以下两个特点:第一,主人公的性格必须变化,既可能是成熟,也可能是(青春的)幻灭;第二,个人与历史互动,参与历史,改变历史的同时也被历史改变。我们发现"潘晓来信"完全符合这两个特征。

二 青年的"发现"和"召唤"

关注青年问题,引导青年树立正确的人生观和价值观一直是《中国青年》这样一份党办刊物所负有的主要责任:"作为共青团中央的机关刊物,《中国青年》杂志不用说具有教育、整合青年的立场和功用,不过在很长的时期内,《中国青年》杂志一直也是年轻人关注价值规范和生活方式问题并参与讨论的主要场所。""这一类问题讨论成为支配团体对青年群体作文化整合的一个重要的方式和途径。通过一次次的问题讨论,有关'青年'的定义,……以及作为一个'青年'应该具备的价值观、幸福观、生活目标等等都被作了明确而严格的规定。"[①] 根据研究者的统计,从 1949 到 1966 年,《中国青年》讨论了包括"应该根据什么来建构我们的远大理想?""青年应该成为什么样的人?""什么是青年的幸福?"在内近三十个问题。[②] 正是通过这种方式,《中国青年》发挥了其"范导者"的意识形态的作用。毫无疑问,在"潘晓讨论"中,这样一种目的依然是《中国青年》的编辑者们的主要出发点。正如我在上文所讨论的,为了达成这种目的,《中国青年》使用了一系列的修辞手法,通过社会问题的"文学化"建构起了一个"典型性"的青年形象,以此来引导和规范"青年"。但非常有意思的是,在"潘晓讨论"这个问题上,《中国青年》似乎呈现出某种复杂的心态,以往简单的目的论的意识形态功能因为社会问题和历史叙事之间的张力而被复杂化。因此,必须进一步追问,"潘晓来信"究竟建构了何种"青年形象"?并发挥了何种历史效用?

潘晓来信的第一句话是"我今年二十三岁。"由此我们可以推断出"潘晓"生于 1957 年。接下来"那年我初中毕业,……我在外地的母

---

① 陈映芳:《在角色与非角色之间——中国的青年文化》,第 71—72 页,江苏人民出版社,2002 年。
② 同上,第 68—71 页。

亲竟因此拒绝给我寄养费，使我不能继续上学而沦为社会青年"，由此可见，"潘晓"是属于老三届中的成员之一，学历不高，是一个小厂的工人。另外"我从小喜欢文学，尤其在历尽人生艰辛之后"，可见潘晓是一个"文学青年"。我们还可以看看"潘晓"人生的遭遇：家庭不幸，相信组织但是因为给领导提意见而不能入团，信任朋友但被朋友告密，寻找爱情但遭到遗弃，等等。综上所述，"潘晓来信"中所塑造的"潘晓形象"大概可以表述而下，**一个因为在生活中不断遭到挫折并因此而对生活失去信心的文学青年**。如果仅仅如此，这一形象也许并不值得关注，因为任何一代年轻人大概都会遇到这样那样的挫折，也只有通过这些，才能获得所谓的成长。但对于"潘晓来信"中的潘晓来说，却有一个巨大的潜文本为其"形象"赋予更多的含义，作为出生于1957年的"潘晓"，其个人经历中最重要的一些挫折恰恰全部发生在"文革"时期。也就是说，上面对于"潘晓形象"的概括应该予以修正，较为准确的表述应该是：**一个在"十年文革"中遭到许多挫折并因此而对生活失去信心的文学青年**。这才是问题的关节点，实际上，我们在"潘晓"的"经历"中可以读出另外一个隐藏的"故事"，这个故事应该这么表述：在我十岁那样，史无前例的"文革"爆发了，从此我的生活进入了黑暗时期——所以，我对生活、人生产生了严重的怀疑。也就是说，正是出于对"文革"的否定，《中国青年》才塑造了"潘晓"这样一个"受害者"的青年形象。在"潘晓来信"中，与以往树立一个"反面形象"以供批评和教育不同，这一次，"潘晓"虽然是以"负面形象"出现，却承担着"正面"的含义，"潘晓"获得更多的不是批判和否定，而是认同和肯定。[①] 对于1980年代的中国思想界而言，怎样找到一种合理的话语方式来对前此的思想实践和主流意识

[①] "大部分读者的来信表示支持潘晓的观点，也有一些人打棍子。"关志豪说。见《〈中国青年〉：那一场人生观大讨论》，《新京报》，2006年11月23日。

形态进行置换是一个难题,怎样对"历史错误"进行合理化的解释和批评的同时又不触犯政治禁忌更是一个需要予以设计的问题,正是在这个意义上,"潘晓来信"承担了某种历史"询唤机制"的功能,通过这样一个"询唤机制",一个"受害者"的青年形象被"建构"和"召唤"过来并对"文革"的"错误"进行质询、否定。这样,非常顺其自然的,"文革"被指认为是造成青年堕落问题的"罪魁祸首","文革"成为了可以任意指认的"他者",完全被剥离在其参与主体之外,而作为这一历史的主要参与者——潘晓们——却轻易就逃脱了"责任",从"责任主体"转变为"受害者"和"无责者"。从推卸责任、回避自我反思和自我检讨这一点看来,"潘晓讨论"似乎是一个非常"成功"的处理问题的方式。

三 问题的"位移"和"解决"

从表面上看,"潘晓讨论"在1981年末就已经结束了,1981年第6期的《中国青年》上发表了《献给人生意义的思考者》一文,这篇文章以官方意识形态的代言者身份,对于青年的未来进行了"范导"。很显然,这个"收场"显得非常匆忙急促:"因此,当时不论是阮铭的文章《历史的灾难要以历史的进步来补偿》,还是经过中宣部组织修改审定的署名本刊编辑部的文章《献给人生意义的思考者》,其核心都在呼吁青年投身他们认为正确的历史进程中。这样呼吁当然没有错,但却不能真正深入进此讨论精神、主体方面的深层含蕴。"① 如果说"潘晓讨论"是一个双重文本的话,它的表层文本是一个青年的困惑迷惘问题,而其深层文本却是一代青年人在历史的变局面前,如何反思自己的历史和社会的历史,重现认识自我和他者、自我和历史、重建历史主体的精神

---

① 贺照田:《当代中国精神的深层构造》,《南风窗》,2007年第18期。

重构问题。表层的文本只能通过"表面化"的方式来回答,我们很难想象官方意识形态会真正放下"范导"者的姿态,鼓励这种讨论深入到精神构造的层面,实际上,《中国青年》对于"潘晓讨论"的发起和引导已经是在意识形态允许的范围内所能进行的最大的尝试,而这种尝试实际上也得益于 80 年代特殊的历史语境。① 也就说,虽然作为一个历史事件的"潘晓讨论"在 1981 年确实被终结了,"潘晓来信"所提出的问题也得到了"圆满"的回答,但这种"治愈"只是表面的,因为作为"深层文本"的"青年主体重构"的任务其实并没有真正完成。我们发现,正是因为"潘晓讨论"是以一种"文学叙事"的方式来完成对"社会问题"的解决,因此作为"受害者"的青年形象只是"潘晓讨论"中"青年形象"的一面,同时被叙述出来的还有一个与外界疏离、内在分裂的个人形象②,这种"内面的人"意味着对于"潘晓问题"的回答必须借助更复杂的叙事方式。要完成这个任务,显然必须借助文学叙事文本而不是社会学的案例。实际上,我们会发现,作为重建"青年主体"的"潘晓问题"以各种形式在 80 年代的文学叙事文本中作为"元问题"被一再叙述和讨论,并直接构成了 80 年代叙事文本的结构逻辑。也就是说,"潘晓问题"已经被位移为一个"文学问题",这是一种非常有意思的转移,作为社会问题的潘晓讨论以文学化的方式出现,而其最后的解决方式,也必须通过文学来达成(是否真正达成这个是需要再讨论的问题)。这也许只会发生在 80 年代这种特殊的历史语境中吧。

---

① 根据资料我们知道,当时的官方意识形态其实对于讨论一直处于犹豫的态度,这表明了意识形态在 80 年代初的一种矛盾心理,即一方面渴望"异端"力量来推动政治格局的重组,而另外一方面又必须把"异端"控制在"不危险"的范围内。
② 我们发现,在"潘晓来信"中,"我"与外部世界的冲突都被转换为自我内心的冲突,并频繁出现"孤独"、"悲凉"、"精神性"等内心描写的词语:"可我不行,人生、意义,这些字眼,不时在我脑海翻滚,仿佛脖子上套着绞索,逼我立刻选择。""我有时会突然想到,我干嘛非要搞什么事业,苦熬自己呢?""与周围的人格格不入,常使我有一种悲凉、孤独的感觉。"见潘晓:《人生的路啊,怎么越走越窄?》,《中国青年》,1980 年第 5 期。

那么，80年代的叙事文本是如何来回应、书写并解决"潘晓问题"的呢？我想借助蒋子龙的《赤橙黄绿青蓝紫》、柯云路的《新星》以及刘索拉的《你别无选择》来进行一个大致的分析。我之所以选择这么几个文本，主要基于以下几个方面的原因：第一，这些文本大都集中代表了某种小说潮流，《赤》是"伤痕小说"的代表作，《新星》是"改革小说"的代表作，而《你别无选择》则集中体现了某种"新潮小说"的姿态。也正是在这个意义上，上述文本都体现了某种文学社会学的症候，与其时的社会思潮紧密相关。第二，在这些文本中，都在不同程度上涉及一个主题，那就是"再造青年主体"的问题，这些小说从某种意义上都可以归结为"青年小说"之一种。第三，这几个叙事文本都有一个比较相似的叙事结构，那就是"范导者——被范导者"的结构逻辑，在这个逻辑中，叙事得以推进，而对于这一矛盾的不同处理，则暗示了不同的历史态度。

《赤》发表于80年代初，其直接创作动因就在于超越"伤痕文学"的"伤痕"情结，重塑"社会主义新人"。毫无疑问，青年是"新人"的关键。"新人形象的塑造是应当更加着眼于青年的。青年意味着未来，意味着希望。作家在当代青年中去寻找、去发现新人，虽然他们也许只不过是新人的雏形或胚胎。"[①] 作为当时评价甚高的一个典型文本，《赤》的叙述逻辑就是"落后青年"（刘思佳）在"范导者"（团委书记解净）的引导下走上正确的人生道路。从表面上看，这是一部完美无缺的"新人"诞生记，但正如有的评论者所指出的，恰好是这一出新人的"重生"背后隐藏着巨大的矛盾和危险，那就是，在表面的革命主流话语之下，潜藏着一个隐性的欲望叙事，刘思佳新生的动力并非来自于"党"的感召，而是来自于其承载者作为一个女性所具有的诱惑力。[②]

[①] 余斌：《新人的概念与文学中道德主题的出现》，《文艺报》，1981年第24期。
[②] 黄平：《再造"新人"——新时期"社会主义现实主义"之调整及影响》，《海南师范大学学报》，2008年第1期。

我们甚至可以更进一步说，这种感召并非仅仅来自于作为异性的解净的性诱惑力，而是根本就发自主体本身的欲望，这种欲望在其可能实现之时可以帮助主体（刘思佳）新生，但如果缺乏这种实现的可能性，则可能会是另外一种结果。但不管怎么说，在《赤》中，"范导者"虽然借助了主客体各种的无意识的欲望来达成新生，但至少在表面上还是达成了效果。而在《新星》中，这种表面的"和谐"已经被尖锐的辩驳和质疑所代替，虽然《新星》的故事主体是关于李向南的领导农村改革的故事，但实际上这一"改革"的背后隐藏着重要的人生观和价值观的"分裂"和"再造"，其中尤其以李向南和其旧恋人林虹之间的冲突为甚：

（李向南）"有人说你现在很玩世不恭，是吗？"

（李向南）……"你就这样麻木？这根本不可能嘛！你说的不是真话。"

（林　虹）"我说的都是真话。我现在对什么都无所谓。"

（李向南）"对过去表示浅薄的同情是让人厌恶的。我是希望你今后生活得更充实。"……

（林　虹）"我这样生活，有更多的自我选择，有更多的自由……更能体现人的存在。"

（李向南）"你这不是存在哲学吗？"

（林　虹）"那有什么不好？"

（《新星》，第 274—277 页）

正如我在另外一篇文章中所论及的，在李向南和林虹的争论中，他使用的理论资源用林虹的话来说就是"十几年前的那些观点"。林虹使用的理论资源是"存在主义"、"选择即自由"、"完善自我"等个人主义的话语。这实际上是一次"革命集体主义"的人生观价值观与"存在主义个人主义"人生观价值观之间的交锋，李向南和林虹处于完全不同的"位置",李向南是进攻式的,而林虹是抵抗式的,李向南试图"改造"林虹,把她重新纳入"改革的金光大道",林虹则"负隅顽抗",她尊重李向南的"理想",但也坚决捍卫着自己的"信仰"。①毫无疑问,李向南在这里充当的是一种"范导者"的功能,在李向南的改革规划中,非常重要的一点就是重新规划像林虹这样一类在"文革"中受到创伤的青年人(林虹就是一个非常典型的"潘晓"),但是李向南失败了,他的失败,不仅在于他的那一套话语体系的失效,更重要的是,与《赤》相比,连主体的欲望(李向南与林虹的旧情)同样也被这套话语所阉割,从而无法唤醒林虹对于"重建信仰、理想"的信心。这样看来,这是李向南的双重的失败:理念的失败和身体的失败。但是虽然失败了,他至少还持有某种"失败者"的尊严,这种尊严也获得了林虹的同情和支持。而在稍后几年发表的《你别无选择》中,这种"选择"的尊严也已经完全被"荒诞化","你别无选择"以一种焦灼的文本形式非常直观地给了"潘晓之问"最残酷的回答,潘晓的问题是,人生的路啊,怎么越走越窄?这个问题的背后其实还隐藏着救赎和解决的热望,还是希望通过某种方式使得人生的路越走越宽。但是,现在的回答是"你别无选择!"要特别注意"别"这个字,"别"意味着一种"异端",一种"另外的可能性",但是在《你别无选择》中,这些"可能性"都被消除,"范导者"消耗了最后的力量和热情,被直接指认为是"贾(假)教授",掌握不了任何的发言权和解释权。"范导者"的符码化和空洞化,使得1980年代叙事文学"范导者——被范导者"的叙事结构被颠覆,文本的平衡遭到打破,"被范导者"冲出了叙事的制约,但又找不到热情和"力比多"的发泄之途,于是,这些热情只能以某种癫狂的方式出现在文本之中。"内面"的主体诚然在这种倾斜的叙事中成为

---

① 杨庆祥:《〈新星〉与"体制内"改革叙事——兼及对"改革文学"的反思》,《南方文坛》,2008年第5期。

了"主角",但是,因为缺乏对于历史必要的反思和观照,显得浅薄而无知,在这种情况下,内面的主体实际上也同时成为一种空洞的能指,再一次证明了"青年主体"重建的难度。

四 未完成的话题

回过头去看近三十年改革开放的历史,我们不难看到社会的进步和经济的发展。但是这种社会经济的过度成功却掩盖了一个更加严肃的问题,那就是精神、教育、思想上的失败。正如贺照田所质疑的:"中国传统上本是一个高度关注伦理的社会,中国社会主义教育又是一种强理想主义教育,那么为什么在改革开放启动不到二十年的时间里,中国大陆社会在表现上却变成了日常生活极被商业逻辑穿透、日常语言和心态氛围极受市场逻辑和消费主义笼罩与干扰的社会了呢?"① 对于普通的中国公民而言,他们诚然感觉到了这一系列问题所带来的非常现实的困扰,但却很难在一个历史的和知识的谱系中对这些问题予以回答。问题必须一再回到它的起源之上,如果说今天中国青年面临的精神困境是一种历史的后果,这一后果其实早已潜伏在"潘晓讨论"以及相关的一系列历史(文本)之中。李向南、贾教授等"范导者"的失败不仅仅是他们单方面的失败,同时也是另一方——"被范导者"的失败。这种失败是相互的,互为作用的,因为主体只有在这种"交互"的关系中才能生成。在我看来,这种"失败"不是简单的社会学意义上的失败,而是一种历史叙事在无法辨清自己的历史承担时候的"失语"。正如我在上文中已经讨论过的,在"潘晓讨论"和《新星》等文本中,一个非常重要的叙述逻辑就是把"历史"指认为外在于"自我"的他者,从而撇清"当下"与"历史"、自我与"历史"本来血肉纠缠的联

---

① 贺照田:《从"潘晓讨论"看当代中国大陆虚无主义的历史与观念成因》,《开放时代》,2010年第7期。

系，潘晓、李向南等等不正是在"历史"（尤其是"文革"历史）中才生成了当下的存在状态吗？当他们拒绝承认"历史"的自我的时候，他们实际上就抽空了自我的真实的内容，从而无法构建起来对于未来自我的明确规划。在这种情况下，主体就成了一个虚假的主体，是被各种话语规划出来的符号，在1980年代，这类话语主要有两种，一是官方的主流意识形态话语，一类是西方的人文主义话语（比如人道主义、存在主义等等），但1980年代的叙述者都没有意识到，这两类话语都是一种外在于我们历史的话语，对于前者而言，它仅仅是空洞的"党的教条"，对于后者而言，它只是一种浮泛的情绪和状态，因为它们并非历史地生成于当时的中国历史和青年人的真实际遇中，自然也就发挥不了叙事者企图赋予它们的功能。在潘晓讨论中，真实的历史逻辑被叙述所屏蔽，历史逻辑被道德逻辑和个人情绪的逻辑偷偷替换，在这样的结构中，历史以及关于历史叙述就被道德化和情绪化，而主体则成为一种简单的符码的重组。这是1980年代以来历史叙事（同时也包括文学叙事）最大的失败，"潘晓讨论"就位于这一失败链条的起点。青年的问题不仅是历史的问题，也是未来的问题，青年的问题不仅是社会学意义上的问题，更是叙事学意义上的问题，只有在社会学和文学叙事的双重视野中去分析问题，才可能找到问题解决的有效途径，毫无疑问，今天的青年同样面临着潘晓当年的提问，而且可能更为紧迫和焦灼，那么，文学如何回应我们当下的社会和历史，并在某种有效的关联中重建文学、社会、主体之间复杂的叙事逻辑，才能完成"潘晓讨论"这一历史性的命题而不至于重蹈覆辙，值得我们一再思考。

2010年6月25日于人大
2010年10月26日再改
2010年11月1日三稿

80年代:"历史化"视野中的文学史问题

在一个被指认为具有"世界历史意义"的时刻(2008年)来反思并重新讨论过去30年的中国文学(1978—2008),这一举动本身的意味还有待于它自身的"历史化",但从学术的角度来观察,这并不是一个突兀的事情,至少在2005年,对"这30年"文学的历史性的考究工作已经展开,这里面既有包括查建英《八十年代访谈录》式的介于"学术"和"畅销书"的方式,也有程光炜倡导并主持的异常细致、全面甚至是有点"野心勃勃"的文学史研究方式,在蔡翔、倪文尖、罗岗的《文学:无能的力量如何可能?——"文学这三十年"三人谈》[①]的对话中并没有提到这些相关的研究,但我毫不怀疑这些研究对他们思考并切入问题的影响。这之间当然没有多么严格的因果相承的关系,如果有,我理解为在一个变动的历史时空里寻求问题解决之焦虑感,因为方向的不明确和对当下(文学)的不信任,只有把目光投向"历史",就此而言,"这30年"尤其是80年代文学似乎成为沟通现在与过去,沟通文学与社会、历史和政治等等"庞然大物"的最佳对象。80年代文学,在今天变成了一个"问题文学"或者说"问题文学史",它在叙

---

① 蔡翔、倪文尖、罗岗:《文学:无能的力量如何可能?——"文学这三十年"三人谈》,该文分为两部分刊发于《二十一世纪经济报道》2009年2月16日第37版和2009年2月23日第37版,标题分别为《八十年代文学的神话与历史》、《文学,无能的力量如何可能》。我读到的是导师程光炜教授转发过来的电子版,本文中所引用的文字都出自该电子版本。

述中被反复建构和解构,并隐喻着问题解决的希望。我从这里看到了进一步"对话"的必要性,或者说,蔡翔等人的"对话"激发了我的对话欲望,他们提出的问题和讨论问题的方式在一定程度上构成了另外一些问题,因此,我试图通过对话的对话来补充、质疑和拓展现时代对"80年代文学"的理解,并加深对我自身所处历史时刻的含混性和可能性的同情。

一 "起源"作为一个问题

蔡翔等人的对话中一开始就讨论了"新时期文学起源这个老话题":

> 按照现有习惯性的叙述,整个这30年的文学发端于1976年的"四五"天安门诗歌运动——当然,后来的研究还由这个共识上溯到"文革"的地下诗歌和地下写作了,而往下是到《班主任》和《伤痕》。这一路历史叙述在1980年代初的时候,似乎就已变成一个准官方和准文学史官方的叙述了。但是,到了1980年代后期,尤其是1990年代之后,这一种叙述越来越在精英学术界没了市场,大家往往开始强调汪曾祺的意义,强调"今天派"的价值。这一后起的竞争性的叙述看不上前者隶属于主流的政治性,让新时期文学的"头"跳过了整个1960年代、1950年代,而径直接上了1940年代,确乎汪曾祺一个人挑起了现、当代文学,接上了1940年代现代主义的轨。而关于"朦胧诗""今天派"的言说,也越来越强化和"白皮书"、"灰皮书",和西方思潮以及现代主义的脉络关系。

罗岗认为这分别是"政治角度"的起源描述和"文学角度"的起源描述。但是因为急于提出第三种起源描述,所以对这两种"起源叙述"

的"起源"却并没有深入讨论,这其实是一个更关键的问题。在我看来,"政治角度"的起源描述可以追溯到邓小平的《祝辞》,在这样一个描述中,"新时期文学"是社会主义文学内部演绎的历史过程,它的资源是以"延安文学"为代表的"左翼文学"和"十七年文学",其主要的意识形态目的是重建"社会主义新人"。而"文学性"的起源则是一种相对来说后设式的叙述,在80年代的"重写文学史"思潮中,对"文学性"和"审美性"的极端强调要求在文学史中"寻找"或者建构起一个"纯文学"的历史起源,这一源头最终被定位在"白洋淀诗群"和食指那里,从而形成一个"政治/审美"、"公开/地下"的文学史叙事模式。但问题是,很少有人关注以食指为代表的"文革地下诗歌"的"源头",实际情况是,食指的诗歌风格、话语资源与"十七年"诗歌和"文革诗歌"有着割舍不掉的关联。比如那首广为传诵的《相信未来》,其风格上的抒情诗传统和形式上的格律诗传统和贺敬之、郭小川、张光年等等的诗歌如出一辙,食指是否被夸大了他的诗歌史地位这是另外一个话题①。这里的意思是,罗岗等所谓的这两个起源实际上还是一种受到"文学史叙事"影响下的认识,这种二元对立式的叙事方式可能被刻意夸大了"差异性",其后果是:现代主义文学和现实主义(社会主义现实主义文学)被叙述为两种绝然对立的文学形式和意识形态。像徐迟等人在早期讨论中所提出的中国式的"我们的现代派"(革命的现实主义和革命的浪漫主义)的合理性则被遗忘了。这里的凸显的一个问题是,话语意义上的"起源"和实际的文学史的起源可能是有很大的出入的,(卡利内斯库讨论现代性时所谈到的)。"起源"叙述往往是出于文学史建构的需要,或者说是文学史叙述干预文学史的结果。如果不对文学史的叙事模式和编撰原则进行"历史化"的处理,就很有可能落入文学史叙事的圈套,而忽视了真问题。

---

① 可参见程光炜:《一个被发掘的诗人》,《新诗评论》,2005年第2辑,北京大学出版社。

之所以说"起源"问题是一个问题，主要原因还在于"起源"在历时性上的无限回溯性，也就是说，"起源"的上限无法划定。比如近年来讨论起源最常见的句式是"没有晚清，何来五四？"，"没有十七年文学，何来新时期文学？"，但这个问题可以不断地排比追问下去，晚清文学是从哪里来的？晚清之前还有晚明文学，而晚明文学之前还有元明时期的白话小说，众所周知，在周作人和胡适的文学史叙述中，这些都构成了新文学的起源。把80年代文学的起源放在"十七年"和"文革"，这种时间上的"就近原则"是否一定就有合理性？如果说蒋子龙的《乔厂长上任记》等为代表的"改革小说"起源于"文革"和"十七年"这估计没什么问题，但是阿城的《棋王》，冯骥才的《神鞭》，邓友梅的《那五》，还有当时热烈讨论的所谓"新笔记体小说"，很明显不仅仅是一个"文革"记忆和"文革"书写问题，或者说，它在剥离"文革"书写的框架时是不是也和另一些文化传统联系到了一起？用柄谷行人的话来说，"起源"总是与某种"终结"联系在一起，他在讨论日本现代文学的起源的时候，正是他觉得日本现代文学已经终结的时候，也就是日本进入了一个发达的工业社会的时候（1970年代末）。① 那么，我们现在讨论起源，是否有这么一个清晰的终结的时刻呢？我想说的是，如果即使有所谓的终结，那么究竟是柯林伍德意义上的终结（知识系谱的更换）还是福山意义上的终结（意识形态趋同），1992年曾经有很多批评家讨论过"新时期文学"的终结，并在我看来，这种终结似乎更接近福山意义上的"终结"，苏东剧变和邓小平南方谈话使得这种终结因为与政治风波纠缠太紧张而显得不是那么自然，至少是没有日本那么自然吧，而且，这种终结让柯林伍德意义上的"终结"（指明我们关于其主题的知识在现代所处的位置而言，柯林伍德语）显得

---

① 参见关井光男：《柄谷行人访谈：向着批判哲学的转变——〈日本现代文学的起源〉》，收入陈飞、张宁主编，《新文学》第5辑，大象出版社，2006年。

仓猝而且慌乱，也就是说，新时期文学的"终结"是一种没有完成的终结，这种未完成性使得"新时期文学"的很多可能性没有完全展开（至少在我看来，先锋文学就是一个没有完成的"畸形儿"），在这个意义上，怎么来讨论起源？

那么，这里的问题是，如果说从历时性的角度来谈起源是有局限性的，还有没有其他的可能？我觉得在蔡翔等人的对话中实际上给出了这种可能，那就是所谓的"压缩的前三年"的说法，但是蔡翔等人可能没有意识到，至少是表达不是很清晰，这种所谓"压缩的前三年"实际上是把起源的"历时性"转化为"同时性"，从时间转化为"空间"：

> 一方面来自社会主义阵营，既包括传统社会主义时期的许多看法、问题和争论在新的历史阶段中被重新激发，也注目于社会主义内部自我调整、自我改革的路向、经验和教训，譬如对苏联和东欧社会主义国家工业化模式的学习和借鉴，特别是以南斯拉夫为代表的改革经验以及理论的探索，引起了官方和知识分子的极大兴趣。当时内部出版了一套"国外政治学术著作选译"，基本上都是以苏联和东欧社会主义国家为研究对象的了，更不用说像匈牙利经济学家科尔奈的《短缺经济学》所产生的影响了；第二方面则是随着中日邦交正常化、中美关系正常化特别是中美建交，西方的视野迅速在中国人面前打开。

把苏东社会主义调整和中日、中美关系正常化纳入起源的考察，实际上把80年代文学纳入了一个结构性的场域中，按照福柯的说法："每一事件都与一特定的空间环境相互关系着。一个事件的发生，不必然由其他的事件引发，每一事件的发生都有其独特的逻辑和因由，引发它的因可以是其他的事件,亦可以是空间;同样,一个事件的发生,它继而引发的后果也不一定是其他的事件,而可以是空间的后果。"① 这种视角的转换无疑是有建设性意义的,但是让我觉得不满意的是,社会主义阵营、中日、中美这些属于外部结构调整的事件是如何成为一种内部的结构调整,并作用于当时的文学制度和文学场域的,很明显,1978年即告开始的经济体制改革(以1985年为界限,前期侧重农村经济改革,后期侧重城市经济改革)是一个非常重要的"转换性"的机制,这种机制的影响不同于"翻译热"、"文化热"等等文化层面的改变,而是直指关系到中国人当时的物质的生存和发展。我们可以把《陈奂生上城》和路遥《人生》进行一种连续性的考察,可以这么说,陈奂生是高加林的"父亲",他的理想仅仅是"上城",也就是说"城"对于他来说是一个外在于他的事物,是一个奇观或者风景,他"上城"的目的是为了更体面风光地"回乡",而在高加林这里,"进城"不仅是要解决一个物质生活问题(他在农村同样可以解决这个问题),更重要的是精神层面的需要(爱情和事业),因此"城"对于高加林来说是一种身份的转换和一种新的主体生成,这也是为什么"进城"的"失败"让高加林痛苦万分之缘由:因为在一个社会的结构(制度和体制)已经发生变化的时刻,个人意识因为转化的不彻底性而导致了某种分裂性的人格痛苦。(当然,路遥用某种古老的乡村伦理至少从表面上疗愈了这种痛苦。)在我看来,《人生》的起源在于对社会结构调整的敏感性和具体反应,如果不把这些复杂的因素考虑进去,所谓"起源"就只能是一种静止的文学史的想象,而和真正的历史相悖甚远。

---

① 转引自李家翘《资本主义世界体系与其空间的生产——一个有"后现代"视角的现代化理论刍议》,北京大学世界现代化进程研究中心编:《现代化研究》(第三辑),商务印书馆,2005年。

二 少数的政治和80年代的"个人"

蔡翔在对话中试图"把1980年代处理成一个'少数'的时代",他的解释是:

> 我不是在褒义或贬义的层面上使用这个概念,只是一种抽象的讨论。这个"少数"在政治和经济上都有表现,比如"能力主义",或者说对"能人"的肯定,"让一部分人先富起来",等等,这是直接为改革开放服务的。但是,在思想和艺术领域上,表现出的是一种蓬勃的创造性和探索性的精神以及一种"独特性"的对"陈规"的挑战姿态,这些不同的层面呈现出非常复杂的关系和纠葛,但又有着某种隐秘的联系以及相互的转换。

这里面的逻辑非常明显,那就是把前30年理解为一个"多数人"的时代,这个时代压抑了"少数人",所以说这个"少数人"也是前30年生产出来的。这确实是一个比较"文学化"的说法,不过也确实揭示了80年代文学乃至整个当代文学的一个症候性问题。蔡翔这里很明显是站在80年代的立场上发言的,因为有80年代这样一个"认识的装置",所以80年代的"个人"成了一个绝对的标准,以这个标准来衡量,前30年被本质化为"一体化"的整体性压抑时代,而毫无"个人"可言,90年代以来则被理解为一个即使不是全部背叛也是部分庸俗化了的时代,用蔡翔的话说就是"被阉割了"。90年代的情况我们暂时不讨论,先来讨论前一个问题,1979年之前,也就是"十七年文学"和"文革文学"中真的完全没有个人的东西吗?或者说,完全没有"现代性"的东西吗?我想从赵树理的小说来进入这个问题,赵树理的小说最近又成了一个比较重要的话题,王晓明等人最近就这部小说作了相关的讨论,在我看来,对赵树理小树现代意义最好的阐释莫过于竹内好在 1950 年代的研究。竹内好的主要意思是说，赵树理的小说体现了人物和背景的一致性，也就是个人最终不是作为一个孤立的个人处于社会和历史之外，恰好是，在叙事的推进中，个人和集团（民族、国民）完成了"典型化"。在这个意义上，竹内好认为赵树理的小说是建构"国民文学"的典型范例。① 如果说竹内好从战后日本民族意识重建的角度强化了赵树理小说在建构想象共同体时的作用。那么另外一个青年学生冈本庸子的解读可能更具有个人性，竹内大段引用了冈本的言论，我在这里也可以引用一段：

> 我在读《李家庄的变迁》的时候，不禁对小常、铁锁这些人产生了羡慕之情。他们生活在一种悠然自得，自我解放的境界之中。我无论怎么努力，也不可能达到这个境地，我是多么憎恨自己的小市民习性啊！……由于个人是社会的人，也是社会使得个人得以存在，个人与社会之间没有任何矛盾。②

我在这里想指出两点，第一，在赵树理的小说中，毫无疑问"个人"是存在的，不过是用另外一种形式表述出来，即社会化的个人。第二，这种表述同样是现代的，只是这种"现代"不同于西方的"现代"。从这个意义上说，蔡翔所谓的 80 年代的"个人"的意识形态性就凸显出来了，这种少数的"个人"，是一个被浪漫化和神话化的"个人"，是一个"理念人"，是一个和社会不发生关系的，遁入历史之外的"个人"，这一"个人"在美学上可能有一定的意义，但是，就建构一种文学想象和族群想象而言，它完全暴露了其虚幻性。但这还不是问题的关键，问题的关键应该是直接面对蔡翔的这个判断，80 年代的"个人"

---

① 竹内好：《新颖的赵树理文学》，收入陈飞、张宁主编，《新文学》第 7 辑，大象出版社，2007 年。
② 同上。

是否仅仅是少数人意义上的、美学意义上的"个人"呢？我认为不是这样的，在80年代的人学话语中，除了这种被放大了的"抽象的人"以外，其实还有另外一类人学话语，那就是"（社会主义）新人"。实际上与"伤痕文学"几乎同时，关于"（社会主义）新人"的倡导就开始出现，并在1980、1981年的讨论中达到一个小小的高潮。我在这里把"社会主义"放在括弧中的意思是，在随后的叙事文本中，"新人"实际上已经超出了"社会主义"的范畴，而在80年代的改革语境中凸显了真正的"新"的东西。以两部小说为例，一个是《新星》，另外是《平凡的世界》，这两部小说都试图叙述1980年代中国改革中的社会和个人，李向南和孙少平代表了两种不同的改革路向，一个是借助威权，自上而下地推进改革，另外一个是自下而上，凭借个人的"能力"和"道德"参与改革。在这种叙述中，作为某种"个人性"的东西被建构起来了，李向南代表了"国家社会主义"式的个人建构，个人可以为了一个"崇高"的目的牺牲私人性的东西，而孙少平则代表了农耕文明对现代变革所抱有的道德热情和奋斗欲望，在孙少平身上，既有鲁滨逊式的个人奋斗的东西，也有传统中国自耕农以"道德"和"勤劳"为手段而达成变化的因素。最重要的是，在这两种"个人性"的建构中，通过个人的努力改变自我命运同时也改变"家国"的命运是主要的"价值伦理"。我想说的是，柯云路和路遥都在试图寻找某种个人、家族和国家之间一致而不是分裂的地方（至于个人和国家的统一叙述，实际上还可以在另外一个文本里面得到体现，《高山下的花环》中靳开来和小李的个人性并不妨碍对于国家和民族伦理正当性的描述，或者说国家伦理因为靳开来和小李的个人性而恢复了其"人性"的一面）。在这种叙述中，我认为一种非常有价值的、类似于韦伯所谓的资本主义清教伦理的新的改革伦理可能会被建构起来，实际上我们会发现相对于1985年左右的性写作热，李向南和孙少平都有某种清教徒式的情结，而关于"改革"的叙述，也可能会在90年代呈现完全不同的面貌。有的研究者在讨论巴尔扎克的《乡村医生》的时候,认为其提供了一种完全不同于经典工业革命模式(兰开夏模式)的叙述,[1]那么,我们在柯云路的《新星》和路遥的《平凡的世界》中是否也能发现这种可能性呢?而且需要注意的是,《新星》和《平凡的世界》实际上在当时是属于"多数人"的文学,那么,这是否意味着所谓的"少数人"在80年代实际上只是"圈内人"的自我想象和自我神化,而根本就没有碰到80年代文学的关节点呢?

这里可能还涉及80年代的"文化话语权"问题,蔡翔在另外一篇文章中曾经反思过这个问题:"80年代的'主体'不过是知识分子借助其话语权力建构起来的一种群体形象而已,在'苦难'的反复书写乃至不断的复制过程中,个人经历被有效地转换为一种'集体记忆'。而在更多的时候,这种'集体记忆'常常超越了知识分子的特定的阶层范围,在书写乃至接受过程中,常常会获得一种类似于'民族志'的叙述效果。正是在这种类似于'民族志'的书写方式中,知识分子的个人苦难被转喻为整个的民族苦难,并暗合了当时的时代需要,包括国家政治的需要。""20世纪80年代的思想解放运动,一开始,就打上了知识分子的鲜明烙印,而在相应建立起来的新的社会共同体的想象中,知识分子话语也随即获得了它的普遍意义,并开始争夺实际上的文化领导权。"[2]知识分子话语在80年代实际上是被放大了的"少数话语"之一种,这一话语刻意强调了与当代政治(社会主义历史)之间的对抗和分裂的关系,并遵循某种"输者为赢"的原则,实际上压抑并排斥了"多数人"的话语,80年代的文学批评和文学史话语实际上是知识分子话语介入文学史的一个变种。

---

[1] 伊曼纽埃尔·勒鲁瓦·拉迪里:《巴尔扎克的〈乡村医生〉:简单的技术与乡间传说》,收入《历史学家的思想和方法》,杨豫等译,上海人民出版社,2002年。
[2] 蔡翔:《专业主义和新意识形态——对当代文学史的另一种思考角度》,《当代作家评论》,2004年第4期。

三 "先锋文学"和"审美问题"

蔡翔等人敏感地意识到了 80 年代的先锋批评和 90 年代的先锋批评对"先锋文学"的态度是有差别的。80 年代的先锋批评对"新潮文学"的解读实际上有比较鲜明的政治性,吴亮在很多地方都谈到他们当时对于"新潮文学"是有期待的,这种期待不仅仅是文学可以这么写了,关键是期待在这种"自由"的写作中,能孕育出新的"个人意识"。[①]还有一点是,在 80 年代,新潮批评并不一定就形成了某种压抑的机制,比如在吴亮等人编选的《新小说在 1985 年》中,新小说不仅包括马原等人的小说,同时也包括刘心武的社会纪实体小说,吴亮等称之为"非虚构小说"或者说"新闻体小说"。"非虚构小说"是 60 年代在美国非常盛行的一个小说思潮,其代表人卡波特的作品在 1985 年就被翻译过来了,"非虚构小说"主要意图是要打通"小说"和"社会"之间的关系,"介入"社会(当然这个介入和"左翼文学"的介入有不一样的含义),所以说,不仅仅是拉美文学、新小说构成了"新潮文学"的源头,"非虚构小说"同时也是一个影响源,但后面这个被后来的文学史叙述给屏蔽了。还有一个很有意思的问题是,文学史往往以马原等作为"先锋小说"的代表,却忽视了最早以"魔幻现实主义"登上文坛的不是马原,而是西藏的原住民扎西达娃等人。有的研究者已经指出,早在 1982 年左右,在西藏就有一个"新小说创作圈"[②],这些新小说和马原的新小说有很大的差异,比如在扎西达娃的《系在皮绳扣上的魂》这篇小说中,他借用了一个元小说的叙述形式,可以说是非常新的,但是,在这样一个叙事形式下,叙述的实际上是农村改革给藏人带来的冲击和对世界的想象的故事。这个故事其实是一个物质现代

[①] 吴亮、李陀、杨庆祥:《八十年代的先锋文学和先锋批评》,《南方文坛》,2008 年第 6 期。
[②] 相关研究可以参见程光炜:《如何理解先锋小说》,《当代作家评论》,2009 年第 2 期。

化的实现和个人现代意识完成的讲述。也就是说,"先锋小说"完全可以把形式、语言上的实验和意识到的"历史内容"完美地结合起来,至少在扎西达娃这里,新的形式依然要为讲述一个民族发展和个人发展的内容而服务。这其实是"先锋小说"在"发生"时候重要的一元,但是,这样一种文学史的可能性被马原完全遮蔽了,在80年代的批评话语中,新潮批评家把马原和扎西达娃进行了有效的区分,马原被视为一种想象的、虚构性、探索性的写作,而扎西达娃被视为一种地理学意义上的带有乡土意义的写作。或者说,马原被视为进入了"世界文学"谱系中的写作,而扎西达娃被视为一种"民族文学"的写作。我们发现马原的小说具有"游记"和地理志的意味,他对西藏风情的描写,无不带有那个"我是汉人"的有色眼镜。这里凸显的问题是,马原完全可以以一个外来者的身份把他所观察到的历史"风景化"而无需承担"现代化"的焦虑,而扎西达娃做不到这一点,因为对于作为一个藏人的他而言,他必须面对具体的自我民族的发展和变迁,他是置身于这一历史之内的。马原被确立为先锋的典型暴露的文学史问题是,先锋批评关于"先锋文学"的建构是以抽空具体现实的历史内容为目的和手段的,这意味着"先锋小说"带有某种殖民性(世界文学这一概念本身就有殖民性),这一殖民,不仅在于中国与世界的关系上,同时也在于中国内部(少数与多数,中心和边缘)。那么,这种叙事确立的政治不是把一个整体性的社会分化了,而是从多数人(以国家为其代言者)手里转移到了少数人手里,这种少数人的政治恰好是强化了文化和政治上的同质性,因为,现在文化的发言权(讲述的权力)已经只能属于某个中心,而无法被弥散(比如少数民族文学消失了)。所以从这个意义上说,我依然坚持认为85新潮只能是"新潮",(不管是在那个程度上的新),只是一种可能性,而不是"主潮"。

　　蔡翔等人意识到了1985年以前的文学史叙述大概是建立在刘再复等人关于"新时期文学十年"的叙述基础之上,但却没有意识到所谓的"先锋文学"的文学史叙述却是建立在80年代末的新潮批评话语和"重写文学史"的基础之上。诚如蔡翔等人所言，先锋文学是以"审美"为其合法性张目的，而"审美"作为80年代的一个"原话语"在当时的语境中有复杂的构成，在李泽厚的美学谱系中，他对"美"的定义至少有两个思想资源，一个是马克思和恩格斯的理论资源，一个是来自康德的美学资源。早在1956—1962年的美学论争中，他就借用马克思《1844年经济学哲学手稿》中"人化的自然"的概念来阐释美的本质，并以此批判以朱光潜为代表的"唯心主义"的美学观念，更重要的是，通过这次辩论，李泽厚"不仅开创了马克思主义美学，还成功地将康德引入中国的美学著作中"。不过康德对李泽厚的影响在80年代才被重视起来，在《批判哲学的批判——康德述评》等一系列著作中，李泽厚在对康德的引入和辩驳中，进一步丰富并发展了其"实践哲学"的美学观，虽然李泽厚在80年代"去政治化"（去功利主义）的思潮下借鉴了康德关于美的无功利性的一面，但并不是完全接受了康德的这种思想，而是始终企图把康德纳入马克思主义哲学美学的体系中。比如在对"崇高"这一个美学概念的理解之中，李泽厚就表现出了和康德完全不同的视野，"在康德看来，崇高超越了人类和有限的想象的界限。……而在李泽厚看来，崇高来自于人，而人不应定义为主观、个体意识的内部世界或是美学思考的主体"。在这样的美学谱系中，"美"是不可能独立于历史、社会和意识形态而存在。但是李泽厚的这种美学在"重写文学史"实践中被大大简化了，一种"功利主义写作"和"非功利主义"写作的区别被得到极力的强调，通过"政治/艺术"、"功利/审美"这样一个二元对立的坐标系，"政治"被简单地转喻为"功利"，而"审美"也被简单转喻为"非功利"，这种对"审美"的偏执的理解导致了一种"作品中心主义"的倾向，"审美性"的历史和社会内容遭到无意识地遮蔽，被简单等同于"新批评"所谓的"文学性"（形式和语言），创作被大大简化为一个技术性的问题（具体到作品分析中就是"怎么写"的问题）。也就是说，从美学话语到文学史话语，至少是经过了"重写文学史"的努力和实践，"审美"才成为了蔡翔等人所谓的"先锋文学"意义上的"审美"。

"重写文学史"凸显的另外一个问题是，只有对"现代"进行了"重写"，当代才能被建构起来，其实在蔡翔等人的对话开头就提到一个问题，那就是汪曾祺作为一种文学史的源头，也即是说对一种文学意义上的当代文学史的叙述必须求助于"现代文学"中的历史因素，在这个意义上，仅仅把当代文学的"60年"视为一个整体还是不够的，而是必须把现代文学的30年也放进去，似乎才更具有解释上的合理性，但是这么做是否又落入了80年代"重写文学史"的圈套呢？（如20世纪中国文学和百年中国文学之类的提法），也就是说，我们能否提出一个不同于80年代的"整体观"？目前对"文学史"的讨论众多，但有建设性的想法很少，我觉得一个重要的原因之一还是对80年代的知识立场和知识结构反思的不够，没有走出80年代确立的"文学史框架"。这不仅导致了现代文学研究死气沉沉，同时也使当代文学研究始终找不到自己的历史位置和意识形态。这一点，在程光炜最近的长篇论文《重访80年代的"五四"》中已经有了非常中肯的讨论。① 我觉得今天重新讨论整体性研究的优势可能在于90年代给予我们的"遗产"，因为90年代的出现和生成（用罗岗等人的说法，我们现在更多地生活在90年代文化的规范中），我们才有可能摆脱80年代的一代人的"经验"（这种经验已经转化为一种知识），来讲述我们自己的历史经验和文学史故事。

---

① 程光炜：《重访80年代的"五四"——我看"中国现代文学研究"并兼谈其"当下性"问题》，《文艺争鸣》，2009年第5期。

四 80年代文学和90年代文学

记得赵勇在一篇论及人民大学"重返80年代文学研究"的文章①中曾提醒说,不能光往前看,也应该向后看,我觉得这是很有眼光的建议。但是目前的情况是往前看比较容易,往后看却比较困难。实际上在蔡翔等人的对话也暴露出了这个问题,在谈到80年代文学的"起源"或者"发生"的时候谈得比较深入,很细致,但是谈及1985年以后的一些文学现象如"先锋"、"寻根"以及90年代文学就显得有些缺少历史感,这可能是因为90年代与我们当下的距离太近的原因。但这个问题又没有办法绕过去,究竟80年代文学(乃至整个前三十年的文学)在90年代发生了什么变化、转型、重构(似乎哪一词都不够贴切)呢?

陈思和等人在90年代末曾出版了一本小册子,叫《理解90年代》,内容主要是对90年代的一些小说进行解读。这个册子的名字很有意思,实际上对90年代文学的怀疑、不信任的情绪即使在今天都没有消除,小说好像要好一点,一些长篇基本获得了文学史的承认,诗歌界分歧更大,比如"90年代诗歌"虽然有程光炜等人批评的介入,目前还是一个比较有争议的话题。我觉得要理解90年代首先要考虑到两个大的背景,一是苏联解体导致的国际政治经济秩序的一次大改变,二是1989年的政治风波和邓小平南方谈话推动的市场经济改革的全面铺开。这两者实际上是相互关联在一起的,1989—1992年是一个争议特别大的时期,如果借用蔡翔等人的说法,这三年也可以算得上是一个"压缩期",其中蕴含了整个80年代向90年代过渡的许多重大问题。在此时期意识形态方面有一场大的关于改革性质的争论,也就是"姓资"还是"姓社"的争议和较量,到了1992年因为邓小平南方谈

---

① 赵勇:《〈兄弟〉·读者·八十年代》,《文艺争鸣》,2008年第11期。

话的提出，这个问题基本上是一锤定音，也就是中国将毫不犹豫地坚持以市场经济体制改革为主导的市场化发展路向，中国会进一步进入以美欧为主导的世界市场和世界秩序，这个方向被写进了十四大。也是在这个时候，海外的文化界有"告别革命"的提法，而国内的知识界则通过引进"后学"理论来对80年代的文化和文学进行重新清理和定位。这里需要思考的是，在这些政治文化背景下，文学场受到了那些影响？发生了什么变化？比如一个非常明显的事实是，读者群完全不同了，比如吴亮谈到他在90年代不再写批评了，因为觉得没有人在看，读者都离开了。

在这些前提下，我觉得90年代有三个比较重要的文学现象值得我们去思考。第一个是先锋文学的变化。我不愿意使用近来比较流行的"转型"等比较宏观的词语，因为我觉得先锋文学在90年代的变化比较微妙，一方面部分作家放弃了对语言和形式的进一步探索，这一点我是觉得非常可惜的，因为支撑先锋在80年代的主要理由就在于形式和语言，我们可以假设一下，如果先锋文学果真能探索出一种和现代汉语相关的叙事形式和语言体系，而不仅仅是"去毛文体"，这肯定会是对中国文学的一个很大的贡献。比如孙甘露当时的《信使之函》等小说，至少在美学的可能性上是值得肯定的。另外一方面是，先锋小说模仿痕迹很重的形式和"解构历史"的内容结合起来，在90年代形成了一个比较怪异的、不伦不类的所谓的"新历史小说"（这个命名非常值得怀疑，姑且用之）。这种小说实际上是很多的类型小说（比如黑幕小说、官场小说、演义小说等）的大杂烩，无论是在形式还是在历史意识上都没有为当代文学提供有意义的东西，这一批作品混合了某种复杂而浅薄的情绪，最终无法释放而归于人类原始欲望的毫无顾忌的发泄。在苏童的《米》中，为求得欲望化对象的"米"，五龙以异常残忍的手段杀害了全部的敌手，当他最后扑倒在混和着鲜血的米堆上的时候，却丝毫没有意识到自我已经被欲望化为一具冰冷的暴力机器。

在这里有某种拥抱"市场意识形态"和"交换价值"的东西,从这个意义上说,先锋文学在90年代确实有迎合主流意识形态的嫌疑,但是,考虑到"市场"是在巨大的国家和政党机器的控制之下,那么,这种拥抱多少也带有犹豫的成分。第二是王朔现象。在蔡翔等人的对话中,有一个非常有意思的讨论,就是认为高加林会有两个发展方向,一个是孙少平,一个是王朔笔下的顽主。前者我比较认可,但是后者却值得讨论。我的理解是,如果说高加林体现的是一种农民价值伦理,"顽主们"体现的是一种市民价值伦理,那么,从高加林到顽主们就暗示了农民价值伦理向市民价值伦理的转化,这种转化与中国改革开放的价值导向应该是有一致性的。但是问题在于,王朔的"顽主们"并不能代表所谓的"市民价值","顽主们"大概属于今天所言的"愤青",他们在两种价值之间摇摆,一方面如果可能他们会成为"中产阶级",另外一方面他们可以成为中国"垮掉的一代",而王朔的"油滑"使他一直在犹豫不定,王朔的犹豫从某种程度上是1989年后知识分子的犹豫(正如王朔所言,他在本质上是一个知识分子)。很多的批评家把王朔归结为文学从启蒙向消费转移的象征性人物,尤其以其编剧的《渴望》为例证,我觉得这是一个认识上的失误,实际上,《渴望》不能代表王朔,也不能隐喻90年代文化的大众转向,刘慧芳的形象不过是《人生》中刘巧珍形象的延续和强化而已,并不能凸显什么特别深刻的意义,我觉得倒是要注意《动物凶猛》这个作品,因为在这篇小说中,出现了一种完全不同的对"文革"的书写,"文革"成了一个与性欲、冲动和青春期萌动相关的"成长记忆"。《动物凶猛》可以视为一部成长式的青春小说,但同时也是一部消费"文革"的作品,这等于是给80年代文学和文化的胸膛上扎了一刀,因为整个80年代的叙事基本上建立在对"文革"的严肃控诉和反思的基础上的,对"文革"的苦难记忆和苦难书写是支撑知识分子精英话语在80年代合法性的最大依据,美国历史学家芬克尔斯坦曾在其著作《大屠杀的工业》(The

Holocaust Industry）中提出一个非常"反主流"的观点，那就是认为纳粹的大屠杀通过教科书、学术研究、会议著述等历史叙述行为从一个"历史事件"变成了一种"产业"，并且成为一部分犹太人谋取政治文化利益的资本，另外一位知识分子乔姆斯基对他的这个观点持非常肯定的态度。我引用这个例子并不是在道德观和价值观上赞同芬氏的观点，而是指出一种叙述一旦成为一种占主导性、排斥的、不可怀疑的叙述，那么它也就是走到了其自身的反面。80年代以来对"文革"的叙述可以说就有"本质化"的趋势，而王朔的小说则发出了不同的声音。现在，"文革"不仅与苦难、压迫无关，而且被纳入对身体的渴望和发现的"肉体叙事"中，当然在80年代同样充斥着关于"肉体叙事"，但是这种"肉体叙事"是为了反证"文革"的压抑和恐怖，而在《动物凶猛》中，肉体仅仅指向肉体本身，或者说，肉体被本质化了，肉体成为一种意识形态，所以在王朔的一系列小说中，满足肉体在现实生活中的需要成为必须，为了这个目的一切都可以用来消费，在《甲方乙方》中这一点达到了极致。阿城在一篇访谈中曾谈到王朔可能比先锋文学更重要，因为王朔是直接对"毛文体"和"革命意识形态"进行面对面的解构的[①]，但是我觉得这个说法有些夸大王朔小说的政治批判色彩，实际上，王朔小说因为对消费意识形态的极度痴迷而把自身的"批判意识"也"消费"了，这严重削弱了王朔小说的严肃意义。第三是王安忆在90年代的创作。在《理解90年代》中，王安忆的《纪实与虚构》、《叔叔的故事》被视为她在90年代非常重要的作品，其主要依据在于所谓叙事意识的自觉。这是一个非常有偏见的判断，这一判断的文学史标准和知识谱系还是从"先锋批评"和"重写文学史"那里来的。今天看来，王在90年代最重要的作品应该首推《富萍》、《我爱比尔》、《米尼》等以城市为背景的作品，与《三恋》把故事背景

---

① 查建英主编：《八十年代访谈录》之《阿城访谈录》。

放到荒郊野外,脱离于社会舞台不同,这些作品的故事和人物都被纳入现实复杂的社会关系中,我觉得这是王安忆对人的一次重新定位,"抽象的人"被"现实的人"所代替,王安忆写这几篇作品非常有意思,根据资料显示,她是亲自跑到上海市女子监狱去做了大量的采访和笔谈,切实了解了不少女性犯罪的事实然后动笔写的,这意味着王安忆试图从一种"观念性"的写作中挣脱出来,力图把握当下的历史和现实的努力。与王朔等对"市场意识形态"热切拥抱不同,王安忆的女性在把现实的欲望转化为自我的努力的同时,走上的却是不归的毁灭之路,米尼最后的被捕(《米尼》)和阿三的堕落(《我爱比尔》)实际上暗示的是王安忆对女性自我更新和无法在一个变动的社会把握自己命运的宿命之感。(这与"三恋"中的女性最后通过各种途径如母爱、婚姻、伦理获得拯救完全不同)。我的同门在研究这个课题的时候有个疑惑,就是为什么她的这些小说在当时那么不受到重视,(据查只有有限的几篇评论)[①]。我觉得主要原因在于一方面批评的趣味还停留在80年代,另外一方面是对于市场化展开过程中的残忍认识不够,从这个角度讲,王安忆是一个敏锐的作家,对于她的这些作品的有必要进行重新评价。

　　上述三个方面,只是90年代复杂的文学现象中的一部分,我举出这么几个例子是为了说明这样一个问题,要理解80年代文学,毫无疑问不但要重新理解"文革文学"和"十七年文学",同时也必须重新理解90年代文学,而对于90年代文学的理解,不但要放在整个当代的历时性中考察,同时也要放在90年代的社会语境中进行结构性的考察。哪些方面是断裂的?哪些方面是连续性的?都需要仔细去考量。在蔡翔等人的对话中,一个困扰性的问题是,谁生产了谁的问题?(80年

---

① 我的师弟陈华积在搜集相关材料时候发现了这一问题,他对王安忆90年代小说创作的一些见解启发了我的相关思考。

代生产了 90 年代，还是 90 年代生产了 80 文学），我觉得是不是可以换一种思考方式，为什么不是互相"生产"呢？（如果生产这个词有意义的话），或者说当代文学因为一直处于剧烈变动的当代历史中（1949，1979，1989，2009，等等），只有通过某种"互文性"来保存它的历史和美学。

五 "历史化"的方法和内涵

毫无疑问，80 年代文学在"这 30 年文学"中占据一个特殊的位置，正如程光炜所指出的："今天可以看到，关于'新时期文学'的文学观念、思潮和知识立场，基本是在 80 年代形成的。目前站在中国现当代文学专业课堂讲授和研究第一线的老师，也多在这十年建立起了自己的知识观念、知识感觉和知识系统。正是在这种意义上，'八十年代'无可置疑地成为观察整个新时期文学的一个'高地'，一个瞭望塔。由此，也许还能够更为深刻地理解什么是'当代'文学"①。在程光炜主持的"重返 80 年代"的研究工作中，一个一直困扰我们同时也是我们研究动力的问题是，如何把 80 年代文学（甚至是当代文学）从"批评化"中抽离出来，进行更为系统深入的"文学史"研究，也正是在这个意义上，"历史化"成为"重返 80 年代文学"研究的一个基本的视角或者说方法论。不过也正是在这个问题上存在着一些分歧，我在很多场合听到这样一种质疑：如果把当代文学"历史化"，那么怎么看待"批评"，甚至有更激烈的观点认为"历史化"就是彻底拒绝当代批评，或者是与"当代批评""划江而治"。我非常理解这种质疑和担心，因为作为一个与当下紧密结合的"学科"，如何在"文学史"和"文学批评"，在"历史化"和"现场化"之间进行有效的区分既是一个难题，也是一个

---

① 程光炜：《历史对话的可能性——人大课堂与八十年代文学·前言》，未刊。

一直没有引起足够重视的问题,实际上可以这么说,正是因为在这个问题上模棱两可的态度,导致了"当代文学"成为一个没有确定对象、确定研究界限和确定研究时段的非学科的"学科"。也许在一些学者看来,这正是"当代文学"的魅力所在,但是,如果这种魅力是以牺牲对"当代文学"进行深入历史考量为代价,则其"魅力"就会大打折扣。在我看来,当代文学的"历史化"并不排斥其"批评化",实际上"历史化"的一个主要目的就是要重新激活"批评"所包含的问题,把"批评"作为一个对象,纳入"史"的考量。在这种思路中,"历史化"既是一种文学史考察(包含了各种资料的收集发掘整理等),同时也是另外意义上的"批评",不过这种"批评"被放置于一种整体的文学史视野之中,在这种视野中,过去的"作品谱系"需要被重新审视,并在这种审视中对"当下"文学作出更有历史感的认识和判断。如果确实存在这么一种理想化的"历史化"研究,则当代文学有可能会改变目前这种不伦不类、四不像的尴尬状态,既有可能会找到本学科的"历史属性",另外一方面当代批评也不会成为无本之木,而成为具有历史意识的真正的批评。

那么一个非常具体的问题是,如何进行有效的"历史化"研究?这里面当然涉及一些具体的方式,比如史料的收集和整理,作品的重读和再评,文学史观念的重新调整,等等。但更重要的是研究者主体自我历史意识和观念的更新,可以说目前有两种情况困扰着当代文学的"历史化"研究,第一是"经验化"的倾向,因为当代文学的研究者往往都是当代文学的参与者和实践者,在这种情况下,个人的经验和体验实际上直接影响到对具体文学事实的看法和态度。比如我们会发现亲历过80年代文学的研究者往往有一种精英文学和知识分子的趣味,对文学的形式、语言也特别的关注,这实际上就是80年代的历史经验的沉淀物。我所谓的"经验化"的意思是,这些研究者可能就会拘囿于这种经验,并把这种经验无限放大和普遍化,从而无法在一个动态的历史过程中提升和更新自己的经验。第二是知识化的倾向。这种知识化的倾向主要有两个方面,一是近年比较流行的,借助一个西方的理论概念(比如现代性、文学场、先锋性等等)来剪辑、论证中国的文学事实。结果是既曲解了西方的理论也曲解了中国当代文学,这种现象已经被很多学者批评,这里不再赘言。更重要的一种知识化倾向我觉得应该属于这样一种情况,那就是更年轻的研究者(比如70后、80后出生的)以一种纯粹客观的态度来面对其研究对象。我在好几次会议上听到50年代出生的研究者"指责"更年轻的研究者缺乏"历史同情",以一种"零度情感"来面对"80年代文学"。而作为一名80后的研究者,我也确实感觉到在我和我的研究对象中始终有一种"隔"的感觉,这种感觉,是借助知识、理论和逻辑难以解决的。这里指出这两种倾向并不是为了批评或者指责,实际上,我倒是认为这才是一种正常的历史情况,如果50年代出生的研究者没有"经验化",70、80年代出生的研究者没有"知识化"的倾向反而是不正常的。关键是,如何利用这两种倾向达成一种比较理想的"历史化"研究状态?在我看来,"经验"是非常重要的,从某种意义上说,当代大陆学术思想水平普遍不高的一个主要原因就在于大陆的很多学者羞于谈论自己的经验,或者说,不敢面对自己真正的经验,用一种集体的、虚幻的、外在于自己的历史经验来取代自己真正的经验,这才是经验化最要不得的地方。"经验"同样需要对象化,需要反思和阐释,需要通过理论、知识和逻辑进行有效的整理和建构,只有这样,经验才是有效和有生产性的,由"经验"到"知识",再以"知识"来体系化、理论化经验,在主体和主体之间,在主体内部,形成一种有效的对话和沟通,使得"经验"超越其个体性,上升为一个具有普遍性的东西,我想,这才是"历史化"的要义,"历史化"归根结底,是我们自我的"历史化",并把这种自我的历史化投射到我们的研究对象上(中国当代文学或者80年代文学),在这个意义上,我更愿意说,我们面临的不仅是一个文学意义上的重述"现代"的问题,更是一个哲学本体论意义上的如何重述"个体"在现代如何行动,如何实践,如何获得意义的问题。

（本文中的许多材料、观点直接获益于我的导师程光炜教授主持的"人大课堂与八十年代文学"博士研究生讨论课,特此说明并致谢。）

2009 年 7 月 10 日于人大品园
2009 年 8 月 22 日于人大人文楼再改

下 编

路遥的自我意识和写作姿态
——兼及 1985 前后 "文学场" 的历史分析

时至今日，关于路遥的研究和言说似乎越来越具有"仪式"的气氛。在一篇文章中，路遥被认为是一个"点燃了精神之火"[①]的人，在另外一篇很让人怀疑的调查报告中，路遥和鲁迅、钱钟书等经典作家一起，被认定为最受当代大学生欢迎的十大作家之一[②]。更值得注意的是，在对路遥人格和精神力量无以复加的称颂之中，我们似乎隐隐约约嗅到了某种"政治美学"陈旧的气味，路遥成为指责 1985 年后当代文学大规模实验失败的最"有力"的理由。如此说来当然不是为了像某位先锋批评家所言的要"保卫先锋文学"，也不是为了否认路遥研究的重要性或者否认路遥在中国当代文学史上的地位，而是怀疑这种不加任何历史分析的研究方式，它带来的恶果可能与前此一段时间对路遥的"冷落"一样严重，虽然采用的是完全颠倒过来的认知方式。

可以说目前大多数关于路遥的研究文章都是"反历史"的，对于路遥的无缘故的冷落和无条件的吹捧都不是一种实事求是的历史分析的态度。路遥既不是当年那种不合潮流的"落后"作家，也不是今天

[①] 陈行之：《一个点燃精神之火的人》，《延安大学学报》，2003 年第 1 期。类似的文章还有陈思广的《理解路遥》，《文艺理论与批评》，1999 年第 5 期；王金城的《世纪末大陆文学的两个观察视点》，《中国人民大学学报》，1999 年第 5 期；等。

[②] 金绍任、黄春芳：《大学生们最敬佩和最反感的 20 世纪中国作家》，《南宁职业技术学院学报》，2000 年第 1 期。

为了应对文学的"贫弱"而搬出来装点门面的"老古董",路遥是这样一位作家,他非常真实地、没有任何逃避地参与到了1980年代中国文学的历史过程中,并为此付出了一位严肃作家应有的力量。因此,如何穿透这二十年来种种言说路遥的话语泡沫逼近历史的"实际",是本文首先尝试的方向,在此前提下,路遥的自我意识、写作姿态、读者想象都是我深感兴趣的问题,通过对这些问题的讨论,考察"现实主义"这样一种威权话语如何在1985前后的中国当代文学场域获得其问题意识并发挥其历史效用,最终,试图为路遥这样一位秉持现实主义写作伦理的作家提供一种合理的文学史定位。

一 对"现代派文学"的"犹疑"态度

对于1983年以来的中国当代文学界而言,有一个话题是无论如何都无法回避的,那就是怎样去应对和评价"现代派文学"。从某种意义上说,"现代派"文学在1983年以后逐渐成为了一种"新"的文学标准,并以此来区分"先进文学"和"落后文学",甚至是"文学"与"非文学"。在小说界这一点表现得尤为突出,"寻根文学"的提倡和实验获得了出乎意料的成功,它与文学评论界在1985年左右倡导的"主体论"和"向内转"遥相呼应,似乎在一夜之间,"现代派"文学成为代表中国当代文学最新的也是最成功的一种"方向"。路遥相当清楚地认识到了"中国的文学形势此时已经发生了十分巨大的变化。各种文学的新思潮席卷了全国。……文学评论界几乎一窝蜂地用广告的方法扬起漫天黄尘从而弥漫了整个文学界"[①]。他丝毫没有掩饰对此的失望情绪,甚至用非常严厉的口吻批评这种现象:"对我国当代文学批评至今

[①] 路遥:《早晨从中午开始》,收入《路遥文集》,第2卷,第11页,陕西人民出版社,1993年。出自此书的引文不再注明版本。

我仍然感到失望。我们常常看到,只要一个风潮到来,一大群批评家都拥挤着争先恐后顺风而跑。听不到抗争和辩论的声音。看不见反叛者。……这种可悲现象引导和诱惑了创作的朝秦暮楚。"① 路遥的这些判断和批评在一定程度上符合事实,新时期以来的中国当代文学一直处于一种非常焦躁的"加速度"运行之中,不仅各种文学思潮层出不穷,作家的代际更替也非常迅速,在1983年以后,由于大量的西方文学思潮的引入,这种情况更是严重,以致于一位被目为"新潮"的当代文学批评家也不禁大发牢骚②。

如果把路遥的这些带有情绪化的言论和他的写作实践结合起来,很容易造成一种误会,即,路遥是在刻意反抗"现代派"文学的前提下进行其创作实践的,但实际情况却并非如此,路遥对"现代派"文学当然没有"顺风而跑"的认同和承认,但也没有对之进行全盘否定。可以说,路遥对"现代派文学"的态度是相当复杂的,这从他的一些言论里面可以看出来。他说:

> 就我个人的感觉,当时我国出现的为数并不是很多的新潮流作品,大多处于直接借鉴甚至刻意模仿西方现代派作品的水平,显然谈不上成熟,更谈不上标新立异。当然,对于中国当代文学来说,这些作品的出现的意义十分重大……从中国和世界文学史的角度观察,文学形式的变革和人类生活自身的变革一样,是经常的,不可避免的,即使某些实验的失败,也无可非议。
>
> 问题在于文艺理论界过分夸大了当时中国此类作品的实际成绩,进而走向极端,开始贬低甚至排斥其它文学表现

---

① 路遥:《早晨从中午开始》,收入《路遥文集》,第2卷,第11页。
② 新潮批评家黄子平当时有一句话广为流传:"创新的狗追得我们连撒尿的时间都没有。"

样式。①

这一段话大有分析的余地,路遥并没有把"现实主义"和"现代派"进行简单的"二元对立"式的叙述,在他看来,文学形式的变革是"不可避免的",也就是说,他承认"现代派文学"作为一种变革的"文学形式"有其历史的合理性和合法性,他所反对的并不是"现代派文学"作品本身②,而是批评和创作之间的"名不符实",在他看来,当时的"现代派作品"不仅是在数量上,而且在质量上都没有达到可以成为一个"方向"或者"主流"的地步,因此,他反对的是把这种并不成熟和成功的"现代派文学"作为中国当代文学的"方向"和"标准",进而"排斥"了一些更为成熟的文学表现样式。

对"现代派"文学的这种犹疑和警惕的态度反映出路遥和当时新潮文学界不太一样的文学史观念。在中国新文学的发展历史中,"进化论"基本上是一个"共享的"文学史理念,它支撑了自"五四文学革命"以来大规模的文学实验和文学运动,可以毫不夸张地说,"进化论"实际上是一百年来中国人想象世界同时也是想象文学的最基本的思维模式。路遥身处于这样的历史进程中,自然也逃不脱这种思维的樊笼。但是有趣的是,即使在这种共享的"进化"观念之中,也有显然的区别可以讨论。在1985年以来的"现代派文学"的倡导者和支持者那里,文学的进化所依据的标准不是中国的,而是世界的,不是小写的"民族国家",而是大写的"人性"和"人类"。"现代派文学"尤其是其极端形态"先锋文学"正是通过纳入西方现代主义文学的传统而与"现实主义"区别开来,在他们看来:

---

① 路遥:《早晨从中午开始》,收入《路遥文集》,第2卷,第12页。
② 在文艺批评文章《无声的汹涌》里面,路遥高度评价了小说《月亮的环形山》中的语言水平,并称之为真正的"小说语言",从这一点看来路遥同样具有现代派所谓的"语言意识"。见《路遥文集》,第2卷,第464页。

如果我不再以中国人自居，而将自己置身于人类之中，那么我说，以汉语形式出现的外国文学哺育我成长，也就可以大言不惭了。所以外国文学给予我继承的权利，而不是借鉴。对我来说继承某种属于卡夫卡的传统，与继承来自鲁迅的传统一样值得标榜，同时也一样必须羞愧。①

因此，构成这些"传统"的必然是"卡夫卡、乔伊斯、普鲁斯特、萨特、加缪、艾略特、尤内斯库、罗布－格里耶、西蒙、福克纳等等"②。在此，作为20世纪的现代主义被放置于更高的"进化"的链条上，从而叙述出"19世纪/20世纪"、"现实主义/现代主义"的文学"传统"。但是在路遥的理解中，"进化"和"变革"虽然都是必需的，但却不一定非要使用一种"西方"的或者"20世纪"的标准，如果说"现代派"们通过刻意与世界的"接轨"获得了一种不同于"现实主义"的自我意识，那么，路遥正是通过一种刻意的与中国本土文学传统的认同而获得其自我观念。正是在这个意义上，路遥回到了柳青和《创业史》所代表的文学传统上面。虽然路遥在不同的场合谈到了包括托尔斯泰、曹雪芹甚至卡夫卡、马尔克斯等作家对他的影响③，但是，真正称得上是他的文学导师的却只是柳青。在他留下的不到十来篇的文艺随笔中，就有两篇关于柳青的：《病危中的柳青》和《柳青的遗产》。从这两篇极具个人情绪甚至带有传记色彩的短文可以看出，柳青对于路遥的"影响"是全面而深刻的，不仅具体到写作的风格、修辞的特色、人物的设计，更包括作家本人的生活方式、人格气质和精神魅力。在《柳青的遗产》的结尾，路遥表达了他对这位作家顶礼膜拜的致敬："我们无法

---

① 余华：《川端康成和卡夫卡的遗产》，《外国文学评论》，1990年第2期。收入《余华作品集》，中国社会科学出版社，1994年。
② 余华：《两个问题》，收入《我能否相信自己——余华随笔选》，第174页，人民日报出版社，1998年。
③ 具体论述可参见路遥：《早晨从中午开始》，收入《路遥文集》，第2卷。

和他相比，但我们应该向他学习"。"他一生辛劳所创造的财富，对于今天和以后的人们都是极其宝贵的。作为晚辈，我们怀着感激的心情接受他的馈赠。"[1] 以致于有的研究者认为柳青是路遥的"导师"和"教父"。[2]

无论就路遥和柳青的私谊还是就文人惺惺相惜这些方面来看，我们都不能怀疑路遥热爱柳青的真诚，虽然他在一些场合也毫不犹豫地指出《创业史》一些小小的缺点[3]。但是，这并非问题的全部，因为在1985年以后的文化语境中，这样充满感情地高度评价一位毛泽东时代的作家实际上是相当不合时宜的，从这一点看来，路遥的这种文化偶像的树立是在表达他的文学姿态，他对柳青的认同，实际上是对毛泽东时代文学遗产的认同。与现代派文学为了确立"新"的文学制度而迫不及待地与毛泽东时代的历史"一刀两断"的决绝态度不同，路遥表达了对历史连续性更多的尊敬，他认为："只有在我们民族伟大的历史文化的土壤上产生出真正具有我们自己特性的新文学成果，并让全世界感到耳目一新的时候，我们的现代表现形式的作品也许才会趋向成熟。"[4] 在路遥的理解中，这种"新"的文学成果和"现代的表现形式"自然不能由"非本土非民族"的"现代派文学"来承担，而是应该由柳青所代表的"现实主义"来承担。

1985年代强大的"现代派思潮"给"现实主义"提出了严峻的"挑战"，并对"现实主义"的话语空间给予了很大的挤压。这么说并不仅仅指现实主义作为一种创作手法已经遭到普遍的冷落，而且，即使是

---

[1] 路遥：《柳青的遗产》，收入《路遥文集》，第2卷，第433页。
[2] 参见李星：《在现实主义的道路上——路遥论》，《文学评论》，1991年第4期；姚维荣的《永恒的人格力量》，收入雷达主编，《路遥研究资料》，第448页，山东文艺出版社，2006年。
[3] 比如路遥就曾经指出《创业史》中的主要人物之一杨加喜的"出场"过于唐突，没有安排好。见《早晨从中午开始》，收入《路遥文集》，第2卷，第29页。
[4] 路遥：《早晨从中午开始》，收入《路遥文集》，第2卷，第13页。

坚持现实主义的作家对"现实主义"的理解也已经发生了很大的变化。在路遥看来,"农村问题"是他全部创作的主题,而且,"**放大一点说,整个第三世界(包括中国在内)不就是全球的农村吗**"①?非常有意思的是,以往的研究者往往注意到了路遥关于"农村"和"城市"之间的交叉叙述,却没有注意到在路遥的意识里面,"农村"和"城市"也可以算得上是一种隐喻,直接对应着"中国"和"世界"。路遥对于中国的全部想象都是建立在"农村"和"农民"的基础之上,因此,他的现实主义可能是一种带有"农民情绪"的"民族主义"。他非常清醒地利用了毛泽东关于"三个世界"划分的理论以及柳青作为"社会主义现实主义"的文学传统,却没有认识到这一点,柳青关于农村变革的书写实际上更带有一种乌托邦的色彩,它与毛泽东的政治理念结合在一起,从而使"现实主义"带有实验性质和"反抗现代性"的全球视野。但是,在路遥这里,因为政治实践上的失败,现实主义的空间已经大大缩小,它开始失去其构建一个"新世界"的内涵,而回归到一种比较朴素的、带有原生态的写作观念或者创作手法的意义上去。但是吊诡的是,因为毛泽东时代确立的一些"成规"在1985年代并没有完全祛除,它使"现实主义"在这些"成规"和新的思潮的夹缝中显得暧昧而复杂。这一点,正是我们下面要继续讨论的问题。

二 "作家形象"与"写作伦理"的确认

路遥是新时期以来最成功地确立了自我形象的作家之一。他在《早晨从中午开始》等一系列自传体散文中对于自己"受虐式"的生活和写作方式的"书写"展示给世人一个"以文学为生命第一要务"的"圣

---

① 路遥:《早晨从中午开始》,收入《路遥文集》,第2卷,第67页。

徒"形象,他后来的英年早逝更是加重了他身份的"烈士"[①]意味。在中国人的传统观念中,"勤劳"和"守成"一直是被赞美的品德,如果为此而献身,则更是能引起同情和尊敬。可能正是基于这种种原因,正如我在本文的开头所言,对路遥的"个人"形象的无限制的赞美简直就成了一种"仪式",这一"仪式"的神话色彩在新时期以来的作家中只有海子可以与之媲美。

而且让人感到惊讶的是,迄今为止对路遥个人形象的分析始终没有超出路遥自我设计的范围,具体来说,始终没有超出路遥在《早晨从中午开始》中塑造的文学"圣徒"和文学"烈士"的形象,从这一点看来路遥比任何一位当代作家都具有"经典化"意识。但是路遥却并非一个先知先觉的作家,他如此孜孜不倦地叙述他的写作方式和生活方式到并不一定是为了为后人树立一个雕像,而是因为他在写作《平凡的世界》的过程中遭受到了非常现实的压力,这些压力一部分来自他内心对某种文学"高度"的向往(所谓的巨著情结),另外一方面则来自当时整个文学形势的变化。正如他所言:"但最大的压力还是来自文学形势,我知道,我国文学正到了一个花样翻新的高潮时刻。"[②]从后一个角度来看,《早晨从中午开始》更像是一份"申辩书",在此路遥不厌其烦地为现实主义的"合法地位"进行了不屈不挠的"申辩",正是在这样一个"申辩"的过程中,不但一个清晰的"作家形象"被建立起来,更重要的是,通过这一"作家形象"的确立,路遥为我们确认或者说重申了一种"写作的伦理学"。

具体来说,路遥的写作伦理包括身份意识、写作方式甚至生活方式等方面的内容。路遥对自我身份的确认似乎带有某种"偏执",他始

[①] 这一说法直接来自于奚密所谓的"诗歌烈士",见奚密:《从边缘出发》,广东人民出版社,2000年。
[②] 路遥:《早晨从中午开始》,收入《路遥文集》,第2卷,第60页。

终把自己定位成一个"农民"作家①。通过这种定位,他不仅坚决地与所谓"新潮"作家区别开来,甚至也不同于包括沈从文、汪曾祺,以及同时代的贾平凹等"乡土作家"的身份。在路遥的理解中,他首先是一个"作为血统的农民的儿子",其次才是一名"专业作家"。阶级身份高于并决定了他的文化身份,这正是毛泽东和柳青时代遗留下来的一种写作伦理,路遥对柳青最为赞赏的一点就是,这样一位精通各种知识的高级知识分子简直就是"一个地道的农民"。②可能正是出于这种身份意识,路遥特别强调写作所具有的"体力劳动"的性质,在路遥关于《平凡的世界》的创作随笔中,处处可见到的是因为创作带来的"高强度的"、"密集式"的甚至直接导致"疾病"和"生命危险"的"艰苦劳作"。③在路遥看来,他在"稿纸上的劳动和父亲在土地上的劳动本质是一致的"。他如此急切地意欲填平"体力劳动"和"脑力劳动"之间的区别,为了达到其目的,他甚至试图把自己的生活方式和写作方式"同一"起来。根据资料我们可以了解到,为了完成《平凡的世界》的写作,路遥像他的前辈柳青一样,努力地"深入生活","乡村城镇、工矿企业、学校机关、集贸市场;国营、集体、个体;上至省委书记,下至普通老百姓;只要能触及的,就竭力去触及"④。为了熟悉煤矿的生活,路遥一度在铜川煤矿生活写作了几年时间。路遥通过这种"重新到位"的方式努力把其所要书写的对象(环境、人物、时代)与作为个体的"写作者"统一起来,作者不仅要写,更重要的是,要像自己写的那样去"生活"。这正是社会主义现实主义写作伦理最本质的内涵,

---

① 安本·实在《路遥文学中的关键词:交叉地带》中即把路遥定义为"农村作家"。见雷达主编:《路遥研究资料》,第37页,山东文艺出版社,2006年。
② 路遥:《柳青的遗产》,收入《路遥文集》,第2卷。
③ 比如恶劣的居住环境、非常粗糙简单的饮食,还有病态般的精神紧张,等等,参见路遥:《早晨从中午开始》,收入《路遥文集》,第2卷。
④ 路遥:《早晨从中午开始》,收入《路遥文集》,第2卷,第23页。

作者的写作并非为了确立一个"自我"的存在和"美学观念",而是为了通过文字这种实践行为,把个体的生活方式、价值观念、身份认同都统一到一个更高的"整体"中,这一"整体"可以被称之为"生活"、"现实"、"革命"、"社会"等等,但无论修辞如何变换,它都暗示了"现实主义"写作伦理在当代中国所切切要求的道德、政治、美学"三位一体"的历史诉求。

这样一种写作伦理仅仅依靠个人的力量并不能得到有效的坚持,实际上,它必须在体制的密切配合下才能完成其系统功能。80年代,尤其是1985年以来的当代文学史往往被描述成为一个全面断裂和"新变"的文学过程,似乎毛泽东时代确立的文学原则、艺术趣味、文学运行机制在一夜之间就终结了。这实际上有把历史简单化的倾向,产生这种认识的原因在于没有认清话语和现实之间微妙的区别。实际情况是,在1985年代,虽然毛泽东时代的文学体制在话语层面基本上已经面临着全面解体的危险,但是,在现实的操作层面上,这种文学体制还将借助意识的惯性和政权的稳定性延续相当长的时间。以路遥为例,他在写作过程中一直得到了来自"体制"力量的大力配合。为了让他能更加"深入生活"进行写作,他先后被安排到铜川矿务局担任宣传部副部长,到某县武装部院子里"驻扎",在陕西榆林,包括地委书记和行署专员都为了他的写作而操劳[①]。更饶有意味的是,即使路遥一再抱怨《平凡的世界》遭到了冷遇,但是,它依然以最快的速度被传播[②]和顺利出版,并最终获得中国当代小说的最高奖项。

总而言之,路遥在1985年代虽然在话语的层面遭到了冷遇,但是通过个人实践的努力以及与体制某种"合谋"的关系,他依然可以在

[①] 路遥在《早晨从中午开始》中提到当时榆林地区的地委书记霍世仁和行署专员李焕政亲自出面安排他看病就医。后者甚至亲自到厨房为他安排伙食,在"结算房费的时候,他也让外事办给了很大的照顾"。具体参见第87页。

[②] 《平凡的世界》第一部完成后立即就在中央人民广播电台面向全国听众播出。

非常现实的层面完成其身份意识、写作方式和生活方式"伦理学"上的统一。

在现代写作伦理看来，这样的"同一性"是不可想象的，因为"分裂"（道德与美学的分裂、政治与美学的分裂、个人自我意识和人格的分裂）正是现代写作伦理一个必不可少的因素。路遥难道没有意识到这种分裂的可能性吗？他难道没有意识到作为一个"专业作家"的"自我"实际上离他的"农民"们已经很遥远了？他难道没有意识到当他把农村、煤矿作为需要重返的对象和客体时，他实际上只是在"想象"一种和他并没有关系的生活？无论如何，路遥顽强地坚持着这种统一性，刻意维持着自己的"身份想象"，因此当他偶尔流露出某种智力上的优越感和生活方式上与表现对象（农民）决然不同的"洋派"时[①]，他迅速用一种更加"自虐"的方式压制了这种"非同一"的意识。在这样的写作伦理中，高加林就像一个具有"分裂"倾向的"现代派"，在刘巧珍类似于"现实主义"的"完整"和"同一性"面前，显得幼稚而且"单薄"。

布迪厄在《艺术的法则》中提出过这样一种观点，他认为，一种新的美学原则和艺术趣味的变革往往建立在作家的写作伦理的变革基础之上，在布迪厄的考察中，波德莱尔等人首先是一种全新的写作伦理的实践者（比如吸食毒品、嫖妓、浪荡），在此基础上才生成不同于其前人的艺术法则[②]。对于1985年的中国当代文学而言，写作伦理正在悄悄地发生着激烈的变化，第三代诗人坐在呼啸的火车上浪迹于全国各地，在成都或者上海廉价的酒吧里面，力比多、酒和女人成为诗歌得以

[①] 路遥提到他有一些"洋"习惯，比如喜欢喝"雀巢"咖啡和抽高级香烟，喜欢看高水平的足球赛。
[②] 参见布迪厄：《艺术的法则》之"美学革命的伦理学条件"，刘晖译，第127页，中央编译出版社，2001年。

生成的酵母①；对于先锋小说家而言，小说不过是一种"虚伪的形式"，它并不构成历史和现实"真实"的一维，小说（文学）不再担任重建"总体性"的重任，而是越来越成为一个具有"技术操作性"的以"语言"为对象的"职业"。"至此，小说从广大社会阶层共享的普遍的体裁和一般知识分子的共同语言，迅速转变为专业话语和特殊的体裁"②，这一转变带有某种先导性，它"预示了某种社会历史的变迁：即新时期的知识分子终于脱离宏大的社会角色，从该阶层的最高职能（承担社会良心）回到最低职能（掌握书面文化）"③。作家不再是"全知全能"的时代代言人，而不过是一个以语言为加工对象的"手工匠人"罢了。

这种写作伦理和作家形象的变化一方面是出于对毛泽东时代文学体制的"反动"，另外一个方面也呼应了"求新求变"的现代化意识形态，在此历史语境中，路遥所坚持的现实主义的写作伦理本身或许并不具有多么丰富的生产性，但是，作为一种自我姿态，它暗示了一种多元的历史意识和美学信仰。

三 "传播方式"和"读者想象"

路遥对"现代派"在话语层面的"霸权地位"表达了相当程度的不满，这种不满由于批评界对他的作品的冷淡而加重，他抱怨说："文学理论仍然大于文学创作。许多评论文章不断重复谈论某一个短篇或者中篇，观点大同小异。"④虽然蔡葵、朱寨、曾镇南等人对刚刚出版

---

① 杨黎用调侃的语气说"第三代诗"的发生其实就是他和万夏在成都一个酒馆里与一个女人相遇后的结果。可参见杨黎：《灿烂》，青海人民出版社，2004年。
② 祝东力：《精神之旅：新时期以来的美学和知识分子》，第108页，中国广播电视出版社，1998年。
③ 同上，第109页。
④ 路遥：《早晨从中午开始》，收入《路遥文集》，第2卷，第60页。

的《平凡的世界》第一部的评价让路遥稍许感到安慰,但明显的是,与《人生》发表时引起的"轰动"效应相比,"从总的方面来看,这部书(指《平凡的世界》第一部)仍然是被冷落的,包括一些朋友,对我有一种说不出的疑虑"①。对评论界的失望使路遥产生了某种认同的"焦虑",他转而把目光投向另一个群体——读者,路遥坦言他之所以能在遭到评论界的冷遇下依然坚持创作的原因:

> 是因为你的写作干脆不面对文学界,不面对批评界,而直接面对读者,只有读者不遗弃你,就证明你能够存在。其实,这才是问题的关键,读者永远是真正的上帝。②

这段话其实是建立在路遥双重"想象"的基础之上,首先是,他夸大了文学界和批评界对他的"冷落",从而形成了某种对现代的"憎恨"情绪,把自己想象为一个与"整个文学形势"进行斗争的"孤独者"形象;其次因为这种对批评界"排斥"的心理,他转而对读者产生了顶礼膜拜的情结,读者成为衡量一切的"标准值"。路遥的读者意识究竟隐藏着何种历史美学观念?它与1985年代的文学场构成何种对话关系?这是我们下面要讨论的问题。

在《平凡的世界》发表不久,就有研究者注意到了路遥"读者意识"中的"大众化"倾向,他们的主要依据在于,"路遥在创作的内容和形式上,还主要是从大众文化的层面上考虑得多一些"。③但是,如果从传播方式看来,路遥的"读者意识"就会呈现出比较复杂的情况。路遥作品的传播方式最突出的特色就是通过广播来传播。路遥在不同的场合谈到了他与广播电视的关系,他甚至有一篇专门文章的题目就

---

① 路遥:《早晨从中午开始》,收入《路遥文集》,第2卷,第63页。
② 同上,第11页。
③ 李继凯:《矛盾交叉:路遥文化心理的复杂构成》,《文艺争鸣》,1992年第3期。

是《我与广播电视》,根据路遥的叙述,"《人生》发表后,……中央人民广播电台就制作了广播剧,由著名电影演员孙道临担任解说"。① 同样,他的《平凡的世界》在出版受到阻碍的时候,是陕西人民广播电台和中央人民广播电台先后通过电波向"读者们"进行传播的,后来,该作品的第二部、第三部一直由中央人民广播电台播出。

广播是一种特别值得讨论和研究的传播方式。② 在中国的语境中,它基本上是一个毛泽东时代的产物,从那个时代走过来的人应该都记得,来自村头大树或者街道电线杆上"大喇叭"里面的"声音"往往象征着某种无形的权威和压力。在文学传播方面,广播通过"听说读写"一系列的传播、反馈、整合的方式,把匿名的读者和作者都"组织"到一个统一的"主题"和"思想"中去。这是现实主义美学在当代中国发挥其功能性效用的特殊方式,包括《欧阳海之歌》、《金光大道》、《西沙之歌》、《平凡的世界》等一系列作品的传播都与此相关。

在1985年代,虽然"喇叭式"的广播作为一种物质事实因为社会的转型已经逐渐消失,但是因为经济的改善,收音机作为最普遍的媒体的普及,用另外一种形式延续了"广播"的功能。具体到小说的传播上,"广播"更强调的是小说的"主题"和"故事情节",为了达到吸引听众的目的,故事的传奇性和曲折性更容易得到强调,而小说文本独特的语言、修辞和节奏可能被有意无意地过滤掉。通过正规"广播员""普通话"的规范"解说",小说(文学)文本所具有的"开放性"和"异质性"可能被进一步消除。更重要的是,广播通过一种无形的声音媒质,把作者、读者和小说整合进的实际上是一个"想象的共同

---

① 路遥:《我与广播电视》,收入《路遥文集》,第2卷,第457页。
② 已经有学者意识到了现代通讯技术对于毛泽东时代政治统治的突出作用,费正清等人认为:"……如果没有无线电和电话,文化大革命也许不可能发生,这个假定似乎是正确的。"见R.麦克法夸尔、费正清编《剑桥中华人民共和国史1966—1982年》,第612页,中国社会科学出版社,2006年。

体",正如安德森所言:"有一种同时代的,完全凭借语言……来暗示其存在的特殊类型的共同体。以唱国歌为例,在唱的行为当中蕴含了一种同时性的经验。想象的声音将我们全体连接了起来。"① "广播"播出时间的一致、播出长度的固定、解说员的确定、普通话的规范性都加强了这种"共同体"经验的延续:听众(读者)和作者(他同时也是听众之一)在收音机之前想象到与他同时分享的是"无数的""读者",这种数量上的庞大感觉带来了美学和道德上的自信心,并进而确认了其作品存在的合理性。对路遥来说:"每天欢欣的一瞬间就是在桌面那台破烂收音机上收听半小时自己的作品。对我来说,等于每天为自己注射一支强心剂……我不得不一次又一次面对那台收音机庄严地唤起自己的责任感,继续向前行走。"② 可能正是基于这种"读者想象",路遥才不无自豪地宣布:"出色的现实主义作品能满足各个层面的读者,而新潮作品至少在目前的中国还做不到这一点。"③

对广播这种传播方式分析可以看出,读者对于路遥来说是一个想象的、可以随时被"召集"起来的"群体"。首先,读者在这里是不可分析、无法讨论、沉默的一个群体,阅读所需要的交流基本上是"单向度"的,虽然《平凡的世界》在中央人民广播电台播出后收到了大约两千份读者来信,但这些信件除了表达对路遥的尊敬和赞美以及询问诸如人生何去何从的幼稚问题之外有何作用?其次,路遥的读者虽然在数量上可能非常庞大,但是,缺少必需的稳定性和持续性,路遥的读者绝大部分是"一次性读者",而且是流动的、业余的。

站在"现代派文学"的立场上当然可以如此指责路遥的"读者想象",但恰好是这种广泛的、无法区别和具体化的读者群是路遥和他所

---

① 本尼迪克特·安德森:《想象的共同体》,吴叡人译,第171页,上海人民出版社,2003年。
② 路遥:《我与广播电视》,收入《路遥文集》,第2卷,第457页。
③ 路遥:《早晨从中午开始》,收入《路遥文集》,第2卷,第15页。

代表的美学最需要的，读者的出场和存在的意义并不在于他们可以对作品进行现代意义上的阅读和建构，而是为一个宏大的"总体性"进行证明。路遥和它的作品所要担当的并非是"交流"和"沟通"的角色，而是"导师"和"引路人"的角色，是"意识形态"借助文学的传声筒试图再次整合和规范社会，树立信仰，给人生、理想、青春和奋斗提供"合理答案"的文学行为学。

路遥的《平凡的世界》最终完成于1988年5月。虽然他借助特殊的传播方式和制度支持获得了一定意义上的"成功"。但是，它并没有如路遥所盼望和断言的"满足了各个层面的读者"，这不仅是因为1985后"读者"的层次结构越来越复杂，更重要的是，一个统一的文学场在1985年代以后已经不复存在。现实主义话语固然借助其制度资源继续在该场域中占有位置，但是由于整个知识气候和社会转型的影响，非现实主义的文学类型（包括通俗文学、大众文化、先锋文学）越来越占有着文学场的主导位置。1986是先锋文学开始鼎盛的时期，它获得其话语空间的首要因素就是对路遥所代表的话语和美学的规避，对于先锋文学而言，要想摆脱前此文学所依附的"世俗角色"（道德、政治、历史等等），似乎唯一能想到的办法就是回到"语言"和"内心"。先锋文学当然需要读者，但先锋文学的"读者"是一个非常复杂的问题[①]，一方面，为了凸显自我的"先锋性"，先锋文学需要"拒斥"一部分读者，而另外一方面，先锋文学又汲汲着力开辟新的读者群体。在1985年这个问题尤其显得缠绕，比如先锋批评家和作家一边对传统读者的阅读趣味表示蔑视，而同时又为小说的可读性的增强而感到欢欣，

---

① 李陀对此有非常清晰的认识，他说："一方面，现代派写作出于反传统、反体制的立场，往往有一种为少数人写作的倾向（这方面他们很自然地接过了欧洲17、18世纪的写作态度），另一方面，很多现代派作家和艺术家又都和20世纪刚刚形成的文化市场拼命拉关系（想想毕加索），梦想占有更多的读者。因此，现代主义和市场、读者的关系是相当暧昧和混乱的。"见李陀：《漫谈"纯文学"》，《上海文学》，2001年第3期。

即使这种"可读性"与"先锋诉求"有某种不一致的地方。①但无论如何，在先锋文学的发生期，如果不对路遥所热爱的"无限的大多数"读者予以排斥和拒绝，一种真正现代意义上的，属于先锋文学的"读者圈子"就无法建立起来。只有在这个意义上，我们才能理解李陀为什么特别强调"友情"在80年代文学中的地位，"另外，把问题缩小，只从文学艺术的创造和发展来说，友情，还有友情形成的特殊空间氛围（真诚、温暖、互相支持，又互相批评）更是一个特别宝贵，甚至必不可少的条件"②。对于李陀所代表的"先锋作家"而言，他们更重视那些可以面对面进行交流、探讨甚至是责难的"读者"。在这里，"友情"不但指某种特别的人际关系，更指向一种文学生产、运作的机制。这一机制凭借其稳定、持续的具有建设性的传播、阅读、批评，从而形成一个"小而坚固的产业"。

正如李陀所言："从根本上说，读者是被建构起来的一种存在，阅读不可能有固定的审美标准和价值标准，往往要受时代风尚和主导话语以及意识形态等因素的制约。"③路遥的"读者"和先锋文学的"读者"不仅代表着两种不同的"读者想象"，更重要的是在这种"想象"的背后隐藏着两种完全不同的文学运行机制，在1985年代，这两者借助各自的资源优势，既互相排斥，又互相丰富着80年代文学关于"读者"的想象性建构。

---

① 正如吴亮所指出的，"从1986年起，马原的小说明显地增强了可读性……马原小说的可读性因素是狡猾地利用（或娴熟地运用）了如下的故事情节内核——命案、性爱、珍宝，他还在里面制造出各种悬念，渲染气氛，吊人胃口也是他的惯用伎俩"。见吴亮：《马原的叙述圈套》，《当代作家评论》，1987年第3期。
② 查建英主编：《八十年代访谈录》之《李陀访谈录》，第263页。
③ 李陀：《漫谈"纯文学"》，《上海文学》，2001年第3期。

四　结语：作为一种"制度"的"现实主义"

一个纠缠不清的问题是，我们在何种意义上来定位路遥的地位和"意义"。

在很多研究者看来，路遥的"经典"地位在于他呕心沥血所完成的"现实主义"长篇著作《平凡的世界》，而也恰好是在这一点上，另外一些研究者表达了截然不同的意见，他们只是非常有限度地承认了《人生》的"文学史地位"[①]。这里凸显出的是完全不同的文学评价标准、文学史准入原则和差距甚大的美学观念，任何执之一端的看法都可能有失偏颇。站在1985年代以来形成的"纯文学的"或者"纯美学"的观念来判断路遥，当然会得出路遥并不"经典"的结论，因为路遥的作品并不能给现代批评提供一个"自足"的文本。但是如果站在一种"泛现实主义"的立场上来夸大路遥的地位，也同样值得怀疑，因为一个事实是，路遥的最高成就其实止步于《人生》，他前此的一些并不出色的作品都是《人生》的准备，而后此的《平凡的世界》无论从现实主义文学的各种评判标准来看（主题、人物、思想、结构等等）都不过是《人生》的"加长版"，这些是否能够支撑路遥作为一个"经典"作家的地位，还有待时间的考证。

一个必须承认的事实是，在世界范围内，"现实主义"作为一种美学观念和文学创作原则在20世纪的确呈现逐渐衰弱的趋势，这与哲学上的语言学转向、非理性思潮的凸显，政治学上的资产阶级统治秩序的稳定以及经济上中产阶级的壮大密切相关。罗曼·罗兰可能代表着现实主义在西方最后的"辉煌"，但他不久就遭到了普鲁斯特强烈的抨击："罗曼·罗兰先生着力刻画一个较精确的形象，写出来的却是一部

[①] 比如洪子诚的《中国当代文学史》（北京大学出版社，1999年）里面没有对《人生》进行论述，只是一笔带过，《平凡的世界》干脆就没有提到。陈思和的《中国当代文学史教程》（复旦大学出版社，1999年）中专门讨论了《人生》，但只有一句话提到了《平凡的世界》。

既精致又矫饰的作品……这种艺术愈是浅薄，不真诚，庸俗，这种艺术也就愈是世俗性的。"[1] 到了 20 世纪 80 年代，罗曼·罗兰基本上被剔除出了西方经典作家的系列[2]。对于中国和前苏联而言，现实主义借助政权的力量获得一度的"威权地位"，并形成一种特殊形态（有时候被称之为"社会主义现实主义"），这一形态改写了现实主义的内容和形式，并把现实主义从一种"美学观念"变为一种"制度实践"，这种作为制度的"现实主义"的特点在于要求写作者在美学、道德、政治、伦理上都实践着"同一性"，而且，作为"制度"的现实主义还通过其特殊的认证原则、传播方式把这种"同一性"撒播到读者群体中，试图构建一个"坚不可摧"的文化"共同体"。

路遥的独特意义正在于此，他是作为"制度"的现实主义在中国最后的一次扎实的实践，在一个"同一性"的制度、文化开始分裂的特殊历史时期，他坚持着这种"同一性"的想象，并把它转化为现实的文学行为。他代表的美学观念和文学实践因而具有过渡性质，不可避免地带有"挽歌"的色彩，但也因此具有"仪式"气氛。如果对路遥所实践的"现实主义"有这种清醒的认识，认识到作为"制度"的现实主义背后的政治经济学，意识到了所谓的现实主义的胜利其实是一种"制度"的胜利，现实主义的衰弱其实是一种"制度"的衰弱，那么，我们尤其需要警惕的就不是对路遥的"冷落"，而更需要警惕对"路遥"的"神圣化"，因为这种"神圣化"在肯定路遥的美学的同时也在肯定着与这种美学同为一体的"政治经济制度"，这样可能会带来文学中新的威权统治，从而钳制着来之不易的可怜的文学和美学的自由和多元化的可能。

---

[1] 马塞尔·普鲁斯特:《驳圣伯夫》，王道乾译，第 226 页，百花洲文艺出版社，1992 年。
[2] 参见沈志明:《一天上午的回忆——驳圣伯夫·译序》，第 9、10 页，燕山出版社，2006 年。他作出这种判断的主要依据在于抽样调查以及对出版的考察，比如法国著名的"七星文库"就没有收入罗曼·罗兰的作品。

妥协的结局和解放的难度
——重读《人生》

一 预定"失败"的"卫生革命"

《人生》的上部里描述过一次"卫生革命"事件：高加林和刘巧珍因为觉得高家村的公共水井太脏，于是从县城里买了一些漂白粉放在里面，以达到清洁的目的，但是这一"讲卫生"的科学行为却没有得到高家村村民的认同，反而认为高加林破坏了水源，影响了大家的生活，最后在大队书记高明楼的解释之下才平息了这场风波。从表面上看，"卫生革命"不过是高加林与刘巧珍爱情之间的一个插曲，"卫生革命"发生之时，正是高加林和刘巧珍的爱情处于半地下状态并遭到双方家长反对之时，高加林通过与刘巧珍一起公开骑车去县城的行为，完成了一场小小的爱情"示威"，"对高加林来说，他做出这个决定，是对他所憎恨的农村旧道德观念和庸俗舆论的挑战，也是对傲气十足的'二能人'的报复和打击"①。但从更深层的角度看，"卫生革命"同时也是高加林为了显示其个人主体地位和话语力量，向其生活的环境发起的一次小小挑战。这一挑战的结果并不容乐观，村民们发现水井被放了漂白粉以后拒绝饮水，并指责高加林等人的行为，作为最主要的"肇事

---

① 路遥：《人生》，收入《路遥精选集》，燕山出版社，2006年。以下未标明出处的小说引文皆出自这个版本。

者"高加林选择了回避,自始至终都没有出现在事件的现场,他的观念通过两类人在现场得到了表达:一类是和他一起放漂白粉的几个青年人,但被几位长辈骂了个狗血喷头,另一个是高中毕业生刘巧玲,她用所学的化学知识来解释高加林的科学行为,但是却遭到了一致的嘲笑和奚落。

"卫生革命"就高加林个人而言毫无疑问是失败的,这种失败的原因大概会有很多,但是高加林不肯面对"群众"是否是其中的一个呢?(小说解释高加林的缺席原因是被父母强行"控制"在家里了,但这并不符合逻辑,因为高加林的父母无论是从心理上还是生理上都不是高加林的"对手"。)有意思的是,作为"反面人物"之一的高明楼在"卫生革命"中的行为却比高加林要正面得多,小说对高明楼在"卫生革命"中的形象是这么描写的:"两只手叉着粗壮的腰,目光炯炯有神,向井边走出,众人纷纷把路给他让开……气势雄伟的高明楼使得众人一下子便服贴了。大家于是开始急着舀水"。他以实践证明了漂白粉的"科学作用",与这一行为相比,刘巧玲的知识(同时也是高加林的知识)显得过于观念而失去了其有效性。如果我们分析高加林的性格,倔强,不服软,那高加林在这一公共事件中的缺席又显得不合情理,如果他当时及时出现在现场,像一个"五四青年"一样一边发表激情澎湃的演说,一边像高明楼一样"以身试水",那么是否他就会获得村民的信任,并成功地完成"卫生革命"的使命呢?我觉得这种可能性是存在的,因为从小说前面的叙述来看,高加林在村民中还是有一定威望的,以致于连高明楼都不得不对他尊敬几分。从这个意义上说,在"卫生革命"事件中,高加林的缺席和失败是预定的,也可以说是高加林自愿选择了失败,他不愿意去面对他身处的环境以及这个环境中的"群众"。在高加林的眼中,高家村和高家村村民代表的仅仅是愚昧和无知,而且这一愚昧和无知是先验性的,是不可改变的。我认为高加林这种自己选择的"失败"暗示了一种不安的转变,在中国当代小说中，人（尤其是青年人）与自己身边的环境做斗争是一个基本的母题，通过这种叙述，主人公一方面通过发动各种力量参与环境的改变，同时在对外部的改变中也改变作为个体的自我，最终，作为个人的主人公和作为背景的外部环境融为一体，获得一种统一协调的新型主体。①在赵树理的名作《小二黑结婚》中，农村青年小二黑就用这种方式成功地改造了"二诸葛"等老一辈人的观念，通过自我的努力和组织的支持改造了身边的环境并获得个体的幸福。但是在《人生》中，同为农村青年的高加林已经失去了小二黑的这种乐观积极的精神，他对身边的环境充满了怀疑和不信任，而当年给以巨大精神和制度支持的组织（村委会）已经成为了"革命"的反面。这里出现了双重的"异化"：第一重"异化"是环境的异化，可以改造的环境（包括生活在该环境中的人）变成了一个无法激起主体想象和力量的纯粹的客观对象，它完全外在于主体，因此无法与它的"改造者"取得互动。第二重"异化"是制度的异化，曾经代表大多数人（群体）利益的组织制度现在开始异化为特定群体的利益工具（在《人生》中这一群体指的是高明楼、马占胜等人）。在这种情况下，高加林不会成为小二黑，或者说高加林的"失败"显示了一种深刻的精神危机，作为改天换地的主力军的一代青年不得不从外部世界退回到个人世界，他将依照个人的利益而不是整体的利益来行使自己的主动权，并放弃了对集体和社会所曾经许诺的使命。

因此，"卫生革命"的失败是必须的，只有通过这种预定的失败，高加林才能强化这样一种观念：既然这个环境，这些群众是如此的愚昧不堪，那么作为拥有"现代知识"的我，就只有通过离开、抛弃、背离这个环境才可能获得幸福；既然这个组织制度（村委会）已经完全成

---

① 竹内好在《新颖的赵树理文学》一文中对此有非常精彩的论述。竹内好：《新颖的赵树理文学》，收入陈飞、张宁主编，《新文学》第7辑，大象出版社，2007年。

为个人牟取私利的工具（关键是无论从能力、经验、威望等角度来看，高加林在短暂的时间内都无法代替高明楼来掌握这个组织），那么，通过"不合法"的手段获得个人的利益也就情有可原。正是这两点，构成了《人生》叙述的主要动力。

二 "身体"与"身份"的抵牾

从小说的一开始，高加林就被塑造为一个与其周围的环境格格不入的主体。这种塑造涉及一系列的身体叙事学和精神胜利法。高加林首先是一个讲卫生的人，在"卫生革命"发生之前，小说已经不厌其烦地强调了高加林的这一个人生活习惯，在刘巧珍爱上高加林的众多理由中，有一条就是："又爱讲卫生，衣服不管新旧，常穿的干干净净，浑身的肥皂味。""卫生与否"成为建构身体的一个重要原则，在这个原则的观照下，高加林和刘巧珍都不像是农村人，"高加林的裸体是健美的。修长的身材，没有体力劳动留下的任何印记，但又很壮实，看得出他进行过规范的体育锻炼"。而刘巧珍给人的直观印象是："根本不像个农村姑娘。漂亮不必说，装束既不土气，也不俗气。草绿的确良裤子，洗的发白的蓝劳动布上衣。"但接下来的一个细节暴露了这种表象的虚假性，当高加林和刘巧珍第一次接吻后，他可能感觉到了某种不卫生的东西，所以他立即要求刘巧珍以后必须刷牙。高加林或许没有意识到，这种"卫生"和"清洁"不仅仅是一种个人的生活习惯，更是一种身份、道德的标识，"卫生是这些原则的总和，卫生的实行是为了保持个人和社会的健康和道德，破除疾病的根源，使人身心高贵。总的来说，卫生包含了全部的精神和道德的世界"[①]。所以在高家村的村民看来，刷牙"是干部和读书人的派势""刷牙"意味着一种更高级

[①] 罗芙芸：《卫生的现代性》，向磊译，第153页，江苏人民出版社，2007年。

的身份,因此刘巧珍的刷牙被认为是试图"僭越"身份而遭到了大家的嘲笑和反对。不过高加林虽然在公共领域的"卫生革命"中失败了,但是在其私人领域,他不仅顽强地保持着其"卫生习惯",并成功地把刘巧珍"改造"了过来,使其成为"卫生清洁"的一个身体。这种在小说中反复出现的"卫生学"的修辞原则,通过"土与洋"、"洁与不洁"等一系列的二元对立的修辞模式,企图"制造"出一种"完美的身体",把高加林和刘巧珍从众多的"不干不净"的身体中剥离出来,把"身体"的完美与身份的"低贱"以一种非常悖论的形式扭结在一起,从而产生了一种强大的叙事冲动:把"身体"从这种"身份"中抽离出来,为"身体"寻找一个更合适的"身份"。

与这种完美的"身体"修辞紧密联系在一起的,是对高加林丰富精神世界的强调。显然,在路遥看来,精神世界的丰富首先建立在阅读和写作之上,所以高加林被毫不犹豫被命定为一个"文学青年"。这一点值得注意,黄子平在研究40年代丁玲的《在医院中》时指出了一个事实,那就是书中的主人公大多都是文学青年,热爱文学,并通过这种方式来凸显个体的精神世界与外部世界(环境)之间的冲突性。很显然,"文学青年"在这种叙述中代表了一种"异质性",一种试图脱离规范叙述的力量,因此,在黄子平的研究中,陆萍等文学青年最后被环境治愈意味着一种统一的历史叙述的形成。[1]事实是,从小二黑开始,文学青年已经逐渐被现代的"祛邪术"赶出了叙事作品的舞台,而在80年代的文学作品中,我们发现了一个有趣的现象,文学(艺术)青年开始大规模重返并成为文学叙述的中心,从1978年到1985年,几乎所有重要的文学作品(如《伤痕》、《班主任》、《波动》、《晚霞消失的时候》、《人生》、《无主题变奏》)中都或多或少地出现了一个文学青

---

[1] 参见黄子平:《"灰阑"中的叙述》,第八章"病的隐喻和文学生产",上海文艺出版社,2001年。

年或者具有文学青年气质的人物。这种转变意味着曾经被治愈、消除、整合过的"异质性"开始重新浮出水面，并试图找到自我讲述故事的权力。我们完全可以想象到这种变化的深刻，当小二黑开始在油灯下读《红与黑》、《罪与罚》等作品的时候，当他为这些作品中的人物感动并将自我投射其中的时候（在近期热播的一部电视连续剧《北风那个吹》中，男主人公夜晚为朋友们演讲《红与黑》的故事成为一种具有"仪式性"的精神活动），试想一想这是一种多么吊诡的历史场景。小二黑变成了高加林，他突然意识到，他的环境、他的阶级身份不是给他带来了精神上的愉悦和信心，而是苦闷和焦虑。为此，高加林只有通过某种"想象"释放个体的精神焦虑，并获得一种自我安慰，在小说中，这种"想象"比比皆是：

> 他受到了感动的时候，就立即产生了一种奇异的激情：他的眼前马上飞动起无数彩色的画面；无数他喜欢的音乐旋律也在耳边响起来；而眼前真正的山、水、大地反倒变得虚幻了……
>
> （第123页）

> 他的心躁动不安，又觉得他很难再农村呆下去了。可是，别的出路又在哪里呢？……他闭上眼，又不由得想起了无边无垠的平原，繁华热闹的大城市，气势磅礴的火车头，箭一样升入天空的飞机……他常用这种幻想来满足自己的精神需要。
>
> （第145页）

这是一种典型的带有文学青年气质的"臆想症"，在阅读、写作和想象中，高加林成为一个内心世界丰富的、有强烈精神追求的有为青年。既然身体是卫生的、干净的，精神是丰富的、纯洁的，而这么一个"有意思的人"却生活在一个没有意思的环境和人群中，这给人一种极端的不公平的感觉。在高加林从事小学代课教师的时候，他的身体和身份虽然不是完美的契合在一起,但是却有协调一致的希望(教师转正),而当他突然成为一个彻头彻尾的农民的时候,他发现他完全失去了这种可能性,因此,小说以高加林失去代课教师工作为开头,可以说是完全把高加林"逼入"到一个绝地,他必然要有十倍的努力去改变他的处境,为其身体和身份的"一致性"而拼搏。在改变自己的处境之前,高加林小心翼翼地维系着这种矛盾和不平衡,他甚至试图通过对"身体"的改造改变自己的身份意识,也就是为身份重新塑造一个身体,所以他故意穿的破衣烂衫,并不顾一切的劳动,在巨大的体力折磨中以求得一种自我宽慰,但显然这种并非发自内心的自我改造注定不会获得成功,不过是暂时麻痹了他的身份意识。一旦碰到合适的导火线,立即就会引起歇斯底里的爆发,在小说中,这一爆发的临界点选在高加林到县副食公司掏粪并与张克南的母亲发生冲突的时候:

> 正在他进退两难的时,克南他妈竟然一指头指住他,问:"你是哪里的?拉粪都不瞅个时候,专门在这个时候整造人呢!你过来干啥呀?还想吃个人?"
> 但克南他妈还气冲冲地说:"走远,一身的粪!臭烘烘的!"
> 加林一下子恼了。他恶狠狠地对老同学他妈说:"我身上是不太干净,不过,我闻见你身上也有一股臭味。"(第159页)

这是我认为《人生》中写得比较精彩的地方之一。通过这个对话,我们意识到了"毛话语"在80年代初遭遇到了非常戏剧性的改写,在《讲话》中,毛泽东有一段非常有意思的关于身体和身份的辩证叙述:

> 拿未曾改造的知识分子与工人农民比较,就觉得知识分子不干净了,最干净的还是工人农民,尽管他们手是黑的,脚上有牛屎,还是比资产阶级和小资产阶级知识分子都干净。
>
> (《毛泽东选集》第3卷,第851页)

但是在这里，评价的标准被逆转，身上有"粪"的农民被再一次指认为是不干净的，虽然高加林愤怒地利用"毛话语"的隐喻性来指责对方也是"臭"的，但事实是，除了一点修辞上的快感后，他非常痛苦地意识到了这一修辞所指称的现实已经成为过去，农民作为一个阶级的道德和精神优势已经在急剧的社会变革中成为历史。因此："他心中燃烧着火焰，望着悄然寂静的城市，心里说：我非要来这里不可！我有文化，有知识，我比这里生活的年轻人哪一点差？我为什么要受这样的屈辱呢？"（第 150 页）

在一个社会发生结构性转变的时刻，高加林的"自我期许（认同）"和"他人认同"产生了巨大的落差，他所在的环境强迫他认同这种给定的农民身份，而他"完美的身体"和"丰富的精神"又促使他顽强地抵制着这种"认同"，他代表了一个阶级的失落和愤怒，因此他决定从根本上背弃他的阶级，通过孤独的个人努力（不管其是否道德和合法）来重新召唤其"身体"，把身体从以往的身份中剥离出来，从而改变他在历史中的位置。

三 被不断剥离出来的"个体"

在高加林入城当了通讯干事后，黄亚萍送了他一首诗：

> 我愿你是生着翅膀的大雁，
> 自由地去爱每一片蓝天
> 哪一块土地更适合你的生存，
> 你就应该把那里当作你的家园……

黄亚萍送这首诗歌给高加林的目的很明显，是为了鼓励高加林离开刘巧珍，离开刘巧珍的"土地"而来到她的"土地"。虽然从艺术上说，这首诗是比较蹩脚的，但是放到《人生》这部小说中，这首诗可以说恰到好处，甚至起到了"画龙点睛"的作用。这首无名之作算得上是《人生》的"文眼"，它形象地隐喻了高加林不断与自己的环境（土地）剥离，不断寻求自我幸福和自我完成（生存和自由）的努力。我在上文中已经指出，路遥努力塑造了一个身心完美的健美男性主体，这一主体与他的"没意思"的环境之间发生了剧烈的冲突，而这种冲突解决的方式不是以往的"克服"环境、改造环境，而是"离开"，像一只大雁一样离开决定自己身份和地位的环境，寻找新的栖居地。在《人生》中，这种环境的变迁被描述为一个从农村到城市（县城），从"农民"到"城里人"的命运转换的过程。需要注意的是，在80年代大量的关于"进城"的叙述中，存在着不同的声音，一种是"知青"的回城，对于这些人来说，回城不过是"返乡"，虽然有些短暂的不适应，但会很快调整过来（如王安忆的《本次列车终点》）；一种是陈奂生式的进城，这种进城其实是"路过"，其目的是通过在城里的活动为自己在乡村更好的生活获得物质资本和精神资本；而第三种就是高加林式的进城（相同的还有《鲁班的子孙》等），进城不仅是物质和精神的双重需要，而且一开始就没有想到回头，是以彻底变成一个城里人为目标，是一场不归路的探险。与前面两种情况不同，知青本来就是城里人，陈奂生压根就没想过要成为城里人，唯有高加林必须完成这样一种可能带来精神分裂的身份意识的彻底转换。为了达成这种目的，高加林不认同他的环境，同时也不认同他的父辈，作为陈奂生、冯幺爸的儿子，"他十几年拼命读书，就是为了不像他父亲一样，一辈子当土地的主人（或者按他的另一种说法是奴隶）"，在父亲和德顺老汉来劝说他的时候，他是这样回答的："你们有你们的活法，我有我的活法！我不愿意再像你们一样。"如果说把自己从父辈的血统里面"剥离"出来还有某种道德上的优势，对高加林来说并不构成一个问题，那么，真正的难题是，如何把自己从刘巧珍的爱情中"剥离"出来？对于高加林来说，背叛父辈是天经地义的，同时也为中国古老道德所支持，儿子开创超越父辈的生活，一直为中国的传统道德所鼓励。但是，"背叛"一个给予自己爱情和安慰的女性，尤其是在自己落难之时遇见的红颜知己，却一直为道德所不能容忍（中国流传最广的该故事原型就是"陈世美"，他因为背叛自己的糟糠之妻而身败名裂，性命不保）。而事实是，只要与刘巧珍保持爱情（甚至不是婚姻）关系，高加林就有一半还属于农村，就无法割舍其与农民身份的联系，为了达成这种"转变"的彻底性，他必须从精神和肉体上与刘巧珍一刀两断，如果连这块土地上最美的东西（刘巧珍）我都可以放弃，我还有什么不能达成呢？这是《人生》故事发展的必然逻辑和高潮之所在，必须通过刘巧珍，高加林才能完成最后的"脱胎换骨"，将自我的完成推向一个极致。

路遥在这里遭遇到了极大的矛盾，一方面故事的逻辑发展需要让他作出决断，抛弃刘巧珍，另外一方面道德上的自律又使得他犹豫不决。无论是对高加林和刘巧珍他都倾注了太多的同情和认同，为了使得这种"背叛"更"道德"，更让人好受一点，他不得不悄悄地改写了刘巧珍的形象，请看下面三段叙述：

> 刘立本这个漂亮得像花朵一样的二女子，并不是那种简单的农村姑娘。她虽然没有上过学，但感受和理解事物的能力很强，因此精神方面的追求很不平常。加上她天生的多情，形成了她极为丰富的内心世界。　　　　　　　　（第118页）

> "加林哥，你不要太熬煎，你这几天瘦了。其实，当农民就当农民，天下农民一茬人哩！不比干部们活的差。咱农村有山有水，空气又好，只要有个合心的家庭，日子会畅快的。"
> 　　　　　　　　　　　　　　　　　　　　　　（第123页）

> 巧珍看见加林脸上不高兴，马上不说狗皮褥子了。但她一时又不知该说什么，就随口说："三星已经开了拖拉机，巧

玲教上书了，她没考上大学。"

"这些三星都给我说了，我已经知道了。"

"咱们庄的水井修好了！堰子也加高了！"

"嗯……"

"你们家的老母猪下了十二个猪娃，一个被老母猪压死了，还剩下……"

"哎呀，这还要往下说哩？不是剩下十一个了吗？你喝水！"

"是剩下十一个了。可是，第二天又死了一个……"

"哎呀哎呀！你快别说了！"

(第 179 页)

第一段是小说开篇对刘巧珍的描写，第二段是刘巧珍对高加林的表白之词，从这两段看来，刘巧珍确如小说所写的，心胸和见识都超出了一般的农村女性。但是到了第三段里面，刘巧珍完全变成了一个家长里短的农村妇女，尤其是关于"十二个猪娃"的对话，可以说不仅是土气，甚至可以说是蠢笨了，实际上，"十二个猪娃"本来就是一个民间笑话来取笑某些傻里傻气的农村媳妇，这种人即使在农村也是很少见的。从整个小说来看，刘巧珍即使无法和高加林进行有效的沟通，但也不致于傻到这种程度，我们发现除了这一次对话以外，刘巧珍在任何时候都是一个头脑冷静，表达有分寸的，有识见懂大体的女性。这其实是一段非常不协调的细节描写，路遥的目的也许是为了让高加林的背叛更有理由一点，反而更加暴露了高加林背叛的非道德性，路遥（高加林）把自己的"精神"和"地位"上的优越建立在对刘巧珍愚昧、蠢笨的指认的基础上（这种指认带有暴力性和侵略性），不错，高加林是那个时代的"能人"，但是这种"能人"为了自己的"远大前程"可以无视任何道德和感情的界限，是否也过于残忍？

不管怎么说，通过一系列的背叛，高加林暂时获得了"自由"，找到了自己"幸福的家园"。因此,高加林的"剥离"实际上是另外一种融入,对以往身份和环境的剥离是为了融入新的身份和环境,正因为如此,高加林进城后的生活被无限夸张地美化,他的完美身体在会场、体育馆得到了展示,他的丰富精神在写作、阅读和交流中得到了尽情地释放,他获得包括无名的球迷、路人、食堂售饭员、商场售货员所有女性的喜爱,他集所有的宠爱于一身,成为80年代那个小县城的"全民偶像"。当然最疯狂的是县武装部部长的女儿、时尚文艺女青年黄亚萍,她几乎把80年代能想象到的所有时尚商品(麦乳精、墨镜、风衣、高级牛奶糖、咖啡、可可粉、进口日历全自动手表、三接头皮鞋)都用来包装高加林,我相信这是路遥一次最大胆的想象,自此以后,虽然《平凡的世界》中的田改霞父亲已经位至地区书记,行政级别比黄亚萍之父高了好几级,但田改霞也没有黄亚萍那么疯狂和热烈。这么一段节奏迅疾、色彩明快的叙述因为过分的热情而显得像一张漫画,高加林和黄亚萍都在这幅漫画里面被最大限度地夸张放大,而真正小说的背景反而是被淡化了,如果说这是一段不太成功的描写也是可以的,在1984年版的电影《人生》中,不知出于何种目的,这一段场景在电影中没有出现,这样反而显得更加凝重、首尾连贯一些。但是对于路遥来说,这么写或许也是他的刻意为之,他为此强化了进城对于高加林的重要性,也更加凸显了高加林的种种非道德的行为对于高加林个人的完成而言是多么的合理和合法,而且,当这一切被证明不过是一场短暂的历险后,其悲剧色彩就因为这种戏剧性的对比而显得分外强烈。

四 妥协的结局和解放的难度

高加林结束了他短暂的个人历险,两手空空地回到了高家村,重新成为了一个农民,在小说的结尾,高加林伏在黄土地上,痛苦地呻吟:"我的亲人哪"。这种戏剧性的情节为小说的悲剧性增加了砝码,悲剧现在不仅仅属于刘巧珍,她被无情地抛弃并最终栖身于无助的婚姻;也不仅仅属于高加林,他以为他即将获得一切,却在伸手在即之时发现一无所有。他平静地接受了这一切,转身去拥抱自己一次次试图逃离的土地。通过这样一种具有仪式性的场景,路遥为高加林提供了一个忏悔的机会,弥漫在整个小说的道德焦虑因此得到了完全的释放,在高加林热吻土地的一刻,所有的人都原谅了他,道德的焦虑变成了道德的赞美,土地、女性被再一次证明为万能的灵丹妙药,可以治愈一切的精神创伤。路遥显然不愿意让高加林成为一个精神分裂的主人公,任其个人意识无限膨胀而走上性格的极端,因此当他意识到个人的毁灭即将来临之际,他迅速强制性地让高加林回到了土地的怀抱里,并无限夸大了乡土的"治愈"功能,与《红与黑》中的于连、《高老头》中的拉斯蒂涅不同,在这些个体与环境不断搏斗并趋于毁灭的过程中,始终有一种宗教的背景在里面,个人只需要对上帝负责,所以个人的毁灭与否都仅仅是个人的事情,但是对于路遥来说,因为缺少这种宗教性东西,土地就成为了另一种宗教,因此高加林重回土地的这样一个结尾,并不能说明高加林的个人意识就没有达到于连等人的剧烈程度①,而是一种融合了道德、宗教和美学在内的多重妥协后的结果。

但是需要追问的是,这种回归和治愈就是命定的结局吗?我觉得不是这样的,无论是对高加林还是对路遥来说,选择这种回归的结局都是一种权宜之计。对于高加林来说,不管他如何努力,他已经无法回到土地和农村,也无法在农民的身份中安顿自己的身体和意识,实际上,高加林已经回不去了,他的这种回归不过是一种短暂的安歇,他一定会千方百计地寻找另外的道路离开他的土地,再一次走上更疯狂的"进城"之路。对于路遥来说,虽然在 1982 年他已经意识到了这一

---

① 参见李劼的《高加林论》中的相关叙述,《当代作家评论》,1985 年第 1 期。

代年轻人的人生选择将是一件异常重大的文学、道德、社会事件，但是毫无疑问，他并没有一个清晰的答案提供出来，虽然他一直很努力以青年导师的形象和语气来规范和引导青年人走"正确"的道路，但是什么是"正确"的道路呢？或者路遥本人也是一本糊涂账，他显然并不认同高加林这种将个人利益和社会利益对立起来的奋斗之途，但是他又朦胧地意识到了自我意识和个人伦理的确立却是个人获得自由和解放的条件之一，他试图调和个人的解放和他人的解放、社会的解放之间的关系，或者说他试图通过小说美学来调和这个问题，因此他只能用一种暧昧态度来书写高加林的人生故事。而我觉得这恰好是《人生》作为小说的迷人之处，因为认识上的不清晰，反而导致了情感上的矛盾丰富，在后来的长篇小说《平凡的世界》中，作为高加林的"加强版"孙少平，虽然保留了高加林强烈的个人性格，但是这种个人性却被路遥搪塞进宏大的国家改革叙事中去，从而使小说变得概念化和观念化，路遥对人生的规划和引导变得具体清晰起来了，但是作为小说反而是变得乏味了。

  高加林的人生之路是路遥和高加林之间达成的一种历史性的调解，同样也是路遥、高加林与他们所处时代的制度、文化所达成的调解，在我看来，这种调解不过是短暂地缓和了高加林们的精神创伤，但是却隐藏了双重的危机和毁灭。一方面，高加林和他的环境已经产生了一种相互憎恶的情绪，剥离一旦发生过，就会留下伤口，永远都不可能完好如初，整体中的个人和个人意义上的整体曾经是路遥之前的文学所一直努力的目标，而现在，这个目标解体了，小二黑一旦变成了高加林就再也无法回到他以前的背景中去，因此文学只能从社会中退步出来，成为个人讲述故事的方式，与此同时，社会背景（制度、文化、道德）也无法支持和鼓励个人利益与家国利益的同一性，当90年代市场改革的大幕拉开，我们惊讶地发现，高加林们只能以"盲流"和"农民工"的形象进城，并不得不让自己变成一种纯粹的"商品人"服膺于整个国家的资本积累,在这种情况下,人生道路的抉择似乎回到了潘晓提出的那个问题:人生的路呵,怎么越走越窄?只是这一次,文学与社会已经各行其是,再也无法建立起来有机的联系,因此高加林的人生故事不可重复,他"始"于那个时代,也不得不"死"于那个时代。

2009 年 8 月 21 日于人大
2009 年 10 月 12 日再改
2010 年 10 月 1 日三稿

《新星》与"体制内"改革叙事
——兼及对"改革文学"的反思

柯云路的《新星》完稿于1984年,其描写的历史时段大概是1981年到1982年左右①。这是中国官方公认的改革的第一阶段,即从人民公社到农村联产承包责任制、包产到户的时期。正是在这个意义上,《新星》被当时的一些批评者认可的一大理由就是"它是与时代同步的"、"具有当代意识的"②现实主义作品。《新星》发表于1984年第3期的《当代》增刊上,随后在1986年由太原电视台改编为同名电视连续剧(编剧李新,导演王子庆,周里京饰李向南),播出后掀起一股"新星热","在1986年,《新星》的主人公李向南曾是全中国人在饭桌上和客厅里议论的话题;由屋及乌,甚至连在电视剧《新星》中扮演李向南的周里京也顿时成了影视界的一颗新星"③。李向南的形象深入人心,成为各个阶层言说的对象,在不断的编码、书写和传播之中成为一个负载有普遍想象和普遍情绪的"符码"。从小说到电视连续剧,柯云路、批评家以及一大批匿名的读者把自己关于"改革"、"文学"的想象不

---
① 在《新星》中没有具体交代的"所叙时间"在其续集《夜与昼》中作了交代,其扉页题词是:"公元一九八二年,京都正处于伟大而艰难的阵痛之中……"。见柯云路:《夜与昼》,人民文学出版社,1986年。
② 见孙武臣:《与时代生活同步的〈新星〉》,《当代》,1985年第1期;韦平:《〈新星〉的当代意识及其背景》,《怀化师专学报》,1986年第2期。
③ 李书磊:《〈新星〉的英雄主义基调批判》,《文学自由谈》,1988年第5期。

断地投射和附加到《新星》上，最终生成了一个复杂同时又隙缝丛生的"改革叙事"。

一 改革叙事中的时空隐喻

在小说开篇的"引子"中，李向南在凌晨参观了古陵县的一座古塔，这样一个场景的安排对于即将展开的"改革叙事"至关重要。

这座古塔同时也是一个历史博物馆。我们注意到李向南的参观是从第一层到第五层，分别是史前人类时代、旧石器时代、新石器时代、商周青铜器时代、汉唐元明清时代。参观的顺序是一种自下而上的线性进程，每更高一层代表着一种更高级、更先进的文明体系，在这种"空间"转移过程中，潜藏着的赫然是一种"社会达尔文主义"和进化论的时间意识。而正是这种"物竞天择"、"适者生存"的进化论观念，支撑了"改革"作为一种历史叙事的普世性，改革不是历史进程中的偶然，而是人类历史发展的潮流和必然趋势，正如一位党的最高领导人所指出的："20世纪70年代世界范围内蓬勃兴起的新科技革命推动世界经济以更快的速度向前发展，我国经济实力、科技实力与国际先进水平的差距明显拉大，面临着巨大的国际竞争力。我们必须通过改革开放，带领人民追赶时代前进潮流。"[①] 将中国的改革嫁接到整个人类和世界历史的高度上去，这不仅是1980年代最高决策层的叙述策略，也是当时文学叙事惯用的修辞手段[②]。"电视剧的每集片头，剧作者总是把我们引入一个历史的横切面——古陵县城郊。……这一古老文明、历史积尘和新时期光照织染而成的斑驳画面，寓意深刻地揭示了古陵县面临的这场改革，乃是几千年来人类文明同愚昧落后进行斗争的历

---

① 胡锦涛：《继续把改革开发伟大事业推向前进》，《求是》，2008年第1期。
② 其极端代表就是电视系列片《河殇》，把所谓的"黄土文明"和"海洋文明"进行二元对立式的叙述。

史延续。"①

但是细心的读者会发现,古塔上的这段历史是不完整的,它结束于中国的最后一个朝代清,而后就一跃而到了李向南所处的"当下",那么,这中间的一百多年的现代历史去了哪里?对于柯云路那一代人而言,他最不应该忘记的就是这段历史,因为无论是李向南还是柯云路都是这一段历史所"塑造"出来的。很明显,柯云路刻意模糊了这段历史,这一方面固然是因为他缺少反思自我历史的勇气和态度(这将严重制约他叙事的深刻);另外一方,面,也是为了给李向南的"改革叙事"一个唯一的起源神话:古陵的"现代"是从李向南开始的。正如小说中充满感情的叙述:"这是几十年来要揭都没有真正揭开的艰难的现代文明的一页。"②

李向南占据了"改革的制高点",他比乔光朴、丁猛更有力量,因为在进化的链条上,他处于更高的一个级别。这暗示了柯云路对改革的阶段性认识,如果说在1979年,"改革"对于柯云路来说还只是丁猛在"车间企业"的恢复生产,那么,在此"改革"已经是经济、政治、文化的全面革新,它最终的目的是为了构建一个完全不同于古代中国的"现代文明"。

在古塔、钟声和文物展览之中,柯云路为李向南的出场精心设计了一个具有仪式气氛的时空,这一时空不仅为主人公的改革故事提供了最大的合法性,而且强化了李向南作为一个开天辟地的改革者的形象:在黑暗中突然灯火通明的古塔很容易让人想起有关"延安宝塔"的隐喻,李向南独立高楼俯视天地也暗示了他的"拯救"角色和领袖形象。这一切透露出柯云路的野心,他试图完成一种类似于"红色经典"的关于"改革"的宏大叙事。但李向南真的可以为我们提出一个现代意

---

① 叶中强:《一幅描写改革艰难历程的画卷》,《社会科学》,1986年第4期。
② 柯云路:《新星》,第8页,人民文学出版社,1985年。出自此书的引文不再注明版本。

的改革规划并把它付诸实践吗？事实证明这将是极其困难的事情。

二 "体制内"改革规划

以李向南为中心的古陵改革的大幕拉开了。首先让我们来看看李向南的"改革规划"：

1. "同志们，使咱们古陵县尽快成为全国两千个县中的富户——最好是大富户，这就是我的想法，这就是我们大家应该奋斗的目标之一。"

2. "这几天的讨论会上，同志们谈到很多，特别是关于进一步完善农村的生产责任制，谈得很好。……这是我们的主要经验。"

3. "同志们还谈了以粮为纲，全面发展，谈了进一步发展我们的养猪、养羊、养兔、养蜂、养蚕……共是二十养吧，包括办一个鹿场，从东北引进鹿种，在咱们县养梅花鹿。……开发我们西山的野生资源，发展旅游。……恢复发展我们县的特产古陵菜刀……还要搞好装饰、包装、打到国际市场上去！"

4. "我们都是中国人，中国人和外国人不一样，对生活，不光追求富。……那个社会（指外国）太乱，太空虚，太自私自利，没人情……所以光富还不行，还要各方面的建设。"

5. "目前咱们古陵县有五件事情应该马上抓一下……第一件，要好好抓好文化教育。我们的文化生活要更丰富，更有精神文明。我们的教育要办得更好。第二件，要抓好社会秩序的整顿……。第三件，要抓好退休干部的安置工作……。第四件，要抓好农村的、集体所有制单位的老年人的社会保险问题。第五件，还要抓我们县的建设。"

6. "今天我要讲的主要一点,就是四个字:敲山震虎。这个虎就是不正之风。……第一是官僚主义,……第二是领导干部的违法乱纪现象。……第三点特殊化,第四点任人唯亲,以及经济、政治体制改革等问题。"

分析这样一份"改革规划"是非常有意思的。第一段话说的是改革的目标,即让古陵县先富起来,这是对邓小平 1980 年代提出的允许一部分人、一部分地方先富起来的回应①。第二段说的是稳定家庭联产承包责任制。该制度最早由万里在安徽试点,后来邓小平调万里担任国家农委主任,主持全面推广。②第三段谈的是粮食生产、农副业发展、乡镇企业发展、旅游业发展问题。在 1979 年的《中共中央关于加快农业发展若干问题的决定》中,已经提出要"农林牧副渔同时并举"和"以粮为纲,全面发展,因地制宜,适当集中"的发展方针③。第四段涉及"经济改革"的方向问题,李向南显然在政治上很老到,他批评了资本主义制度的种种弊端,实际上是在强调"经济改革"的社会主义方向,这一思想来自于 1983 年的中央 2 号文件,即,在发展经济的同时要"大大加强和改进党在农村的思想工作"④,确保经济改革的政治正确性。在接下来的第五段里面,他强调了配套的社会改革,包括教育问题;社会治安问题;离退休工作和养老保险问题。这些同样来自于对现实政策的呼应,比如教育改革是对 1983 年中央关于加强农村教育

---

① 1984 年的"中央 1 号文件"指出"带头勤劳致富,……应该珍惜爱护",见《中共中央关于一九八四年农村工作的通知》(一九八四年一月一日),收入《中国农业年鉴 1984 年》,第 1 页,农业出版社,1984 年。
② 田纪云:《经济改革是怎样搞起来的》,《炎黄春秋》,2008 年第 1 期。
③《中共中央关于加快农业发展若干问题的决定》(1979 年),收入《中国农业年鉴 1980 年》,农业出版社,1980 年。
④《加强农村思想政治工作》(中共中央 1983 年 2 号文件摘要),收入《中国农业年鉴 1983 年》,农业出版社,1983 年。

改革的呼应①，精神文明建设是对党的"十二大""两手都要抓，两手都要硬"的回应。②在第六段里面，他提出了反对官僚主义和反对腐败问题。这么粗略地一分析，我们会发现，几乎1978到1984年所有中国农村改革的政策、方针和路线都在这个"改革规划"里面得到了体现，从政策的完整性和全面性来看，这是一份"扩大"和"综合"了的"改革规划"，实际上相当于一份"中国改革政策大全"，柯云路为求得这份"改革大全"的"完备"，而不惜牺牲细节上的真实，比如在古陵县实现"二十养"，而完全没有考虑到一个县的气候也许根本就不适合养殖二十多种水陆动物，包括珍稀的梅花鹿③。这么做的后果固然突出了李向南"高瞻远瞩"的"改革者"形象和其"改革规划"政策上的正确性，但也同时暴露出了另外一个问题，即，这一"改革规划（想象）"实际上是对现实政策的严格图解，也就是说，李向南是在"体制内"展开他的"改革想象"，他没有越出"雷池"一步，无非是通过他的这份"改革规划"把1980年至1984年的农村改革政策复述了一遍。

同时我们注意到，李向南的诸多改革规划全部指向一个鲜明的中心，即政治上的改革和斗争。他来到古陵担任县委书记后的第一件事情是处理了一大批"冤假错案"；在处理黄庄养鱼问题上，他毫不犹豫地认可庄文伊的说法："这不是一个技术上的问题，而是这套体制机构，官僚作风压制了生产力！"④在顾荣指责他的工作偏离了"以经济为中

---

① 《当前农村政策的若干问题》（中共中央1983年1号文件摘要），收入《中国农业年鉴1983年》，农业出版社，1983年。

② 《加强农村思想政治工作》（中共中央1983年2号文件摘要），收入《中国农业年鉴1983年》，农业出版社，1983年。

③ 在1984年中央农牧渔业部和山西省农牧厅调查组的联合调查中，山西省1978年以来实行的多种经营主要是农作物种植结构的调整，而并不涉及到"二十养"。见《山西省发展干旱、半干旱地区农业调查》，收入《中国农业年鉴1984年》，第406页，农业出版社，1984年。

④ 柯云路：《新星》，第331页。

心"的时候,他是这么辩驳的:"现在搞改革、整顿,目的是为了提高我们的经济效率和为它服务的政治效率、行政效率。"① 在李向南看来,无论多么宏伟的"经济改革"规划,如果离开了政治权力体制的改革,就无法推行。

在柯云路的叙述中,李向南利用其权力,对古陵县的"政治"进行了"大刀阔斧"的改革,比如李向南现场会审平反冤假错案;撤换了县委办公室主任;撤换了不称职的镇长;大胆启用了以前受到打击的有用之才……但是我们发现,李向南政治改革的核心是通过行政权力来对官员职位进行升迁和变换,而根本没有对整个人事制度、监督制度和行政制度进行"革新"。虽然李的政治改革是在反对官僚主义,革新现行的行政体制的口号上提出的,但他的"改革"赖以展开的主要原因却恰恰是得力于这样一套体制,他不过是通过他在体制内的"权力地位"来重组古陵的政治格局。这样很容易让人把李向南和一些古老的改革传统如"清官政治"、"励精图治"联系起来。而且,柯云路对他的改革效率的夸张的叙述,比如一天处理完成"40件"民生问题,十几分钟解决一个冤假错案,固然让人读来畅快淋漓,却容易让人联想到他是一个毛泽东时代的狂热分子,试图通过对政治上的斗争来激发生产力上的"大跃进"。

从这些看来,李向南的政治改革完全采用的是"非现代"的方式,如果说李向南对经济改革还有一些稍微的新见的话(比如发展生态旅游业和引进外资)。他对政治改革的想象则完全局限于"体制内"的权力斗争和古老中国的官场谋略,他在整个小说中唯一一次谈到"上下级关系"的创见② 也完全来自于对胡耀邦同样内容的复述。③ 李向南的行为证明了他可能根本没有能力提出一种稍微"现代"一些的政治改

---

① 柯云路:《新星》,第 126 页。
② 同上,第 127 页。
③ 田纪云:《经济改革是怎样搞起来的》,《炎黄春秋》,2008 年第 1 期。

革的构想。

这让人不得不反思李向南改革的"合理性"。实际上李向南对权力的依赖和迷恋让1980年代对"政治体制改革"抱有想象的知识分子对这种"改革"保持有极大的警惕。在《新星》的续集《夜与昼》中[1]，人民大学经济系的大学生靳舒丽对李向南说："我觉着，中国的大权都要落到你们这号人手里，就完了。""你们这些老三届政治意识太重，爱搞权术，缺乏民主思想。"而另外一些知识分子更是指责他"独裁"、"阴险"、"玩弄权术"[2]。在小说中李向南为自己的威权政治思想进行了辩护：

> 我经历过最不民主的政治生活，可以说是专制的历史阶段，最知道民主的宝贵。可现在，你要建设一个民主繁荣的社会，就必须革除那些封建专制的、愚昧的、官僚特权的腐败。要革除它们，除了拿出强有力的铁腕，没有别的办法。你没到过下面，很难想象那些愚昧保守的东西有多顽固……

但是李向南的这种辩解并不容易得到知识分子的理解，在他们看来，李向南太保守，太热衷于玩弄权术："你太守成。这可能是你搞政治的结果吧！……我的话可能太书生气吧，你也听不下去。咱们中国就是书生气太少，官吏气太重！"[3]但是在体制内的"保守派"看来，李向南却是太"激进"、"太个人主义"了，"同志们，我们都是从教训中过来的人，现在，再也不能浮躁，再也不能幻想，再不能想一步跨入共产主义。要踏踏实实，稳稳当当，一步一步来！靠主观热情，血气方刚，靠个人英雄主义，靠花花哨哨的小聪明，一点两点书本知识，纸上

---

[1] 柯云路:《夜与昼》，第604—606页，人民文学出版社，1986年。
[2] 同上，第136页。
[3] 柯云路:《新星》，第226页。

谈兵，在中国是行不通的！要栽大跟头的！"①李向南正是在这样一个夹缝中进行他的"改革"事业，对于身处体制外的"知识分子"来说，李向南的政治改革是"以暴易暴"，完全不具备一个现代政治家的基本素质。②而对于体制内的人来说，他则是一个不折不扣的"异类"，是要被规训和肃清的对象。事实是他在古陵的改革仅仅进行了两个多月，就被迫离开。

如此看来，李向南的改革实践属于第三种方案，既不同于知识分子的激进想象，也不同于体制内保守派的"墨守成规"。这一方案是继《乔厂长上任记》、《三千万》以来的延续和深化，那就是想象体制内的"改革英雄"通过铁腕权力来发起和推动改革，并通过具体事务的操作来一步步达成目标，这种改革想象使其"改革叙事"不可避免的带有男性特征和浪漫主义色彩。从现实政治层面来看，这一方式是否有效或者是否合理还有待讨论，但是在 1980 年代，这一改革叙事却是最能满足普通大众对改革的想象和期待："在 80 年代的中国政治工具箱中，'李向南'和思想界的'新权威主义'论述，是可以就近够得着的一种体制内工具。……以'开明铁腕'闷头闯地雷阵的李向南，是 80 年代大众期待的一个政治象征……"③

三　李向南的"优先权"

一个问题是，为何选择李向南来领导古陵的改革？自然，李向南具有一些很好的品质：年富力强、知识结构合理、有农村工作经验，更重要的是，他拥有一个"改革家"必须具有的斗争智慧和"强者性格"。但是这一切显然还不能够完全解释李向南的"优先权"，一个事实是，

---

① 柯云路：《新星》，第 112 页。
② 何新：《〈新星〉及〈夜与昼〉的政治社会学》，《读书》，1986 年第 7 期。
③ 庄礼伟：《〈新星〉的〈夜与昼〉》，《南风窗》，2007 年第 7 期。

李向南的经历在 1977 级的大学生中实在很是平常,他的政治手腕和改造社会的决心在当时也是一种普遍的素质。①

在柯云路的叙述中,李向南的"优先权"首先来自于他的政治资本。他拥有一个身居高位的父亲(前工业部部长),他的顶头上司省委书记顾恒是他父亲的老朋友,而他的政治对手顾荣则是他父亲的老部下。在一些评论看来,柯云路这么安排李向南的出身是为了凸显中国改革进程的艰难性,连李向南这样有资本的人推行改革都困难重重,何况是其他人?②而在另外的批评者看来,这与柯云路自己的经历(曾就读于著名的高干子弟学校北京 101 中学)和他的英雄情结有关。③这些判断可能都有其道理,但是并没有看到问题的本质。问题的本质是,柯云路通过对李向南政治资本的"编排",为李向南的"改革"提供了最大的政治上的合法性。我们知道,中国在 1980 年代启动改革的一个首要的原因就是:"'文化大革命'十年内乱,使党、国家和人民遭到了严重的挫折和损失。邓小平同志曾经说,'文化大革命'结束时,'就整个政治局面来说,使一个混乱状态;就整个经济情况来说,实际上处于缓慢发展和停滞状态'我们必须通过改革开放,增强我国社会主义的生机活力,解放和发展生产力,改善人民生活。"④也就是说,改革的"合法性"是建立在对"文革"的非合法性认定的基础之上的,因此,一个人在"文革"中的政治表现就决定了他的是否有"资格"进入新的事业。李向南是符合这个标准的,一方面他有着不容怀疑的"革命血统",另外一方面,他父亲和家庭在"文革"中是受迫害受冲击的对象,也就是说,他们代表了政治上正确的一方。更重要的是,虽然李向南也曾经是革命的"红卫兵",也可能造过反,打过人,但是,在柯云路

---

① 庄礼伟:《〈新星〉的〈夜与昼〉》,《南风窗》,2007 年第 7 期。
② 魏文平:《这种思考很有必要》,《电影评介》,1986 年第 5 期。
③ 庄礼伟:《〈新星〉的〈夜与昼〉》,《南风窗》,2007 年第 7 期。
④ 胡锦涛:《继续把改革开发伟大事业推向前进》,《求是》,2008 年第 1 期。

的叙述中，李向南的这一段历史基本上被遗忘了，这种遗忘与古塔上没有安排中国现代史的文物有同样的作用：李向南是一个没有政治包袱的人，"文革"的所有"非法性"都和他没有关系。而形成鲜明对比的是，他的"改革对象"，冯耀祖、潘苟世、高良杰等人都是"不干净的"，都或多或少与"文革"的"错误路线"有着千丝万缕的联系，因此，李向南可以毫无顾忌地进行他的改革，而无需考虑历史的因袭和其中的复杂。

  与政治上的优先地位相伴随的是道德上的优先地位。在《新星》中，与李向南关系非常密切的另外一个人是林虹，根据小说的叙述，林虹是李向南的初恋爱人，她父亲是北京大学的教授，但林虹面对李向南的"伟大改革"表示出超常的冷漠，她拒绝加入这场改革，主要原因在于她在十六岁下放内蒙古的时候遭到了强奸，后来又有了一段不幸福的婚姻，这些使她对生活丧失了李向南式的"热情"。在这种叙事"编排"中，林虹完全丧失了其道德上的优越感，她被身边的人目为"坏女人"，尤其与李向南的"纯洁"相比更是如此：在柯云路的叙述中，李向南是一个能"征服"身边所有女人的男人，但就是这么一个极具男性魅力的人居然在长达十三年的生活中没有任何感情上的纠葛！我完全无意去考证李向南或者柯云路真实的私生活，而只是想指出这种"修辞"背后的意识形态：在柯云路的想象中，或许只有像李向南这样的"清白"之身才可以参与并"领导"这场"伟大"的改革。在此，（李向南）个人历史被道德化："在社会生活中，……总是提到了那个独一无二的人，一个不会被压垮的个体，在难以忍受的情况下神奇般的活下来了，并散发不可思议的气概和尊严，而其它人却仅仅为生存做作利己的挣扎。"① 这种"道德上"的优越感和政治上的正确性构成并

---

① 斯拉沃热·齐泽克：《黑客帝国，或颠倒的两面性》，严蓓雯译，《今日先锋》第11辑，天津社会科学院出版社，2001年。

支撑了李向南牢不可破的"资本":"10年动乱中认真读书思考使他们有了'俯瞰历史'的眼界,10年中在社会里的摸爬滚打培养了他们'冷峻的现实主义'。"① 他因此被"选中",成为那个"唯一的"主体。

有意思的是,在《新星》出版的1985年,也是张贤亮的《绿化树》、《男人的一半是女人》广为传阅的时候,与李向南完全不同的是,《绿化树》中的男主角章永璘是在对女性不断的占有和抛弃中获得重生,并通过忏悔来获得道德上的优先地位。也就是说在1985年代,对于"知青"群体的叙述已经出现了很大的分化,张贤亮通过对"感官"的大胆描写确立了一个"忏悔的"、"反思的"、"向后看的"的主体②,而柯云路则通过对李向南的"强者性格"的极端强调确立了一个与过去"一刀两断的"、"向前看"的主体。从文学史的角度来说,张贤亮依然在"伤痕文学"的问题意识里面写作,虽然他用比较露骨的"性描写"掩饰了伤痕和反思的深度。而在柯云路这里,他已经完全不要"伤痕"了,他把"伤痕的故事"预留给了别人(林虹),而把"拯救"的角色留给了自己(李向南),因此他现在需要做的工作不是"反思",而是"领导"和"拯救",正如批评者所指出的,"在'文革'期间成长的老三届一代,从政对他们而言,更多的意涵是拯救而不是服务"③。他不仅要拯救他的人民脱离于"水深火热",同时也要唤醒他的同代人"冷漠的"、"不合时代潮流"的灵魂。但是让人怀疑的是,李向南在遗忘"历史"并把自己"神化"的同时是否也"悬空"了自己?他的"改革"能把已经"分裂"的价值观重新整合起来吗?

---

① 庄礼伟:《〈新星〉的〈夜与昼〉》,《南风窗》,2007年第7期。
② 王德领:《感官文学的生成和意义》,《海南师范学院学报》,2006年第5期。
③ 庄礼伟:《〈新星〉的〈夜与昼〉》,《南风窗》,2007年第7期。

四 "人生观"分歧的背后

李向南、林虹、顾小鹰等人都属于同一代人,他们的分歧不仅意味着1980年代改革背后所隐含着的经济政治资本的重组,同时也暗示了一个时代人生观和价值观的重大分化。1980年5月11日的《中国青年》上,一封署名潘晓的读者来信《人生的路呵,怎么越走越窄……》正式发表,该文掀开了80年代"人生观"、"价值观"的一场大讨论,在《新星》中,类似的辩论处处皆是。李向南与林虹在第一次见面时立即就"人生观"展开了激烈交锋[①]。柯云路在小说中花了将近二十页的篇幅来描述这场辩论,在柯云路看来,这是必要的,因为李向南的改革是全面的:"改革社会,应该包括改变精神。社会现代化了,可是像你(指林虹)这样的心理不能恢复活力,那这种改革的又有什么意义呢!"[②]因此他决定"要在思想上征服她"。李向南基本采用一种质问的、家长式的姿态对林虹进行说教,他的口气和神情让人想起很多"经典"的形象,比如《青春之歌》里面的江华,《红岩》里面的许云峰,甚至是"苏俄小说中知识分子出身的狂热行使权力的革命政委"[③]。他使用的理论资源用林虹的话来说就是"十几年前的那些观点"。林虹使用的理论资源是"存在主义"、"选择即自由"、"完善自我"等个人主义的话语。这实际上是一次"革命集体主义"的人生观价值观与"存在主义个人主义"人生观价值观之间的交锋,李向南和林虹处于完全不同的"位置",李向南是进攻式的,而林虹是抵抗式的,李向南试图"改造"林虹,把她重新纳入"改革的金光大道",林虹则"负隅顽抗",她尊重李向南的"理想",但也坚决捍卫着自己的"信仰"。

1980年现实中的"潘晓人生观"大讨论和1982年文本中李向南、

[①] 柯云路:《新星》,第270—281页。
[②] 同上,第281页。
[③] 庄礼伟:《〈新星〉的〈夜与昼〉》,《南风窗》,2007年第7期。

林虹的"人生观"大讨论都承担有一个目的,那就是发现问题,以便对之进行引导和疗救。正如胡乔木所言:"潘晓提出的问题是当前很多青年共同的问题,所以会引起这样广泛这样热烈的讨论。潘晓的问题当然要答复,……我们不应该恼怒,也不应该置之不理,而应该弄清楚他们这样做的原因,并且认真地帮助他们找到希望的所在。"① 但即使如此,这一讨论所暴露的人生观和价值观的分化还是让官方意识形态勃然大怒,"潘晓讨论"展开不久,立即受到严厉批评,认为造成了思想上的混乱,是资产阶级自由化的表现,《中国青年》编辑部在政治压力之下,自1980年第12期以后停止刊发相关讨论文字。② 与此同时,官方意识形态竭力修正和引导青年人的"人生观",1980年1月26日,《中国青年报》发表社论《从我做起,从现在做起》。《人民日报》于1980年4月17日刊登文章《我们是怎样提出"从我做起,从现在做起"的口号的》。《中国青年》杂志1980年第5期发表评论员文章《一代新人的崛起——"从我做起,从现在做起"的时代意义》:"有些善良的人曾满怀忧虑地问:'80年代的中国青年是怎样一代人?'一些人作出了他们的概括:'唉,这是吃喝玩乐的一代!'如此等等。正值人们议论纷纷之际,一声呐喊'干社会主义,要从我做起,从现在做起',激越铿锵,振聋发聩。这毫不含糊的回答,解除了人们的疑虑,它集中体现了这一代青年的精神风貌。"③

李向南和林虹关于人生观的辩论其实是文本对这一现实问题的延伸和集中。李向南面对林虹时的无能为力同样是"改革文学"的无力,它试图延续"革命历史小说"的功能构建一个坚不可摧的"想象的共同体",把个体重新召唤到"新的革命"(改革)的大旗下,但事实是,

---

① 《胡乔木关心人生意义的讨论》,《中国青年》,1980年第8期。
② 参见彭波主编:《潘晓讨论:一代中国青年的思想初恋》,南开大学出版社,2005年。
③ 本刊评论员:《一代新人的崛起——谈"从我做起,从现在做起"的时代意义》,《中国青年》,1980年第5期。

林虹坚决地拒绝了李向南意欲施加于他的"改造"而捍卫其"个人主义"的合法性。这一人生观的分歧凸显了李向南和林虹的截然分野,李向南的"改革"使用的依然是一套"革命的政治的话语",并不包括尊重他人的自由和精神选择,它指向的是一个"价值一元化的远景",在这一点上,李向南的"改革"依然纠缠于毛泽东时代的目标。这个被目为"新人"①的人不但一点都不"新"、不"纯洁",而且是"很不纯。他们头脑都很复杂,旧的东西在他们身上有大量沉积。有些人很贪婪,有些人很残酷"②。相比而言,林虹倒是借助"存在主义"迅速褪去了革命话语的纠缠,因此她自信地断言:"我的这种变化是一种文明的进步。"

五 结语:"改革文学"的困境和问题

一个读者曾感叹:"短短的历史已经让我们每一个人看到了,如爆竹般在我们共和国改革文化黎明般的天空上闪现出了几星灭花的'新星',已经陨落了。"③实际上这种"陨落的"时间还要早,"其实在80年代中后期,'李向南热'已经迅速降温"④。正如一个批评者所言:"这在一定程度上也回答了《新星》为什么会获得普遍的社会共鸣,因为这种意识形态作为一种群体意识是有着广泛普遍性的。"⑤在1980年代改革之初,"对制度变革的渴求,对铁腕人物大手一挥廓清局面的期待,对自己未来人生的英雄主义想象是对社会发展进程的主流潜意识"⑥。而李

---

① 见缪俊杰:《改革体裁创作的深化》,《小说评论》,1985年第1期;李国涛:《很有光彩的〈新星〉》,《当代作家评论》,1985年第2期;等等。
② 柯云路在《夜与昼》中对他们那一代人(老三届)的评语。
③ 魏明霞:《陨落的〈新星〉,失望的〈渴望〉》,《山西大学师范学院学报》,1991年第4期。
④ 庄礼伟:《〈新星〉的〈夜与昼〉》,《南风窗》,2007年第7期。
⑤ 吴秉杰:《〈新星〉对话》,《文艺争鸣》,1989年第3期。
⑥ 庄礼伟:《〈新星〉的〈夜与昼〉》,《南风窗》,2007年第7期。

向南的"改革故事"不过是这一"意识"的跟进。这正是 1980 年代很多以现实主义为鹄的写作(包括"改革文学")的普遍局限,因为"在现实主义的真实性诉求当中,有一点十分重要,那就是它假定了作品直接产生于对生活的描摹"①。随着现实社会进程的发展变化,这些作品的"真实性"立即就会受到质疑,并影响到文学史对它们的合理定位。

与普通读者对《新星》的追捧相比,批评界对之一直保持了相当谨慎的态度。在 1989 的《文艺争鸣》上刊发了一篇很有意思的关于《新星》的对话,甲方是"《新星》的热烈拥护者,一位愤愤不平的读者",乙方是"新星的批评者,一位力求公允的分析者",面对甲方愤怒的指责:"要是说,有什么作品受到了普遍的欢迎而同时又受到了批评界尖锐的指责,那么,这就是《新星》……读者的'热情'与文学界的'寡情'却形成了鲜明对比。文学的'圈内'与'圈外'态度差异之大应该说本身就应该引起我们重视和思考。"②乙方则进行了全面的反驳,"新星的改革方式与传统一脉相承……'清官'李向南作为政治权力的人格化完全失去了它的普遍意义。《新星》中的清官政治,'强者'崇拜、励精图治等等实质上仍是以一种属于传统文化中的意识形态描摹改革的蓝图,我认为这与我们所要求的改革相去实不以道理计"③。但是这种辩驳实际上也是有问题的,"我们所要求的改革"究竟是谁规划的改革?现在看来,这也不过是一部分知识分子的一种"改革想象"罢了,它倒也不一定就比李向南的改革更加合理。倒是另外一个观点值得我们深思:"大多数我所看到的'改革文学'都有一个共同的模式:即铁腕人物,拨乱反正,任用贤人、纠正错案,'接班人'的争夺,'控告信'(多数又是男女关系、生活作风的诬陷)引来的反复,

---

① 安敏成:《现实主义的限制》,姜涛译,第 11 页,江苏人民出版社,2001 年。
② 吴秉杰:《〈新星〉对话》,《文艺争鸣》,1989 年第 3 期。
③ 同上。

最后则是（或期待）上级的决断。""'改革文学'受制于这样的意识形态则使其不仅看不到历史深刻的动因，约束了它们的视野，而且限制了它们的艺术创造力。……我们的'改革文学'始终停留在较浅的层次上，那么，对于'改革文学'中观念与意识形态的反省是首先需要完成的。"①这一分析应该说是很中肯的，不仅指出了'改革小说'在美学上的缺陷，也透露了80年代中后期"现实主义叙事"的困境。我们知道，80年代文学界一直关心的一个问题就是如何寻找一种新的话语来驱除"革命的"、"政治"的话语，阿城在谈到"寻根文学"的兴起的时候就坦言："从文化构成来看……1949年是最大的一个坎儿，从知识结构、文化构成直到权力结构，终于全盘'西化'，也就是唯马列是瞻"，所以"寻根派"就是"要去找不同的知识构成，补齐文化结构，（这样）你看世界一定就不同了"。②非常明显的是，与《新星》里面"半新半旧"、"革命的血腥味"还没有洗净的"现实主义叙事"相比，寻根文学的叙事显得更加"干净"，同时也更具有"陌生化"和"现代感"。需要指出的是，80年代批评界对"改革文学"的怀疑从表面看来是一种"文学趣味"的分化，而实际上涉及的是"共同体"的破裂和历史理性精神的失效。"现实主义"在中国当代文学的历史语境中决不是简单的一种文学（艺术）创作手法，而更是一种历史信念和国家想象，在其背后隐藏的是再造大众（新人观）、构建信念（理想主义）、改造社会（批判现实主义）、走向"美丽新世界"（浪漫主义）的历史意识和发展理念。改革文学可以说是这一"现实主义"在1980年代最后的一次"叙事冲动"，在《新星》、《平凡的世界》产生轰动并最终被排斥在主流文学叙事之后，"现实主义"作为一种"叙事"（讲故事）的方式已经失去其构建"共同体想象"的话语权力。这正是"改革文学"最重

---

① 吴秉杰：《〈新星〉对话》，《文艺争鸣》，1989年第3期。
② 查建英主编：《八十年代访谈录》之《阿城访谈录》。

要的文学史意义之一,它不仅仅是为我们提供了一个著名的人物形象,一个值得一再回首审视的话题,也为一个历史范畴——作为一种历史信念和"共同体想象"的现实主义叙事——的终结提供了旁证。在一个生活方式和价值观念日益趋向"多元"的"后革命"时代的中国,作为一种被当代中国特殊的社会结构所建构起来的"现实主义叙事"已经渐行渐远。

李向南的故事结束了!不过,当李向南们走下古塔,混迹官场,成为精于阴谋、犬儒万分的政客,或者当他遁入江湖,摇身一变为倒爷侃爷、荡子嫖客或"大气功师",我们蓦然回首,是否觉得那个站在1980年代古塔上的李向南其实有那么一点可爱?有那么一点让人感动?

不管怎么说,改革还在继续进行下去,李向南所面临的问题直到今天还依然困扰着我们。可以断言的是,在一个漫长的时段里,改革还会以我们更加无法预料的方式来生成、展开,那么,我们究竟应该以何种想象和何种修辞来续写另一轮的"改革故事"?更重要的是,我们该怎样讲述,这一故事才能安顿我们的灵魂,并让我们的后来者因此而体认到这一过程的艰辛和沉重?

2008年3月20日

2008年3月26日

2008年7月6日再改

小屋的恐惧和救赎
——《山上的小屋》中的历史讲述

一　小　屋

"在我家屋后的荒山上，有一座木板搭起来的小屋。"

这是残雪1985年发表于《人民文学》上的短篇小说《山上的小屋》中的第一句，这一句构成了这个短篇的第一自然段。这是一个陈述句，表面上看很客观，不带有任何情感地向读者描述了一种存在的"现实"。对于这一陈述句的解读，将带着我们进入残雪这个其貌不扬的女作家诡异的小说世界。

我们注意到，这个陈述句由几个重要的名词组成。这几个词分别是：家、荒山、木板、小屋。家的前面有个定语"我"——这个家是叙述者"我"之家，这一点没有什么疑问，但是当叙述者说"在我家屋后的荒山上"时，一种奇怪的气氛就呈现出来了，在"我家"和"荒山"之间几乎没有距离，一般来说，人一般不会把自己的房子建立在荒山野外，人实际上是群居之动物，只有在群居之中，人才能通过交流和交换获得生活和存在的各种资料。这是一个社会学的常识，但是很明显的是，这种常识在这里失效了。残雪通过这样一个简单的陈述，立即把我们带入到一个非同一般的世界里，在这个世界里面，常识不能解释任何情况，相反，正是通过对常识的拒绝，叙述者获得了某种自由。

"荒山"代表了人迹罕至之所在,这种地方,偶尔去一次,或者呆一段时间或许是可以的,但是却不适合长久的生存。非常有意思的是,在1985年代,把人物和故事的背景设置为这种非社会化的"环境",似乎是一种潮流,王安忆在其时创作的"三恋"系列,其中有一篇即名《荒山之恋》,好像只有在那种纯粹的空间里面,人物的性格才能得到最大限度地爆发。但是比王安忆更极端的是,残雪不是把单个的人放置在"荒山"中,而是把"家"整个搬到了荒山上,"家"在传统中国所具有的温暖、团结、和谐的隐喻意义因为置于"荒山"的对比中而更让人触目惊心。1985年是中国城市改革大幕拉开的时候,城市的发展规划着中国人关于现代化的种种想象,但是在残雪这里,我们看不到一丁点灯红酒绿的生活世界的气息,残雪的气息是完全"去社会化"的,她选择的只是一间位于荒山僻壤的"小屋"来表达她对这个世界的想象。①

　　小屋位于荒山上,小屋是用木板搭起来的。但是我们发现,这个小屋是没有主格的,"有一座木板搭起来的小屋"。谁搭起了这座小屋?搭这座小屋的目的是什么?有什么用途?一切都没有交代,小屋就冰冷地矗立在那里。"家"——荒山——小屋,好像是一个横拍过去的镜头,一一呈现在我们眼前。如果这是一张风景照片,分明有两处风景藏在其中,即"家"和小屋。很显然,小屋是外在于家的,这种外在,不仅仅是指"家"与小屋处于不同的空间位置,更重要的是,因为这种互为存在,家和小屋构成了一个有趣的对位关系,在家里发生的一切,必然与小屋密切相关,如果没有小屋的存在,或者家也就不存在了吧。②

---

① 残雪在2001年的一次访谈里面谈到自己的这种写作倾向:"我只对内在的世界感兴趣,我要在我所有的作品中排除表面世界的干扰。现在中国文学界有种说法叫'世俗关怀',什么是世俗关怀呢?那就是关怀表面的东西。很多人认为表面的东西能够使他们充分满足,中国人不重精神。我要搞的是'深层关怀'。"见残雪:《中国人不重精神》,收入《残雪文学观》,广西师范大学出版社,2007年。
② 比如近藤直子就分析指出,小屋不过是另外一个家,是叙述者主观情感的外化。见近藤直子:《有狼的风景》,第33页,人民文学出版社,2001年。

虽然残雪一再强调小屋之"小",但是在我读来,这小屋却是一个庞然大物,它不仅占据着小说叙述的中心,而且简直就是一个标志性的建筑,所有的争夺和讲述都或多或少地与"小屋"发生着关系。但是残雪好像并不急于立即展开陈述,而是开始调试自己讲述的态度和情绪,这一态度、情绪的建立,却是通过另外一个有趣的道具——抽屉——来展开的。

二 抽 屉

"我每天都在家中清理抽屉。"

这是小说第二段的第一句。这依然是一个陈述句。这个陈述句首先完成了叙述空间的转换,视点从"外部"转向了"内部",现在,叙述者回到了"家"里。其次,这个陈述句完成了一个动作的叙述,一个不断重复的动作——清理抽屉。接下来,母亲出现了,同样是以"抽屉"为展开的,母亲说的是"抽屉永生永世也清理不好"。这句话听起来像一个巫师的诅咒,极其阴险恶毒。实际上,在残雪的小说世界中,母亲一直是一个非常负面的形象,这一点也许可以从弗洛伊德的精神分析去予以解释。[①] 但是本文无意索隐作者的"意图",也不愿意拘囿于作者的身世经历,既然残雪要把小说建构在一个如此"非社会化"的背景之中,我们也就只能从文本出发来解释这一切的修辞和设置。无论母亲代表了多么邪恶的形象,毫无疑问的是,她并非现实中的母亲,而是一个文本的符号。现在需要注意的是,母亲是通过何种方式与"我"发生了关系。这恰好就是残雪设置的一条重要线索,在这个

[①] 近藤直子在《有狼的风景》一著中对残雪的"仇母"情结进行了比较细致的分析,但是我个人依然认为这与其说是一种社会的后果,不如说是残雪作为一个有意识的叙述者所热衷的一个修辞结构。

看似混乱的小说文本中，残雪却非常理智地安排了种种可供我们踏入的路标。①

我们发现，母亲的每一次出现都与"抽屉"有关：第11自然段"我心里很乱，因为抽屉里的一些东西遗失了"，母亲则对此报以冷笑；第19自然段第一句是"我一直想把抽屉整理好，但妈妈老在暗中与我作对"；第21段妹妹告诉我，"我开关抽屉的声音使她（指母亲）发狂"；第23段"我在抽屉侧面打上油……她被我蒙蔽了……抽屉眼看就要清理干净一点儿，但是灯泡忽然坏了，母亲在隔壁房里冷笑"。清理抽屉——阻止清理抽屉，构成了"我"和"母亲"之间最尖锐的矛盾。抽屉里面究竟有什么呢？为什么大家都要对这个抽屉耿耿于怀？小说对于抽屉里面的内容一直讳莫如深，只有在一处提到了："我发现他们趁我不在的时候把我的抽屉翻得乱七八糟，几只死蛾子、死蜻蜓全扔到了地上。"蛾子和蜻蜓是唯一明确的抽屉里的物事，叙述者接着说："那是我心爱的东西"。即使如此，我想抽屉里肯定不止这些小动物的尸体（标本），即使它们代表了童年的某种记忆。因此，"心爱的东西"才是"抽屉"主要的承载功能，抽屉里面装满了叙述者试图一直保护的东西，"抽屉"在这里具备了回忆、保存、整理等等的功能——抽屉由此具有了讲述的能力。我们甚至可以大胆地猜想，抽屉是否是一个沉默的讲述者，历史因为抽屉的"存在"（讲述）而得以保存。抽屉代表了一种极其私人化的讲述历史的方式，在这个意义上，抽屉和"日记"似乎构成一体的关系。也许就在这个抽屉里，藏着一本本关于个人生活和历史的"日记"，叙述者试图清理、重溯自己的历史，而母亲等人则不管一切地阻止这一事件的发生。这种尖锐的矛盾，是否暗示了残雪这一

---

① 残雪认为自己的写作实际上是"理性和感性合一的产物"，并以为"最丰富的潜意识（中国）同最强大的理性（西方）一旦结合，将会结出意想不到的果实"。见残雪的《中国人不懂精神》和《答〈灵魂的城堡〉译者近藤直子问》，收入《残雪文学观》，广西师范大学出版社，2007年。

代人某种文化上的境遇呢？在中国当代另外一个女作家遇罗锦的《一个冬天的童话》里，"日记"作为最重要的一个事件嵌入到叙述者的命运中去，个人保存和讲述历史的权力被更庞大的力量终结并处刑。那么，在残雪这里，是否也存在这种两难之困境，讲述历史——尤其是个人的历史——总是伴随着巨大的压力和风险，但是，如果放弃这种讲述，则自我就难以完成精神上的更新。因此，关键问题不是讲述（清理）历史，而是用什么样的方式去讲述（清理）历史。

在我前面的分析中，都提到了"陈述句"的叙事句式，这种句式给人一种貌似客观的印象，但是因为"抽屉"这一"私人化"道具的出现，这种客观的陈述变得面目可疑起来。"抽屉"式的讲述类似于日记式的讲述，它暗示了叙述者是一个完全主观化的自我，普实克曾认为中国新文学的三个最基本的特点是主观性、个人主义和悲观主义。他论证说，从主观的、个人的，甚至悲观主义的角度看，"五四"小说背离了传统小说形态，却近于古典的散文和诗歌传统。[①] 从这个意义上说，《山上的小屋》有点类似于"五四"早期的那些自我抒发式的作品，通过个人主观性的陈述来完成一个隐喻的能指。这个隐喻的内容关涉到陈述的内容和陈述的权力。

三 陈 述

围绕着"小屋"和"抽屉"，小说中的人物展开了不同的陈述。首先是"我"的叙述，占了较大的篇幅：

"所有的人的耳朵都出了毛病。"我憋着一口气说下去，"月光下，有那么多的小偷在我们这栋房子周围徘徊。我打开

[①] 参见普实克：《中国现代文学中的主观主义和个人主义》，收入《普实克中国现代文学论集》，李燕乔等译，湖南文艺出版社，1987年。

灯,看见窗子上被人用手指捅出数不清的洞眼。隔壁房里,你和父亲的鼾声格外沉重,震得瓶瓶罐罐在碗柜里跳跃起来。我蹬了一脚床板,侧转肿大的头,听见那个被反锁在小屋里的人暴怒地撞着木板门,声音一直持续到天亮。"

"我听见了狼嗥,"我故意吓唬她,"狼群在外面绕着房子奔来奔去,还把头从门缝里挤进来,天一黑就有这些事。你在睡梦中那么害怕,脚心直出冷汗。这屋里的人睡着了脚心都出冷汗。你看看被子有多么潮就知道了。"

这两段陈述的对象分别是母亲和妹妹。在第一段陈述里面,出现了一个关键内容,即"被反锁在小屋里的人"。这个人暴怒地撞击着木板门,声音一直持续到天亮。但是很奇怪的是,木板门似乎并没有被撞坏,在小说的第一句中,已经交代了小木屋是用木板搭起来,这种木板搭起来的房子一般来说很容易被破坏的,尤其对一个暴怒中的人来说。但是木板门一直到天亮都没有坏,由此也许可以推断,那是因为"反锁在小屋里的人"受到的束缚非常严重,因此使不出正常的力气。如果小屋是某种人格化的象征,那么,这个人就是自我意识的一种化身(也许就是残雪津津乐道的潜意识),它得受到多么严格的控制,才不至于破门而出。在第二段陈述中,出现另外一个重要的角色——狼——不是一只狼,而是一群狼,这一群狼似乎不是侵略者,而是漫游者,因为它们并不吃人,而是作为一种恐惧的象征存在于那里。我之所以把这两段陈述挑出来予以分析,是因为这两段陈述满足了某种文学史研究的癖好。只有那些可以放入到文学史结构中予以分析的文本和陈述,才会呈现出不一样的意义。读者可能已经知道我将会说什么,是的,上面的两段陈述,对应了鲁迅作品中的核心内容。"小屋中的人"是否就是鲁迅所言的"铁屋中沉睡的人"呢?鲁迅的铁屋中的人可以呐喊,却担心醒后无路可逃,只能徒增清醒者的悲哀,而这个小屋中的人，无论其如何暴怒、呐喊，都不会惊醒别人（除了我），也不能惊醒历史。在《狂人日记》中，狂人看到周围的人眼睛里面有狼的"绿光"，他于是觉得周围都是吃过人的人，"没有吃过人的，大概是没有的吧"。狂人因此确认了自己作为"本质"的人的特性。在《山上的小屋》中，"狼"并没有被拒斥，而是成为了"我"的一个武器，用于吓唬别人，其原因可能在于"狼性"和"人性"已经没有办法去进行有效的区别吧，人和狼原来是可以互相变化的，于是叙述者说："原来父亲每天夜里变为狼群中的一只，绕着这栋房子奔跑，发出凄厉的嗥叫。"

但是，父亲是一只"狼"可能只是叙述者我的一厢情愿的指认，父亲并不甘心于这样的指认，他没有放弃自己陈述的权力：

"每次你在井边挖得那块麻石响，我和你妈就被悬到了半空，我们簌簌发抖，用赤脚蹬来蹬去，踩不到地面。"父亲避开我的目光，把脸向窗口转过去。窗玻璃上沾着密密麻麻的蝇屎。"那井底，有我掉下的一把剪刀。我在梦里暗暗下定决心，要把它打捞上来。一醒来，我总发现自己搞错了，原来并不曾掉下什么剪刀，你母亲断言我是搞错了。我不死心，下一次又记起它。我躺着，会忽然觉得很遗憾，因为剪刀沉在井底生锈，我为什么不去打捞。我为这件事苦恼了几十年，脸上的皱纹如刀刻的一般。终于有一回，我到了井边，试着放下吊桶去，绳子又重又滑，我的手一软，木桶发出轰隆一声巨响，散落在井中。我奔回屋里，朝镜子里一瞥，左边的鬓发全白了。"

这一段是父亲关于一个奇怪的梦的陈述，对于这一段里面出现的很多意象，比如剪刀、井、井绳等等都可以做多义的读解。我在此想提出两个问题，第一个问题是，这段话陈述的宾格是谁？也就是对谁说的？第二个问题是，此段陈述的内容在小说中起到了什么功能性的作用？首先我们来看第一个问题，父亲说这一段话的时候，"我"和"母亲"都在场，似乎是对我们说的这一番话，但是小说中又特别提到"父亲避开我的目光，把脸向窗口转过去"。也就是说父亲的陈述对象是非常暧昧的，既可能是对我和母亲，也可能是对一个空无一物之处。但是小说又提到："窗玻璃上粘着密密麻麻的蝇屎。"这个细节的描写暗示了漫长的时间的沉淀，父亲的陈述由此立即从"当下"转入到"过去"。原来，这是一个有几十年历史的梦境。在这样一个"回溯"的视角里面，其实对象是谁已经不重要了，关键是，通过这种陈述，父亲希望获得某种为自己的历史辩解的权力。我们不要忘记，正是因为我"指认"父亲是群狼中的一只后，父亲才开始讲述这么一个西西弗斯式的故事。这个西西弗斯的故事在这里不再承担有悲剧净化的功能，父亲讲述这个故事或许是为自己的历史和行为进行辩解，但是，他似乎并没有取得成功。因为我听到这个故事的反应是"我的胃里面结出了小小的冰块"。这是一个非常残忍的反应，对于父亲的讲述不是认真地倾听和热烈的回应，而是冷冰冰的"冰块"，而且这个冰块居然藏身于能溶解一切的"胃部"，完全无法融化。这该是对父亲所陈述的内容多么激烈的否定和不予谅解。可是从另外一个角度来看，父亲在乎这种反应吗？似乎也没有，父亲的陈述连对象都是不确定的，他宁愿选择对着"粘着密密麻麻的蝇屎"的窗玻璃说话，也不愿意面对"我"的目光。而"我"，宁愿自己的胃部结了冰块，也不愿意去倾听或者理解父亲。

围绕着这些凌乱陈述的，是一种阴冷的氛围，这种氛围与其说是这些陈述的古怪的内容引起的，不如说是陈述本身（语气，修辞）引起的。每个人都在陈述自己的感受、故事，而丝毫不顾对方的感受，每个人都试图通过陈述为自己的行为找到合适的理由，但是最后却堕入更大的恐惧之中去。这些陈述以它自身的凌乱暗示了它们的特质，它们是完全自私的陈述，因为自私，所以内容并不重要或者没有意义，而是这种陈述的指向。陈述的指向不是交流和沟通，也不是对自我的历史进行有效的反思，而是争夺历史阐释的权力，并以此权力去否定对方的历史，当这种否定走到极端时刻，就只有通过恐怖主义来达成。在小说中，叙述者"我"不断通过"狼"来强化自己的叙述，狼现在成为了一个武器，要么掌握狼，要么直接变成狼，唯有如此，才能垄断陈述的权力。

从"铁屋中的人"到"小屋中的人"，从"狼一样的眼睛"到直接变成狼，这是一个饶有意味的变化。"铁屋中的人"面对的是一个群体，他对这一群体还持有一定的希望，因此不惜牺牲自己去唤醒他们，所谓"肩住黑暗的闸门，放他们出去"，这是对中国历史一种启蒙式的想象。但是在残雪这里，"小屋中的人"面目不清，既不能认识到自己的历史位置，也不能去想象他者的历史位置，所以他完全丧失了重建历史的功能。在这样的情况下，对于"他者"的想象完全成为一个任意的指认，也就是把"他者"的历史无限"罪恶化"，从而达到自己"出逃"的目的。从鲁迅到残雪，这里有一个叙述的"颠倒"：历史讲述从一个拯救行为变成了一个"攻击"行为。

四 困 境

抽屉永远都整理不好，但好像也没有被彻底地弄得不可收拾。

家里每个人都在陈述，都在抗辩，但是既没有人认真去听，也没有人愿意去理解。

一切都处在僵持的状态。只剩下小屋了，小屋是最有可能和解和获得救赎的地方。小屋代表了一种可能的出口。在1985年代，文学所面对的最大问题就是重建历史的信仰和整体性问题。对于残雪这个年龄层的作家[①]来说，对历史的强烈的质疑和不信任构成了写作的基本动

[①] 残雪生于1953年，其父亲在1957年被打成"右派"，她由外婆带大。1966年"文革"开始时，残雪刚刚小学毕业，并从此中断学习，从事装配工、赤脚医生等工作。

力。但是即使如此，对历史的重建依然保持有非常丰富的维度。比如在张承志的《黄泥小屋》中，历史的罪恶最后被博大的母爱所救赎，最终，主人公在山川大地中重新归整了自己的历史，完成了主体的更新和重生。但是，在残雪这里，"归整"成为一个异常困难之事。这一困难——至少从《山上的小屋》这篇作品中——大概缘于两个原因，第一是，叙述者没有办法讲述一个完整的故事，讲述故事能力的丧失意味着自我疗愈的失效①，我们发现一个有趣的现象，1985年后中国的现代派文学一度风靡，但很快就进入低潮，其中的原因大概会有许多，但是一个根本的问题是，现代派文学不会讲故事，更不会讲一个具有中国意味的故事。这种故事能力的丧失，从表面上看是一个小说技巧的问题，其实更深层的原因在于无法有效地理解当代的历史。残雪是一个执着的写作者，但是她对于历史的理解毫无疑问是偏执的，这种偏执使得她的作品呈现其个人的特色②，但是却无法放置到更大的社会进程中去，失去"社会化能力"的作品最终不得不起源并终结于主观的书写。第二点是，小屋作为一个空间和另外一个可能社会的象征，却没有办法建构起一个有意义的主体，在小说中，叙述者不断提到"小屋中的人"，但是我们发现，这个人在通篇叙述之后，依然是模糊不清的一个影子，一个幽灵，不能说话，缺乏行动，跟在所有其他叙述者的背后。这个影子当然有其存在的意义，但是如果残雪试图通过这样的影子来完成历史的抵抗，我想她也许是徒劳的。这让我联想到鲁迅的《影的告别》，"然而我终于彷徨于明暗之间，我不如在黑暗里沉没"，这里

---

① 于丽娅·克里斯特娃在《反抗的未来》中寄予小说书写极大的疗愈功能："通过对于自由联想的叙述，通过使人重获新生的对旧的律法（家庭禁忌、超我、理想、俄狄浦斯和喀西斯心理障碍，等等）的反抗，每个人独特的自主性以及他与他人的新型关系得以产生出来。"《反抗的未来》，黄晞耘译，第12页，广西师范大学出版社，2007年。
② 邓晓芒曾提出一个很有意思的观点，认为作家的根在于作家内心的敏感性精神。残雪非常认同这个观点。参见邓晓芒：《作家的根在哪里？》，收入残雪，《残雪文学观》，广西师范大学出版社，2007年。

有鲁迅式的绝望主义,"小屋中的人"似乎也就是这样一个醉心于黑暗中的影子,这个影子无所依附,完全是一个无根之物,它能像鲁迅"铁屋子里的人"那样跳起来呐喊吗?至少在残雪这篇作品里面难以看到这种可能性,那么,这样的影子,大概也就只能被叙述所湮灭了。

但这些可能恰恰是残雪所希望达到的效果,她既不愿意完成"故事"的讲述[①],也不愿意完成主体的构建,而是偏执地提供了一条独特的路径,这一路径就是不寄希望于任何外在于自我以外的事物,把自我完全拘囿意识的内部空间,家庭、抽屉、小屋、父亲、母亲、妹妹都作为外在的事物构成内心的障碍,通过对这些障碍的排斥,历史变成一种单一的纯粹主观的陈述,这种主观的陈述又以客观的面貌出现,于是,重整历史的整体性变成了对整体性历史的再一次彻底地解构:

> 那一天,我的确又上了山,我记得十分清楚。起先我坐在藤椅里,把双手平放在膝头上,然后我打开门,走进白光里面去。我爬上山,满眼都是白石子的火焰,没有山葡萄,也没有小屋。

这么彻底地清除以后,残雪似乎心满意足了。

2011 年 5 月 23 日于北京
2011 年 5 月 30 日再改

[①] 残雪在很多地方表示自己对于"故事"的不信任,比如她曾经激烈批评王安忆在 90 年代以后的创作,认为:"她 90 年代以后的写作是非常讨巧的。在大的'回归'的氛围的助长下,她越写越觉得中国传统的高明,越写越觉得只有所谓'讲故事'才是文学,西方现代主义是胡闹。……一位作家,如果要讨得大家的喜欢,庸俗化是最为便捷的道路,她的不自觉来自于她的守旧,以及社会对于她这种倾向的推波助澜。"见残雪:《中国人不重精神》,收入《残雪文学观》,第 17 页,广西师范大学出版社,2007 年。

韩少功的文化焦虑和文化宿命
—— 以《山南水北》为讨论起点

讨论韩少功是有难度的。从某种意义上说,韩少功是一个复杂的作家,这不仅仅是指他在近三十年的写作历史中,一次次给中国当代文学界以期待和冲击,本身已经构成了"一部小小的文学史"[①],更重要的是,他的写作史始终与中国当代思想史和社会史紧密地纠缠在一起,他的文学行为学和他的文学写作互为话语,讲述着一个有着多样面孔的韩少功。正因为如此,讨论韩少功也是有风险的,因为对于他任何一方面的描述都可能失之偏颇,而不能见出一个完整的个体,这可能既让韩少功失望,也会让关心和热爱他的读者和批评者失望。不过,虽然有这两个可能让我望而止步的难点,我依然对阐释或者批评韩少功充满了强烈的兴趣。我之所以选择《山南水北》为我讨论的起点,一方面固然是因为《山南水北》集中体现了新世纪以来韩少功文学姿态和文学写作的互文关系,更重要的是,在这些文体不明、意图暧昧的叙述中泄漏了韩少功这一代人太多的隐痛。这种"痛",不仅是韩少功个人生活或者写作的"痛",而更是一代人焦虑的"痛",救赎的"痛",更"可怕"的是,这种"痛"是如此具有穿透力,它所蕴含的复杂的文学和社会学意义对批评提出了新的挑战,对于它的把玩赏析和赞誉有加的文字透露了当下文学批评在历史分析上的无力。它使我们意识到,

---

[①] 谢有顺:第五届华语文学传媒大奖,终审评委语。《南国都市报》,2007年4月12日。

一切非历史的、树立文学史标杆和精神偶像式的批评可能都是不痛不痒的。批评同样需要"痛感",批评的"痛",就是在细细剔清一个作家与他的时代、社会、历史的血肉关联时候的"痛";这种痛,就是要破除个体作家"独自成蛹"的神话,"揭穿文本的秘密性、私人化的现象,(发现)这些文本与历史场景有着深厚及共谋性的关联",[①]从而在个体写作中发现更具有普遍意义的问题甚至是命运。这正是我在本文中将要尝试的方式。

一 "寻根"与"再寻根"

我们注意到,在80年代,通过投身于某一种文学潮流(如伤痕文学、反思文学、改革文学、寻根文学等)来获得在文学场相对优先的位置成为一种主要的文学生成机制。这是中国当代文学生成的一种很特殊的方式,从来没有一个时期出现过如此密集的文学思潮并造就了一批经典作家作品。在很大程度上,韩少功也是这种文学生成机制的受益者,他进入当代文学史正是与"寻根文学"紧密捆绑在一起的。但是,当"寻根文学已经是当代文学史上一个巨大的无法逾越的神话"或者成为一些"抽象的历史形式、文学术语和概念"[②]的时候,它已经对我们重新认识具体的问题形成了阻碍。可能正是出于这种考虑,陈晓明在1994年左右就小心翼翼地认为"韩少功是唯一可以从寻根的布景中剥离出来的作家"[③],在陈晓明看来,这种"剥离"的目的是为了进入一个更具有个人性和连续性的韩少功,但是他最后的结论却非常奇怪,他把

[①] 薇思瓦纳珊编:《权力、政治与文化——萨义德访谈录》,单德兴译,第36页,生活·读书·新知三联书店,2006年。
[②] 陈晓明:《个人记忆与历史布景——关于韩少功和寻根的断想》,《文艺争鸣》,1994年第5期。
[③] 同上。

莫言的《红高粱家族》作为"寻根"这颗"疯狂的石榴树"结出的最后的果实,并认为至此"寻根文学"不仅"埋葬了自己,也埋葬了当代中国最后所具有的巨大历史冲动"①。但韩少功的接下来的写作证伪了陈晓明的判断,在《马桥词典》、《暗示》以至《山南水北》——呈现在我们面前时,我们不禁要问,"寻根"终结了吗?或者说,是"寻根"的哪一部分终结了?而哪一部分还继续顽强地保存了下来?

从"寻根文学"一开始,韩少功就一直在辩白他的"无意识"和"无心之举"②,但事实是,1985年左右出现的"寻根思潮"是一个建立在对当时中国文学(文化)深刻认识基础上的深谋远虑的行为。当时中国的文学环境是,一方面,随着文化热的兴起,大批的西方著作被翻译进来,大大拓展了人们的文化视野,求新求变成为文化思想界的潮流;而另外一个方面,官方意识形态还在竭力维持着其文化领导权,努力规范着文化思想界的发展方向,并在1983年左右发起了声势浩大的"清除精神污染运动"。这种特殊的历史语境给当时的文化界带来了双重的焦虑,一方面必须借助异质的文化来打破官方意识形态文化一统的局面,另一方面,这种异质文化如果仅仅是局限于西方文化则可能丧失民族文化的主体性。"寻根文学"的提出实际上是应对这两个焦虑的产物。韩少功认为:"五四以后,中国文学向外国学习,学西洋的、东洋的、俄国和苏联的;也曾向外国关门,夜郎自大地把一切洋货都封禁焚烧。结果带来民族文化的毁灭,还有民族自信心的低落……但就在这种彻底地清算和批判中,萎缩和毁灭中,中国文化也就能涅槃再生了。"③实际上,无论是韩少功对所谓的"楚文化"追寻,还是阿城对所谓的"老庄"的迷恋,他们都有一个隐藏的目的,那就是努力打破当

---

① 陈晓明:《个人记忆与历史布景——关于韩少功和寻根的断想》,《文艺争鸣》,1994年第5期。
② 林伟平:《访谈韩少功:文学和人格》,《上海文学》,1986年第11期。
③ 韩少功:《文学的"根"》,《作家》,1985年第4期。

时"革命文化"一统天下的局面,又不迷信于当时的西方文化,而是回到文化的"根",发掘本民族文化上的多样性,从而重建已经发生巨大断层的民族文化和民族文学。只是在当时特殊的历史语境下,很多问题还相当敏感,所以对这一目的的表达非常隐讳和含蓄,阿城就曾经坦言:"当时写《文化制约着人类》,题目还好,可是内容吞吞吐吐,那时候还怕牵连我父亲。"①而韩少功也在文章中使用一个比较中性的"规范文化"来指称当时需要改变的"革命文化"。但无论如何,"寻根文学"作为一种寻找"异"的历史冲动,其出发点虽然是"文学的"(文学的创新),但其最终的目的却是"文化的"(寻找多样的文化)。这正是韩少功所谈到的:"寻根就是根据这两个问题:一个是创作实践状况,两代作家的成长道路,怎样继续提高一步;第二个就是怎么样看待东方文化,东方文化的前途和现在面临的迫切需要改造的任务。"②在 2005 年,阿城更是以过来人的身份再次强调了"寻根"的文化面向:"从文化构成来看……1949 年是最大的一个坎儿,从知识结构、文化构成直到权力结构,终于全盘'西化',也就是唯马列是瞻。"这种转型带来的直接后果就是生活方式、情感模式、话语表达上的高度集体化,所以"寻根派"就是"要去找不同的知识构成,补齐文化结构,(这样)你看世界一定就不同了"③。

那么,关键问题是,"寻根"需要解决的两个问题完成了吗?我们先来看第一个问题,也就是作为文学的"寻根"成功了吗?这个问题基本上不需要论证,文学史已经证明,"寻根文学"不仅是在审美意识、主体观念和语言表达上都为中国当代文学贡献了一个高度,"它实际完

---

① 查建英主编:《八十年代访谈录》之《阿城访谈录》。
② 林伟平:《访谈韩少功:文学和人格》,《上海文学》,1986 年第 11 期。收入吴义勤主编,《韩少功研究资料》,山东文艺出版社,2006 年。
③ 查建英主编:《八十年代访谈录》之《阿城访谈录》。

成了一次文学观念和审美风格的变异"①，从这一点看来，作为文学的"寻根"实际上是成功的，但是也正是这种成功过于"巨大"，它反而掩盖了"寻根"的另外一个向度，正如陈晓明所指出的"寻根文学的动机与效果未必相符，那些'文化之根'其实转化为叙事风格和美学效果，一个文学讲述的历史神话结果变成了文学本身的神话"②。这里就涉及第二个问题，作为寻找另一种"文化构成"的"寻根"完成了吗？

韩少功在1985年的代表作品回答了这个问题，我们在《爸爸爸》和《女女女》等"寻根文学"的经典作品中读到的不是韩少功所谓的"绚丽的楚文化"，而恰恰是一个需要被改造的落后的丑陋的文化"异类"，而在寻根文学的另外一个代表人物王安忆的《小鲍庄》里面，"仁义"所代表的儒家文化也被描述为类似于鲁迅式的"吃人"的虚伪的礼教。这是一种让人惊讶的名不符实，"寻根"本来是为了寻找一个足够强大的可以救赎整个民族的文化，最后却回到了"批判国民性"的老路子上了。阿城对此有非常深刻的体察："寻根，造成又回到原来的意识形态，而不是增加知识和文化的构成。这是比较烦的。""你不管是找传统也好，找西方也好，这样你的知识结构和文化构成才会丰富一些，你就会从原来的那个意识形态离开，或者看的开一些。唉，怎么结果它回来了！"③阿城的失望之情在这里表露无余。但是问题可能并没有这么简单，实际上，"寻根"的确寻找到了一些文化之根，如楚文化，道家文化，吴越文化等等，这些文化类型的发现也确实突破了"革命文化"一统天下的局面。但问题的关键是，这些寻根者们对于这些文化的态度却停留在"五四"的水平上，文化的确认再一次成为文化的批判，我想，这正是阿城指责"寻根"失败的主要原因。而韩少功，作为

---

① 陈晓明：《个人记忆与历史布景——关于韩少功和寻根的断想》，《文艺争鸣》，1994年第5期。
② 同上。
③ 查建英主编：《八十年代访谈录》之《阿城访谈录》。

寻根文学最早的发起人,他对此的认识可能比其他人更为深刻,他早就预言了寻根"早产"的性质,在1986年,他已经意识到"寻根"是一个分层次的"文学/文化"实践,它不可能毕其功于一役①,在所谓的"寻根文学"的运动中,"寻根"只不过完成了其最"表面化"的任务。

在我看来,因为"寻根"的这种"未完成性",实际上可以说"寻根文学"之后有一个"再寻根",而韩少功,无疑是这一个"再寻根"的身体力行的实践者。《山南水北》只有置于这样一个历史的链条中才凸显出其不一般的意义。随着《山南水北》在他隐居六年之后的出现,韩少功再次把"寻根"这样一个话题推倒了我们前面,山还是那个山,水还是那个水,当韩少功一头扎进那一方小小的山水,这再一次的"寻根"对于韩少功有何意义?它与这二十年急剧变化的当代中国历史之间构成了何种复杂对话的关联?

二 视角的变化和自我的迁延

一个很明显的事实是,《山南水北》在写作上无疑是在继续自《马桥词典》和《暗示》以来的路子。但是,有一个事实提供了一个新的话题,那就是,与以往"返乡者"身份的不同,这一次,韩少功是以一个"隐居者"的身份出现在《山南水北》之中。我们注意到,虽然在《马桥词典》和《暗示》中"我"频繁出现,但这个"我"却始终外在于他所描写的生活,他仅仅是一个"旁观者",并且随时准备着离开(返乡的另外一个意义就是离乡)。但是在《山南水北》中,"我"第一次开始以唯一确定的现实的身份出现,这个身份就是当年的知青,曾经的农民,现在的作家、城里人、海南省作协主席——韩少功。

很多人忽视了这一变化,而恰恰是这一变化至关重要,它至少涉

---

① 林伟平:《访谈韩少功:文学和人格》,《上海文学》,1986年第11期。

及两个与当代文学史密切相关的重要问题，一个是作家叙述视角的再一次变换，一个是与这种视角变换密切关联的自我意识的迁延。在很多的研究者看来，韩少功在1985年的写作有一个很大的变化，那就是从一个"不平则鸣"、"为民请命"的"功利性写作"转换到以《爸爸爸》为代表的"冷峻严肃"的"文学性写作"[①]，但是我们发现，如果从叙述视角来看，这种变换并没有改变韩少功"疗救者"和"启蒙者"的视角和自我意识。他只不过是把"疗救"和"启蒙"的对象从现实转移到了历史中去而已，虽然《月兰》中的热切激愤的"我"已经隐遁在《爸爸爸》和《女女女》的冷静叙述中，但是，一个"全知全能"的叙述者的形象却丝毫没有改变，反而是得到了加强。有评论者认为："如果说1985年之前，韩少功认为文学与现实之间主要是一种模仿关系，……那么在1985年之后，他则悟到这两者是一种对话式的关系。"[②]但在我看来，因为叙述视角和自我意识没有发生改变，这种"对话"关系并没有在其作品中体现出来，其实依然是一种由作者全部控制的单向度的"训话"，它导致的直接后果是，"把中国传统保守愚昧的那一面又给拎出来，作为一个靶子，而又变成一个自我否定了"[③]。可能韩少功本人也意识到了这种情况，在经过较长时间的搁笔后，他在《马桥词典》中对这种"启蒙意识"和"全能视角"进行了反思，有意思的是，这种反思同样来自于对所谓小说美学的重新定位，在《马桥词典》的"枫鬼"这一词目中，韩少功有一段"自白"：

> 我写了十多年的小说，但越来越不爱读小说，不爱编写小说——当然是指那种情节性很强的传统小说。那种小说里，主导性人物，主导性情节，主导性情绪，一手遮天地独霸了作

[①] 李庆西：《他在寻找什么？——关于韩少功的论文提纲》，《小说评论》，1987年第1期。
[②] 玛莎琼：《论韩少功的探索型小说》，田中阳译，《当代作家评论》，1993年第5期。
[③] 查建英主编：《八十年代访谈录》之《阿城访谈录》。

者和读者的视野,让人们无法旁顾。即便有一些偶作的闲笔,也只不过是对主线的零星点缀,是专制下的一点点君恩。必须承认,这种小说充当了接近真实的一个视角,没有什么不可以。但只要稍微想一想,在更多的时候,实际生活不是这样,不符合这种主线因果导控的模式。①

"主导性人物、主导性情节、主导性情绪",这一切都源于那个高高在上的,全知全能的,以"启蒙者"和"拯救者"为己任的叙述者。而在《马桥词典》中,我们发现一个"旁观者"的视角已经出现,他随处游走于人群之中,打量着各色各样的表演和景观。他不动声色,也不担负任何责任,好像一个被突然放逐的史官,默默地编撰着一部"文化密码"似的词典,但是,这种转变并不完全彻底②,在很多时候,他残存的"启蒙者"的意识不时会冒出头来,用一种貌似现代化的观念去"启蒙"那些非现代的农民。在《碘酊》中,这一意识以反讽的形式被表达出来:

> 我出生在城市,自以为足够新派,一直到下乡前,却只知道有碘酒而不知道有碘酊。……我完全没有料到,这里的男女老幼都使用一个极为正规的学名:碘酊。他们反而不知道什么是碘酒,很奇怪我用这种古怪的字眼。即使是一个目昏耳聩的老太婆,也比我说得更有学院味。③

"启蒙"在这里遭到了嘲笑,"启蒙者"和"人民"之间的关系似乎

---

① 韩少功:《马桥词典》之《枫鬼》,上海文艺出版社,1997年。
② 洪治纲认为《马桥词典》依然是"结构性"的,也就是说,韩少功还没有完全放弃"主导"叙事的企图。参见洪治纲:《具象:秘密交流或永恒的悖论》,《当代作家评论》,2003年第3期。
③ 韩少功:《马桥词典》之《碘酊》,上海文艺出版社,1997年。

被颠倒过来。从《马桥词典》再到《山南水北》,韩少功关于"自我"的确信越发孱弱,在1996年,作为第一人称的"我"已经开始受到韩少功的深刻质疑:

> 从某种意义上说,我从来只是历史和社会的某种代理,某种容器和包装。没有任何道理把我的心智单独注册为"我",并大言不惭地专权占有它。①

"旁观者"一次次蜻蜓点水似的路过已经不足以释放这种深刻的焦虑,在此情况下,"隐居"才成为一种必要的实践,"隐居"意味着完全进入山水,与土地人民打成一片,和他们生活在一起共同成为主体。

从"启蒙者"到"旁观者"再到"隐居者",叙述视角的变化和自我意识的迁移几乎同时发生。与这种变化相伴随的是中国当代知识分子与"人民"之间关系的调整,正如祝东力所指出的:"人民尤其是英雄的人民,并不是一种恒定的'实体'(固定的社会群体),而毋宁是一种'功能',一种价值和精神。"②从1949年到2006年,伴随着知识分子地位的沉浮,"人民"的功能也在不断地发生着变换,从知识分子接受贫下中农的改造,到"朦胧诗"、"伤痕文学"、"改革文学"一呼百应,再到市场经济改革后"人民"的一部分变成"中产阶级",另外一部分成为无需要"精神领袖"的"大众"③,知识分子似乎已经失去了与"人民"进行有效对话的途径和能力。在1992年之前,主体的建构被想当然地理解为是知识分子个人主体意识觉醒的问题,而忽视了这样一个事实,主体意识的建构实际上是一个社会的系统工程,它不但涉及知识分子的经济地位、政治地位、文化地位,它同时也关涉"对象的

---

① 韩少功:《完美的假定》,第35页,作家出版社,1996年。
② 祝东力:《精神之旅》,第179页,中国广播电视出版社,1998年。
③ 同上,第178页。

主体性",当"对象主体"(人民大众)突然绝尘而去,所谓知识分子的"主体"也不过是一个空洞的"镜像"。从1985年中国文化界高扬"主体"的大旗,到1994年底"人文精神大讨论"的出现,一个完整的主体死亡故事得到建构。

只有在这样的历史语境中,我们才可以理解韩少功自《爸爸爸》到《马桥词典》再到《山南水北》的转变。如果说在《马桥词典》中,韩少功还小心翼翼地守护着自己的"姓名权"(一种主体意识的符号化),还在不停地用各种身份进行"狡辩"和"掩护",还在把"人民"和"农村"作为一个客体来进行"对象化"。那么,在《山南水北》之中,他已经放弃了这种对"自我"的守护,"韩少功"成了一个可以被人任意指认,任意对话的非个体存在。他醉心于山南水北那些充满"巫术"色彩的"人民",他们的劳动、智慧,他们对于生命的耐力和抗争,他甚至因为一个瞎子小姑娘神奇的"听音"能力而自惭形秽[①]。由此韩少功更加谨小慎微,他越发接近文化的"根部",他越发感到了个人其实是一个靠不住的存在。对于韩少功来说,"隐居"完全不同于古代士大夫的政治避祸或者归隐田园,"隐居"是一次带有悖论色彩的文化实践,一方面,它是基于主体意识瓦解后的一种"撤退",而另一方面,只有把自己完全纳入山水和山民之中,他的自我焦虑才可能得到释放,一个新的精神主体才有可能生成。只不过让我们感到疑惑的是,如果连自我都已经靠不住了,那些山水是否还有疗伤的功效?如果自我如韩少功所言都不过是"历史和社会的容器",那山水又岂能是一片纯净的自然天地?

[①] 韩少功:《山南水北》,作家出版社,2006年。出自此书的引文不再注明版本。

三 "山水"的意识形态

且让我们先来看一看韩少功对他隐居地山水的描述:

> 几年前我回到了故乡湖南,迁入乡下一个山村。这里是两县交界之地,地处东经约113.5度,北纬约29度。洞庭湖平原绵延到这里,突然遇到了高山的阻截。幕阜山、连云山、雾峰山等群山拔地而起,形成了湘东山地的北端门户。它们在航拍下如云海雾浪前的一道道陡岸,升起一片钢蓝色苍茫。①

> 巴童浑不寝,夜半有行舟。这是杜甫的诗。独行潭底影,数息身边树。这是贾长江的诗。云间迷树影,雾里失峰形。这是王勃的诗。野旷天低树,江清月近人。这是孟浩然的诗。芦荻荒寒野水平,四周唧唧夜虫声。这是《阅微草堂笔记》中俞君祺的诗。……机船剪破一匹匹水中的山林倒影,绕过一个个湖心荒岛,进入了老山一道越来越窄的皱折,沉落在两山间一道越来越窄的天空之下。我感觉到这船不光是在空间里航行,而是在中国历史文化的画廊里巡游,驶入古人幽深的诗境。②

这两段描写意境之美,文字之雅让我刹那之间恍兮惚兮,以为置身于陶渊明笔下的桃源圣地。但这不过是错觉罢了,实际上,这种对山水客观的描摹不仅在整部作品中非常少见,而且,即使在短暂的沉醉中,韩少功也清醒地意识到"历史的怪兽"就隐藏在山水之后:

> 当时这里也有知青点,其中大部分是我中学的同学,曾

---

① 韩少功:《山南水北》之《地图上的微点》。
② 韩少功:《山南水北》之《扑进画框》。

给我提供过红薯和糍粑，用竹筒一次次为我吹燃火塘里的火苗。他们落户的地点，如今已被大水淹没，一片碧波浩渺中无处可寻。当机动木船突突突犁开碧浪，我没有参与本地船客们的说笑，只是默默地观察和测量着水面。我知道，就在此刻，就在脚下，在船下暗无天日的水深之处，有我熟悉的石阶和墙垣正在飘移，有我熟悉的灶台和门槛已经残腐，正在被鱼虾探访。某一块石板上可能还留有我当年的刻痕：一个不成形的棋盘。

　　米狗子，骨架子，虱婆子，小猪，高丽……这些读者所陌生的绰号不用我记忆就能脱口而出。他们是我知青时代的朋友，是深深水底的一只只故事，足以让我思绪暗涌。三十年前飞鸟各投林，弹指之间已不觉老之将至——他们此刻的睡梦里是否正有一线突突突的声音飘过？①

一切恍如旧梦，但对知青生活如此清晰的记忆却提醒了我们，山水在韩少功的面前，绝对不是一幅审美的水墨画，而是缠绕着种种历史的欢欣和痛苦。对于韩少功他们这一代人来说，"山水／山川"一直承担着独特的历史功能，在他们人生的不同时期发挥着不同的效用。韩少功生于1953年，十六岁时（1969年）离家插队，那可能是他第一次如此亲切地与山川面对：

　　那是连钢铁都在迅速消溶的一段岁月，但皮肉比钢铁更经久耐用。钯头挖伤的，锄头扎伤的，茅草割伤的，石片划伤的，毒虫咬伤的……每个人的腿上都有各种血痂，老伤叠上新伤。但衣着褴褛的青年早已习惯。朝伤口吐一口唾沫，或者抹一把泥土，就算是止血处理。我们甚至不会在意伤口，

---

① 韩少功：《山南水北》之《扑进画框》。

因为流血已经不能造成痛感,麻木粗糙的肌肤早就在神经反应之外。

……从那以后,我不论到了哪里,不论离开农村有多久,最大的噩梦还是听到一声尖锐的哨响,然后听到走道上的脚步声和低哑的吆喝:"一分队!钯头!筲箕!"①

任何一个有过知青经历的人可能对这段描写都心有戚戚,山水在"改天换地"的宏大叙述中变成结结实实的体能和精神折磨。在"革命青年"改造山水的同时,山水也毫不容情地改造了他们,这种历史的辩证法通过韩少功对"劳动"的态度体现了出来,昔日让人痛不欲生的体力劳动在四十年后的今天已经成为了一种资本:"坦白地说:我怀念劳动。坦白地说:我看不起不劳动的人,那些在工地上刚干上三分钟就鼻斜嘴歪屎尿横流的小白脸。"而在另外一个同样是当年的知青那里,"劳动"已经成为一种"生存方式",他只有在不停的"劳动"中才能确认到生命的存在②,虽然韩少功毫不费力地把这种对"劳动"的迷恋与海德格尔对现代化的批评嫁接在一起,并一再声明他对于城市生活的厌倦,但让我们怀疑的是,这究竟是一种怀旧还是对现代化的批判?

提出这样一个疑问来自于这样一种文学史的事实,那就是,在1980年代,当"改革"和"现代化"的意识形态蔚为潮流的时候,正是山水承担着对现代民族国家的想象认同。我们或许还记得张承志在《北方的河》中对山水的呼唤和拥抱:

陕北高原被截断了,整个高原正把自己勇敢地投入前方雄伟的巨谷,他眼睁睁地看着高原边缘上一道道沟壑都伸直了,笔直地跌向那迷朦的巨大峡谷,千千万万黄土的山峁还从

---

① 韩少功:《山南水北》之《开荒第一天》。
② 韩少功:《山南水北》之《农痴》。

背后像浪头般滚滚而来。他激动地喃喃着,"嘿,黄河,黄河。"

他沿着黄河踱着,大步踏着咯响的卵石。河水隆隆响着,又浓又稠,闪烁而颠动,像是流动着沉重的金属。这么宽阔的大峡都被震得摇动啦,他惊奇地想着,也许有一天两岸的大山都会震得坍塌下来。真是北方第一大河啊。远处有一株带有枝叶的树干被河水卷着一沉一浮,他盯准那落叶奔跑起来,想追上河水的速度。他痛快地大声叫嚷着,是感到自己已经完全融化在这喧腾声里,融化在河面上生起的、掠过大河长峡的凉风中了。

她看见了一幅动人的画面:一条落满红霞的喧嚣大河正汹涌着棱角鲜明的大浪。在构图的中央,一个半裸着的宽肩膀男人正张开双臂朝着莽莽的巨川奔去。①

在一些研究者看来,张承志这种对山水的极其夸张的热情表达是利用"一种地域观念、'血统'关系、一种文化关系来重构一个中国的概念。民族国家想象开始依托于一种文化地理学式的现代化理论,以新的面目被建构起来"②。最重要的是,这种民族国家认同是建立在对现代化美好前景的想象中来完成的,山水在此如同张承志那个笔下的热血青年,在经过"文革"的毁灭后再一次走在现代化的康庄大道上。

这一对比或许能让我们理解韩少功们的痛苦,无论是对"东方文化"的寻根,还是对"黄河文化"的拥抱,现代化始终是一个梦绕魂牵的"乌托邦"。但是,当现代化突然以一种暴虐的方式展开的时候,他们如何安顿自己的理想和灵魂?毫无疑问,韩少功对此有痛苦的幻灭,当他在1988年毅然南下海南,创办类似于"人民公社"的《海南纪实》杂志社,身体力行于现代化的"伟大实践"之中,他或许没有料想到,

---

① 张承志:《北方的河》,十月文艺出版社,1987年。
② 张凡册:《认同重建于"山川"之中》,《当代作家评论》,2007年第4期。

仅仅不过十多年时间,他就要"打道回府",重归山水。

只是山水也不过是历史的"造物",历经"上山下乡"的改造,市场改革的"掳夺",这山水之中的文化之根还残存有多少?这眼前的"景观"到底是知青的"桃源旧梦"还是经"现代化冲击后的残山剩水"?韩少功似乎已经意识到了,就算是怀旧,在市场化的语境中,也需要付出昂贵的代价。① 而昔日借助"乌托邦"的宏大叙述建构起来的"山川人民"也已经在历史的流变中杂糅相成,构成一幅让人啼笑皆非的"后现代奇观",请看《意见领袖》②中绪非爹的言论:

> 绪非爹后来得知此事,听说来访的都是作家,也觉得十分可惜,失去了一个与作家深入讨论台湾问题的机会。"中国就是一个人,一个男人呵。"他愤愤地痛陈国是:"台湾就是中国胯里的一粒弹子。这粒弹子如今捏在美国手里呵。他不时捏你一下,不时又捏你一下,痛得你没办法。你看恼不恼火?原来还有一粒弹子捏在英国手里,两边夹着你捏。英国那个婆娘居然还想得出,上一回还要出钱来买弹子。"
>
> 大概是对退休生活不大满意,绪非爹火气更大,越来越像个愤青,开口就骂乡政府:"一年吃了一二十万,哪来那么多死尸要招待?说是招商引资!钱呢,引来的钱呢?钱毛也没有一根!还不如拿去喂猪,一二十万买饲料,总要喂出几百斤肉吧?"
>
> 骂完官员又骂日本右翼势力:"参拜,参拜,参他娘的尸!真要搞得中国人火了,好,什么事也不做了,一人出十块钱,做两个原子弹。老子把火柴一划,嘭噌!"
>
> "你是放原子弹还是放鞭炮?"我没听明白。

---

① 韩少功:《山南水北》之《怀旧的成本》。
② 韩少功:《山南水北》之《意见领袖》。

"当然是原子弹！"

或许这才是更原生态的山水人情，它没有张承志的山水激情澎湃，没有路遥的山水那么默默深情，也已经在现代的观照中失去了《爸爸爸》中的诡秘神奇，但是，这是真实的，这是一部与历史不屈不挠进行对话的山水，它与那些隐秘的自然风物一起，构成了我们真正赖以生存的山河大地。对于它的认可，意味着韩少功已步入中年，他的怀旧，他的暧昧，他的自嘲，既有无可奈何的"天命"之感，也有一颗看淡一切的"平常心是道"。

四 一代人的焦虑和宿命？

韩少功最后寻找到了什么？如果非要给出一个确定的答案，可能会是比较遗憾的，至少从目前来看，他还没有给我们提供一个解决问题的方案，他无疑确实在努力寻找一个新的"文化构成"来重构精神主体和现代文化图景，并以此来安顿自己疲倦的个体生命。但是，因为他们这一代人特殊的精神构造，这种努力可能还有待时日。韩少功的文化姿态并非代表了他一个人的困境，而是代表了一代人的困境。我们会发现一个有意思的现象，与韩少功相似，包括李锐、李陀、张承志、北岛等人都有这种情况发生，即，从最初的对"现代化"和"现代派"的热情肯定到对其产生怀疑和犹豫，比如李陀在 1999 年开始反思"纯文学"的说法[1]、尔后又对"工农兵文学"的历史合理性进行了肯定[2]，而北岛，居然对自己当年写出的《回答》深表不满[3]，韩少功的隐居不过是其中比较极端的一个例子。为什么会出现这种情况？阿城在

---

[1] 李陀、李静：《漫谈"纯文学"》，《上海文学》，2001 年第 3 期。
[2] 李陀、阎连科：《〈受活〉：超现实写作的重要尝试》，《南方文坛》，2004 年第 2 期。
[3] 查建英主编：《八十年代访谈录》之《北岛访谈录》。

一篇文章中认为这是因为他们没有办法超越自己的"知识模式"和"情感模式",他回忆了一个小小的细节,就是北岛一旦在喝醉的时候,总是慷慨激昂地大声唱起《东方红》,在阿城看来,他们这一代人受到"革命"的熏陶太深了,已经没有办法超越这种革命情结,以及与之相伴随的"激情"、"责任"、"理想主义"、"乌托邦理想",等等。[①]因此他们在一个世俗的、彻底商品化的现代化进程中感到不适应,甚至是回到"文化相对主义"的立场就在情理之中。实际上这种"不适应"和"回到现代之前"一直是中国近百年来现代文化史中经常出现的现象,比如周作人,他在1920年代就开始反思中国现代化的思想资源,并开始寻找所谓的汉唐文明来重建文化的自主性,他对江浙山水、茶食、人情世故的书写描摹与今天的韩少功何尝不有着隐隐的历史关联。Rey Chow(周蕾)在讨论中国现代性生成的过程中,特别谈到主体欲望爱憎交织的反应。她认为中国现代文人在遥念中国的始源的时候,产生着一种既迷恋又排斥的症候[②]。而正是这种症候,造成他们相对应的对现代化的患得患失的矛盾心理。

韩少功身处这样的历史进程中,当然也无法幸免这种"焦虑",虽然他的一系列写作和行为可能会暂时救赎他的个体生命,"他把一个知识分子的生存焦虑,释放在广大的山野之间,并用一种简单的劳动美学,与重大的精神难题较量,为自我求证新的意义"[③]。但是,对于韩少功们以及更多的中国人文知识分子来说,历史的"暴虐"其实不过刚刚展开,在一个可以估量的时段和范围内,现代化的世俗化、去

[①] 查建英主编:《八十年代访谈录》之《阿城访谈录》。

[②] Rey Chow, *Primitive Passions: Visuality, Sexuality, Ethnography, and Contemporary Chinese Cinema*, N.Y.: Columbia UP, 1996, chap.1. 王德威的《当代小说二十家》(生活·读书·新知三联书店,2006年)第331页中有相关论述。

[③] 谢有顺:第五届华语文学传媒大奖,2006年度杰出作家韩少功"授奖词"。《南国都市报》,2007年4月12日。

魅化、商品化的进程不会终止也难以逆转，因此在一个相当长的历史时期内，中国的人文知识分子可能还要深刻的纠缠在这样的"迷恋排斥"、"爱憎交织"的焦虑和痛苦之中，他们会一次次重构自己的历史、传统，一次次返乡和归隐，叩问山河大地，直到寻找到属于自己安身立命的文化和经典，这或许就是韩少功目前给我们提供的最实在的启示和意义。

2009 年 9 月 8 日三稿于人大

"孤独"的社会学和病理学
——张悦然的《好事近》及"80后"的美学取向

张悦然把她的小说《好事近》[①]收入到系列主题书《鲤·孤独》之中,她实际上在为读者阅读和接受这篇小说设置了一个主题词,读者很容易由这个主题词出发去理解这篇作品的情绪和意义,这其实是一种带有暗示性的阅读提示甚至是诱惑。但是,话又说回来,如果这篇小说不是收入到这部主题书中,是否就无法阅读出这种孤独的主题呢?我觉得不是这样的,就我个人的阅读感受而言,无论从任何一个角度来看,孤独都是理解这部小说最关键的入口,而且,正因为张悦然试图在孤独的主题下与她的读者取得一种互动,她实际上拓展了孤独对于这部作品的意义,孤独被传播、扩散、复制,对于张悦然的读者来说,购买一本《鲤·孤独》,在一些晦暗的时刻阅读其中的文字,然后问一句"我孤独吗?",孤独就这样成为一种区别性的代码和符号,在张悦然、匿名的读者以及作品之间弥漫开来,孤独,似乎成为一种证词。可是对于我来说,这种孤独的感受固然是常有的,在阅读《好事近》的时候也确实感觉到这种"孤独感"带来的强烈怜悯和心痛。但是却对孤独的"根部"保持某种顽强的理智,我始终想抽身而出,观照《好事近》以及张悦然的孤独所关联着的更广大范围的问题:"我们"的孤独(而不仅仅是张悦然的),以及对这一孤独的想象、书写和"疗愈"。

[①] 张悦然:《好事近》,收入张悦然主编,《鲤·孤独》,江苏文艺出版社,2008年。

一 "孤独"何以可能？

> 别人都说你冷漠，我却一看到你，就觉得亲切。你身上有一种特别的气味。我确信，我们是同类。那些不能和别人说的事，也许可以和对方说。(《好事近》)

这是中学生蒋澄对中学生"我"，也就是《好事近》中的女主人公袁琪说的一段话。这一番表白对于一个中学生来说可能过于深刻，甚至有些过于"文学腔"，不过没有关系，在《好事近》中，几乎每一个人都是早熟的并且满是文学气质。对于蒋澄和袁琪来说，关键问题是，他们的青春期带有某种偏执的人格倾向，总是企图把自己与别人区别开来，从一个群体里面凸显出某种个人性的特征。对于蒋澄来说，这就是他发现自己的性取向有异于常人，而对于袁琪来说，虽然谈不上性取向有问题，但是她也很乐意别人对她的误解，并以此与人群保持一定的距离。所以她说："我情愿自己是石女，可以省去很多麻烦。""什么麻烦？""和别人相处的麻烦。"或许从这句话里面可以揣测出来，袁琪和蒋澄确认自己的"特别"并非是为了某种青春期的个性张扬或者是刻意的叛逆，在典型的成长小说中，叛逆是一个基本的主题，但是叛逆实际上已经预设了某种回归，回归到社会认可的主流价值中去。但是对于袁琪和蒋澄来说，他们并没有预设或者期待一种回归似的东西，而是带有某种沉迷的情绪，在这种偏执型的人格中享受一种快感，他们并没有想到要回到人群中去，甚至不想在这个方面有任何努力。很明显，与一般的成长小说不同，《好事近》中孤独的长度和密度超越了青春期的心理骚动的层次，而进入了更复杂的社会学意义上的层面。

在一些时候，张悦然自己会试图解释她小说中某些情绪产生的原因，她很喜欢强调的一个事实是，她小说中的主人公大概都是出生在1980年代的年轻人，从这个意义上讲，她小说中的人物都带有她自己的某些影子，只是有的深有的浅，而在中国的图书市场，张悦然的作品也一直被目为"青春小说"而书写着1980年代出生的一代人的"成长史"。在《鲤·孤独》的开篇，几篇文章都表达了对村上春树作品中的孤独感的强烈认同，并以为"在日本的村上，却和中国的80后颇有些相通处——他是独生子，在那个时代的日本，这是很少见的"[①]。这种少见的情况对于中国的"80后"而言却是常态，自从70年代末中国政府实施计划生育的基本国策以来，一对年轻的夫妇和他们的"独生子女"成为中国社会最基本的家庭单元。毫无疑问，与前此中国式的大家庭甚至是大家族相比较，这些独生子女在享受更多资源的同时也丧失了很多乐趣，其中最主要的一点就是兄弟姐妹众多所带来的集体欢愉感。这种情况下的孤独是有道理的。但是如果把这种孤独感完全归因于"独生"的情况，是否也过于简单？一个最基本的事实是，无论哪一个独生子女都不会是在隔绝的环境中成长，学校、社会依然提供了无限广阔的交流的可能。在我看来，独生子女的孤独感是确实存在的，但是这种孤独感却并非一定会成为一个普遍的问题，它之所以会成为一个问题，却是与1980年代以来中国社会的结构变化密切相关。仅仅是某一个个体依然会在与另外的个体的交往沟通中找到情谊并消除孤独感，但是，如果整整一代人都陷入这种孤独感呢，那就是无非回避的社会事实，并立即会转化为一种心理现实。

我们知道，与1980年代出生的个体成长相伴随的是中国迅速的资本化（现代化）过程。中国的城市改革虽然最早开始于1983年，但实际上大规模地城市化和资本化是在1992年邓小平"南方谈话"之后。如果说1983年到1992年的城市改革还始终纠缠在社会主义和资本主义的意识形态的辩驳中，那么，1992年以后的城市化则以"发展"为其主义，从意识形态的纠缠中剥离出来，直接以资本市场和世界接轨

---

① 黎戈：《唯有死者永远十七岁》，收入张悦然主编，《鲤·孤独》，江苏文艺出版社，2008年。

为目的。我想并不需要提供确切的社会学数据就能感受到这一变化带来的巨大后果，城市化、商品繁荣、消费主义是这一后果的关键词。从某种意义上说，这是构成张悦然写作的一个巨大背景，虽然因为各种原因在张悦然的小说中并不能明显地看到这些背景的痕迹，但可能情况是，这一背景已经变成了一种心理的事实，对于张悦然的小说来说，背景是心理的而不是现实的。对出生于50年代、60年代的中国当代作家而言，他们可以非常容易地找到"另外一种现实"来观照当下的现实，并进而作出审美和道德上的裁决，也就是说在他们身上，时间是断裂的，写作同样依托于这种时间性的断裂而获得某种合法性。但是对于张悦然而言，她从一开始就被裹挟于这一资本化进程之中，当下的现实就是他们唯一的"认识装置"，时间对于他们来说几乎是静止的，他们无法在一种对比或者断裂的情况下写作，因此，她的写作可能更倾向于空间性，并在这种奔突中穷尽个体的略显单薄的想象力。

还是回到"孤独"这个话题来吧。我的意思是，因为与城市化以及城市空间生活的这种密切共生的关系，孤独感是容易得到强化的，"一个人并不必然需要一座城"，但是，身处于一座城中，或许会有想象不到的孤独吧。本雅明在讨论波德莱尔的诗歌的时候曾经说过："害怕、恐怖和不合心意是大都市人流在那些最早观察它的人心中引起的感觉。"[1] 他同时又引用瓦雷里的话说："住在大城市中心的居民又退化到野蛮状态中去了，也就是说，又退化到了各自为营之中。那种由实际需求不断激活的、生活离不开他人的感觉逐渐被社会机制的有效运行磨平了。这种机制的每一步完善都使特定的行为方式和特定的情感活动……走向消失。"[2] 这种所谓"特定的行为方式"和"特定的情感活

---

[1] 瓦尔特·本雅明：《发达资本主义时代的抒情诗人》，王才勇译，第134页，江苏人民出版社，2005年。

[2] 瓦雷里：《1910年方案B》，第88、89页。转引自瓦尔特·本雅明：《发达资本主义时代的抒情诗人》，王才勇译，第134页，江苏人民出版社，2005年。

动"指的是一种与生活发生摩擦的,并指向合理性的人类生活目标的生活态度,它们的消失带来的是无力感和倦怠感,这正是西美尔所指出的:"都会性格的心理基础包含在强烈刺激的紧张中,这种紧张产生于内部和外部刺激快速而持续的变化","厌世态度首先产生于迅速变化以及反差强烈的神经刺激","无限地追求快乐使人变得厌世,因为它激起神经长时间地处于最强烈的反应中,以致于到最后对什么都没有了反应"。[1] 在《好事近》中,这种"对什么都没有反应"的状态,恰好是袁琪所追求的目标,只是袁琪可能并没有意识到,这一状态并非她通过某种手段(比如小说中的性别的"中性化")而达到的,而本就是她存在的状态之一种,通过这种状态她与人群、他人"隔绝"起来,并获得了彻底的孤独体验。

二 "孤独"可以被"疗愈"[2]吗?

从表面上看,《好事近》里面主要有两个故事,"我"(袁琪)和杨皎皎的故事,蒋澄和中年男作家的故事,这两个故事以倒叙的方式通过"我"(袁琪)之口被讲述:我和杨皎皎是多年的姐妹伴侣,互相挚爱,但是有一天杨皎皎突然消失,我断定她背叛了我们之间的情谊去寻找一个男人去了。这个时候,蒋澄出现,在回忆和现实的交叉叙述中蒋澄和一个中年男作家的故事也被展现出来。慢慢地,我惊讶地发现,原来杨皎皎去找的那个男人正是和蒋澄关系非比寻常的中年男作家,在故事的结尾,中年男作家被杀于宾馆,而"我",也冲着被捆绑

---

[1] 齐奥尔格·西美尔:《大都会与精神生活》,收入《时尚的哲学》,费勇等译,第186、190页,文化艺术出版社,2001年。
[2] 这个词语直接来自于日本批评家小森阳一的《村上春树论》一书,在该书的中文版序中,他是这么解释"疗愈"的:"所谓'疗愈',即 healing,是指对大多属于精神创伤(trauma)的心理疾患的疗治。"参见小森阳一:《村上春树论》,秦刚译,第3页,新星出版社,2007年。

的杨皎皎举起了刀……这个故事框架虽然借助了近年来比较流行的"同性恋"题材，也因为表达了某种阴暗的情绪而带有黑色幽默似的残忍，但是，如果仅仅把这部小说理解为同性恋小说却是一种简单的理解，在这个"同性恋"题材的故事的下面，实际上潜藏着一个"异性恋"的故事，不理解这一点，就无法解开这部小说的密码。这是怎么可能的呢？

"她就是我的影子"，这句话对于理解这个问题很关键，这句话是"我"发现和杨皎皎同时来了"好事"（例假）时候说的，实际上可以认为是"我"的独白，这一独白暴露了小说人物设置上的一个秘密，那就是，杨皎皎和"我"其实是同一个人：

> 她很美，前额饱满，若是在热带户外的天气里，还会附上一层薄薄的汗水，更觉得光亮；眼仁颜色很淡，淡得遥远而无辜；嘴唇很厚，像肥嫩的花瓣，溢着慵懒的气息。唯一鼻子，在这样一圈阔亮的五官中间，显得不够高挺，却因此削减了几分恃傲的凌厉，反倒让轮廓透出柔美。（《好事近》）

这样细腻的具象描写在张悦然以往的作品中是不多见的，聪明的读者肯定能读出这里面有某种伤感的自恋情绪。张悦然故意打乱了性别的区分，把自我全部投射到杨皎皎的身上，而"我"，反而显得面目有些模糊不清。但是没有关系，杨皎皎就是另外一个"我"，她的追求和欲望就是"我"的追求和欲望，她的孤独和黑暗也是"我"的孤独和黑暗。那么，这里的问题是，杨皎皎在追寻什么？她在追寻同性之间的情谊或者性爱吗？不是的，杨皎皎说：

> 每次看到它们，我就知道自己没有办法爱你。——难道你不觉得拥抱的时候两对乳房撞在一起，是一件很尴尬的事情吗？（《好事近》）

是的，对于杨皎皎来说，同性之间的情爱实际上是尴尬的，这一点对于"我"来说其实也是一样的，"我"对于另外一个女性——小早——的冷漠和拒绝其实已经暗示了"我"同样是不能享受这种同性之爱的快乐的。在这一点上，杨皎皎抛下"我"去追求另外一个男人正是"我"的内心欲望的一种对象化，对于"我"和杨皎皎而言，获得男性的爱依然是生命中一个重要的向度。可以说，同性之爱是在对异性之爱不确定的、没有信心的前提下出现的一种"补偿品"，"她们跌在世界的枯缝里，无事可做，唯有相爱"。这种对进入世界（男性是这个世界的重要标志）的极致渴望导致了一种严重的病理症状——厌男症或者厌女症——在"我"的身上，这两者是统一的，"性"被指认为"罪"的根源。有一天，"我"突然发现"好事"（例假）没有来临，而是突然中断了，她觉得"世界豁然大亮"，她为自己已经成功的去"性别化"而欣喜，虽然伴随着的同样是孤独感。可是，正如这篇小说的题目所提示的，"好事"还是会来临（近），"无性化"的企图最终还是落空，在这种情况下，杨皎皎对中年男作家的追求是否可以视为一种"疗愈"的努力？就我个人的阅读感受而言，杨皎皎是一个主动型性格的人，她始终想要控制事情的发展方向，虽然小说中没有交代是否是她主动靠近中年男作家，但是却也依稀暗示了这一点，这是否是对"我"的被动、犹豫和外强内弱的一种补充？最后，当我读到"我"（袁琪）突然化被动为主动，要求蒋澄过来杀死杨皎皎并自己举起水果刀的时候，我进一步确定，"我"就是杨皎皎，她要杀死自己或者自己的影子从而获得最后的拯救。但关键一点是，她成功了吗？

小说显然没有给出明确的答案，张悦然在这里狡猾地利用了大都市悬念小说的元素，成功地打开了小说理解的空间。但是有一个答案是确定的，对于杨皎皎而言，她并没有进入中年男作家的世界，她实际上是失败了，但是，没有获得中年男作家的爱是否就是一种失败呢？我觉得并不是这样的。在《好事近》里面，中年男作家是一个没有外貌、没有性格、没有姓名的符号,而正是这个面目模糊的人物形象,构成了一个无处不在的巨大存在,《好事近》所有的叙事动力都来自于这位中年男作家,他像一个漩涡把所有的人物都吸附到他的周围。张悦然虚构这样一个人物或者是出于她的无意识,也或许是刻意而为之,但是不管怎么样,一个问题是,这位中年男作家的魅力何在?他如何能同时吸引蒋澄和杨皎皎(实际也就是另一个"我")。男人+中年+作家,这一人物符号的重心应该落在何处?请注意文本中的两个细节,第一是中年男作家喜欢在喝酒后"对蒋澄说许多伤感的话,把他揽在怀里,给他朗诵自己的小说"。第二是杨皎皎和"我"都非常迷恋这个作家的作品。也就是说,这个中年男作家是通过"文字"来打通别人的肉体和心灵之门,而杨皎皎、蒋澄和"我"都是在"阅读"之中爱上这个中年男作家,"作家"的意义在此被凸显和建构出来,"写作"和"阅读"成为一种"疗愈"的方式,通过"写作",这个中年男作家发泄了"被压抑太深的欲望","把忧郁传染给别人",而通过"阅读",杨皎皎,蒋澄还有"我"被卷入一场畸恋之中,她们以为这会帮助她们找到通向世界的"入口",抵抗孤独并完成自由。

我们可以认为中年男作家、杨皎皎("我")和蒋澄之间构成了一个"三角形"的关系,维系这一关系的核心是"书写"和"阅读",其实中年男作家之所以能够得以进入杨皎皎和"我"的视野,恰好是通过蒋澄的信。在蒋澄写给"我"的一系列的"信"中,中年男作家和蒋澄被共同"阅读",蒋澄的生活不过是中年男作家的另外一种"生活",在这里,"阅读"、"写作"和生活之间的界限被抹平,这是一个极其具有隐喻色彩的故事结构,按照鲍德里亚的"类像理论","超过了某一个确定的时刻,历史就不再是真实的了,全人类已将真实抛在脑后。从那个时刻起,发生的一切事情都不再是真实的了……"。杨皎皎就是我的影子,中年男作家其实也是蒋澄未来的影子,在相互的"镜像"中,彼此都变成了一种非真实的存在。如果不是真实的,那么会是什么?"我"

给蒋澄的信是这么说的:"只是凡事不要那么用力,爱也不要那么用力,恨也不要那么用力。"而蒋澄用行动回答了她:"只要始终保持着游戏的态度,就可以很自如。"自如地穿行在语言、阅读和性爱之中,在不断的"书写"和"阅读"中,作为个体的独特性和私密性不是得到加强了,反而是更加被公开化,所以在小说中,"我"非常轻易地就通过中年男作家的最新小说洞悉了一切的隐私和背叛,"写"和"读"同时也是一种自我暴露和自我安慰。只是,正如昆德拉所怀疑的:"如果K即便在做爱的床上也总是有城堡的两个男职员在他旁边,隐私和公共之间的区别在哪里?在这种情况下,孤独又是什么呢?"[1]正如我在上文所提到的,蒋澄和"我"因为某种"同类"的气息而联系在一起,而杨皎皎、中年男作家同样也可以算入这样一个"同类"的小圈子吧,"在小圈子里,人们互相了解彼此的个性,因而形成一种温情脉脉的气氛,人与人之间的行为不只是服务和回报之间的权衡"[2]。可是,在"我"、蒋澄和杨皎皎以及中年男作家的这个圈子里面,一切都充满了误读,蒋澄误读我为"石女",杨皎皎误读中年男作家是值得爱恋的对象,而"我"也误读杨皎皎的忠贞,也就是说,他们并不了解彼此的个性,一切都是一种错失的阅读,在这种情况下,所渴望的温情不但没有获得,反而是促成了极端的自私自利,每个人只求索取而无视责任和付出,由此,"孤独"变成了"一个负担,一种不安,一个噩运"[3]。

通过写作和阅读可以疗愈孤独吗?张悦然也许对此满怀信心:"于是我终于明白,一个群体的重要。我需要你们,和我一起披着青春上路,茁壮地呼吸,用力博取时间。"[4]这种信心来自于对"共同"书写

---

[1] 米兰·昆德拉:《小说的艺术》,孟湄译,第11、12页,生活·读书·新知三联书店,1992年。
[2] 齐奥尔格·西美尔:《大都会与精神生活》,收入《时尚的哲学》,费勇等译,第188页,文化艺术出版社,2001年。
[3] 米兰·昆德拉:《小说的艺术》,孟湄译,第12页,生活·读书·新知三联书店,1992年。
[4] 张悦然:《鲤·卷首语》,江苏文艺出版社,2008年。

和阅读的期待,我毫不怀疑张悦然的真诚,但是,《好事近》的书写和阅读证明了这种"疗愈"的难度。田村卡夫卡在《海边的卡夫卡》中满怀信心地上路时,也不会想到会是一个俄狄浦斯式的悲剧在等待他吧,因此,村上春树借大岛之口说:"不是你选择命运,而是命运选择你,……于是这里边产生了无法回避的 IRONY"①。企图借助"写作"和"阅读"这种在现代极具孤独感的方式来消除现代的孤独感,这难道不是另外一种反讽吗?小森阳一在批判《海边的卡夫卡》时指出:"精神创伤决不能用消除记忆的方式去疗治,而是必须对过去的事实与历史的全貌进行充分的语言化,并对这种语言化的记忆展开深入反思,明确其原因所在。"②作为一个评论家的小森或许是对的,但是,正如《好事近》所隐喻的,如果语言本身也已经被"去历史化"和"虚拟化"了,被卷入无尽的"游戏"之中,"疗愈"如何可能?作为一个小说家的张悦然或许更愿意尊重故事本身的逻辑,因此,《好事近》的"疗愈"方式最终不是"语言",而是摧毁性的毁灭一切,在这个意义上,张悦然印证了布洛赫关于小说的可能性的言论:发现只有小说才能发现的。③ 而"疗愈",虽然重要,还是把它留给其他的人吧。

三 "抵抗"东亚的"孤独"

在《鲤·孤独》中,还收入了日本青年女作家青山七惠的《一个人的巴黎》以及台湾籍女作家胡淑雯的《浮血猫》,对于张悦然来说,这么做的目的一方面固然是因为这两位作家的小说确实可圈可点之处,另外一方面也可能是为了显示团队的力量以此获得市场的优势。不管怎么样,或许对于一些读者来说,能够集中阅读到这些作品就已经足

---

① 村上春树:《海边的卡夫卡》,林少华译,第 231 页,上海译文出版社,2003 年。
② 小森阳一:《村上春树论》,秦刚译,第 11 页,新星出版社,2007 年。
③ 米兰·昆德拉:《小说的艺术》,孟湄译,第 4 页,生活·读书·新知三联书店,1992 年。

够让人愉快的了。但是在我看来,这三篇小说的并置出现,并被同时纳入一个叫着"孤独"的容器中的时候,一种隐秘的关系实际上已经发生。这一关系不仅仅是关乎"孤独"这一情绪,也不仅仅是日本的 80 后作家(青山七惠)、中国的 80 后作家(张悦然)和 70 后作家(胡淑雯)借助文字表达某种相互的心灵契合(这一"契合"是中国的青山七惠的读者所津津乐道而毫不掩饰的,《鲤·孤独》中有很多盛赞的文字),而恰好是这种"契合"显示的一种文化(文学)态度以及它所暗示的危机。

在《好事近》、《一个人的巴黎》、《浮血猫》中都有一种抵抗孤独,疗愈孤独的主题,对于袁琪来说:"把他们都除掉,我们就自由了。"对于村崎来说,"难过的时候,我会想巴黎的街道,……总之,我会想,在离自己非常非常远的地方,有很多美丽的景色,它们无论我伤心与否都这么美丽地存在。"对于殊殊来说:"她一再重回五岁的那个夜晚,试图翻写自己的故事……那一段夭折的清纯的冒险,一直在等待一场平反。"虽然每个人"疗愈"孤独的方式不同,却是一直有这种努力。非常有意思的是,把这三篇小说连贯起来看,恰好是一个女性的成长史(疗愈史):童年的殊殊,青年的杨皎皎和"我",中年的村崎,与这一女性的成长史相伴随的是空间的独特性:中国大陆、中国台湾和日本最后都可以统一于"东亚"这一特殊的历史地理范畴之内。

由此我们是否可以说,这几篇小说流露出了某种可以称之为"东亚的孤独"之类的东西呢?我想作为小说家的张悦然、青山七惠和胡淑雯或者对这种说法不以为然吧,因为她们可能更愿意坚持某种个人性的东西,而拒绝一种普遍性的东西。但是文学之所以为文学,并能得到阅读和传播,恰好也是因为在它的个人性之中寄寓着某种普遍性,在这个意义上,我觉得"东亚的孤独"这种说法也还是可以拿来讨论吧。之所以在"孤独"前面加上一个"东亚"的定语,无非也是为了把这种普遍的"孤独"进一步"历史化",因为作为文学作品中的孤独,实在是一种再普遍不过的情绪,从现代小说的诞生开始,孤独就一直伴随着小说的进程,但是,鲁滨逊的孤独和包法利夫人的孤独还是有很大区别的吧?同样,我们也不大可能把K的孤独和鲁迅笔下的"过客"之间划上等号。那么,所谓东亚的孤独,到底具有一种什么样的特质呢?如果说我在第一节中主要借助的是中国现代化的视野来定义张悦然及其代表的孤独,那么在这里,我更愿意把这一切置于世界范围内的现代化进程中来予以定位。在这种视野中,所谓"东亚的孤独"可以从两个方面予以定义,第一,从时间的角度来看,它是东亚在应对并企图进入全球资本现代化进程中所产生的焦虑感、无助感和虚幻感。这应该是在1990年代末才开始成为"东亚"的整个情绪。第二,从空间上看,时间的"同质性"导致了空间的"同质化","东亚"被认定为是欧洲(美国、英国、德国、法国)在空间上的另一种拓展和复制。在这种情况下,东亚的身份开始变得可疑起来,在日本,这种焦虑导致了"何谓日本?"这样的追问,虽然在中国缺少这种"何谓中国?"的犀利追问,但是不管如何,东亚身份的暧昧却是不争的事实。在《一个人的巴黎》中,"我"和村崎有这么一段对话颇值得琢磨:

"这样心情就能恢复吗?"

"也不能说好就好,不过倒是解解闷。顺便还可以想象一下,自己是一个出生在巴黎的法国人。"

"法国人……"

"因为我觉得法国人是不会为了这点小事就难过的。没有什么特别的理由,我就是这么认为的。我也不知道为什么。"

身在日本而想着巴黎,身为日本人而想象成为法国人。村崎的无意识是:作为空间的巴黎和作为个体的法国人是可以疗愈孤独的。虽然袁琪和殊殊都没有这么直接的表白,但是,毫无疑问,成为一个区别于现在的"我"的另外一个人,都被认为是获得拯救的一种方式。

但这种厌弃当下的"历史"的主体,而试图成为另外一个"主体",恰好是"主体"意识溃散的表征。这种表征体现在小说中,就是三篇小说都无法建构出一个真正意义上的"主体"形象,在无限制的互相指认、互为影像(影子)之中变成一个空洞的符码。这是东亚的孤独最具象的比喻,在现代化(在某种意义上就是欧洲化)的过程中,因为对自我文化主体的无法把握,从而陷入深深的文化上的孤独感之中。在竹内好看来,这似乎是一种宿命:"欧洲对东洋的入侵,使东洋产生了抵抗,这种抵抗自然又折射到欧洲自身去……它们预想到了抵抗,并洞察到东洋越抵抗就越将欧洲化的宿命。东洋的抵抗不过是使世界史更加完整的要素而已……"[①]在竹内好看来,"现代文学"正是这种"抵抗"的产物并把这种"抵抗"上升为一种文化和哲学的高度,从而塑造出新的"主体"。但诡异的是,现代文学的这种"抵抗"却终究会在持续的现代化过程中被削弱,柄谷行人在一次访谈中曾说,在1970年代末,随着村上春树和村上龙的出现,日本现代文学终结了。[②]青山七惠对成为一个巴黎人的欲想是否是对这一"抵抗"的嘲弄呢?或许我们还会想到吴浊流《亚细亚的孤儿》中的勇敢青年胡太明,但是在胡淑雯的《浮血猫》中,胡太明是否就是那个向小女孩索要安慰的孤独而猥琐的老人呢?张悦然笔下的袁琪在享受与过去(历史)一刀两断的快感的同时是否意识到这可能也是一种万劫不复?这种文本上的相互参照会让我们意识到一个事实:所谓的东亚的孤独感在很大

[①] 竹内好:《何谓近代——以日本和中国为例》,孙歌译,收入《近代的超克》,第184页,生活·读书·新知三联书店,2005年。

[②] 关井光男:《柄谷行人访谈:向着批判哲学的转变——〈日本现代文学的起源〉》,柄谷行人的原话是这样的:"'起源'这个东西,一定与某一'终结'相伴。如果没有某种'终结'的实感的话,就不会有'起源'这个想法了。实际上,这本书写于1970年代的后半期,正是村上龙和村上春树出现的时候……因此,我常思考的是,那个时期在某种意义上,是日本现代文学终结的开始。"见陈飞、张宁主编:《新文学》第5辑,大象出版社,2006年。

的程度上在于那种历史抵抗式的主体的缺失。因为"历史并非空虚的时间形式,如果没有无数为了自我确立而进行的殊死搏斗的瞬间,不仅会失掉自我,而且也将失掉历史"[①]。在这个意义上,我更喜欢《好事近》和《浮血猫》,因为相对于《一个人的巴黎》中那种机械的、死气沉沉的、毫无活力和摩擦感的孤独相比,《好事近》和《浮血猫》中的孤独至少还保持着抵抗的血性和活气,因此对于她们来说,通过对孤独的想象和书写,疗愈孤独并建构起新的想象中的主体及其形式,是有可能的。我觉得这一点正是张悦然和她的《好事近》透露给我们的最宝贵的一种气息,对于张悦然来说,青山七惠只是她的一种疾病,她应该由此看到如果一任自我情绪的赏玩,文学就会变成一种死的东西,这是不对的,因为文学更应该叫人活,而不是死。毕竟,每一代人都必须找到自己历史和生活的最佳书写者,而要成为候选者和代言人,她就必须把自己的生活和更多人的生活联系在一起:"孤独原来是如此辽阔,如此恒久,……在某个深夜,我曾看到过你。彼时我在和我的孤独作战,而你也正和你的孤独对峙。我们忽然被打通了。"[②] 或许,正如"孤独"一般,这部小说也会是张悦然通向命定的代言者的鹊桥之一。

2008年12月9日北京
2009年7月10日再改

[①] 竹内好:《何谓近代——以日本和中国为例》,孙歌译,收入《近代的超克》,第183页,生活·读书·新知三联书店,2005年。
[②] 张悦然:《鲤·卷首语》,江苏文艺出版社,2008年。

抵抗的"假面"
——关于"韩寒"的一些思考

一 抵抗的"假面"

竹内好在谈及日本50年代青年人面临的困惑时说:"青年的主要要求,如果离开直接的生存问题来说的话,就是自我完成吧。这是难以抑制的生的欲望,作为其本身来讲,是应该被尊重的。然而,当今的多数青年,通过自己的切身经历,已深感走西欧的道路是不可能到达自我完成的境界的。……如果不用某种方法来调和与整体的关系的话,就很难完成自我。这一问题确实是存在的。由此,一方面产生了虚无主义和存在主义的倾向。的确,安于这种现状的人不少。但是另一方面,也有不满这种现状的人,而且在不断增加。虚无主义和存在主义是西欧个性解放过程中的产物,所以,在以表面是现代化还未成熟的个体为条件建立起来的日本社会里,想要诚实地生存下去,诚实地思考的人,是不能长期停留在虚无主义和存在主义之上的,这是不言而喻的。因此,他们想到别的地方去寻求解决问题的方法,乃至发现问题。"[①]通过我个人的经验和观察,我以为今天大多数的中国青年大概都面临着如竹内好所言的问题和困惑,在他们还没有面对严峻的生

[①] 竹内好:《新颖的赵树理文学》,收入陈飞、张宁主编,《新文学》第7辑,大象出版社,2007年。

活现实的时候,他们大概还能耽溺于存在主义和虚无主义之中自我安慰,但是一旦面临生活的真实的境况——正如我在30岁时才强烈感觉到的失败感——他们立即就会明白,除非成为一个自我放逐者,否则,虚无主义和存在主义是脆弱而无效的。大多数人不会自我放逐,也不甘心被社会放逐。他们必须寻找新的偶像,寻找新的思考问题的方式和表达自我的方式。现在,郭敬明的"小时代"已经被转移到了更年轻人的手里,而自认为长大成人的"80后"们会问:"今天你读'韩寒'了吗?"

最早知道"韩寒"这个名字大概是在2002年,有一天我在图书馆的旧书处理摊点翻书,一个朋友指着《三重门》对我说:这就是那个几门成绩挂红灯的高中生写的小说。我拿起来翻看了几页就放下了,几乎没有任何印象。2007年以后似乎有了戏剧性的变化,记得有一次张悦然在对我说:"韩寒现在是公共知识分子了。"这让我觉得很惊讶,因为在我的理解中,公共知识分子是一个非常崇高非常神圣的名词,它和一连串的经典人物联系在一起:萨特、福柯、萨义德、鲁迅等等。一个和我年纪一样的"80后"青年怎么就成为了公共知识分子呢?他是怎么公共?又是如何知识分子呢?但不管如何,"韩寒"正日益成为我们生活的一部分,这是我无法选择的事实。在北京的地铁站里,"韩寒"为"凡客"代言的巨幅广告矗立在每一个过客的眼前,打开电脑,各大门户网站经常性地跳出"韩寒发表××"等内容,用一句网络流行词来说,我被"韩寒"了。这或许不是"韩寒"本人所追求的效果,"韩寒"本人也一再表示,他不代表任何人,仅仅表达自己。在2010年的一次微博交流后,他注销了他的微博账号,因为他认为这次交流被商业利用了。但是不可否认的是,无论"韩寒"多么特立独行,他的特立独行都成了一个被刻意放大和赋魅的"事件"。《北京青年报》文化版的一个记者曾对我说:"韩寒是文学圈内唯一有新闻效应的人,而且效应很大。"她说的是事实,但是这个事实同时也给我们提供了解释"韩寒"现象的一个切入口。"韩寒"是文学的,同时又是新闻的,"韩寒"是独立的,但同时又是合谋的,或许正是这种多重身份,使得他能够获得一致的认可。中国某教授就曾经夸大其词地说:全中国的教授加在一起,影响也大不过韩寒。在《上海文化》2010 年的一篇文章中,"韩寒"被认为是鲁迅的接班人。徐贲在《美国人看不懂韩寒》中也认为:"在韩寒博客中,可以看到一种'思索'比'思想'更重要的写作方式,它没有一定的形式,有话则长,无话则短。但总是在绕着弯子,尽量安全地把真话说出来。他的博文零零碎碎,但思考者与思考对象始终交融在一起,整体性则是来自这种交融。那是一种因韩寒这个'我'才有的整体性,喜欢他的博客文字,就会喜欢他那个人,反之亦然,这样或那样,都成了他的粉丝。"① 作为一个作家的"韩寒"和作为一个公众人物的"韩寒"或许都有其值得赞誉和信任的地方,在很多人看来,"韩寒"的魅力来自于他的抵抗的姿态和抵抗的方式,抵抗的姿态是指,他总是能够及时地对社会公共事件作出反应,并像《皇帝的新衣》中的那个小孩子一样,说出真话:"韩寒的话语玩的是一种不按常理出牌的真实话语游戏。韩寒的许多听众从韩寒那里寻找的正是这样一种刺激感,而未必是什么振聋发聩、闻所未闻的全新见解。"另外一方面,就抵抗的方式来说,"韩寒又很'会说',更加增加了他说话的刺激感"。于是,"韩寒"4.5 亿的博客点击率就成为了一种"抵抗"的标志。

我对此是持保留意见的。实际上,一个事件的发生,然后有人对此发言,有些人发言会好一些,有些人发言会平常一些,这都是很平常的事情,但是像这样把"韩寒"的一些博文提高到"意见领袖"的地步,这或许也只有在当下的中国才会发生吧。"韩寒"或许说的都是真话,但是我相信说这样真话的人在中国很多,而这些人因为缺少表达的平

---

① 徐贲:《美国人看不懂韩寒》,《南方都市报》,2010 年 4 月 15 日。

台,也缺乏相应的传播条件,所以就被遮蔽了,而在遮蔽这些发言的同时也就无限夸大了"韩寒"言论的正当性。如果说"韩寒"确实在实施一种抵抗,那么在我看来,在本质上这是一种"媒体的抵抗","媒体的抵抗"的特点是它的指涉是单一的,它抵抗的对象是确定的,它抵抗的内容是公共话题中最讨巧的一些东西。在"韩寒"博文中最常见的是对于政府腐败的嘲讽和调侃,这一方面固然是因为腐败确实是需要抵抗的东西,另外一方面也是因为这一话题最能吸引大众的眼球。最让我担心的是,"韩寒"的这种看来很"新鲜"和"幽默"的表达方式可能潜藏着致命的问题,那就是,很多重要的问题被表达的形式所掩盖了。如果说得刻薄一点,在"韩寒"的很多博文中,有一种巧言令色的成分,他既没有从根本上去廓清一个问题,也没有在表达上给现代语言提供新颖的东西,所以徐贲担心"韩寒"是否会永远保持其新鲜感是有道理的。

在我看来,如果说"韩寒"的抵抗是成立的,这种抵抗仅仅是在一个非常简单的层面上成立,那就是利用媒体的作用,借助舆论的力量,来满足一种即时性的发泄欲望。这些东西,无法对道德和人性的重构起到有效的作用,也难以推动社会和文化的进步。从这个意义上说,"韩寒"的这种抵抗是非常消极的,从表面上看他是在反对体制和不公,实际上他只是在和体制"调情",他在"不能说"和"能说"之间找到了一条非常安全的道路,我以为这是"韩寒"最不真诚的地方。但是对于"80后"的年轻人来说,这恰好是他们欣赏韩寒之处,他们知道,真实的抵抗是要付出昂贵的代价的,而这种抵抗的"假面",则是共赢而无害的。我的一个朋友在她的博文里面一针见血地指出了这里面的某种利益关系:"在一些人眼里,从公众人物到公共知识分子,韩寒完成了新世纪的华丽转身。也许有人会说时代变了,公共知识分子的内涵也变了,是的,时代变了,网络推进了中国的民主化进程,如今的公共知识分子用不着冒着失去生命和自由的危险发表宣言、起草联名信、上街游行了,他们只要在职业之余,上一上网,人肉些必要'信息',再在博文里留下几句损政府,嘲弄世道人情的绝话以充当'檄文',然后就会在顷刻间传遍整个网络,成为网友们泄愤的暗语。别小看这些绝话,那还真属韩寒的绝活,作家的言辞技巧,到这个时候发挥了最大魅力。于是,所有尚有不满和良知的人们就这样跟着韩寒'公共'了一把。也许韩寒本人是拒绝这样的标签的,但他却无法拒绝他的责任,他对于这个时代的责任是什么呢?既然受益于《萌芽》的造星运动,自然有义务回馈社会,既然被推到了这个位置,就要对得起公众人物的角色,所以他要说,他只能说,但他还不能说得太露骨,太激烈,太投入,因为他是 80 后,他是凡客,他是韩寒。"①

二 文学的抵抗

不过我不得不承认,即使"韩寒"有这么多值得怀疑的地方,他依然代表了某种勇气。我想每一个对这个世界的不公保持必要的正义之心的人,可能都希望自己能够像他那样去发言。而这种勇气,并不是每一个人都具有的,我还记得 2006 年我刚刚博士入学的时候,学校的宿舍管理科突然颁布了一个非常荒谬的规定:禁止异性进入每一个学生公寓楼。这条规定立即在学生中引起轩然大波,很明显,这是一个管理者为了推脱管理的责任而无视学生人权的做法。因为找不到实际解决问题的渠道,大家就在学校 BBS 上发表抗议的言论,当时我一连发表了两个帖子,表达对学校这种管理制度的不满,因为语言"过激",很快学校的管理部门就找我谈话,我记得当时一个管理人员对我说:"你说的革命是什么意思?"然后很严肃地警告我不许再发表相关言论。

---

① 这是清华大学博士生赵薇在其一篇博文中对韩寒现象的评价和理解。见 http://blog.sina.com.cn/s/blog_486548490100o6gq.html。

这一个小小的经历让我意识到任何一种真实的表达可能都是要冒风险的，不管这风险是大还是小。所以我对"韩寒"的质疑实际上已经把他置于一个更高的高度，这个高度对于我个人来说，是难以企及和做到的。我对他的求全责备与其说是出自一个批评家吹毛求疵的职业习惯，更不如说我是在他的身上看到不可能的可能性：我对"韩寒"抱有更多的希望，我希望他的抵抗更有深度，更有力量，更能代表一个时代的思考品质——而在我看来，文学比短小的博文更能达到这个目标。也就是说，我希望"韩寒"能从一个真正的作家的角度来完成抵抗——我将之命名为"文学的抵抗"——也就是他通过文学化的方式（对"韩寒"来说当然是小说）来表达一代人对于这个时代的思考和体验。韩寒似乎也有这种自我期许，他一再强调他的职业是作家，不是赛车手，也不是书商。但关键问题是，"韩寒"因为过于受制于他的"媒体抵抗式"的写作和思考方式，严重损害了他文学式抵抗的品质。

在 2010 年推出的重要小说《1988，我想和这个世界谈谈》中，"韩寒"似乎企图通过小说这种形式来更全面地表达他的思考。我是满怀希望地在第一时间内读完这部小说的，但结果非常失望，无论从任何一个角度来看，这都是一部很蹩脚的小说，即使连"韩寒"的"粉丝"们也不得不对这部小说持保留的态度，我在豆瓣网上看到了下面的这些评论：

> 或许韩寒写了太多的博客和杂文，这些博客和杂文对他的影响太大了，渗透到了小说里。《光荣日》和《他的国》里我已经看到了用力过猛的迹象，《1988》里依旧。小说里有非常多的反映现实的片段和情节，这里面自然有非常机巧非常合适的，也有让人感到明显的人为地痕迹的。我非常喜欢关于"钓鱼执法"的影射，把黑车换成了卖淫，同时我也很不喜欢关于朝鲜的那部分。我把那段贴在这里：

娜娜明显很高兴,道,那我当然不会让她看见我做的生意。我就把她弄得漂漂亮亮的,去好的学校念书,从小学习弹钢琴,嫁的一定要好,我见的人多了,我可会看人了,我一定要帮她好好把关。如果是个男的,我就送他出国,远了美国法国什么的送不起,送去邻国还是可以的,比如朝鲜什么的。

我不禁异样地看了她一眼。

女孩子在构想未来的时候总是特别欢畅,娜娜始终不肯停下,说道,到时候,他从朝鲜深造回来,学习到了很多国外先进的知识,到国内应该也能找个好工作,估计还能做个公务员,如果当个什么官什么的就太好了,不知道朝鲜的大学好不好,朝鲜留学回来当公务员的话对口不对口……

我情不自禁地插了一句,对口。

在小说的后半部分还有相关的呼应,在这里我就不打了。我不知道别人是怎么看这一段,也许会觉得有趣,觉得很讽刺,可我看到的只有两个字,刻意。并不是因为朝鲜敏感或者朝鲜让我敏感,只是我觉得这段很像是生拉硬拽到朝鲜来的。我们可以明显看到韩寒的意图,也可以看到韩寒的手法,在这一点上,是不好的。

好的小说在风格上应该有统一性的,在节奏上也应该是有序的。遗憾的是在《1988》里出现了一些让我感觉突兀的地方。或许他真的写了太多的博客和杂文,这真的很遗憾。

……

回到小说。社会现实给了韩寒太多的素材,可韩寒并没有完美地使用它们。写小说和写博客不一样,急迫地随意地去写就会留下遗憾。

我打四颗星,剩下的那一颗,是对韩寒的希望,也是对我们自己的希望。①

这个豆瓣网友的评论大概代表了某种很真实的声音，分析也非常到位。②在《1988》这本小说中，媒体式的写作代替了文学的写作，媒体式的嘲讽取代了文学式的戏谑。"韩寒"甚至都不会讲一个有意思的故事，为此他不得不一次次中断，通过回忆来把故事推动下去。一方面是简单的"80后式"的怀旧，一方面是简单的对于政府和体制的解构，这就是《1988》的全部内容。与奥威尔的《1984》相比，"韩寒"的写作显得矫情而缺乏格局。在《途中的镜子》，中，莫里斯·迪克斯坦认为《1984》不仅是一部政治寓言小说，更是一个带有实验色彩的典型文学作品，正是因为通过这一有效的文学形式，1984作为政治寓言的抵抗力量才凸显出来并成为一个历史的坐标。③但是在《1988》里面，粗糙的形式和芜杂的材料被强硬地拼贴在一起，"韩寒"在此甚至很难说是一个有意识的作者，而完全像一个中学生在写一份命题作文。他缺乏现代作者最基本的一个向度，那就是他缺乏真正的自我意识——

---

① 莫陶客2010-09-24发表于"豆瓣网"，下面的跟帖较多，比如曾小小认为："韩寒的东西看多了也就那样了，没什么意思，也启迪不了我，也帮助不到我……只能解气"；coldyuye认为："他的小说是他的杂文的延伸 小说并非他最擅长的 他有些随意了 其实他也许该多花些时间和功夫在小说上 正如你说的'社会现实给了韩寒太多的素材，可韩寒并没有完美地使用它们'"；echocheng说："我只看过三重门，还是读高中那会。高一那会，twocold同学很火啊，于是我就颠颠的看了他参加萌芽的复赛作文，以后就没看过。博客里充斥着自己什么都看透什么都嘲讽什么都无谓的调调，不太喜欢"；Wense说："平时韩寒的博客我也是不看的，就像你朋友说的那样，没什么意思，何必浪费时间在对自己没用的东西上呢？这是一个时势造英雄的产物，有多少人是'被韩寒'了，这显然很符合人们从众的心理。博客来造势，杂志来煽情，再搞本小说来圈钱——看完这本书，只留下什么印象。"
② 实际上这也说明了另外一个问题，所谓的"读者"或者"点击率"是需要进行分层讨论的，仅仅凭借数目字并不能说明韩寒的"重要性"。
③ 见莫里斯·迪克斯坦：《途中的镜子》之《抵制希望的希望：奥威尔与未来》，刘玉宇译，上海三联书店，2008年。

在我看来，"韩寒"的"自我"是一个表面化的自我，因为他高度地执着于这种表面化的自我，他就从来没有深入到自己内心的深处，他怀疑和嘲讽一切，但是却从来不怀疑和嘲讽自己——因为这种真正现代自我意识的缺乏，"韩寒"的抵抗，无论是媒体式的抵抗还是文学式的抵抗都缺乏真正洞察的眼光和震撼灵魂的力量，这种抵抗的"假面"背后，是历史虚无主义的阴影如影随形，阴魂不散，"韩寒"和郭敬明不过是"80后"写作的一体两面而已。

三 "主体"和历史坐标

如果从严肃的意义上来讨论"韩寒"、郭敬明等"80后"的写作，有一个问题是无论如何也绕不过去的，那就是主体的问题。真正的文学创作，都必须借助语言、故事和结构来呈现生活、解释生活并想象生活。而这其中，想象一种什么意义上的主体至关重要。最近我和青年批评家金理、黄平专门就"80后写作"做了一次"三人谈"，其中金理就提出了这个问题："相比较之下，今天的'80后'创作者以及他们所创作的青年人形象，都显得很单薄。当然，这一'单薄'是历史性的'单薄'，由多种原因造成。简单一点讲，在当下的世俗社会，人不仅在精神世界中与过往的有生机、有意义的价值世界割裂，而且在现实世界中也与各种公共生活和文化社群割裂，在外部一个以利益为核心的市场世界面前被暴露为孤零零的个人。这种个人的形象必然是单薄、狭隘、没有回旋空间的。"由此他区分了"80后"写作中比较常见的三种主体形象。"第一种，玄幻的、穿越的，或者郭敬明《爵迹》式的小说，为孤单、原子式的个体提供了假想的温情与美学的抚慰，尽管这一温情与抚慰依然是通过精密而冰冷的市场逻辑生产出来的。第二种，似乎是与现实对接了，刻意呈现出一种'中性'（去意识形态化、去精英化）化的生活状态，这种姿态很容易俘获大批读者，但很明显恰恰受制于消费主义的意识形态,比如郭敬明一些写当下生活的小说,衣食住行背后对市场社会主流价值全面认同。也许是我个人的偏见,看到那些描绘在'中性'状态中自鸣得意、游刃有余的主人公,我总是心存疑虑。第三种是与现实短兵相接的,比如韩寒的《1988》,虽然我依然觉得艺术天分在韩寒那里更多地体现在他的博文上,而不是小说创作里。"[1]金理的这个分析很有意思,显然他对这些"青年主体"有种种疑虑或不满,但可以看出,他对于韩寒的这种"短兵相接"的"主体"依然抱有期待。我想这是我们这一批"80后"共有的矛盾心态,在我们自我的经验中,我们已经意识到了这个时代给予我们的压力和机遇,但是,正如我在文章开篇引用的竹内好所言,我们困惑于寻找什么样的方式来与我们身处的时代进行"短兵相接"的搏斗,更困惑于构建一种什么样的主体来表达我们对这个世界的想象和规划。

自"五四"以来,关于青年主体的想象和建构就一直被规划进民族国家的宏大叙事中,这一想象和书写因此也一直带有强烈的历史主义倾向。在我看来,在1985年以前,中国的文学书写都是一种"强历史书写",与此伴随的是带有男性气质的青年主体形象的建构,从郭沫若的《天狗》中"我是月底光,我是日底光,我是x光线的光,我是全宇宙的energy底总量"到北岛的"我不相信,我不相信天是蓝的,我不相信雷的回声,我不相信梦是假的,我不相信死无报应"。这些青年主体在与社会和历史的短兵相接中获得了其身份和意识,与此同时,也获得其"文学形式"。"文学"与"社会"就是这样在相互的较量中获得存在和进步的可能。如果说存在所谓文学的"实感",我想这才是文学的"实感"。但是对于我们这批"80后"来说,"强历史主义"是一开始就遭到排斥和拒绝的,我们接受到的文学教育和文学想象更多源自于80年代末以来的"历史虚无主义",它的指向是以解放个人的

---

[1] 杨庆祥、金理、黄平:《"80后写作"与"中国梦"》,未刊。

名义去拒绝社会、历史和他者。从某种意义上说，1985后的写作，尤其是"先锋派"的写作，是一种背叛历史的写作，它造成的影响深远的后果就是，当个人从社会和集团中剥离出来以后，却发现已经无法找到安身立命的参照系，在这个历史谱系中，无论是"70"后还是"80后"、"90后"，都面临一个非常重要的问题，那就是，必须为自己的写作和思考重新确定历史的"坐标轴"，没有这个坐标轴的写作将会是不稳定的，无意义的，没有效果的。我正是从这个意义上来"理解"（而不是简单地批评）"韩寒"、郭敬明、张悦然、颜歌、笛安等一批青年作家的写作，对于他们来说，写作是一个更艰难的寻找和调整的过程，"主体"的生与死，历史的实感和虚无，最终将一一呈现于他们的作品之中，"文学"最终必须回到"社会"中来，而不仅仅是表面的抵抗或者自恋的假想，正如我们一个个孤独的个体必须回到社会和集团中来一样。挣脱抵抗的"假面"，回到真实的社会和历史现场，感受此时此刻此地的震感，更有尊严和更有意义的文学才有可能被创制。

2011年4月5日于北京

附　记：

此文是我的一篇长篇评论《80后，失败者如何自觉》中的一部分，初成于2011年春，后有一杂志要做一"韩寒"专题，我从中摘取了一部分以《抵抗的"假面"》为题发表。其时我在副标题"关于'韩寒'的一些思考"中的"韩寒"两字上打了双引号，以示我并非简单讨论一个有独立人格的作家，而是视"韩寒"为一个文化符号。但编辑不知出于何种原因，将此双引号删除。2012年春，对"韩寒"身份和写作的质疑成为最重要的文化事件之一，我对此非常关注，对论辩双方的材料多有涉猎，此事件坚定了我对"韩寒"作为一个"符号化"存在的认知，另一方面，也让我感慨中国当下文化（文学）生成的诡异纠葛。此文中的很多想法，如"韩寒的勇气""我对其抱有更多的期望"之类云云，如今看来真是过于天真幼稚，历史的黑箱一旦戳破，里面原来是嗜血般的阴森可怖。但我愿意将此文留存，并重加双引号，批评的勇气在于：你要戳穿别人的假面，必先将自己的真脸示人！

杨庆祥

2012 年 8 月 20 日于合肥望湖城

新世纪诗歌写作的几个问题

十年对于个人历史来说很长,对于文学史来说却很短。北岛曾经很严肃地说过一句话:一百年才出一个好诗人,一千年才出一个伟大的诗人。这种说法是有道理的,对于历史的理性认识往往要等到这一段历史过去之后,曹操在他的时代从来没有被认为是一个杰出的诗人,而陶渊明,也只是以隐士之名活在他的时代。从这个意义上说,要在"十年"之中寻找中国当代诗歌的写作轨迹以及发展变化,几乎是一件难以完成的工作。尤其遗憾的是,因为个性和条件的限制,我并没有参与或者说介入到"新世纪诗歌十年"这一众声喧哗的诗歌话语运动中去,我个人虽然一直没有间断诗歌写作,但这种写作在本质上只是我疗愈个体孤独和创伤的一种方式,它仅仅对我个人才有效;作为1980年代出生的人,我没有加入各种纷繁的"力比多"勃发的青年写作圈子,我也仅仅只是和很有限的几个诗人有不多的交往,并偶然通过不多的渠道阅读和了解当下诗歌的一些状况(在很多时候,我对这些状况其实并不热情和关心)。毫无疑问,这些都会影响到我对这十年诗歌状况判断的准确性。但是就每一个个体活在"当下"这一事实而言,对当下作出自己的判断和理解又是一种责任和义务,对当下发言,并把这种发言理解为一种参与历史的实践过程,它要求我们在短促的时间内,以并不健全的理智和知识来认识客体和主体,并能达成一种理解的功效,我只能从这一点来为我的发言进行辩解,并鼓足全部勇气和智商来对新世纪十年的几个诗歌现象和问题进行讨论。

第一是"底层诗歌写作"问题。"底层诗歌"（以及更大范围内的"底层文学"）是新世纪以来负担了各种想象和规划的一种文学话语，它是"后革命时代"混合了政治欲望、道德原则和美学观念的一种暧昧表达。"底层诗歌写作"要求在一种不触及当代政治禁忌的情况下对被分解和压抑的一部分阶级（阶层）予以道德化的文学关注，并企图在这种关注中重新调整80年代以来形成的实际上由知识分子所主导的"纯文学"的观念。在这个意义上，我首先把"底层文学"理解为一个"话语权"争夺的"高地"，它是一个在深具苦难历史和左翼传统，曾经许诺并大规模实践过人民当家做主、有效行使其政治经济文化领导权的社会发生急剧甚至完全相反的变化时的一种实践行为，这一实践行为试图以对"底层"苦难的书写来重新激活批判的力量，在其极端者那里，甚至重新要求从阶级的立场对历史和现实进行有效的介入，这一点，在叙事文学作品里面表现的尤为突出。但是我想指出的是，恰好是在这一点上，底层诗歌写作是非常含混不清的，在目前所看到的底层诗歌写作群体中，大部分写作者的动力来自于对现实生活的不公、苦难和贫穷的一种发自人类本能的反感和厌恶，并以某种简单的人道主义来对之进行道德上的臧否，这导致了对"底层"的"历史性"的漠视，实际上也抽空了"底层诗歌写作"最尖锐的力量，那就是它的意识形态性。"底层诗歌写作"或者说广义上的"底层文学"只有在这种意识形态性中才能凸显它之于新世纪十年的意义，或者说是"社会主义初级阶段"的意义。具体来说，底层诗歌写作必须在双重视野中确立自己的写作立场，第一是在全球资本化和中产阶级化的情况下，底层如何保持自己的审美经验和讲故事的权力，第二是在中国由社会主义向一个暧昧不明的"中国特色社会主义"转型的过程中，"底层"如何借助"革命中国"的资源，确立自己的主体意识和诗学语言。目前，一些以写"底层诗歌"而著称的青年诗人从某种意义上说属于前一种情况，即他们可能找到了一种可以贴切表述其个人生活史的对象，但这一个人生活背后所隐藏的商品拜物教和资本逻辑该用何种方式表达还有待实践。总而言之，我希望"底层写作"不要重复《诗经》或者白居易《卖炭翁》的传统，也不是回到"文革样板戏"的传统，而是能提供一些新的东西，这些新的东西，既内在于我们个人也内在于当下的历史。

第二个是由陈先发和杨键这两位安徽诗人在近几年的写作以及由此引发的评价而产生的问题。（对这两位诗人的写作，批评界有比较多的命名，影响较大的有"草根写作"、新古典主义、新传统主义、新乡土写作等，这里暂且不讨论）。把陈先发和杨键放在一起，这两位可能不太乐意，陈先发估计是不喜欢杨键满口的恢复先王礼仪之类的话，而杨键，可能也觉得陈先发有些故弄玄虚。但是我在这里把他们放在一起来讨论，是基于一个基本的事实，那就是，两位差异非常之大的诗人都有一种共同的写作倾向，或者说，我从他们的诗歌中嗅到了某种一致的气息，这就是试图从"五四"以来的现代诗歌话语中剥离出去，通过对中国古代典籍的重读和改造，来重新激活现代汉语的创造力。毫无疑问这是一个深谋远虑、雄心勃勃的试验，尤其在新世纪"东方文化热"、"中国文化热"、"国学热"的语境中更是显得意义重大，这使得这两位诗人还没有来得及完全展开的工作立即获得了铺天盖地的好评，这些评价有些是中肯到位的，但也有一些显得过于夸大其词。但是不管怎么说，以"回归古典诗歌，回归古典中国"为目标的写作潮流在这十年中暗潮汹涌，我在西川、李少君、孙文波等风格各异的诗人的一些作品中都能读到这种东西。就诗歌作为一种个人的创造性工作而言，我觉得这些诗人的探索和尝试都是值得肯定的，在陈先发对"物象"进行秩序化的重组和描摹，在杨键对于日常生活禅宗式的顿悟中，我确乎领略到了现代汉语所可以具有的感染力和穿透力。但是当这种诗歌写作成为一种"无意识"，转化为一种当下的文化态度和价值取向的时候，我则同时看到了某种值得反思的美学。陈先发和杨键的诗歌仿佛是一个隔离空间的容器，在醉心于语言智慧的同时与当下生活不发生直接的摩擦，我在他们的诗歌里面感觉不到我们何以是当下的"主体"而不是秦汉盛唐的"主体"。我的意思是，一种有创造力的语言形式完全可以和有生机的当代生活联系在一起，从而产生现代的审美效果，但是，陈先发和杨键在借鉴和挪用古典汉语的同时，却把自己"埋葬"在一种想象性的"古典生活"和"古典形象"中并且乐此不疲，他们都缺少一个远观和反思的距离，所以在阅读的时候，我常常有一种外在于我们时代生活的感觉。也许可以说，他们真正领会到了中国古典文学的精髓，这就是"物我交融"、"意象一体"，但是，我想再次强调一点，我们是生活在一个经过近百年现代转型的当下中国，我们只能站在此时此地去想象和重构"古典中国"，而不能本末倒置，让一个想象性的语言传统成为了吞噬当下生活的招魂术。想一想"文必秦汉，诗必盛唐"的有明一代诗文写作的失败，我们是不是应该对这十年来的"回归"倾向做一些反思，以免它僵化为一种"复古主义"的小爬虫？我在陈先发最近的一些诗作中感觉他开始矫正自己的这种倾向，试图用转喻的形式把当下生活具象化并获得一种足够与"文人自恋"相抗衡的形式感和情感力量，我觉得这是一个好的变化。最近一段时间，诗人李少君以一种即兴式的短诗（如《朝圣》、《东湖边》、《夜深时》）试图表达在一个急剧变动的历史中日常生活的永恒性，并借助"中国画"式的语言形式将其固定；诗人陈陟云的长诗《前世今生》以抒情的咏叹调重塑诗人的精神历史，并试图以古典式的爱情幻想超越庸俗的现实生活；诗人肖水的"绝句体"在精致、隐晦的语词中企图打通汉语的历史气场并以个人的书写指向现实的批判；诗人李成恩的《汴河系列》通过对原居地的怀念和书写来安慰大都市的疲惫心灵，都可以视作在这样一个大的语境中的积极尝试和突破。

第三个问题是"口语写作"问题。在中国新诗中，"口语写作"往往和诗歌的"先锋性"联系在一起。实际上，推动中国现代文学发生的一大利器就是新诗的口语写作，比如胡适的那首广为人知的《蝴蝶》就是一首典型的"口语诗"。口语写作一直与诗歌的激进形象和变革传统联系在一起，"口语写作"被认为是与当下生活直接对应的、同步的一种写作方式，并因此获得其现场感和历史意识。但是就目前来说，口语写作有一种被泛化和庸俗化的趋势，"口语"被简单等同于方言、俚语、俗语甚至是粗口，我觉得这都是对"口语"的一种误解，在我看来，"口语"首先是一个流动的历史概念，它对应的是"书面语"，而不是"高雅"、"优美"、"精致"的语言，口语里面同样有高雅、优美、精致生动之语言，而"书面语"里同样有很恶俗、低级的语言，每个时代有不同的书面语，每个时代亦有不同的口语；其次，口语是一个语义学上的概念，它指的是不需要借助转喻而直接指向对象本身的语言，按照索绪尔对语言"能指"和"所指"的划分，可以说"口语"是"能指性"压倒"所指性"的语言。最后需要强调的是，"口语"随时都在发生变化，口语可以成为"书面语"甚至是某一部分阶层的专有语言，"口语"的所指性和能指性也会在书写和使用中发生不断的位移。我之所以对"口语"作出这么一些很"八股"的界定，主要是针对新世纪以来对"口语"理解的泛庸俗化倾向，在一些所谓的"口语诗人"的写作中，粗鄙、肮脏、低级下流的词语被捧为"口语"的标志，并以此传递出某种"先锋"的姿态。这种"伪口语"和"伪先锋"的姿态借助新兴网络媒体的无界限传播，从某种意义上损害了诗学探索的严肃性。更重要的是，与这种"伪口语"和"伪先锋"并生的是一种虚假的个人意识，这种个人意识之所以说是虚假的，就在于它完全将"个体"理解为一种动物性的简单生存，并不能从这种动物性中叙述出一种普遍的精神性来。在这一点上，"当下"的真实历史内容被抽空，成为一种发泄式的词语意淫。我想说的是，如果摆脱不了这种庸俗和肤浅的口语观，"口语写作"就不会进步，而更需要说明的一点是，在中国新诗乃至整个中国现代文学中，如何使用一种健康的口语实际上关涉到整个文学史的发展，周蕾的卓有成效的研究已经指出：口语提供了一种直接的、透明的、可视化的语言效果，以此文学与电影、摄像等现代传媒所负载的艺术形式进行有效的沟通互补，并在一定程度上文学获得它的现代社会的大众读者。在一个视觉艺术逐渐占据统治地位的时代，"口语写作"关涉的不仅是一个语言实验、形式革新的文学内部问题，更重要的是在外部如何重构一个有效的诗歌（文学）场域，而不致于沦落为"死亡的艺术"的问题。

  以上的几个问题，是我在有限的阅读和有限的个人知识的指引下所作出的一些描述和判断，这些情况如果说是针对整个当下中国文学也在一定程度上成立，因为诗歌的问题归根结底不能脱离"整体文学"而得以解决，不过因为诗歌与资本拜物教和资本逻辑更不相容，所以一些问题显得更为尖锐一些。无论如何，新世纪十年的中国变化之巨大，不仅让世界为之侧目，即使是身在中国，有过近一百年的变革经验，依然会有本雅明式的震惊时时袭击过来。正如费正清所言，因为历史因袭越长久，所以变化也就越发沉重惨痛，越发以更加光怪陆离的形式呈现出来。如果我将上面分析的各种情况解释为面对这样一个巨大变化时代的一种文化焦虑和文化应对，想必也是可以的，我们每个人都只是被卷入和抛掷进此时此地的一个孤独个体，但我们的一言一行，我们的尝试和努力，却不得不置于这样一个"总体文化"中才得以彰显其意义，我唯一确定的是，十年一期，很多变化正在悄然发生。

2009 年 7 月 19 日于人大人文楼
2009 年 8 月 23 日再改
2009 年 10 月 22 日三稿

为了一种更有效的写作

——2011年短篇小说概述

一

在对2011年短篇小说发表数量作统计的时候，因为条件和技术手段的限制，我仅仅对40种公开发行的主要文学期刊（不包括港澳台的文学期刊）作了统计，约合1261篇。除此之外，主题杂志书《鲤》、《文艺风赏》、《天南》等发表的短篇小说约50余篇。这个统计数目不包括各种地方期刊，也不包括庞杂的网络写作。如果把这些全部统计进来，我想这将会是一个庞大得惊人的数字。之所以要做这样一个并不全面的统计，主要基于两点原因，第一是我在查阅2008、2009、2010年关于短篇小说（包括中篇小说）的年度综述的时候，发现没有相关数量的统计，我认为这种统计学的缺失不利于对整个文学创作的情况作全面的了解。更重要的是第二点，任何时代文学创作首先是从数量开始的，如果没有大批量的创作，好作品就无从说起，批评家往往以高蹈的姿态强调杰出作品，但却没有意识到一个问题，对于当下正在行进着的文学写作而言，作品的数量即使不能说明全部问题，却至少能凸显一个时代文学生活的一些重要走向。也正是基于这一点，我根据题材对所统计的1300多篇小说进行了细分，其中城市题材810篇左右，占总篇目的62%强。农村题材、历史题材以及其他体裁的为490篇左右，占总篇目的38%强。从这个比例可以非常直观地看出，书写当下中国城市生活的短篇小说占了绝大部分。

除了期刊发表以外，短篇小说集的出版也是2011年短篇小说创作的重要组成部分。蒋一谈的《赫本啊赫本》收入7个短篇，其中的《赫本啊赫本》以越战为背景，以父女通信的形式书写当代中国人在社会转型期的苦闷、困惑和出路，被认为是关于"越战"题材的一朵奇葩。[①]《芭比娃娃》则描写农民在大都市的遭遇，书写中国人在现代城市化进程中的道德困境。整部小说集有突出的故事创意和文体意识，是近年来难得的具有探索性的作品集。李洱《白色的乌鸦》收入了作者近年来创作的二十余部短篇，大部分内容以都市男女的生活困境为出发点，李洱非常善于通过某一个细微的触点引爆生活的火药桶，在冷静的叙述中夹杂有复杂的视角，整体水平极高。劳马以非职业身份贡献了本年度很有特色的短篇小说集《潜台词》，这部小说集以一种类似于美术速写的方式刻画了当代生活中一些不易察觉的瞬间，而在这些瞬间的背后，呈现的是精神生活的无尽深渊，作家阎连科认为它是"小说背后的小说。让我们看到了一片跳荡着欢乐浪花的湖泊下面涌动着的沉寂的力量和那力量是如何转化为浪花之笑的湖纹水波"[②]。邱华栋在本年度出版了两本颇有分量的短篇小说集《可供消费的人生》和《来自生活的威胁》，共收入新旧作60篇，这些作品"给我们描绘了中国新兴的中产阶层、社区人的感情和精神困境，进一步强化了这个时代性的困境。邱华栋是想通过重聚那些欢乐、希望和信心的碎片，来抵抗生存的寒冷、孤独和溃败对人物内心的侵蚀，以期把人物从沉重、飘散的生活状态中解放出来"[③]。黄惊涛的《花与舌头》被认为是小说中的"野

[①] 杨庆祥、刘涛、徐刚：《21世纪的先锋派——蒋一谈小说三人谈》，《当代作家评论》，2011年第1期。
[②] 阎连科：《"幽锐体"的短圣追求——读劳马小说〈潜台词〉》，收入劳马，《潜台词》，第1页，天津人民出版社，2011年。
[③] 解忧顺：《经历着都市中的一切现实》，《新京报》，2011年7月23日。

孩子",在这些"野孩子"的背后呈现出某种寓言式的结构,但同时,正如李敬泽所言:"作为一种寓言——反寓言的小说就生成了。它内在地包含着概念和观念,包含着某些思想前提,但更包含着思想在广袤的人类生活中的延伸、扭曲、纠结、反讽。"① 盛可以的《可以书》收入了15个短篇,以其一贯的冷酷犀利风格"将这个世界貌似深刻的表层刀刀割开,让生活本身露出自己的肌肉、血管、神经、溃烂的器官以及种种肮脏甚或卑微的真相"②。瓦当的《多情犯》关注青春期的幻想和冲动,并以略带戏仿的叙述语调制造了一种有效的距离,充满了不俗的创造力。

  无论是数量庞大的单篇作品,还是结集出版的作品集,关注当下中国社会日新月异的变化,并以小说的形式把这些变化予以书写、定型、寓言化,解释当下中国人的遭遇和困境,是这些小说最主要的面向。因此,与以往小说关注时间性的叙述不同,2011年中国短篇小说具有突出的"空间性"特征,这不仅仅是指小说的背景绝大部分是发生在城市或者与城市密切相关的地域(比如城乡结合部或者城乡交叉地带),更重要的是,这些写作试图在不同的空间中寻找一种更为有效的位置来放置人的情感和尊严。这一现象印证了我的一个大概的判断,在当下的中国,城市正日益成为我们想象这个世界的基本视域,也正是在这一点上,城市成为"故事"(也可以说是小说)更重要的发生之所。这并不是说在城市之外就无法产生故事或者小说,而是说,如果没有"城市"这一空间的参照,就无法理解目前正在行进着和变化着的中国社会,这是"现代"这一魔咒般的历史给予中国和中国文学的宿命,同时也是一种机会和挑战。为了强调这一点的重要性,我的这个年度选本将非常苛刻,同时也可能有些片面的选取以城市为背景或

---

① 李敬泽:《从饶舌说起》,收入黄惊涛,《花与舌头》,生活·读书·新知三联书店,2011年。
② 张楚:《序·那些散发地母般庞大气息的人物》,收入盛可以,《可以书》,第3页,吉林出版集团有限公司,2011年。

者与此相关题材的作品,那些优秀的但是并不符合我的编选标准的作品我只好忍痛割爱,并希望能够在其他的年度选本中得到体现。

二

因为篇幅的限制,本选本仅仅收入 22 个短篇作品,这些作品是基于我对近两千篇短篇小说阅读后作出的一个基本的判断和选择,不可避免地带有我个人的经验和趣味,但我力求做到有理有据。

李洱《白色的乌鸦》通过丈夫和妻子的双重视角,揭示出当代家庭生活的平庸无聊,这种无聊源自于可能性的消失,只有在醉酒的短暂麻痹中,主人公才似乎"听到了陌生人的敲门声……被抑制了许久的快乐,在每一次可能性中,都得到了尽情的释放"。这个短篇在表面的平静中暗藏戏剧性,以一种幽微的语调叙述了当代都市生活的分裂,以及男男女女为抵制这种困扰而刻意制造的暧昧。铁凝的《海姆立克急救》写的是婚外恋,通过层层推进的叙事方式,把人物内心的焦虑形式化为一种外在的自虐式的身体操练,蕴含了某种"罪与罚的救赎的可能"。[①] 王手的《西洋景》以片段的形式叙述发生在地下车库的"偷情"与"偷窥",都市生活的私密性为种种不轨提供的只是表面的便利,所有的"西洋景"其实都在"看"与"被看"中被放大和变形;晓航的《碎窗》写的同样是婚外情,但展现出一派明快亮丽的风格,商人赵晓川与美术系毕业的女孩林清在邂逅中相遇,然后不冷不热地保持着一种暧昧的关系,有意思的是,晓航这部作品里面没有同类作品常有的某种急不可耐的道德说教姿态,相反,他以一种很轻盈的带有智性的情节转移了小说的主题:感情出轨的故事变成了智力博弈的游戏,最后,所有人都在其中收获到了自己想要的东西。以家庭生活、男女

[①] 洪治纲:《2011 年短篇小说综述》,《文艺报》,2011 年 12 月 23 日。

情感为内容的作品往往占据了城市书写的大部分，在这些书写的背后，透露出了重要的信息，在中国的城市化进城中，传统道德秩序的解体要求重绘一种新的伦理秩序来安置这些紧张而精力充沛的灵魂，正如萨义德所追问的："男人和女人还有什么别的方法能够创造出相互的社会关系，以替代那些把同一家族成员跨越代际连接起来的纽带呢？"①

在另外一个向度上，因为重绘的过程是如此艰难，对城市和现代生活的不信任也成为作家书写的一个重要主题。在这个主题里面，包含了一系列现代以来文学的原型：堕落、异化、挣扎以及由此产生的无以名状的乡愁。城市首先被视为一种危险的场所，甫跃辉的《骤风》以一幅风景画的客观描摹方式呈现了在突如其来的骤风中一个老人和一个小孩的挣扎，在飓风中他们无能为力，正如他们在庞然大物的城市中无能为力一样，城市因此呈现出它的非人性、残忍的象征意义。姬中宪的《四人舞》通过对"老太、老头、男人、女人"四个高度符号化人物一个晚上的日常活动刻画了城市生活的隔膜、孤独和无序，一种神经质般的情绪弥漫在作品的人物中，并通过"四重奏"的叙述方式予以释放，渴望的交流最终不可得——"天光大亮，各自东西"。城市生活虚拟了一种想象性的身份和秩序，这种身份在大都市更是成为一种虚假的文化象征，一旦这种虚假的身份遭到嘲笑和攻击，立即显露出它的脆弱性。在贺芒的《不速之客》里，昔日的小镇同学来到了身居大上海的肖如的家里，女人之间的竞争最后变成了一种身份的区隔："别瞧不起我们偏远小镇来的人，别忘了，你也是从那里出来的……告诉你，想变成真正的上海人，你还早着呢？"为了变成真正的城市人，多少灵魂被丢失，在手指的《寻找建新》里，"进城"重复了老舍《骆驼祥子》的故事原型，昔日健康、向上的同学建新已经在灯红酒绿的城市生活中失去了他的本真和朴实。也许把自己投身于滚滚的物质生

---

① 萨义德：《世界·文本·批评家》，李自修译，第27页，生活·读书·新知三联书店，2009年。

活是一种即时性的解脱,于是,在李萧萧的《迷失动物园》里,叙述以一种癫狂的方式展开,泥沙俱下的物象、呓语一般的独白、紧张的辩驳构成了一个独特的小说文本,商品拜物教试图填充都市人空虚的内心,但却让其更加失重,作者最后在北京著名的小商品批发市场动物园并没有找到自己的所得,她追问:"我在这里穿梭着,我的廉价的快乐还能找回来吗?"《迷失动物园》从这个意义上回应了波德莱尔关于现代性困境的叙述,在"拱廊街"琳琅满目的商品面前,需要一个"游荡者"的灵魂才有可能重构主体。但是一旦这种"游荡者"者的自我意识遭到阉割,则可能成为一个精神官能症患者,劳马的《非常采访》即是一个精神官能症患者的典型自白,通过戏仿现代媒体与人的心灵的对话,劳马叙述了人的自我是如何在各种权威、制度和规则中被扭曲、被压抑、最后被自我消解,于是"自我"成了"自我"的敌人,这是这部形式独特的作品背后隐藏的普遍哲学。

  任何一种主题都要产生它的"反主题",任何一种寻找、失落背后都藏有拯救的希望。博格斯有言:"一代代的人总是重复讲述两个故事:其一为迷失的船在地中海寻找美丽的岛屿,另一个则是一位神祇在骷髅地被钉上十字架。"① 中国当下城市生活的危险性并不能湮灭人性的温暖和互帮互助的努力。在邓一光的《宝贝,我们去北大》中,汽车修理工王川和妻子傅小丽陷入了"不育"的恐慌,与个人身体的孱弱形成鲜明对比,小说花了很多篇幅极力描述机器(汽车)的性感和力量。这是工业社会"人——物"倒置的一种审美原则,但小说的可贵之处在于没有停留在这种"异化"的层面,而是强调人类之"爱"能够成为洞穿机械时代的一种光亮。在这个意义上,小说回应了布罗茨基极其著名的判断"在现代社会,爱情是一种形而上学的东西"。邓一光在本年度还发表了《乘和谐号找牙》、《在龙华跳舞的两个原则》、《深

---

① 诺思洛普·弗莱:《世俗的经典——传奇故事结构研究》,孟祥春译,第16页,上海人民出版社,2010年。

圳在北纬 22°27′—22°52′》、《罗湖游戏》等围绕深圳这座中国现代城市展开叙述的小说，这些作品以敏锐的视角触及了中国城市化进城中的物质剧变和精神浮沉。在我看来，因为深圳在中国改革开放历史脉络中的独特地位，对于它的文学叙述必然会关涉中国当代史的方方面面，因此，我认为邓一光的这种尝试极其重要并对此抱有高度期待。徐则臣《轮子是圆的》有其独有的风格，小人物借助原始的发自生命内部的力量与世界进行搏斗，由此呈现出一种蓬勃旺盛、意气风发的美感。邱华栋的《内河旅行》和王祥夫的《A 型血》提供了交流和沟通的可能性，《内河旅行》中的母亲得知 15 岁的女儿怀孕，母女间由此而卷入到对已然生活的怀疑和不信任中。整篇小说完全依靠对话来推动故事发展，在表面的平静下潜藏有冲突的可能，但是对话——一种优雅的言说行为——克制了粗鲁的爆发，母女在内河航行中逐渐清理了彼此的历史，于是，和解变得顺理成章。《A 型血》中的女护士对无臂残疾人的生活充满了好奇，这种好奇随着深入地了解变成了一种更纯洁的情感：通过模拟无臂残疾人的生活，女护士感觉到了生活本身的庄严。凌可新的《星期天的鱼》似乎也可以放在这个谱系中，但之所以选择这篇小说，更主要的原因是在于虽然它有一个目前流行的"官场小说"的外形，但是因为作者对于细节的打磨，而脱去了某种庸俗之气。

瓦当的《去动物园漫步才是正经事》和颜歌的《悲剧剧场》充满了形式感。《去动物园漫步才是正经事》以奇特的想象力书写了不可能实现的爱情在"变形"的情况下获得了实现，男孩女孩变成了动物并在众人的注视和围观中沉入大海最深部，卡夫卡式的荒诞中带有一丝青春年少的温柔。《悲剧剧场》以元小说的形式讲述了小说家刘蓉蓉的故事，作品一再中断正在进行中的叙述，不断回溯过往，在"互文性"的叙述中呈现扑朔迷离的作为现实生活映射之一种的小说世界。

城市空间是一个可以无限展开的延长线，在这条延长线上，国族和文化的幽灵一直纠缠其中，尤其当故事以跨越国界的背景出现之时。

蒋一谈的《中国鲤》是这方面的杰作。《中国鲤》以"非虚构"的新闻报道为背景,讲述美国人捕杀中国鲤的故事,这是一部极具隐喻性的作品,暗示了当下中国在全球语境中的尴尬和不确定性。故事的结尾读来有些仓促,但是作家已经自圆其说[①],有破绽的故事也许更加吸引读者。张悦然的《湖》有浓的化不开的情绪,但故事的轮廓依然清晰明朗,旅居异国的女导游与来自祖国的作家发生了一夜情,这不是简单的肉体的偷欢,实际上,对于女导游来说,肉体接触的快感并没有那么强烈,更重要的是她潜意识中对身份不确定性的焦虑得到释放,对于漫游于世界各地的华人来说,这也许是一个悖论式的难题。笛安的《白票》讲述发生在法国大学里的一次投票故事,我将这一散文化的叙述视为小说,是因为作品以寥寥数语即能立体式地刻画出一个人物,并能揭示出普遍的人性弱点,其中的细微如烛照,是见功底的写作。

  葛亮的《浣熊》和汪彦中的《警车杀人事件》带有陌生的气息。在《浣熊》中,这种气息体现为葛亮娴熟地使用悬疑、侦探甚至是情色文学的因素把一个下层奋斗的故事改写为好莱坞式的香港传奇。稍微带有压抑感的叙述正如那缓缓逼近的台风"浣熊",在故事的结尾凸显出酣畅的快感。老弗莱曾有言:现实主义在本质上是另外一种传奇。葛亮关于香港的书写和想象似乎证实了这一点。汪彦中的《警车伤人事件》叙述高智商高科技警车 04001 号试图逃脱人类对他的有效控制,并对公共生活构成了威胁,最后解决的办法让人啼笑皆非:这些"警车"迷上了电子游戏"神兽世界",为了能够获得打游戏的权利,它们主动缴械投降。这是一篇发表在《科幻世界》上的"科幻小说",但是在我看来,这一幻想基于对现实世界的讽喻,现实世界和幻想世界在此结构为一个叙述(小说)世界。

[①] 蒋一谈在访谈中解释这是故意留下的"破绽"。见蒋一谈、王雪瑛:《中国需要这样的作家——蒋一谈访谈录》,《上海文学》,2011 年第 9 期。

三

本来应该就此打住,把发言权留给读者。但出于职业的习惯,我还要再饶舌几句。如果从这几年中国当代文学的创作走向来看,我觉得一个比较明显的趋势是,长篇给人的感觉越来越疲软,很多的长篇都是铆足了劲硬拼出来的,态度固然可取,结果却不容乐观。与之形成对比的是短篇创作的兴盛,很多的作家,尤其是一些年轻的作家把更多的精力投入到短篇的写作中,这是一个非常良性的写作生态,经营短篇意味着回到一种更纯粹的写作学,对于初学者来说,这是一种训练;对于以短篇小说为写作理想的作家来说,则可自成风格流派。这种"写作学"意义上的自觉将可能是中国当代文学的一次深度调整,文学的含义当然无比广阔,但是在最基本的意义上,它要求作家有熟练工人一样的处理文字和素材的能力,在这一点上,没有比短篇小说和诗歌更能代表一个时代文学的综合水平了。

写作学上的自觉会催生文体意识的自觉。中国的短篇小说长期停留在"横截面"的文体规范和"短平快"反映生活的功能论之中,短篇写作常常是千人一面。这几年的变化是,作家开始有意识地背离这种陈旧的文体规范,借鉴不同的写作资源,开辟新的文体形式。比如在叙述视角上,50年代出生的作家往往采用全知视角,叙述者控制文本的欲望特别强烈。但是在蒋一谈、李洱、邱华栋的作品里面,几乎采用的都是限制视角。比如邱华栋作品里面始终有一个"倾听者",这个倾听者可以称之为"听故事的人",而他作品中的人物,正是在这种倾听中呈现出丰满的性格。再比如故事结构,蒋一谈小说的一个显著特点就是几乎每篇都有一个自成一体的结构,同时在叙述中特别强调故事的"间离"、陌生化效果,通过这种方式他恢复了故事的新颖和陌生。

我一直坚持的一个观点是,小说尤其是短篇小说,应该花更多的精力书写当下生活,正如李敬泽先生所言,写2011年的生活比写1911

年的生活更有难度,更有建设性。通观 2011 年的短篇小说,在书写当下,为当下立言这一方面是值得肯定的。但同时需要警惕的是,书写当下决不是直接把生活复制过来。现在有一种比较流行的观点,就是认为生活比小说要精彩,要复杂,所以小说只需要直接描摹生活即可。实际上,这一论点的最大问题在于没有意识到,所谓的"生活"同样是叙述出来的,要么是媒体的叙述,要么是他人的叙述,之所以精彩,恰好是因为这些叙述采用了一定的文学修辞方式。今天的媒体从业者大多数接受过基本的写作学训练,而其职业的直接性和快捷性更是占有优势。因此,如果我们的作家只是止步于描摹生活,就无法把新闻和小说进行有效地区隔,甚至有被新闻甩在后面的危险。从另外一个角度看,全媒体时代新闻的强势会刺激作家更新讲故事的方式,不仅要讲故事,还要创造故事。创造故事就是创造一种生活的可能,这是文学对作家更高的要求。

  创造一种什么样的生活,这关涉到作家与这个世界的关系,这是我最后要谈的一点。长期以来,中国当代文学停留在一种简单的"对抗式"的写作中,以一种"假想敌"去定位自我和这个世界的关系,结果是大量的"憎恨"文学的出现,相伴随的是极端美学风格的盛行。而在这几年的短篇小说中,我看到了一种"对话式"的写作,文学不应该与世界为敌,或者说,文学与世界为敌只能是文学的一部分,而不应该是全部,无论如何,文学应该创造的是一种"善",是在对话和沟通中达成的一种理解和尊重。

  我以为这才是真正有效的写作。

2012 年 1 月 8 日于北京
2012 年 1 月 19 日再改于望湖城
2012 年 1 月 29 日三稿

重返小说写作的"历史现场"

一

我想从最近读的一本著作——阿兰·布鲁姆的《莎士比亚的政治》①——谈起,在这本书里,布鲁姆没有去分析莎士比亚的语言和修辞,他讨论的是莎士比亚戏剧与当时社会历史之间的互动以及由此呈现出来的政治性,其中有一篇文章是《〈奥赛罗〉:四海为家与政治共同体》,在布鲁姆看来,奥赛罗的悲剧并非仅仅是所谓的"命运悲剧",更是其时城邦制和君主制这些政治力量博弈和角逐导致的后果,也就是说,奥赛罗的"命运悲剧"建基于"社会悲剧"之中。我在这里并不是为了简单地介绍布鲁姆的研究成果,而是想指出,布鲁姆的这种研究视角给我们提供了一个理解文学的"有效性"的思路。莎士比亚的戏剧为什么在千百年后还能赢得读者?还能经得起这么有张力的历史阅读?我想其中一种最重要的原因在于他的作品本身是高度社会化和历史化的,与当时的历史、社会、政治保持了紧密的互动,因此就具有了无限的开放性和阐释性。②

---

① 阿兰·布鲁姆:《莎士比亚的政治》,潘望译,江苏人民出版社,2009年。最近还有一本研究莎士比亚的书展示了同样的倾向。这本书是罗峰编译的《丹麦王子与马基雅维利》,华夏出版社,2011年。
② 刘晓枫在《丹麦王子与马基雅维利》的推荐语中说:"与柏拉图的戏剧作品一样,作为政治哲人的莎士比亚没有学说,他的政治哲学思考无不隐含在其笔下的戏剧人物和戏剧谋篇之中。"见《丹麦王子与马基雅维利》封底。

我还注意到一个现象，最近一段时期，中国当代文学研究界对"十七年文学"的肯定性评价越来越多，其中又以对赵树理和柳青两人的评价为高。上海大学2010年10月召开了一个专题研讨会"重读赵树理：问题与方法"，从这次研讨会提交的十来篇论文来看，赵树理作品与50年代的政治实践和历史重述之间的复杂型构关系得到了重点关注[①]。这与80年代对"十七年文学"非常急切的否定态度形成鲜明的对比。当然，重新肯定赵树理、柳青等人为代表的"十七年文学"，其背后有着各种复杂的话语诉求，但有一点可以肯定，我们对于文学的理解更加多元化了，更加尊重文学本身的复杂性，而不是简单地带着意识形态的有色眼镜去进行评判。更重要的是，我们在赵树理和柳青的作品中捕捉到了我们当下需要的东西。如果简单的地说这是一种美学的怀旧或者对"重返现实主义"的呼吁可能有些表面化。在我看来，主要原因在于赵树理和柳青的写作内涵了一种历史和美学的复杂性，早在50年代，竹内好就认识到了这一点，他曾经说，阅读赵树理不仅是政治的需要，同时也是内心的需要。[②] 无论是政治的需要，还是内心的需要，有一点是很明确的，那就是，80年代以来所确立的"纯文学"、"文本中心主义"等概念需要重新厘定，赵树理和柳青的"幽灵"不散再次说明，文学的丰富性和可读性在于它与历史和社会互动的剧烈程度。赵树理和柳青之所以能够被一次次激活，就因为它给我们提供的不仅仅是文学修辞学意义上的"审美"，还有伦理的、道德的、政治的等方方面面的内容。

也就是说，写作的有效性建基于对身处时代的巨大的关切和深入

[①] 可参见《"重读赵树理：问题与方法"学术研讨会论文集》（未出版），其中比较有代表性的有罗岗的《劳动生产的变迁与农业社会主义问题》、贺桂梅的《〈三里湾〉的空间叙事及其现代性想象》、董丽敏的《妇女、劳动与革命——社会主义》，等等。

[②] 竹内好：《新颖的赵树理文学》，收入陈飞、张宁主编，《新文学》第7辑，大象出版社，2007年。

洞察。但非常遗憾的是，中国当下的文学写作现状恰好不是这样。中国当下的文学写作——尤其是小说写作——不关心当下的生活，受到热捧的大部分是一些侦探小说、悬疑小说、历史小说，"当下"在写作中要么被取消或者搁置，要么被无限地空洞化。我们知道，每个人都不可能直面全部的社会生活，全部的历史和他人，那么我们怎么去了解他者的生活，理解宏大的历史和社会呢？小说作为一种"共同的文体"和"普遍的体裁"，实际上承担了个体与个体、个体与历史社会进行沟通、对话的功能，因此，小说是一个非常具有开放性的文体。实际上，中国当代小说有强大的历史书写传统和现实对话能力，从某种意义上说，中国当代小说都是一种"强历史写作"，作家通过小说这一形式参与社会和历史的变革，记录当代中国人在大变革、大动荡中的命运。但是在 80 年代中期，出于对僵化的文学观念的反拨和文学革新的冲动，小说写作的"去历史化""去社会化"的倾向非常严重，要么嘲弄历史，以一种不严肃的态度面对历史和社会，要么干脆放弃一切，转入纯粹的私人世界，小说越来越像一个"作品"，但是离"文学"却越来越远。从某种意义上甚至可以说小说被当下的作家写"小"了，一谈小说就是虚构性、想象力、故事性等等，我觉得这些都是可以谈的，但前提是必须保持小说的历史在场感。如果过了很多年我们回过头来看今天的这一段文学史，结果只能读到像《风声》《大秦帝国》《爵迹》《小时代》之类的小说，那么，后来者怎么了解这一段历史和生活？难道这些就是生活在 21 世纪的中国人真实的精神生活吗？这就是 21 世纪中国人真实的想象力吗？

也许有人会问，什么是当下生活？回答这个问题需要做一个历史性的考察，在中国当代文学的谱系中，"生活"是一个具有严格的意识形态界定的概念，它指的是能够反映出历史发展规律的人类活动。因此，"生活"被严格区隔为"有意义的生活"和"无意义的生活"，"有意义的生活"能够反映出社会的矛盾，揭示历史发展的方向，而"无意义的生活"则指庸俗、堕落、无法被象征化和美学化的生活。在中国当代文学的书写中，如何将"无意义的生活"组织、升华为"有意义的生活"成为写作上的一个政治焦虑，其中最著名的例子就是话剧《千万不要忘记》，将全部的生活英雄化和浪漫化是中国当代文学对于"生活"的一个极端的想象。80年代以来，出于对这种极端美学想象的规避，书写"无意义的生活"变成一时的写作潮流，吃喝拉撒，柴米油盐，日常生活中最平庸琐碎的一部分成为写作重要的资源。

对"生活"观念的解放并没有带来想象中的多元状态。相反，我觉得80年代以后形成了某种极端庸俗的"生活论"。这一庸俗的生活论强调个人的生活高于一切，历史、社会、他人都被排除在这一生活想象之外。它的理论基础来自于80年代中后期非常流行的浅薄的人道主义，对历史的阉割和对责任的逃避是这一庸俗的人道主义最主要的特征，它与80、90年代渐渐流行起来的小市民审美意识密切结合在一起，完全改写了我们对于"生活"的想象和建构。

在我看来，在目前的小说书写中，有几类倾向值得警惕。一是生活被高度地传奇化和符号化。这尤其表现在近年来对于所谓底层生活的书写中，在这类写作中，"底层"被贴上标签予以展示，诸如苦难、挣扎、绝望构成了这些生活的全部内容。而在另外一类所谓青春文学中，则是孤独、暧昧、喋喋不休地谈情说爱。第二，与第一点相关的是生活被高度类型化。写农村就一定是进城务工，然后男盗女娼；写城市就是下岗失业，拆迁自焚；写大学生就是北漂蜗居，写女人就是做小三嫁豪门；写科幻就是全球污染，世界末日。这是对当代生活一种非常狭窄的类型化想象，这里面透露地是对当代生活的不信任，因为不信任生活的丰富和广阔，所以就把对生活的想象建立在一些具有"传奇"和"符号"的类型上面。与此同时，在对当下生活的这种不信任中，产生了一种把"过去"魔幻化的冲动，比如最近出现的一些长篇小说，都把目光投向遥远的"历史"，希望通过对过去生活的重置来阐释当下，我想说这是一种缺乏面对当下生活勇气的表示，对"过去"的设置无论如何事无巨细，穷形尽相，它都无法和当下的生活进行无缝对接，写作和当下生活的鸿沟会越拉越深，最后甚至会掩埋掉整个写作本身，对于目前占据文坛主流地位的作家来说，尤其需要警惕不能堕入这种怀旧式的写作中。最后，在这样的写作和阅读语境中，当下生活被"消费化"了。"消费化"既指读者对于小说的阅读接受不再有美学上的震撼和冲突，而是完全"认同式"地接受小说描写的一切，读者在小说中不想也无法升华自我，小说与读者保持了一种少见的含情脉脉的关系。与此同时，在这种"读者的幻觉"中，写作者不是去引导、塑造读者的趣味，而是拼命迎合读者的想象，于是，一种互相宽慰的，自欺欺人式的"当代生活"就在作者读者的合谋中被"批发生产"出来。

我想说这些都可能构成当下生活的一部分，但并非当下生活的全部，或者说这些可能只是当下生活最表面的一部分，同时也可能是最虚假和矫情的生活。如果作家服膺于对生活的这种表层的想象，在写作中不去刺破这些表象生活的泡沫，就不可能创造出另外一种"生活世界"，而这一点，恰好是严肃小说必须秉持的最重要的品质。

二

重新回到历史的现场和生活的现场，才有可能在两个方面获得突破，既突破80年代形成的"新潮美学"的束缚，又要突破目前流行的庸俗的生活化小说写作模式，然后为小说写作找到新的可能性。具体到写作的层面，在我看来，目前存在如下的问题需要引起作家和批评家的重视。

首先应该从当下生活中寻找故事。故事是小说的基本元素之一，但是现在很多的小说创作，包括一些非常严肃的小说创作都有严重的

"经典"依赖症，主要表现在从经典中寻找故事，从旧纸堆里去寻找故事，而不是自己去发现和创造故事。诚然，经典可以成为一种写作的源泉，但关键问题是要以当下的生活去重新激活经典，鲁迅《故事新编》的创造性就在于他没有止步于"经典"，而是创造了"经典"，所以我们在其中读到的更多的是蓬勃的当代生活。

目前很多的小说写作实际上是一种文学史或者教材式的写作，是"文学史文学"和"教材文学"。比如有一个70后的作家，一些评论家说她写的像沈从文，给予了很高的评价。我觉得这是有问题的，文学是讲究独创性的，像谁就说明她的写作是面向经典的封闭性的写作，封闭性的写作不利于小说可能性的展开。实际上我个人阅读这位作家的作品的时候，总是觉得缺少一种"生气"，语言和结构上的"端庄"并不能掩饰创造上的"贫血"。在这个问题上批评要负一部分责任，目前的批评过于学院化，学院派的批评当然很重要，但它习惯于从文学史和经典作品角度阐释当下的作品，具有保守的一面。这是有问题的，当代批评的一个主要的特点就是它没有绝对的标准，它不能在"过去"寻找标准，也无法在"未来"寻找标准，它唯一的可能的只是在"当下"寻找标准，这个标准就是作品是否呈现了我们当下生活中最复杂的层面，是否碰触到了我们精神生活的隐痛。在我看来，应该培养和鼓励非学院化的、"在野的"批评家发言，他们可能会提出更有生气的见解。

第二，当下小说写作必须寻找具有当下性的形式。小说一定要有形式感，形式感和形式主义不一样。我个人感觉中国作家还是普遍缺乏形式感的群体，对形式感不敏感，不知道怎样用好的方式讲故事。目前很多书写当下生活的小说，比如一些所谓的"官场小说"、"商场小说"、"职场小说"等等，过于"新闻化"和"平面化"，并没有找到合适的书写形式把当下生活的丰富性展现出来，所以这些作品的生命力往往非常短暂。

当下性的形式，从某种意义上讲就是一种独特的，能够揭示我们当下生活的内在困境和精神挣扎的叙述方式。最近我在看美国短篇小说作家卡佛的作品,其中有一篇写一群男人野外露营,突然发现河边有一具女性尸体,他们于是把尸体绑在树上防止漂走,然后继续在旁边喝酒吃饭,到第二天回到城里才给警察局打电话报案,然后就觉得事情结束了。其中一个男人回家以后才发现这个事情并没有结束,因为他妻子不理他了,他妻子为什么不理他,他妻子在电视上看到这个新闻以后知道他丈夫在现场,而且非常平静地在尸体旁边喝酒吃饭,而没有及时去报案。她觉得你怎么可以这么心安理得地在犯罪现场享受自己的人生,她不能接受这样一个男性,她就跟他分居,并且去参加死者的葬礼以告慰她在天之灵。这是完全美国式的故事,只有一个美国的作家才会从这个角度去写这个故事,你一读就能感觉到那种强烈的美国气息。但是很多中国作家的作品好像是发生在任何地方、任何时间的故事,没有独特性。独特性必须通过形式感凸显出来,在一个资讯发达的社会里面,故事是很普遍的,但讲述故事的形式可以千变万化,这就是形式感,通过这种形式才能把具体性展现出来。

第三,当下写作要寻找更多的读者。不仅要面对批评家写作,面对文坛写作,更重要的是要面对广大读者写作。不仅要面对中国的读者来写作,还要面对西方的读者来写作,要对西方的读者讲述中国故事。在一些学者看来,中国故事的对立面似乎就是美国故事,中国故事就一定是要和美国故事进行对抗。我认为对抗大可不必,但中国故事一定获得自己更多的讲述的权力,一定要让西方的读者知道当下的中国人是怎样生活的,怎样思考,怎样书写我们历史的。现在这方面我们做得很不够,充斥我们文化市场的都是"好莱坞"故事。中国的故事到哪里去了?中国作家写的中国故事到底出路在何方?最近我读到一篇短篇小说——蒋一谈的《China Story》——以非常反讽的形式揭示了中国故事讲述的困难,本来是一个普通的中国父亲和儿子之间发生的日常故事,但是这个故事却只有通过一本英文杂志才获得"讲述",这不仅是关于中国的"故事悲剧",同时也是关于"讲述中国故事"的悲剧。

  总之,回到历史的现场,从我们当下的生活出发,寻找确切的形式来讲述具有中国意义的故事,最后创造出别具风格和意味的小说,这才是当下小说写作应该努力的方向。

2011年12月14日改定

分裂的想象和建构的可能
——当下中国的文化主体和文化症候

一

2008年8月正值北京奥运会举行之际，其时整个中国都沉浸在一种巨大的大国亢奋之中，这种自我想象一方面强化了中国"崛起"和"腾飞"的现实，另一方面也强化了被"阉割"和被"去势"的中国历史形象，这种种复杂的感情通过全球化的通讯传媒被迅速和无克制地复制、传播和放大。我还记得四月份在李陀家中，他兴奋地问我对留学生保护"圣火"传递事件的看法，在他以及其他的一些知识分子看来，这一事件的意义可以与"五四"媲美，似乎一个新的中国主体在三十年的改革意识形态中破茧而出。我毫不掩饰我作为一个中国公民在这些事件中的立场甚至是褊狭的民族主义情绪，我还记得8月8日奥运会开幕式晚上，我挤在人潮汹涌的咖啡厅和一帮青年人高唱国歌，在隆隆的礼炮响声中看完张艺谋那冗长而单调的"国粹"表演，后半夜，一个朋友无比兴奋地给我打电话，问我们是不是都在鸟巢的附近？请注意他的提问，"我们"在这里是指所有此刻身在北京的人，他以为这一刻所有身在北京的人都处于历史的现场。当他听说我仅仅是孤身一人待在宿舍，连烟花的颜色都望不到的时候，觉得非常失望。事实是，我们——至少我——此刻并非处于历史之中心，但是如果那一刻我稍微虚荣，我可能就在我朋友的想象和我言辞的合谋中假想了一个中心的存在。是的,当全世界都认为你处在中心的时刻,你很难有抗拒的能力,在奥运会的那个晚上,中国处于世界之中心吗?这是一种假想还是一种幻觉?还是一种修辞?

我无法回答这个问题。但可以肯定的一点是,如果说奥运会开幕式意味着一个巨大的象征文本,那么,它的修辞毫无疑问是:以对历史的赞美诗般的遗忘来压抑某种分裂性的身份意识,并通过这种遗忘和压抑机制把中国解释为一个连续性的历史主体,进入世界并完成帝国的使命。让我大惑不解的是,这种连续性的主体何以可能?孔夫子的"和"能够易万世不变而为道统吗?王道之理想在一个现代的语境中能够被顺利转喻为新国家的政统吗?而张艺谋的带有某种色盲的"中国红"在后殖民的文化视野中能够代表我们的文统吗?凡是对历史怀有敬畏之心的人可能都觉得奇怪:在长达5个小时的中国历史文化演绎中,现代中国去了哪里?或者说,作为一个历史性范畴的"中国现代史"去了哪里?奥运结束后不久,有一次我和韩国学者朴兰英教授交流,她说作为一个外国人,她对奥运会开幕式最大的期待就是想看看怎么表现中国现代革命史,完全出乎她的意料的是,这一段历史被"取消"了。这让我想起1986年轰动全国的改革小说《新星》,在这一部描写农村改革的作品中,开篇就描写主人公李向南去参观一座年久失修的古塔,这座古塔同时也是一个历史博物馆,包括史前人类时代、旧石器时代、新石器时代、商周青铜器时代、汉唐元明清时代,但偏偏没有"现代",它结束于中国的最后一个朝代清,而后就一跃而到了李向南所处的"当下"。毫无疑问,作者这么写是为了给80年代的"改革叙事"一个唯一的起源神话,二十年后的张艺谋采用了惊人相似的修辞策略:不断地制造历史从"当下"开始的神话,不断制造断裂后的新的起点。从制造断裂、叙述起源和创始神话这一点看来,无论是1949年,1979年还是2008年,无论是社会主义、改革开放还是全球化,他们都无法逃脱"现代"的发展逻辑。这似乎是一种宿命。

二

在 2008 年之前，我们似乎有充分的理由相信随着奥运会的召开，一个"后奥运时代"即将来临，这不仅仅是一个时间性的概念，更是一个关涉中国进一步向现代转型，融入"全球化"资本体系和价值体系的一种标志。无论如何，汉城奥运会和东京奥运会的成功为这种期待提供了有力的支持。但完全出乎意料的是，中国的"后奥运时代"首当其冲的居然是一场席卷全球的金融危机，而这次金融危机的罪魁祸首，似乎又是那个我们一再希望进入的"资本体系"。美国次贷危机引发的金融海啸并因此可能导致的大萧条如果说不是完全击垮了我们廉价的乐观主义，至少也深刻暴露了西方"普世主义"的虚妄和其反历史性，没有任何一种秩序、制度、文化能够放之四海而皆准，当这样一个常识性的话题再度摆在我们面前的时候，我们如何思考和定位我们的特殊性？

相关的政府官员在 2009 年中国发展高层论坛上振振有词地说银监会早在两三年前就预测到了这次金融危机（http://news.qq.com/a/20090322/000642.htm），我完全鄙夷这种"事后诸葛亮"的说法。在我看来，任何一个头脑清晰的人都能看出当下中国经济发展中所隐藏的巨大的问题。2006 年 7 月，我在广东东莞市长安镇（中国三大富镇之一）生活了近两个月，我的两个高中同学，一个经营大宗电脑维修，一个与香港商人合资开了一家工艺品生产公司，后者的生产流水线上有近 600 名工人。那一段时间，我每天出入于长安镇的街头巷尾，从一个个工厂旁边经过，也一次次进入这些工厂的"第一线"，与那些工人共同生活并试图对之进行一系列的问卷调查。虽然由于种种原因，这些调查并没有得出什么有意义的成果。但是却给了我一个非常直观的认识：至少我所看到的这些工厂的生产方式和经营模式都是非常脆弱的，还属于家庭似的或者扩大了的家庭式的企业类型，它所创造的利润更多的是来自地租、高强度且廉价的人力资源的消耗。在这个意义上，我怀疑这种财富的积累：我住在一个出租房里面，房东是一个不识字的老太太，仅仅在二十年前，她还要每天去田地耕作才能获得温饱，而现在，她完全依靠土地出租和土地转让而拥有数百万收入，而且这种收入还在不断地增加。这种财富，是一种转移性的而不是创造性的，也就是说，这种财富积累在一定程度上建立在其他地区和公民贫弱和输出的基础之上。

无论如何，这些财富刺激了该地区极大的繁荣发展，长安镇、虎门镇这些昔日的荒野之地如今的繁华程度甚至超过了一个内陆的省会城市。我没有去收集相关的统计数据来证明这一点，但我在此体验到了一种在合肥、南京、郑州甚至是北京等城市没有的那种震惊、不安、焦虑以及亢奋。那是一个力比多勃发的城市，成群结队的青年男女在大街、网吧、游戏厅、溜冰场、广场、商场、洗浴中心游荡，他们有用不完的精力和体力，一言不合就拔刀相向。这种体验让我想起两个经典描述，一个是本雅明关于18世纪初巴黎的："1798年，一位巴黎秘密警察写道'在一个人口稠密而又彼此不相识，因而不会在他人面前惭颜的地方，要想保持良好的行为机会是不可能的'。""每个属于浪荡游民的人，从文学家到职业密谋家，都可以在拾垃圾者身上看到一些自己的影子：他们或多或少地处在一种反抗社会的躁动中，并或多或少过着朝不保夕的生活。"[①]另外一个是恩格斯在《英国工人阶级的现状》中描述的："这种大规模的集结，250万人口聚集在一个地方，使这250万人的力量增加了100倍，但是，为此付出的代价，人们是以后才能看清楚的。所有这些人越是聚集在一个小小的空间里，每个人在追逐个人利益时的那种可怕的冷漠，那种不关心他人的独来独往就愈让人难受，愈使人受到伤害。"但需要注意的是，本雅明在这里发现

---

① 瓦尔特·本雅明：《发达资本主义时代的抒情诗人》，王才勇译，第14、37页，江苏人民出版社，2005年。

了诗意的主体（以波德莱尔为代表），而恩格斯发现了阶级的主体，从某种意义上，这两种都是一种"反抗"的主体，只有在这种主体的反抗中，世界历史才不至于在轮回中而无所进步（如果有所谓进步的话），但是，我们在东莞的"工人"中发现了这种主体吗？也许有，也许会在很多年后确实有些不同的主体会在这种搏斗中生成，但是目前我并没有看到这种可能性到底有多大。在我的经验中，这些几乎全部来自农村的"工人"们的主体意识正越来越模糊和含混，他们即使不是完全，也是部分放弃了对自我历史和生活进行正当化的要求，而听命于他们的工厂主和有限接触到的少得可怜的文化娱乐资讯，并在一种自我满足的想象中把个体无限地普遍化为一个受益的群体。这才是问题的可怕之处，这些人（包括我的同学在内）不仅是在我的眼中被"对象化"，更重要的是他们把自我"对象化"，这种"对象化"意味着，他们完全着意于同一化的物质存在，而拒绝了自我以及精神生活所可能带来的"历史性的自我"。在这个意义上，他们确实代表了"民意"，在发展权不可剥夺的普世话语之下，即使我们意识到全球化和资本化是一个无底深渊（更何况是一个小小的金融危机），我们也必须勇敢地跳下去，并以全体人民的名义。

三

2009年春节前后，我非常巧合地同时观看了电影《刘三姐》和《本杰明·巴顿奇事》（又名《返老还童》），前者是中国拍摄于60年代初的革命歌舞片，后者是2008年好莱坞商业大片，从某种意义上说，这是两部风格、意识形态完全迥异的文化读本。但奇怪的是，它们同时深深地触动了我，我毫不惊讶《本杰明·巴顿奇事》会给我带来感动，因为我的朋友、相关的资讯以及我个人的遭遇已经事先"规定"了这种审美上的共鸣，当我看到本杰明与伊丽莎白于旅途中邂逅，每晚穿着纯棉睡衣相会在壁炉边,在咖啡、伏特加和鱼子酱的伴随中交换暧昧眼神的时候,当我看到那句"晚安,本杰明;晚安,黛西"在电影中反复出现的时候,我觉得大卫·芬奇确实是一个高明的导演,他抓住了我们这个时代的审美症候,因为个人在近乎童话般的爱情幻想中,悄然完成了一种温顺的中产阶级趣味的消费,这种消费不具有任何悲剧的净化作用和意识形态上的尖锐性,人与世界的关系是宿命的,是不可改变的时间性:"有些人在河边出生长大,有些人被闪电击中,有些人对音乐有非凡天赋,有些人是艺术家,有些人游泳,有些人懂得纽扣,有些人懂得莎士比亚,有些人是母亲,有些人能够跳舞。"人成为一种功能而丧失了其"整体性",或者说,因为无法对外在世界进行实质性的干预,他们不得不转入对自我经验的陶醉甚至是崇拜之中,而这又反过来加深了自我和世界之间的疏离。也是在这个意义上,我一直认为以卡夫卡为代表的西方现代派文学加快了资本文化秩序的建立和完成,因为在卡夫卡的小说中,即使个体的经验和历史已经被异化到"非人"的地步(如《变形记》),但是他依然陶醉在某种寻找审判(如《城堡》)和饥饿的表演中(如《饥饿艺术家》),并最终为了维护秩序的完整性和神圣性而不惜把个体送上绞刑架(《在流放地》)。如果说在卡夫卡的小说中还依稀能读到某种反讽的东西,在《本杰明·巴顿奇事》中,一切都已经变得温情脉脉,对现代时间的人为逆转不过是造成了一个畸形儿,而这个畸形儿则在环游世界的过程中(资本主义全球化的一种隐喻?)变成了一个穿着LEVI'S高级牛仔裤的美男子,最后,他丧失一切记忆(个人的历史性),死在一个代表好莱坞梦的女人怀中。

我在这里面看到了某种软弱和绝望的东西,这种情绪非常模糊但又十分强烈,个人与世界的疏离固然强化了个人孤独英雄的自我想象,但同时也强化了对自我和世界的厌倦和憎恶,在某种有教养的(齐泽克语)、温情的、私密的趣味中,我们进一步强化自我作为一种生命体的孤独感,在拒绝更新自我的同时也无法更新历史。我正是在这种互文意义上来理解观看《刘三姐》时候的激动和兴奋,我发现,在《刘三姐》中,个体(刘三姐)的命运始终与一个群体密切相关(艺术形式上以规模不一的群众合唱队为代表),刘三姐在每一次演唱中都以无数的群众作为背景,并随时隐入这些群众中去,或许正是这种统一性(不是同一性)使得刘三姐具有了改造这个世界的信心:"莫讲穷,山歌能把海填平,上天能赶乌云走,下地能催五谷生。"另外一个让我深深感动的场面是采茶欢歌,在漫山遍野的茶树中,一群姑娘一边唱歌一边采茶,我在此看到了某种未被资本化的劳动美学,人在这种自由的劳动中成为了劳动的主体而不是客体,人与劳动之间是一种审美的关系而不是一种利益的关系,并且,为了保持这种关系,刘三姐们选择了坚决的反抗和斗争,如果用现代的审美标准来看,《刘三姐》毫无疑问是粗糙的,没有教养的,带有暴力倾向的美学文本,但是,这难道不正是一个拥有生命力的主体的表征吗?或者说,恰好是这种粗糙的不精致的美学在同质的文化秩序中撕开了一道口子,让我们意识到历史和美学其实还有另外一种选择?

但让我犹疑的是,这也许仅仅是一种文化上的可能罢了。实际上我对《刘三姐》的肯定恰好说明了它在我们当下历史中的缺席,也许我对《刘三姐》的肯定带有某种夸大的成分,在我个人趣味被严重"布尔乔亚化"的情况下,我试图找到一种"奇观"来补充我的文化想象,但是因为缺乏实践上的支持,这种补充或许只是进一步强化了我对当下文化的认同。这正是我感到困惑的地方,如果对于文化的可能性的选择最终都无法摆脱资本主义普世化的趋势,如果果真如竹内好所断言的,我的这种抵抗不过是被"预先"设定的,我越是抵抗,却不过越是强化资本主义的文化秩序,"东洋越抵抗就越将欧洲化的宿命。东洋的抵抗不过是使世界史更加完整的要素而已……"① 那么,我们如何选

---

① 竹内好:《何谓近代——以日本和中国为例》,孙歌译,收入《近代的超克》,第184页,生活·读书·新知三联书店,2005年。

择我们的文化立场和批评立场？更进一步，在这样一个被指认为"大时代"的转折时期，我们如何保持自我的经验和历史不被这个巨大而喧嚣的现实所吞噬？我们如何通过讲述自我的故事而把个体开放为一个容器，在此我们和所有其他的人命运相连？我们如何把个体的焦虑、暴力和反抗升华为一种具体的"意识形态"，进入历史并在历史中撕开缺口看到更广阔的世界？我想，这些问题都是当下中国思想文化界亟需解决的难题。

2009 年 9 月 2 日于人大